生活·讀書·新知 三联书店

新眼界 / 国外印象记 / 访苏两月记

杨钟健 著

Copyright © 2021 by SDX Joint Publishing Company.
All Rights Reserved.
本作品版权由生活·读书·新知三联书店所有。
未经许可，不得翻印。

图书在版编目（CIP）数据

新眼界；国外印象记；访苏两月记／杨钟健著 . —北京：
生活·读书·新知三联书店，2021.7
（杨钟健游记集）
ISBN 978-7-108-07055-5

Ⅰ.①新… ②国… ③访… Ⅱ.①杨… Ⅲ.①游记－作品集－中国－当代
Ⅳ.① I267.4

中国版本图书馆 CIP 数据核字（2021）第 006101 号

责任编辑	曹明明
装帧设计	康　健
责任校对	陈　明
责任印制	徐　方
出版发行	生活·讀書·新知 三联书店
	（北京市东城区美术馆东街 22 号 100010）
网　　址	www.sdxjpc.com
经　　销	新华书店
印　　刷	河北鹏润印刷有限公司
版　　次	2021 年 7 月北京第 1 版
	2021 年 7 月北京第 1 次印刷
开　　本	880 毫米 × 1230 毫米　1/32　印张 14.75
字　　数	331 千字　彩图 30 幅
印　　数	0,001－5,000 册
定　　价	79.00 元

（印装查询：01064002715；邮购查询：01084010542）

写在前面

　　游记是一种特殊而重要的体裁,特殊人物在特殊时期的游记,往往能够反映一个时代的侧面。杨钟健先生是我国古脊椎动物学的开创者和奠基人,除专业研究之外,涉猎丰富,不仅精通英语、德语,还熟悉拉丁文和希腊文,热爱诗词和散文写作,在长期的野外考察过程中,非常重视记录自己的所行、所见、所思所想。他一生所作七部游记,分别为《去国的悲哀》(一九二九)、《西北的剖面》(一九三二)、《剖面的剖面》(一九三七年完稿)、《抗战中看河山》(一九四四)、《新眼界》(一九四七)、《国外印象记》(一九四八)、《访苏两月记》(一九五七)。这些记录的"剖面",此中含义一为实际观察到的地层剖面,反映其地质构造和科学内涵;另一则为人生的剖面。本书为"国外篇"三种,分别是二十世纪四十年代在欧美、五十年代在苏联的游记。

　　《新眼界》是杨老的欧美考察游记。时值"二战"后期,他从重庆出发,飞往美国加利福尼亚,游历了迈阿密、纽约、华盛顿、波士顿等地，参观各地质和古生物研究所、高校地质系以及当地博物馆，还去了加拿大、墨西哥等地，之后返回美国，在美国听到了太平洋战争结束的消息，然后到英国，参观伦敦、剑桥等地的地质古生物科研机构，访问并学习。后又从美国返回中国，此时中国已取得胜利，他十分欢欣，对国家的未来充满了新的希望。

这一趟欧美之行，除了自己的行程路线、饮食起居等，杨老对国外研究机构和博物馆的情况，有相当篇幅的介绍；此外对目之所及的外国经济、文化的发达也进行了记述，并时常有"我们何日可以达到"的慨叹。他在美国闻听"二战"胜利的消息，和美国人民分享了喜悦，回到中国之后，又看到国内惨胜局面，自然对国民经济的恢复特别是学科建设有了一番新的憧憬。本书初版由商务印书馆于一九四七年出版，章鸿钊题写封面。一九八六年湖南人民出版社将这本书纳入"现代中国人看世界"丛书再版。

关于此次欧美之行学术方面的专业问题，杨老在另外一本书——《国外印象记》中有详细的记述。此书最早的版本是在一九四八年由文通书局出版的。《新眼界》记录的以日常行程、生活等为主，而本书则以古生物和地质学科的人物事件为主。按照杨老自己的话说，是将游历过程中印象"最深刻者，用综合方式，列为专题，一一记述"。其中对美国的地质机构、博物馆、学科发展、学人简事，以及最新研究成果等，有比较系统的介绍；进一步与我国的学科状况进行了对比，指出其中哪些为我们可以取长者，而哪些为不值得学习者。杨老一手构建我国的古脊椎动物学，目前频出的很多新成果仍然要感谢杨老当时对学科的规划和运筹，近年来有学者命名了"杨氏钟健龙",以此表达饮水思源之情。

一九五六年八至十月,杨钟健先生与古脊椎动物研究所同事周明镇、赵金科以及南京古生物研究所斯行健一同,应邀访问苏联。归来写成《访苏两月记》,于一九五七年在科学出版社出版。此书记录了杨老在苏联的见闻,特别是与苏联古生物学家的交流,以及在各地进行野外考察和参观的情景。通过文字,我们得以一窥苏联当时的国家面貌和科研实力,了解苏联的古生物学家,并体味当时中苏真诚的友谊。

三联书店编辑部
二〇二〇年六月一日

总目录

新眼界　　　/ 1

国外印象记　　/ 233

访苏两月记　　/ 359

《新眼界》初版封面，章鸿钊题写封面，由商务印书馆发行

《新眼界》,一九八六年湖南人民出版社出版,收入"现代中国人看世界"丛书中

《国外印象记》一九四八年版封面

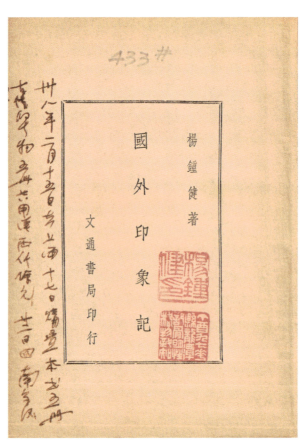

扉页，杨老加盖两枚印章，下为"丁酉九七华县龙潭，记骨明性格物致知"

在罗美尔教授家做客(一九四四)

与巴伯（E. H. Barbour）、舒尔茨（C. B. Schultz）在内布拉斯加大学博物馆参观（一九四四）

参观了达尔文故居,这是杨钟健保存的达尔文工作室的照片,背面写有说明:"达尔文的工作室。一九四五年去英时参观过。"

敬献于吾
慈母
‖ 七四寿诞纪念 ‖

代 序
（由北碚临行书）

十万长征未云多，一机凌云逐气波。
前去尽有新眼界，临行仍怜旧山河。
敢将学术贡社会，欲为中兴作喽啰。
临岐回首秦关远，未忘手中线一歌。

目 录

上篇 / 1

出国之前 / 3

 （一）释题 / 3

 （二）战争与新眼界 / 5

 （三）旧河山 / 8

 （四）搁浅在北碚 / 11

 （五）重庆待发 / 12

途中 / 15

 （一）渝加机中 / 15

 （二）加城小住 / 17

 （三）加喀途中 / 19

 （四）喀城鳞爪 / 20

 （五）喀拉奇到迈阿米 / 22

（六）迈阿米到纽约　　/ 26

下篇　/ 31

纽约初瞥　　/ 33

华盛顿及其他　　/ 45

纽哈芬及波斯顿　　/ 53

加拿大旅行记　　/ 62

东岸到西岸　　/ 79

南加里佛尼亚　　/ 94

威理士访问记　　/ 99

大峡谷与新墨西哥　　/ 104

回到纽约　　/ 113

东岸拾零　　/ 119

　　（一）华盛顿　　/ 119

　　（二）波斯顿与纽哈芬　　/ 125

　　（三）纽约北部　　/ 130

太平洋战事结束　　／138

由纽约到伦敦　　／144

战后的伦敦　　／150

布内斯特附近考察记　　／160

到欧洲大陆　　／165

苏格兰　　／178

剑桥、牛津与伯明罕　　／185

又折回美国　　／194

太平洋之太平旅行　　／201

回到胜利后的中国　　／211

新眼界与新希望　　／219

重要人名地名译表（以不经见者为限）　　／225

上篇

出国之前

（一）释题

许多学科学的人，如好久住在一个地方不出去，便同生了病一样地不舒服。若是好久没有新的材料，供他研究，也同样地感觉到烦闷。

若说叫德日进在实验室待半年，不令他看到新的山水，他便同得了病一样，室内工作也做不好。又有一个法国名岩石学家拉夸在中国旅行，于归国途中，路过安南，他沿途没有得到关于他所特感兴趣的岩石材料，他写信给朋友道："没有什么东西可吃。"此不过略举二例。其实人生需要新的生命、源泉，新的刺激，人人如此，不过在学自然科学的人，尤为迫切。能时时有新的材料发现，可以使他的内心常保清新，足以鼓励追求前进的勇气。就是说一个学自然科学的人，需要时有新的眼界。这新的眼界，可以包括两方面，已如上述，今再详为申论一下。

一、旅行方面的新眼界。我国一般人，往往安土重迁，以老住在故乡为乐，以旅行为苦，所以往往终生在百里之内，其眼界当然是很少的。此在今日，当然不合时代。现在的青年，需要随时追求新的地方。地方走得一多，心胸自然扩大。自然，足不出户的人，也可由书本上得到许多知识，但语云"百闻不如一见"，并不如俗人所讲"看景不如听景"，而实在是"听景不如看景"。此即在平常游历，亦是如此。若果自己有一门专长，或者较感兴趣的方面较多，无论自然科学方面也好，人情风物也好，都可以时时增加新知，扩充自己的新眼界。总之，要向外边走，走的地方越多越好。能走到新的地方，自然最好。即不能向新的地方走，而旧的地方的重游，也往往有益，因为可以发现以前所未发现的事物。虽为旧地，却一样可以扩充新眼界。

二、材料方面的新眼界，较为专门化。就是自己专门研究的，或感兴趣的，总要有一种欲望求得新材料，以扩充关于知识方面的新眼界。譬如，我是学古生物的，老是抱着那几块标本，看来看去，虽非玩物丧志，然日子一久，也觉无聊。如能看到新采出的标本，无论新种也好，旧种也好，心中常感到愉快。我想学其他方面学问的人，当然有同感。此等精神，名曰追求的精神，也就是科学研究不可少的精神。新材料，新知识，新眼界，然后达到科学的进步。老在故纸堆中找材料，在外国早已过去，在我国尚有人视为时髦。故纸堆中，诚然也有新的材料，可以扩充吾人的新眼界。然真正的新知，还是寄托于实在的事物上。

近来人喜欢谈人生观。若说一个新时代的人，或至少学过科学的人，其人生观当为新眼界的人生观。因人生最高目的，在追求真理，增进人类知识,从而谋人类的福利。人生最有意义的工作,不在保守已有知识,及传授于下一代,乃是在已有的知识上,再加上些知识,再以之传于后代。换言之,就是以整个人类为单位,要扩充整个人类的新眼界。世上的工作,还有比这个再纯洁、再有意义的吗?吾人的人生,还有比这个更庄严、更伟大的吗?

我今因将有国外之行,而此次所去地方,几乎全是新地方。感觉于新眼界之扩充,甚有意义。因拟将所见所闻,择要记之,即名之曰"新眼界"。又恐读者对此名或有误会,因于未开场之前,略为申述至少我对于新眼界的看法和重视。不过这本游记式的《新眼界》,当然是着重上边所述的第一类。专题研究的新眼界,只能约为提及一二。我的意思,是除了供给卧游上的材料以外,或者也可以对精神上,加一些兴奋作用。故先以择题当作楔子。

(二)战争与新眼界

战争虽为人类残酷的悲剧,却具有建设性推动性,使人类文化,继续增高,并且使人们的眼界,另辟新天地。所以凡是中外历史上的变乱,均多少有些此等作用。因为在平时人们的动态与心理和战时是不同的,而移徙的情形,也特别显著,人人均须舍弃旧环境,另行奋斗,以适应新环境。其结果,当然发生两种现象。一种是淘汰作用。其不能适应新环境,或若干不幸的人们,由此逝去。一种是免于淘汰和悲剧的人,再为奋进,以创立新的局面。此当如生物史上之演化现象,不过在人类,相当复杂。所谓淘汰者,不一定是劣分子，自然也有幸存的，其成分或比其他生物为多。但无论如何，其多数留存的人，总可以算是适者。而此等适者的新生活，与彼此的关系，也自然与前大不相同。其间自然产生新的推进力量，所以每次战争以后，往往有一灿烂时期。而在战争中所发明所发现的东西，往往也很多。此等得来的新知识，在平时当然也有，不过推进得很慢罢了。

即如这一次世界大战，世界每一角落，每一个人，莫有不受了大战的影响。就我国来说，沦陷区的人困苦颠连，同时敌人盘踞若干年，自然也受了十分影响；而由战区来到后方的人，每人都有一部逃亡的可歌可泣的历史。至于原在后方的民众，虽比较上不曾有移徙之苦，但受了外来的影响，于生活方式上及思想上，当然也起了很大的变化。至于关于抗战所发生的新的建设、新的局面，在在均使一般人感觉到新接触，扩充了新眼界。

从全世界战局来讲，其场面当然更大。此国军队，移往彼国，当然也于文化风俗上，发生了不少影响。盟国与盟国间，敌国与敌国间，当然免不了有许多接触，有新知识的交换。而即盟国与敌国间，也彼此互相学习不少。至于小小的个人，在此潮流中，随地随时，可以说都是新天地、新材料，当然是不待言的。因为战争的关系，以前一个人的环境，也被摧毁了。凡是在目下的生活状况的人士，他的工作，可以说全由战争来决定，可说是战争命定一切。在此局面之下，个人选择的自由几乎很少，一切要听命大局面之支配。一个人如此，一家庭如此，一国也是如此。于是乎旧的不可复睹，绝不能恢复到以前所希望的境界。其结果，当然创造出将来的新环境、新局面。此所创造者,虽不一定是好的、于人类有福利的,然无论如何,思想上,行为上,都是新的,可无疑义。而算起总账来,至少大体上都是建设与推动人类的新文明的。

在此洪流中,我自然也是其中的一个。当抗战发生以前,我在北平有很好的实验室,能安心工作,自己认为很有兴趣的工作。妻子也在身旁,生活虽不合标准,也还相当舒适。但是霹雳一声,震惊了一切,离开故乡似的北平,开始漂泊的生活。由香港向长沙,寄寓七月,又由长沙过广西经安南到昆明。在昆明住了将近三年,又到四川寄寓。其间也在许多地方,做过职业的旅行。但若非抗战,我过去七年的行踪,绝不会同现在一样,这是可以断言的。十足的战时生活,自然时时影响到身心。这些对于我,可以说全是新的,全是受了战争所赐的。

所以我们诚然厌恶战争,因它是残酷的。但它于我们的新事物与新鼓励,却也不少。我并不是讴歌战争,不过这是铁的事实,我们无法否认的。过去如此,现在尤甚。我国如此,外国亦然。将来战争结束以后,呈现于我们面前的,当然为另一新的世界。此新世界,也就是战争之赐,对于我们新眼界之扩充,莫有比这个更大、更有意义的了。所以说,这是个伟大的时代。我们何幸而能处于此伟大的时代。至于这时代何以伟大,就是因为我们可以借此看到新局面,增广我们的眼界。

（三）旧河山

年来此居北碚，虽曾到野外做地质旅行若干次，然以在离乱之年，总觉家属四处各地，不胜其苦。尤以母亲年老在家，仍日日操作不怠，因久有归省之思。比及奉命赴美，不胜悲喜交集。喜的是，可趁此开阔新眼界，至少对于个人的学养上，大有裨益，比之伏处北碚，总强得多。悲的是，不但不能回家，还要在此时期远行，未免更增母亲的挂念和自己的思念之情。两全之法，想回里一视，并趁此送妻回去，以便与母亲及新由北平来的二子团聚。而我北碚的寓所，也可以简单化一些。

由北碚回家的这一条路，已走过一回，但此次所经，并非完全相同。因上次去，是沿江到广元，来时过成都。而这一次来去均过遂宁新道。川陕同为后方重要省份，而由渝至双石铺之汽车道，为通西北各省之主要交通线。当然沿途景象万千，述不胜述。第一天由北碚起身，便很不吉利，匆促间送行李的人，在歌乐山少拿下一件行李。此车为北碚校车，想来可以退回。不料后来追到竟发现其中大部分值钱的东西少掉，其毛病就出在司机或管车人身上。在歌乐山住在一个场面很大的旅馆，每日八十元。然房间小如监牢，床上被褥，已成黑色。脸盆也莫有。茅房之脏，不能容足。当日会到甘肃油矿局运输处处长张先生，一问我们住的是这个旅馆，便立即警告我们，要小心行李。因据说在此旅馆中，行李失掉，是没有人可以负责的，于是乎吓得我们连门也不敢出。

由歌乐山第一天起身，昏黑中到了潼南县。住某一店中，设备更简。幸仅为三十元。所以虽几同露天,而计值上,也视为和歌乐山差不多。到广元找不到旅馆,因广元为交通孔道,十二点钟以后到达,便很难找到旅店。后由人介绍,始得住于交通旅馆一小房中,每日八十元,水钱另加。入夜不及一二时,房外枪声连作两次,后始悉为某种冲突。后经打听,才知广元治安,大不如我前次在此调查之时,时常发生抢劫人命等案。

有一天因赶路,昏黑夜半,到了沔县。任司机开入一店中,得一室,室户无门,窗无纸,木板上打开铺盖,用破席遮着窗户,以阻寒气。院中空无一物,依墙有席棚一,则大茅厕也。虽严冬,犹臭气逼人,脏无可下足处。如此草草一夜,次晨整装上车,临上车时,举头望店门,其上有斗大四个字,则赫然"花园饭店"也。院中连草也没有,何况乎花。如此名不副实,真荒天下之大唐也。

又有一天,在一小地方打尖,茶饭粗恶,虽非夏天,而令人再难下咽。吃后算账,则竹杠为沿途冠。看看该饭店招牌,则挂着"新生活饭堂"五字。阅此不禁哑然失笑,真是啼笑皆非。名实不副,上行下效,所谓建设如此而已。

宝鸡为西北交通要地,陇海路以西终点。连日汽车劳顿,今得再坐火车,心中感到愉快。为安慰自己计,特忍痛购头等卧车,以资休息。不料上车后,看车上设备,竟和以前二等相同。后经打听,根本即无头等车,今之头等,即昔之二等也。但车上无暖气,而暖气管俨然,所以事实上反有了冷气管,因此等金属管,在冬天更发出冷气。但床上仍只一毡一单,又不准携带行李。窗帏幔悉去,玻璃上已为冰所盖。忍冻一夜,几不可支,自以为苦而上当,反不如上三等车，因人多反可以稍暖也。后经打听，知火车上之拥挤，正不下于汽车。甚至有人购得车票，尚挤不上车。车到站时，人们上下拥挤情形，不堪入目，俨若昔日军阀时代之交通情形矣。

在家住数周，目击乡下一切情形，多有可记。但这些不是本篇的主文，不能写得太多，所以只可从略。印象最深的，当然为物价。肉八十四元一斤，麦四百多元一斗。且尚有上涨趋势，因之不但比重庆贵，比西安还贵。人民担心着明年的收成，因为入冬以来，已无足用的雨雪。最妙的是，每一次天明，下薄薄的一层雪，遮不住尘土，而报上大登特登，名曰瑞雪，专电发出，各地报上均有，所以人们多不信陕西天旱。

我在写至此时，适值阴历元旦。阴历已废除三十余年，在城市地方，本已不应铺张，况且在军事时期，又逼近前方，又值物价如此高涨。但事实上却大大相反，各家仍照常过年，彼此走亲戚。我已多年不在家中过旧年，今在家乡，忽见各种情形，仿佛又回到童年时代，引起了无限感慨。但同时好像觉得三四十年的光阴，没有过去一样。家乡一切，还是仍旧。因此又联想到虽然此地已通火车多年，而至今无一座真正原新式住宅，似乎受外界的洗礼并不深。华县依然是古老的华县。这些思潮，在心中上下不已。有时比照各处所见，颇觉矛盾。但是我终于不能如此久住下去，仍然匆匆地离开了故乡而回到北碚。

以上所述，不过我临出国前回乡所经鸿爪之一。为何要叙在主文的前边，一来是表示我远行前的序幕旅行，二来是表示我们虽然在抗战之七年中，有多少进步，但也有些不必讳言的方面，须再靠我们努力去纠正。语云,知己知彼。何妨先知己,这也是反省工作中所不可少的!

(四)搁浅在北碚

世上事以延期为常例,以如期干到者为例外。我这一回去国,也自在常例之中。去年初动议时,急如星火,恨不得马上就到了美国。后来中央训练团受训,请假回家,一直到二月中旬,才回到北碚。当时以为不久当可成行,谁知道等了差不多两月,才有起身的消息。

现在出国没有从前那样方便,中训团受训,据说为一种精神训练,固不可少。此外手续上种种,也相当复杂。幸大半由主管机关办理,尚觉不十分费事。兹将各事,归纳起来,简述于后。

关于身体健康方面,首须检查身体。我是在重庆市民医院进行,并要X光透视。此外还打种种预防针,如伤寒、霍乱及天花接种等等。另外要打一种黄热病预防针,因为在非洲有一种黄热病,打了之后,方可保险。

关于护照方面,由主管向外交部请领,为官员护照,黑皮金字,与从前普通护照相同,手续尚为简便。

关于护照签字,要先亲到美国大使馆签字。除填表格交相片外,最主要的为要打双手指纹,共三份。据说因为在战时都是如此。此外要在英国领事馆签过印度之字,可以不必亲去。

关于请外汇方面,是一切钱均在印度及美国领取,国内不能支出一文。请外汇手续,须一切证件完备后交验,始可请出。

以上各事办完后方可向航空主管处接洽飞印飞机。我关于上列各事，均已完竣，但只有最后二项，竟在此坐等了两个月。因当时回家时，未能先将护照签字，以便领取外汇，所以回到北碚以后才办理后二者，于是延了又延。

北碚两个月，即小住也不是无事可做。不过关于专题研究方面，不能放手去做罢了。所可惜的，今年在贵阳举行的中国地质学会年会竟未能参加。

终于一切都就绪了。离了北碚，前往重庆，候机起行。从此后一切之一切，均为新眼界。我愿意将我之新眼界，择要叙述，以飨读者。自释题以至现在，所讲均非主文，故均从略记述。但只此简略的记述，或者也可以使大家明了我所以要作这一本《新眼界》的意义，故不嫌繁冗，置之卷首云云。

（五）重庆待发

在北碚待了差不多两个月，终于接到通知，说是十九日左右可以起身。于是将早已准备好的行李，再加以最后整理，于十五日离别了北碚的亲友，登车往重庆。这总算旅行的日程，更为推进一步了。随身的行李，相当简单，一箱一包。到了重庆，即直往资源委员会接洽。始知请求的飞机票，尚未蒙批准，日期实未一定。但既已来此，只有住下再说。好在重庆尚有许多朋友可谈，倒也不感寂寞。

抗战以来，主要在三个后方都市，住得最久。一为长沙，不过短短七个月，旧的长沙，已不可复见了。昆明差不多三年，由二毛钱一斤肉，售到五元多一斤肉。听说现在已成为后方最贵的都市，新的昆明也已好久不见了。在重庆北碚，也住了三年多。我看过老的重庆，在抗战前数年；也看到新的重庆，在抗战中的挣扎与成长。现在虽然说胜利在望，但究于何时可以得到，无人能定，在如此情形下我要离它还适异国，自然有许多感触。

新的重庆，已非旧的重庆可比，已成为世界政治中心之一。有人比作亚洲灯塔，这亚洲的灯塔，自然大放光芒，不久要使全亚洲黑暗的部分，尽成光明。但这路程的艰苦，是尽人皆知的。譬如我们的缺点很多，毋庸讳言。有些人仿佛以为我们真已位于四大强之林，其实事实上尚待我们大大地努力。我国繁盛区域早已沦陷，后方若干都市的繁荣，也只是表面的。我们国家的财富与人家相比，真是远而又远，将来建设，真是千头万绪，比之抗战工作，尤为困难。但这些困难，要忍着痛苦，努力打破。

许多不能令人十分满意的事情，常常易使人灰心。而物价继续上涨，尤使一般人感到气闷。我在重庆这几天，简单的饭，即花四五十元一餐。猪肉已将一百元一斤，还常购不到。鸡蛋六元一个。大多数的公教人员，以典卖为生。而少数人过十分阔绰的生活，穷极奢淫。这显然是病态，而不是正常的现象。交通十分拥挤，街道依然很脏，果皮满地。多数人民，过着贫民窟式的生活。

总而言之，我的感触是复杂的。情绪是喜乐悲哀不一的。有些事情，令人兴奋，有些事情令人悲哀。我只希望将来回国以后，兴奋的事情，比悲哀多些。我很有理由这样相信，然亦有理由，使我不无怀疑。重庆，中国的象征，再见！以后你要给予更大的希望啊！

原是十九日起身,因未订到机位,或其他原因,改于二十二日起飞,但仍未能一定,直到二十一日上午,始知二十二日确可起身。但同时有一消息,最高当局,有中止派员赴国外说。内容广泛,甚为严厉,故不觉对我明日之可否成行,尚有怀疑。我对于出国本是无所谓的,不过既已奉命,不得不行,所以也对之淡然。

此日再收拾一切,并会见许多朋友,自不觉有一番惆怅。同时向家中去信报告行期,一切均已确定,只静待飞机起飞了。

途 中

(一)渝加机中

二十二日清晨,在晨光曦微中离了寓所,由会中派人同去机场。重庆街市,尚在睡梦中,街上十分清静。到机场办理手续,并无困难,可知传言云云,至不可靠。七时后动身起飞,绕了数周,已至上空。但俯视重庆近郊,因无经验,已不十分辨别。此时也无暇辨别。正当此时,机身已顺航线进驶,反而能认识青山绿水。由昆明到重庆这一段的天空航程,这是第二次,理当较为熟悉。不过也就是那么回事。机中较第一次时,稍微颠簸,甚感不适。十时半到昆明机场。附近山水,有如故人,别来已三年许矣。在机场休息室中稍休息,吃些所备茶点,不甚感兴趣。在此下机旅客甚多,上者甚少。十时许机又开行,故机中空得多。由此飞过昆明湖,再西一段山水,当日曾经步行,今已片刻疾过。由此再西,即为未经之途,不过红山叠叠,年代当然为中生代者。未知多少宝物,藏在地下,留待吾人开发。过一小时后,已入大山,当即为喜马拉雅山之延长,雪峰四峙,机中温度已很冷,加上所有衣服及毡子外,尚再加上机上所备之毡,勉可支持。过山峰最高度后,即见山脚下丛林密郁,想见森林之盛,道路之艰。

在如此情形之下,又飞一时许,已见大河在望,盖即为恒河支河。不久在塞地亚下机,天气热不可耐。由招待人导至休息处吃午饭,渴极无可饮,只喝了些咖啡,吃些东西随又上机。开行前后不过半小时,因受热,上机后,虽机身平稳,竟不可支,有如病人。但仍能俯视大河及所过之山脊。约又三小时,始到加尔各答飞机场。计由重庆到此,共行不及十二小时。除休息两次外,实际飞行,不及十一时。

到机场即乘所备之大汽车入城,一切均热带景象。行十几分钟,即入市。印人贫苦者甚多,小摊小贩,到处皆是,与繁华街市之大洋楼相辉映。无可,抵大东旅馆后身海关处检查。检查人员,相当客气。时我甚渴,而伊等问题甚多,乃要水一杯,精神稍振。我因回答曾到过香港,故于检查后,另有一人专问种种问题,实无所谓。平常东西,检查并不甚严。但一切书籍文件,均须令包好,存留送检查所检查,检查过后,始能取出。关于海关检查,事后闻过往行人传言不一。有谓甚傲慢,有谓甚客气,其实在英国人视之,已算十分客气。不过在我们身受之者,未免有些"那个"耳。自然有许多麻烦,实由少数国人行为不检之故。至其往往以殖民地主管者之态度对人,引起种种不满,则又为无可讳言者。

在海关经约二小时之逗留,可谓长矣。已将九时,出海关,至街道,有一印人帮忙叫一汽车。上车后要小账,无零钱,只得让车夫代付。言明到中国旅社后共付三罗比，虽为小竹杠，亦只有受之。无何抵中国旅社，为中国旅行社所经营。所住者五六人一大房，十分不方便，只有暂为住下。

（二）加城小住

加尔各答，为英国在东方之一大城市，亦为印度之第一大城。印度人口三四万万，被统治于少数民族之下，已有一百多年。然今仍为世界主要问题之一。加城之繁华，故犹往昔，然已有浓厚的战时色彩。晚上马路无路灯，昏黑如国内之乡下城市。大商店之货窗及门与大建筑之门窗，均于其外筑一厚墙，以防弹片。印度地质调查所所在之大陈列馆，已为军队所占，且将重要标本，移至内地。白天在街道上往来之兵士甚多，总之，一切均已战时化了。但热闹地方，尚不减其繁荣。

我到加之第二日，即移居于会中之一办事处所备之宿舍，相当舒适。到此后第一件事，即办取外汇，及西行之手续。而比此尤要者，为往警察局报到。因照规定，旅客于到达二十四小时内须亲往报到。因我到之第二日为星期日，故改于第三日前去。手续繁复，十时去时，尚未开始办公，至十二时始完事。此外要往检查所取回送检之文件。原说过三四日可取回，但依时取时，仍未完；再去时，又失脱一件。故前后去了三次，始将此事办理清楚。

关于外汇事，也颇有波折。到中央信托局询问，知我之外汇尚未到，莫名其妙，只得暂等。西行事决乘车先往喀拉奇。我原定在印各地，于西行时略作游览。但一因天气太热，行旅困难。二因在印只许留两星期，为免延期麻烦，只好从略。三因无同行，一人旅行，心急如箭，无兴游览，因将游览印度之议作罢。将来回转时，或有机一游，亦可未知。

因等外汇，等了六七天，尚无消息。在加用费，乃暂借者。后来商之中国银行，始允以我之印章留此，如数暂支。中国银行办理完竣后，乃定三日由此起身。在加竟住了十一天之多，照理应利用此十一天光阴，在此游览。但除印度地质调查所去了两次，与在印几位地质家略作商谈外，大部时间，消耗于购置旅行用品，及看看附近街道。好几次要往有名的植物园，均未去成。有一位朋友戏谓从前有人到西湖游览，到西湖后，闭户不出，停了若干日，他去。到西湖而未游西湖，而自命曰已游过西湖。今我之过加，亦与此相仿。某君盖以幽默之故事，讥我之在加小住也。但我亦有事实上之困难。后来于离加前，曾一游动物园，稍可解嘲。

在加城有一中国领事馆，尚另有许多中国机关，真是"名目繁多，不及备载"。由重庆到加只一日，而在此竟住了十余日。在此每日看报，报上国内消息甚少。但河南战事已开始，中原大战已开，尚不知以后将如何结果。其他战事消息甚多，颇多令人不满意之新闻。前途茫茫，今我之西行，正值军事紧急之时，尤觉心中忐忑，不知如何是好也。

虽然国内已有停止派遣考察人员之信，但依然每班机到场，均有人来。且传言不一，未知孰是。有者拟坐飞机，有者乘船。乘船须往孟买等候，且无一定制班期。姚树人先生前由教育部派遣赴美，已接洽好乘机优先机，但到加后始知喀拉奇美飞机办事处名单上无名，不能去，在此已停数星期，尚无办法。闻有先生先往开罗，再改乘美飞机之一法。此事虽由官场办事，不知何处发生错误，当然不无令有大生戒心。

临行以前，尚须再到警察局辞行。因我之居留期已将两周，据云可在喀再办延期手续，所以只简单地"辞行"而已。

（三）加喀途中

原来想借坐火车的机会，看看印度的风光。不料一上车，即为黑夜。加城近郊风景，即不能看。由寓所到车站，有友人相送。约一刻钟的汽车即到。车站甚大，印人甚多，相当杂乱。幸有人照料，尚很简单地找到所订铺位。一间有四铺位，二上二下。但间间不相通，吃饭须下车。此等不能前后贯通之车，在印甚普通，想为防止各等级混杂之故，或者可以名曰殖民地车。车上不预备铺盖，因多数人均自带铺盖，我因天气甚热，故虽未带，尚不觉困难。将开车时，除已有四人外，又上来二人，云要卧于地板上。他人既无异议，只有听之。一切东西，须自加小心，为我上车后之第一感想。

车行以后似稍凉，但仍为热风，汗流如故。窗外景物，不能细看，随即入睡。后半夜有凉意，不料竟因此稍有伤风。起视车外，两边皆平原，无何可看，十分失望。下午过恒河，大致方向仍为西西偏北。所过大小车站，见印人形形色色，均以布包头。如此热天，不知如何忍受。一天吃饭，均有人送上车来，尚不感不便。

在车上再过了一夜，次日起来，地形稍有山丘。然因过去匆匆，亦不辨为何地层。总之，此次只能做旅行，不能做其他地质上之观察。原为二时半，即可到拉贺尔，因事误于七时始到。共在车上约四十八小时。到站未见有人来站相接，即雇车至预订之旅馆中。幸所订房间，尚无问题。所住旅馆为此间最大之旅馆，房间宽大。拉贺尔为印度西北一大城，但亦很热。街上植木甚盛，布置反觉较加城为佳。在此休息一夜，于次日早，仍收拾一切再上车，转喀拉奇。由此所订之车，为冷气车。旅行社之人赶来照料，其结果手续简便，要了五六个罗比而去。上车开行不久，上来一中国人，为在喀服务者。谈及国内外情形，可慰寂寞。

由拉贺尔到喀拉奇，大部分在沙漠中行走。车外温度在（华氏）百度以上。车内则约七十二度左右，故十分舒适。每当吃饭时，须下车转饭车上吃，同时即可感到酷热之苦。沿途沙漠无垠，间以小圆丘，有如新疆之沙漠及戈壁，颇令我忆及最近新疆之行。

到第二天上午十一时许，即到了喀拉奇。有资会办事处派车来接，即入市寓于宿舍中，相当方便。计由加城过拉贺尔、喀拉奇共一千九百余英里。由加至拉贺尔为七百五十五英里。差不多由印度北部最宽处横穿，车上共行七十小时。

（四）喀城鳞爪

在加城十余日，天天感到酷热。喀城虽然也热，但比之加城，却舒服多了。不但温度稍低，且较干爽。喀城地临海岸，但因只住了二三天，并未有机会前往。喀城市面较加城小得多，热闹街道，只有一区。另有印度街市，则比较污脏，所有东西，比之加城，似还便宜些。

在此购到一支美制派克自来水笔。闻在美购不到，因有些兵士来此私带来，居然可以购到，想必在美当然贵得多了。

在此有两件事要办。一为延长居留期，一为接洽飞机事。据会中在此办事人欧阳云，我之机位，早已订定，不成问题，大为放心。因在加城，知有人虽早已办过，而中途往往有变。到此知会中所派之人中，亦有人发生问题者。不知错误发生于何处。自己无问题，一切皆可放心。关于护照，已托办事处去办，闻过三五日后，始可拿回护照。既一刻不能起身，也只有听之。

在此又补充地购了些东西。无事时便到街上游览。街市整洁宽敞，不似加城之繁闹。此地为印度一空军大港，于对日军事，关系重要。街上已看到加城之双座人力车，但马车甚多，亦有小敲竹杠者。

喀城有一维多利亚陈列馆，当去参观，动物、植物、矿物及考古衣饰等均有，但相当古旧。地质方面标本尤少，且甚凌乱。可见外国之陈列馆，亦有敷衍了事者。但如此小城，人口不过十万，仍有些规模较大之陈列馆，反观我国，相差远矣。

在此究住若干日，本无一定。好在已休息二三日，故随时可以起身。与欧阳君商，原定本星期六起身，后因由国内派美之军事团过此，可有机座附加前往，乃决即为起身。行李简单，并不感匆忙。十一日午后，即离寓所，于下午四时到机场，因一切文字东西，均已在加喀两处，于检查所封固，只平常检查，较为简单。护照亦如规检验，即于五时半上机起飞。从此云天万里，即将远到美国矣。

（五）喀拉奇到迈阿米

所乘飞机，为四发动机之客机，有座位二十六软椅，并可放下，以当仰卧，故甚舒适。二十六位，均已占满。除中国人十一位外，余多为美国士兵官佐。另有机上招待人员，对旅客招待甚周。起行之前，曾以美金五角，购得晚餐一包，为一长方匣，内碎肉一包，牛肉汤干一方块，糖若干，干面包数块，纸烟三支等，为供给兵士之用者。由此可见他们士兵待遇之一斑。

起飞不久，下视即为海洋，当即波斯湾。此时天气晴和，俯视水色与天色相同，时有白云片片，点缀于天际间。机身甚平，不感颠簸，风色佳丽，足慰客况。此时亦不暇他思，但凭窗赏鉴空中奇景而已。无何，天已入暮，窗帘下垂，则只有静坐机中，除机声轧轧外，一切均甚寂静。机内装电灯甚多，但九、十时以后关闭，而每座位旁有一小电灯可开，备不愿入睡之人，可以看看报。中间道上，亦装有较暗之电灯，备行人认路之用。

如此又数小时，于夜间一时半，抵机场降落，闻为阿拉伯岸之亚丁。有人招待至饭厅。未入饭厅前，到一地交款，然后赴饭厅吃饭。一切有人招待。时在中夜，食欲不振，食后休息片刻，即又上机，于三时开行，依地计之，当然要过红海，不过在夜中不能看清楚而已。在亚丁感觉燥热，然幸尚为夜间，如为白昼，当更热不可耐矣。

比及天明，已见机下陆地，当已为非洲地面。于七时到距中非某地（因在黑夜中）不远之机场。下机吃些早点，于八时又起飞，至下午四时，在堪奴机场下机。途中经尼罗河上游之维多利亚湖。飞行甚低，湖中及岸上景物清晰可见。其他则飞行甚高，仅见丘陵起伏，沙碛茫茫而已。在堪奴亦只休息一小时，吃些东西。其就食方法，与前大同小异。后即于五时起飞。因均西行，时间赶早，比加城又早六小时。如此飞行六小时，于下午三时（当地时间）到西岸之阿克拉，地临海边。下机后，到指定之一室休息，虽一人一室，床具甚佳，但闻半夜即要起飞不敢就寝。后稍为休息，机场人员，于薄暮招待吾等赴海边游散。海边尽为细沙，水亦甚清，游水者甚多。碧水天齐，波涛击岸，不见此景，已多年矣，心神为之舒畅。回后又吃一次饭，始回室休息。闻夜间一时起飞，故在床上，又热又躁，又恐误机，睡不着，于十一时即起。后静待一时，见皓月东升，碧空清澄，不免有故乡之思。于十二时许，即有车来，当即赴机场上机。在此下机时，检查身体，但出以证明书，即放行，每人付药水一瓶，为外用防止蚊虫者。在热带已多日，今始如法使用，以备一格。

上机后招待员指导用"保生背心"。为黄色，每人一套，即在座前取下，依法试背。背旁有两管。一个下去后按动，可使背心有气，即可浮于海面不沉。其他一个抛掷于水面，即生一特殊之色，预备救生船接救者，可以易于找见。因由阿克拉起，即须过大西洋，不得不防万一。横过大西洋，为一壮行，极欲俯视一切。惜在夜间，仅见窗外茫茫，月色中可隐约见海面。不久因身体困乏，亦便仰睡椅上，未及欣赏此奇景。但四时许天即明，窗外景色，十分清白。乍视之，海色与天色，几不可辨，在天际合而为一。时有片云掠过，始知身在虚空。七时,到大西洋中之小岛,名阿森岛。机场亦规模甚大,下机后,驱车至饭厅吃饭,匆匆折返,但见附近山巅相当之高,路旁火山岩甚多而已。

八时由阿森岛起飞西行,可以饱尝海面飞行。不过每次起飞后,均上升甚高,约一万英尺,由上下视,不甚清楚。盖据他们言,飞至一万尺左右之高度,相当安全。故飞机初升与降落时,旅客均须自动将椅上之带系于腰间,以防万一。至升高之后,可以解下。由阿森岛西飞,天气清和,无风无云,虽飞行甚高,而海面景色仍可见。至下午二时,始到南美洲巴西极东之那他城。由海面飞抵大陆时,心中甚畅,有若哥伦布之发现新大陆。海边岩层清晰可辨,惜不能下去一看。抵机场后,即被送至宿舍。二人一房间,有床,大约在此有相当时期停留也。午饭后,在床上休息。本想出去一游,因机场甚大,出外不便,因亦作罢。五时半吃茶,六时许赴机场,七时许到站,再做夜间飞行。于夜间一点三十分,到贝勒姆,亦为巴西滨大西洋之一城。在此稍休息兼进茶点,即再起飞。时本地时间,只十一时许。至四点半,至乔治城,亦为滨海城市。

在乔治城吃早饭后,即又起飞,但飞出约十分钟,飞机发生故障,即又折回,到原地降落,于是找地方居住。新筑房舍,多人一间,有如船上通舱。但借此洗洗身子,略作休息。据云机修好后,即可起身,但究于何时修好,不能一定,故只有随时准备起身。后忽云机件须大修理,恐一刻不能起身。飞机在此抛锚,亦一趣事。在本人实无所谓,因正可借此休息也。但由此北飞,过墨西哥湾,有九小时即可抵迈阿米。经此一波折,恐须稍延期。惟到十点半时,忽有人来接往机场，即匆匆起飞。到机场后，始知更换一较小之运输机，前所载我们过北美洲与大西洋之大飞机，尚在场待修。从此辞别，更乘小机。此机比前机虽小，但亦很大。内部装备，与前在国内所乘之昆仑号相若，大小亦与之相符。上机后除十一中国人外，其他乘客全换，盖因我们特别提前启行，其他人则尚须等候。

起飞后约四小时，于下午二时，到春尼达德，为英属一岛。在此稍候，即又起飞。于三点半，到旧西班牙属地，现归美国内构岛之□原城。实际已到美国地界了。下机后，在一室稍试温度，然后到饭厅，在厅外用点心。地临海边，望海水平静，微波起伏，风景甚佳。但惜不能久停，即又折返机场，于四点半再起飞行。由此起身后，为赴美最后一段飞行。初尚可俯视海洋，不久入暮，一切昏暗，只有静待到迈阿米。在此上机后，机上交来登岸之各调查表。如行李及个人人事登记等表，不下五六张，须一一亲自填写，并签字，相当费事。填后交付机上招待人员，于九时许，即见陆地在望，不久见一城市，电灯通明。红黄照耀，甚为美观。此盖即美国南部名城迈阿米也。

下机后，即有人导至一室。先试温度，并做体格询问。除同来美国兵数位有疟疾外，其他均健康，自无问题。然后验护照，亦甚简单。行李并未检查。离站后，即驱车到城内。行李则另有人押运，一切均托付他们，减少麻烦当不少。飞机场距城相当之远，于二十分后，始到城市中心所订旅馆下榻。时已近十一时。一天没好好吃饭，腹中甚饥，而店内饭厅已关门，只得独到街上，寻小饭店吃，名曰爬柜台。人坐于柜外，点要吃的东西，吃者甚多，且多女性。初在灯光辉煌之城市，过此生活，亦殊有趣。饭后回寓，即洗澡就寝。

计自十一日下午六时起身，于十四日下午九时许即到迈阿米。虽然西行赶太阳，争取了若干钟点，然亦不能不谓快。约计上下机共十一次之多，实际飞行时间，至多五十六小时，余则为休息时间。除在阿克拉及那他城二地休息较久外，其他不过半小时至二小时之休息。沿途风平气清，除上下时稍感不适外，并无何特别困难。此次因战争关系，取此特殊路线来美，自算开了眼界。但因每地停留时间甚短，未能浏览风光，为一憾事。如此长距离，以数日之时间，竟可达到。将来战争结束以后，航运更为便利，自在意中。在某一方面言之，世界更为缩小，一切自易沟通。每一国家，不求进步，难与并驱，中国自不能例外。不过就个人言之，旅行若快，并不能增加了解经过各地之实情，反觉或车或船，可以浏览风光。古人谓"马瘦行迟自一奇，溪山佳处看无遗"。以飞机言，决不能语此。

（六）迈阿米到纽约

迈阿米属佛劳瑞达，为美国南部滨海一大城。因在极南，天气温暖，每当冬天，为有钱人士避寒胜地。风景佳丽。闻海边布置尤佳，惜未能一去。市区道旁树以芭蕉为多，满市热带风味。我在此虽只停留了一天多，对之印象甚佳。

在此原想住几天，以资休息。到旅行社询问，候二三天车位不能订，凑巧明日有一座位，因为方便计，决提前起身。这么一来，一切顿见紧张，又要写信，又要订车票，又要收拾行李，因之忙了一天,对于市区风光未能多看。亦因天气仍甚热,不愿多在街上行走。

迈阿米之夜景,为灯光五色,但白天尤为热闹。尤其当十二时及下午五时,各机关人下班时,街道上简直为人填满,尤以女性为多。五光十色,不一而定。其次即为士兵,陆军水兵均多,也为战时特色。在此可以感觉到战争的,恐怕只此一点而已。所住街距河边公园不远,园门有布告,夜间十二时至早五时,禁止行人。园内亦有棚帐,也可以说是战时特色。公园景物,富热带性。河边水清船多,因临海,几可以说是海滩了。

我初入外国热闹都市,一切均自己来,找旅行社,找邮政局,均尚无大困难。到下午一切均已布置就绪,只待明日起身,尚有数点时间游散。回旅馆时,虽已八时,而天色尚早,太阳未落,少为准备行装,即就寝。

次早五时起来,辞别旅馆,叫一汽车,直赴车站。上车进所订车厢。美国车只分为二等,一为普尔蔓,即卧车。白天座位,到晚上一部署即成为床。此又可分二等,一为许多人在一车内,一为分室者,一人或二人一室。我们订者为前者。其次等即所谓座车,有如国内之三等车。不过全为软座,甚为舒适。故短途旅行,坐车座,尽够舒适。美国铁路,全为私人经营,有许多公司名称,而每一行车,往往有特殊名称,初至此,颇感复乱。

车开行后,不久即离市区。两旁森林密布,绿草丛生。已疲于空中旅行,除天色、水色、浮云外,一无可见的我,对于在车中观看景物,竟感觉到十二分的新鲜。其实飞行的机会,何曾有坐车旅行的多呢?人总是厌旧喜新的动物,至少是喜欢变换环境的动物,单调过久，任何事都生厌了。

在车上吃饭，饭车距所坐车隔六七节，相当之远。而去时座位常满，有时要在车走廊立等许久。饭车中饭食，与普通相同，而价稍贵。吃后即须离座，以让等候之人。在车上无事，看报，看来往行客，亦觉时间易过。一到晚上，由车役将座位布置，成为床铺，外盖帘帐，望之有如我国的云幕，不过十分舒适。

照时间为早八时许到华盛顿，我为要在华盛顿稍停计，所以买票只买到华盛顿。不料五点许即被催醒，草草洗过脸，由窗看外边景物，有许多大建筑，我还以为是距华盛顿不远的什么城，后车役告我，此即为华盛顿。盖车以六点许到，八时许由华盛顿开往纽约也。不久即到车站，即携行李下车，最令人欣喜者，即一出车站，即遇卢、邹二君，在外相候。想不到我离迈阿米前，所发的信，他们竟可接到。相谈之下，他们均赞成我由此直往纽约。因为据说，在纽约，有什么会云云。如此决定先到卢君的办事地点休息，并由卢、邹二君，招来地质调查所同事阮（维周）君来谈。异地相逢，交谈甚欢。至十二时许，由邹、阮二君，送我到车站，再购票往纽约。在华盛顿匆匆之三小时，不过对其街道之广阔，与路旁植树之多，甚为赞扬。据说纽约恰是相反。由此只身赴此有名之大城，心中颇有戒心。

由华盛顿到纽约，共约四小时即到。沿途过许多有名的城，如巴尔梯摩、斐拉特尔斐亚、春桐等。但均匆匆经过，在车中遇数美国人，倾谈甚客气，说明到车站时，应注意之点。下午三时，车抵纽约潘沙凡尼亚车站。将到站前，过一大隧道。车由汉德生河下经过，车站即在市区中心。由某君导余先寄存行李，并至站外雇一汽车，赴资会办事处。此君始终帮忙，盛意可感。

驱车至瓦尔街四十号，至资会办事处，多数人均不在。据云去参观某厂。与一袁君晤谈，知已为我订好旅馆。袁君乃与余离此，坐地下车，先到车站，取出行李，后雇汽车，到所订之旅馆。地点在四十七街西，为阿西来旅馆。房屋甚小，光线甚暗，白天亦须开灯。每日三元，但已至此，只好暂住。

纽约为余来美之第一目的地，既已到此，旅程自告一段落。计自四月二十二日由重庆起身，五月十七日到此，共计二十八日，其实际旅行时日，不过八日左右。除两段火车不计外，余均由飞机代步。途中虽有麻烦，并无困难。旅程统计，自重庆至迈阿米，为两万两千公里左右，共程两万四千公里左右，以距离计之，可谓长途矣。

下篇

纽 约 初 瞥

纽约为世界一大都市，人口因战时已增至八百万。一人初到，当然如刘姥姥之进大观园。不过逐渐认识，也竟无大困难。在阿西来住了三天，搬到第七十二街中央公园以西之哈尔格利夫旅馆。房间较前者为大，初住尚觉满意。后觉天气渐热，西晒可畏，又以临街，每日汽车，入夜不断，极不安静。但在这样的都市，也谈不到安静。因为此地距我所要工作之美国自然历史博物馆甚近，十分方便，所以就决定住下。因短期住此不愿退房，再找旅馆，亦不易得，且搬家也有许多不方便处。

到此不久，往哥伦比亚大学地质系参观，会见贝尔克教授。伊在多年前，曾至中国，参加"中亚考察团"为地质师，曾会见多次。此次会见，相谈甚欢。彼虽已古稀，而工作犹昔。谈及纽约情况，彼曰，要了解纽约，须先知有多长，有多宽，有多高，有多深，其语虽简，但甚中肯。

即以纽约主体之麻哈特岛言，为长约十五英里，宽三英里之地区。若再加上布鲁克林及坤士等区，已有两倍麻哈特之大。西过汉德生河，虽为纽基尔塞所辖，但事实上亦为纽约之近郊。范围不可谓不大。纽约建筑，以高楼著名。其最高者之摩天楼高一二五〇尺，合四二七公尺，几相当于北碚附近之缙云山，共有一〇二层楼，为世界最高之建筑。此外如RCA（罗氏中心甲建筑）只稍次于此。其他八九十层之楼，不胜枚举。尤以瓦尔街及时报广场附近为甚。所以若照其他都市，只六七层楼，或一二层楼者，纽约之平面发展，当不止此。最令人感觉伟大者，为其深度。若干地下铁路，往往数层。其关于市区建设，最低处，在海拔以下若干尺。

以如此伟大之都市，当然须先解决者，为交通问题。而纽约于此，著有成绩，实可谓为近代物质文明之结晶。除地面之公共汽车，及电车、高架铁路不计外，最重要者，当为地下铁路。凡市区及近郊之重要地点，均有地下铁路可通，且有特快与普通之分。来去分轨，各不相扰。每早上办公时间，及每晚下办公时间，此地下铁路，于短期内，可运送二百万人左右，由各处近郊至办公室，并由办公室送之回家。至言铁路，最重要之两大车站，半在地下，有数处打通地下，由河床下经过。工程之大，比之巴黎、伦敦及柏林，远为过之。

纽约之如此高的建筑，及地下交通之发达，实有其地质背景。因纽约城实位于古生代浅变质岩之上。地质上名之曰"麻哈特片麻岩"，十分坚固，可以支持此等高楼。而地下隧道，亦易于施工也。反观我上海，位于冲积层之上，外滩高楼，已有下沉之象，则不能同日而语。

高楼既如此之多，故立线交通，十分重要。凡重要楼，均有许多电梯。而电梯亦有特快与普通之别。特别只在某指定之层间行驶。交通既有如此之便利，故觉无何困难。不过虽如此便利而省时，（如上班下班之时）各层还时觉十分拥挤，在车中找不到地位，想见其人口众多之一斑。

纽约主要地区为麻哈特岛，分为上城下城。在美国都市多有上城下城之别。上城为住宅区，或较不繁盛之地，而下城则为繁华中心所在。麻哈特之下城在南端，所谓瓦尔街一带，为银行中心。操美国经济之牛耳，亦可为世界经济中心之一。而市面最繁华者，则为由三十街到五十七街一带。沿百老汇路，每日自朝至夜，行人不断。东西则以第五马路为界。以东之公园路，最为整齐，为市区要人住所。而第五马路，则为市面中心。文化中心，则在哥伦比亚大学所在地之第一百一十六街西部。

以如此大之城市，当然需要广大公园。然第十街以南，楼房多空地少，故只偶尔有小公园。以北则有很大之中央公园。在近郊有若干大公园，而以西园七十二街至一百二十街之沿汉德生河之公园，为新建筑者。闻有沿全岛均做如此设备之计划，因战事起而停止，其完成当在战事结束以后。

凡初到纽约的人，莫不惊其繁华。各种交通工具，相当拥挤，重要街道，行人日夜不绝。旅馆之多，为各城冠。但找旅馆竟和重庆一样困难。饭铺甚多，但去得稍迟，便要排班等候。而火车站来往行客，拥挤不堪。购票的地方，排成一长行，有如重庆之购汽车票。这些人不知自何处来，亦不知向何处去。而当局还做各种方法，劝市民不要于夏季做旅行，以免妨碍有关战时之运输。

此伟大之都市，有如我国之上海，富有国际性。人物各国全有，良莠亦至不齐。各式各样黑幕，应有尽有。惜我无充足时间，详为调查。市面一切，当然比之我国一般都市为整洁，然尚难谓之十分整洁。马路上飞纸、烟头、秽物，触目皆是。然这么多人聚集之城，保持至如此干净亦至不易。

商业、经济、工业、娱乐、消遣，当然纽约为一大中心。然苟仔细观察，其学术文化，亦十分可观。即以陈列馆言，纽约之自然历史博物馆，在美国为规模最大者。此外各种陈列馆或陈列馆性质之机关，据指南所示，有四十以上。所以我们不当只看人家的外形，其骨子里一切，也是十分发达。

我昔论外国都市，尝谓有三大特点：一为铜像，一为教堂，一为陈列馆。所谓铜像代表一切纪念建筑，在我国亦有，如碑塔之类。所谓教堂，为宗教产物，我国亦有，且甚多，如庙宇之类。至于陈列馆一物，在我国历来无有。近虽有若干陈列馆，然比之人家实瞠乎其后。我尝所以目西洋文化为陈列馆文化者，乃目击其陈列馆作用之伟大及发达。虽云言之过甚，然亦实为至理。或谓目前上下言提倡科学，与建设工业，皆为西洋文明之精髓，而子乃不言及其故安在。不知陈列馆之精神，即包这些者。查陈列馆之主要作用有三，一为研究中心，无论什么东西，均可为研究对象；无论什么材料，均可为搜集目标。譬如煤则搜集所有之煤做此科研究，乃至用具、衣物，无一不然，此即纯粹研究科学精神。而工业方面之进展，亦有不少陈列馆。如纽约目下之科学陈列馆，将各种战争工具，如飞机枪炮等，均为陈列，日益求精，自有进步。一为保管文物。一切实物既经搜集，自当排列次序类别，妥为保管，方可免散失。而此乃陈列馆最大功用。我国文物非不多，而因无适当保管之机关，乃至毁于兵火，毁于摧残，乃至流落外洋，实为可惜。其第三功用，即为通俗教育。将重要标本陈列以后，定期公开，使民众得随时观赏，自有无上之教育功用。而在城市附近之各级学校，亦即利用此为实际参证之场所，不必另自组织，可收事半功倍之效。

此关于陈列馆之感想，为数十年来日夜萦萦于心胸者。今到纽约，目击其陈列馆之多与发达，不期使我此等感想，又较加强。关于在美所看各陈列馆尚有机会，当择我性之所近，做较详之叙述。今姑先志所感如此。

在美国谈不到古迹。然若与我们古老国家，保存古迹之情形相比，也真令人惭愧。美国人虽无古迹，但对有历史意义之地方，却加意保留。如华盛顿第一任总统就职之宣誓地点，在纽约瓦尔街，其地立有一华盛顿像，并述明其地方之意义。在近郊华盛顿当年进兵之地，其当时古老房舍，均尚保存。这虽是一百六七十年之事，但看我国一百年以内之历史古迹，保存多少，即不胜其惭疚。如李鸿章当年过纽约，在上城河旁插一树，此树今尚保存。而我国关于李鸿章之文物，恐早丧失殆尽矣。

纽约虽住了许久，然仍觉天天做客。主要原因，为老住在旅馆中，不似当年在德时，常住于民家，与家庭生活接近。不过纽约旅馆之多，不一定因为来往旅客之多。许多人多以旅馆为家，租二三间房子作为住宅。如研究北京人之魏敦瑞，即住于我所住之旅馆中，已两三年。有许多老年人，子女长大，各自分居，为节省劳力计，亦常住于旅馆中。我呢，因为行踪不定，也不愿找民房，即常住于旅馆中。又因找旅馆不易，搬家困难，所以短期寓纽约，也不退租，自觉稍为方便，多少也有"在家"之感。

既住的地方如此，当然吃饭更为游击式的了。早上已以爬柜台为常，即依小饭店之柜台而食，要些橘子水、面包及咖啡之类。午间则在陈列馆中之"咖啡特内亚"中果腹。所谓咖啡特内亚者，亦为一种饭铺，不过要依次沿柜台要东西，要到了后付钱，然后找地方自吃。此等咖啡特内亚，并不比饭铺便宜，不过一因不付小账，二因可以自己或增或减地要东西，所以比较便宜些。晚间则另找饭铺吃饭，最便宜需大洋一元。一日之用，经常在二元至二元五之间。

纽约之饭铺，极有国际性，可以说各国饭铺均有。中国饭铺，当然也不少。不过此地之中国饭，相当洋化，又为广东做法。换言之，即洋化之广东饭。当然也富有中国色彩，不过不纯粹而已。在中国饭铺吃饭，一因一人要菜不便，二因简单之饭不好吃，所以我个人很少上中国饭铺吃饭。其他如法国、意大利、英国、德国、瑞典、俄国均有饭铺。即在此期间，要吃德国、奥国饭，亦尽有地点可去。不过洋人之饭，究大同小异，所谓某国也者，也多本地化。如德国饭之做法，也已多少有些变质了。

由重庆到纽约，简直不知道怎样用钱。我国抗战七年许，物价涨得不成话，当然是通货膨胀。依我离重庆时来说，肉已到一百元一斤，鸡蛋七八元一个。在重庆每月一人伙食，将近两千元，如有家庭，当然照人口多少增加。最简单的家庭，每月开支五六千元。所以每月收入，完全为糊口之用。此尚指有平价米可领者而言。所谓薪水也者，真成了薪水，只可备每月购燃料、买水等之用。由这样一个地方，到了美国，一切日用东西，尚以分为单位，当然觉得奇怪。在我们至少以元为单位，相差千倍，所以竟以他们要几分几分，不免觉得有些奇怪。其实心中如一打算，合成黑市法币，觉得自然还是此地生活贵。譬如在美擦一次皮鞋，需洋一毛，合为法币即二十元以上，事实上照我来时，八元即可擦皮鞋，岂不是还是中国便宜？又如在美吃最便宜的洋饭，需一元大洋。而重庆西餐，究需多少，不得而知。不过据我所知，以二百元在重庆，至少可以吃两顿很好的饭。不过此是指以黑市为比例而言，按之实价，只合二十元，当然就是美国便宜了。不过人人皆知，明市并不是代表市情。就邮政言，此地寄国内信为七毛，而国内来信，为二十八元，此为一比四十，计算起来，觉得来信虽贵，也是便宜。

美国自珍珠港事变以来，已将三年，比之我们作战七年半，当然短得多。他们之经济基础，比我们方便，物资比我们为富，他们无被侵占之地，当然谈不到封锁。然即是如此，物价还是上涨。据说到一般物资，比之战前，涨了百分之五十。即战前一元值之物，现在为一元五毛。然许多美国人告诉我，实际情形，并不如此。原来商人涨价，中外一理。他们涨价的方式，一方面提高价目，一方面亦降低质料。价虽不涨，而质料降低，还不等于涨价吗？换言之，即日下以一元五之价，只可购以前七八毛之物，而购不到一元价之物。所以事实上涨到一倍以上。话虽如此，比之我国，当然好得多。至少在表面上，看不到紧张与战时情形。

如有人到纽约市热闹街上一游，电灯辉煌，百货店中，游人拥挤。

市上灯红酒绿，谁也看不到战时景象。虽然这里也放了许多次警报，然多是报而不警。刚开战，当德国横行欧非所向无敌时，此地人心，当然也振动，有警报练习，以备万一。主要工作是指导人到坚固建筑之中层，如十层以上、五十层以下之地区。当然也实行灯火管制。为警惕人心计，每星期六正十二时，例放警笛。我到纽约数月，也有过几次警报，不过事实上他们害怕德国之无开驶人飞机虽宣传一时，但终未见到来。至最近此等警报，已成例行公事，更无人闻报而警了。

美国于今真为天之骄子。他东西为大洋所阻，在目前的战局下，决不怕有敌人侵入国土，而同时物资丰富，生产力强，真负了世界兵工厂之使命，因而居然握了世界之牛耳。目下如此，将来尤然。何以如此，我现不能多言，容再有机会，详为申叙。现所欲指出者，其所以能如此，绝非偶然，乃天时与地利所赐。但惜美国人，多不解此而已。

纽约为美国第一大都市，当然中国侨民也不少，据云有一万多人。在麻哈特岛南，即有数条街，为侨民集中之所，即名之为中国城。自然以广东人为最多，所营职业，大多不外饭铺与洗衣二者。惜以不懂广东话，故不易与他们接触。虽满腔热情，而无由沟通，可见普通话之重要。除侨民外，学生及因公寄寓者，也不少。有的替人服务，亦俨然如侨民。如有陕西友人韩树宣君，在美十三年之久，刻服务于纽约博物馆中。一般言之，中国人在纽约地位平常，并不甚高。闻当珍珠港事变刚发生后，美人震于日本之威及中国单独抗战之功，对中国人甚表敬仰。近因国内军事失利，及其他种种原因，四强之说,已成问题。不过就我们本身而言,以前四强之说,本很勉强,一切当然还靠我们自己的力量。常觉西洋人对于仁义二字,实谈不到。伊等所欲者,为力与利,而最重视现实。明乎此,则一切不难迎刃而解。总而言之一句话,一切要靠自己。尤其是空誉不可恃。就我国内实际情形言,自然离标准甚远,当然不能满意,为招毁之由。不过他们所说者,又不尽为真实,片段事实,均为实在情形。但凑合起来,则无一是处。其结论,自然更为荒谬。

此地侨民既多,当然有报纸,不过国内情形,也反映于此间。主要有两种报纸,一为《华侨日报》,替中央说话,可视为国民党之报。一为《侨民商报》,则比较激进。二者形成对骂状态。幸洋人看此等报者甚少,不然丑态毕露矣。最近《大公报》在此,刊行一《纽约双周》,仅载重庆版少数社评,及若干已过时效之新闻,当然谈不到有多大力量。

在纽约数月,正值美国改选之年,也为不可多得的一个机会。罗斯福任总统已三次,打破开国以来纪录。一九四四年夏间,共和党威尔基放弃竞选,由该党推杜威为候选人。而民主党则仍推罗斯福,不过副总统以杜鲁门代替了瓦来斯。数月以来,杜威大做其竞选演说。将至选举时,罗氏也来了几次。外表看来,双方仿佛旗鼓相当。竞争言论中,两党互相诋毁。共和党说罗氏年老昏庸,内外均腐败,须要一变动。民主党则骂杜氏为年幼无知,尤其不懂得外交。其竞选演说,及种种运动,自我们看来,犹如耍马戏,殊不成体统。但其言论公开之风,亦殊可佩。

平心言之,罗氏秉政十二年,为期稍长。但在过去一任身当世界巨变之中，俨然为世界盟主，其成就亦自居多。今战事未了，百端待理，如更易生手，似亦非计。此所以民主党有所谓"不要在中流换马"之口号也。就罗氏本人言，成功每在预期之上，自可急流勇退，享福林泉。但为大局计，殊不相宜。此所以罗氏党提出为候选人时，曾大为民众拥戴，谓彼以身任大元帅之职，等于军人，在义不当言辞，自甚正当。说到共和党方面，有一个大毛病，就是包括了不少孤立分子，不免为人所厌恶。

就两党代表之分子言，共和党除孤立派外，多为有产业阶级，为工厂老板及大学教授之流。而民主党则多为劳工阶级。此所以共和党诋毁民主党左倾（事实上美国左派分子，加入民主党，拥护罗斯福），目华盛顿政府为共产党。此等曲折情形，我在此亦不必深责与追究。

大选计于十一月七日举行。我所住的旅馆，亦为投票地点之一，选民须多日前登记，此日到场再投票。既不记名，亦不直选总统，只投所要选总统之投票人而已，故可谓十分秘密。当日时报广场一带，人山人海，来看《纽约时报》之临时公告。我于当夜，在场参观。午夜始回。至十一点许，大势已见明了，即罗氏以多数当选。民众欢喜若狂，当罗氏票多之布告映出，或映放罗氏照片时，台下报以掌声与欢呼。反之，当杜氏票多之布告发出，或放映杜氏照片时，民众多作反对之声。其实台下两党人俱有，不过罗氏既已压倒杜氏，遂觉罗氏之掌声更为热烈。

最有意思者，附近有许多以制就徽章叫卖，上书"我告诉您如此"，即无论谁当选，他们全可以做生意。当选举这一天，到处禁止喝酒，盖恐喝多了酒，影响了选举结果，至下午九时以后，始开酒禁，民众欢狂，有在街上跳舞取乐者。

美国选举方法，为民众投票，各以州为单位。而每州各有其选举总统之票数，大约以人口为比例。如纽约州有三十七，为最多。据人口投票结果，罗杜二氏，相差并不多，罗氏只多三百余万票。但以州计，则罗氏远超过，杜氏不过九十九票，而罗氏则三百余票。除总统选举外，国会议员，亦同时举行，其结果，民主党在国会中，亦占优势。

此次美国大选，以前许多人，多预言罗氏行将胜利。当选举临近，两党大有不分上下之势。而其结果，罗氏仍占优势。其最大之原因，仍在战事未了，中流不宜换马，影响于一般人之心，但有表同情于共和党之人。有人此夜关心局势，中夜不能成眠者，其失望之情，亦可想见。

美国人士，多嫌中国不民主，以为美国十分民主。其实平心言之，此等选举，何曾代表民意？候选人由两党推定，再各加以麻醉性之宣传，民众何取何舍，已不自由，而对于有色人种之选举，尚有种种限制。总之，有许多情形，无暇细言。但无论如何，总算民主，比之我们为强。而选举以后，两党仍一好如前，共以国家为重，实可取法。且他们党之党员，仍有个人之自由。如民主党党员，可以投共和党之候选人，共和党党员，亦可投民主党候选人。且即选总统之人，选定以后，他们仍有充分投票之自由。此则大有民主风度，可为吾人效法者。

在纽约数月所可志为鸿爪者，聊止于此。其实可记者尚多，不能不从略。惟尚有一事，不可不记，即我于离纽约前，曾有美人约我参加一青光社之聚餐会。内中人士，均富商巨绅，握美国之中心枢纽，有千余人。开会前，照例肃立，唱国歌，然后举行吃饭之祈祷。祈祷后吃饭，谈笑风生。饭后有数人演说，多宣扬爱国思想者。其中有一人谈及后方情形，有"我们用若干科学家"云云，与前年我在新疆时，所听"利用专家"之话，如出一口吻。盖在此等人士心目中，一切用资本支配，所谓科学者，不过他们工具之一。考近百年世界巨变，实由于工业复兴，而工业之变化，则由于科学之进步。乃本末倒置，诚可为浩叹者矣。末后则唱许多爱情之歌以结束。

在美国许多集会中，此等气象，到处可以看见，而以此次印象为最深。同行之某美友，亦尝言及，谓以数种不相干之事物，混于一起，即宗教、爱国、音乐、男女爱情等，糅杂为一。此等不相干之混合，看似可笑，不知于今美国发生伟大之力量，亦是由此。明乎此，则其他社会情形，不难迎刃而解，无何稀奇。至于物质享受即科学研究，在他们视之，已无问题，只好有些，供他们之使用。我尚拟将此另为申论，今不过聊述当时所见而已。

华盛顿及其他

在纽约虽住了数月,未到其他城市参观。我到美后之第一次旅行,为赴华盛顿及斐拉特尔斐亚(斐城),及普伦士敦,今濡笔记之。

由纽约到华盛顿,交通甚便。单就火车言,平均每点钟有一次车,快车四个钟头即可到。华盛顿不但为美国首都,在战时实为世界重心,尤其是自支配军火一方面来看。所以当然有战时的繁荣。最显著的是找住处不易,旅馆非经很早预订,简直找不到。我已早托阮维周君设法,始找到距美国地质调查所不远的青年会。

说是青年会,住的不一定是青年。好在外国人不服老,虽老亦可至少,自命青年。房间甚小,而厕所、洗澡、洗脸均在另一地方。每日清晨或晚间,十分拥挤,可赏鉴男性裸体之美。青年会在国内已甚普通,当然不必详述。不过他们组织格外庞大就是了。

在华盛顿首先要看的,为美国博物馆,在距白宫不远,建筑甚新,其旧址亦在附近不远。其中包括甚多,除自然科学外,尚有美术如绘画、雕刻等。也有若干中国的东西,不过并不算多。现任馆长为魏狄摩,系鸟类专家,尝研究我国之若干鸟化石,新任事不久。我除看了一般外,特别接头的人,有人类学门、地质及介壳类专家。我国有一位毛应斗君,正在此研究昆虫,故亦看了昆虫部门。所比较详细看的,当然为脊椎动物化石一部。此博物馆之骨化石,完全由计尔摩君主持下发展起来。伊年已七十一,在此服务四十余年。据云当彼初来时,所有骨化石标本,只有二种,今则不但陈列厅中,美不胜收,即储藏者及修理者,及正待修理者,不计其数。不过有一部分标本,如剑龙及其他若干化石,则系由纽哈芬皮包特陈列馆搬来。因马适*当年,曾在美国地质调查所服务,用其经费做若干采集。伊死后,地质调查所向皮包特陈列馆要求以一部标本运华盛顿,即以之归于美国博物馆中。

美国博物馆之脊椎动物化石,十分丰富,为美国骨化石中心之一。尤以恐龙类、哺乳类各门见长。无脊椎古生物,亦收藏甚丰。至其陈列方式,亦力趋时尚,尽量用电光,而避用自然光线。其他各部门,亦均在水准以上。

计尔摩已逾告老之年,继其事者,为盖星君。惟彼服务军中,此来未及相见。就地质方面言,关于古生物方面之陈列馆及研究,均在此博物馆中。有许多人两边列名,但实际研究与陈列,并不重复。

除看了美国博物馆外,即到美国地质调查所,规模宏大,除地质外,包括水利、制图、土壤等工作。人员均甚紧张。于战后另辟一战时地质部门,专解决有关战事之地质问题。我国阮维周、徐近之、

---

* 今译马什,即奥塞内尔·查利斯·马什(O.C.Marsh)。——编者注

闫敦建三君，均在此工作。曾与现任所长及地质主任谈甚洽。在此遇到前在明兴相识之德特拉。伊曾在中国新疆、中亚、印度、缅甸做不少工作，相隔十六七年，又在此相遇。伊原为德人，近改美国籍，亦在所内工作。惟因种种关系，不十分得意。有一晚约到其家，在华盛顿近郊，风景甚佳，伊云美国人虽生活舒适，经济有办法，但亦不快乐，时有痛苦，其原因在不知如何生活，言颇中肯。盖以美国人生活标准之高，在世界堪称第一，然仍感觉苦闷，可见人生除物质以外，尚有其他需要。不过此理甚长，非三言两语，在此所能说完也。

曾抽暇到国会图书馆参观，遇一洛客先生，新自中国云南归来，正校查云南某地地形图。此图书馆建筑甚大，收藏甚丰，中国书亦多。管理者为曾在山西传教之某君。另有几位中国人士，在此服务，谓图书馆有一批书籍，预备奉赠中国研究机关，罗列一厅，为数甚多，但无目录，检查非易。惟据已看过之友人言，关于自然科学者，为数甚少。

在华盛顿曾到大使馆一访，无要事只是看看而已。曾以星期日之暇，由阮、徐二君领导，看了有名的建筑迭克生纪念厅及华盛顿纪念塔。后者可在顶上望华盛顿全景。附近有若干低矮建筑，均战事起后所造，以应战事需要。远处飞机场及军营在望，惜未能去看。附郊华盛顿墓，亦未能一去，尤为歉然。

在华盛顿匆匆数日，所看不过如此。谈到华盛顿，比纽约又不同。街道宽阔，多树，亦无特别高的建筑，亦无地下车。景物宜人，不过夏天比纽约热。来此以前，得到友人警告，说是华盛顿热得难受。但当我到的前两天，天气阴凉，且有雨，我因信人言，未携外衣，十分狼狈，且竟伤风。但到第三天，天初晴后，太阳大施威力，而所穿衣服，又不便脱去，其狼狈之况，比凉还难受。离华盛顿的这一天，看了华盛顿纪念塔后，即回旅馆取行李，到车站附近一家中国饭馆吃饭，饭后即赴车站，转斐拉特尔斐亚。

由华盛顿返纽约途中，我拟在二地一停。其一即为斐拉特尔斐亚。虽然只两点钟火车，可是因无冷气，热得难受。美国火车设备在平时很好，但因在战时，好火车给兵士等坐去了，平民只得坐较次的车。到斐城车站下车，即到所订之旅馆去。到达以后，始知所订者无效，客满无房间。经再三商洽，始得一房，可见战时旅行之难。

到斐城的首一目的，为参观此地之自然科学研究院。故于到达之次日，即驱车前往。九时到门口，尚未开门。稍等，门役延入，先到各室参观陈列品。简要而精当，相当入时。不久，见地质人士，导看实验室中一切。后馆长来，晤谈片时。馆长并非研究人士，此在美国，已不一见。盖他们以筹钱为主，谁能筹到经费，谁就有地位。与我国以权势论者，又稍不相同。此外还会见若干研究人士，中有以研究介壳著名之沙里伯，年已近八十。虽已告老，尚工作如常，人亦精神畅旺，使我看到欧洲大陆景象。盖美国实行少壮派，不大见白发皓首之研究人员，故一见沙氏，不禁令人起敬。

斐城为美国一老城，很早即为文化中心。就脊椎动物化石之研究言，研究脊椎动物化石开山祖师莱登，即在此研究。研究院门外，有莱氏铜像一，即为纪念莱氏者，手持菊石及骨，英神奕奕，盖十九世纪之若干科学家仍为博物一流，什么均着手。不过莱氏究以骨化石著名耳。以后在美国著名之寇布氏，即在斐城做研究事业。研究院出版品中，在当年以寇氏之著作为台柱，惜在研究院未见有纪念寇氏之何等表示耳。

在此遇一研究植物之李惠林君，承招待一切。李正在此研究一部中国植物标本。李君于植物之外，对化合植物亦十分感兴趣。我国专研究新生代古植物者，尚无其人，尤乏以植物出身而研究古植物者。甚盼将来李君能研究古植物，必可于古植物及地层与古气候上，大有贡献也。

参观研究院之后，李君偕余到斐城旧市区一游，并看有名之美国哲学会会址。美国之哲学会，虽名哲学，实为理学，包括科学研究在内。其刊物中，地质古生物之文章甚多。又到一古老建筑，为美国国会第一次开会之地，外有华盛顿铜像。时因办公时间已过，未能赴内部瞻仰。美国国会历史，虽只一百五十余年，比之我们，当然连零数尚不及。但他们对有历史意味之物，加意保存。回视我国一百五十年来之史乘，究保存者几何？只此已可令人惭疚。

以后又驱车到斐城大学区参观，以限于时间，未及去地质系。闻此间大学，以医学十分著名。关于地质方面，其设备与教学人才均与自然科学研究院合作，故亦不必单独参观。在大学区看各建筑及学生住室后，时已不早，乃赴车站，转车往普伦士敦。

斐城为美国第三大城市，人口近二百万，亦为一历史古城。但在此虽住了一夜一日，匆忙中看陈列馆等等，以致所留时间有限，未能多看，实在可惜。以如此二百万人之都市，来比拟其科学研究院之陈列馆，似尚不够大，有待扩充。该馆人士，亦有此感，希望不久可以实现。

由斐城到普伦士敦,只一小时左右火车即到,但须搭另一小支路,方可到普伦士敦。普伦士敦为纽基尔塞省之文化城,以大学为中心。城中一切,差不多与大学都有关系,也是一历史名城。有一所建筑,并为最初国会开会之所。第一次大战时出风头的威尔逊,当过此校的校长。

在此遇到习物理的陈省身,和习数学的段学复。段君与我为同县人,不期在此相逢,一切由他们招待,省去不少麻烦。城市花树丛生,有如一大公园,极可畅人心神。由纽约、斐城、华盛顿等大都市来的我,到此尤感舒畅。

次日到校中地质系参观。时值暑假期间,我所要看的两人均不在。另见研究员耐特,专研究古生代腹足类化石。他所采获甚多,且均为大规模者。又用酸浴洗,极细微之构造,均可显出。相信此等研究,比以前片段之材料,当然要进步。耐特并导我参观其陈列馆。陈列馆甚小,只一大厅,一部且为动物部门骨骼所占。且地狭而标本多,尤见拥挤。陈列亦均旧式,既无电光设备,亦少通俗说明。盖此项陈列,专供研究教学之用,初不必深求。且一切标本,以新生代及哺乳动物化石为多,恐龙等甚少。其他方面地质标本,如矿物岩石,亦应有尽有。

在此与耐特闲谈,伊与杨遵义熟识。对杨之学行,十分推崇。又谈及研究事,对我地质调查所出版品,颇有批评。彼同时为纽约自然历史博物馆之特约研究员,对安得思当年在我国调查时经过,谈之甚详。言谈间,替安氏辩护,以为科学研究,与标本采集,为国际性的，中国人不当反对。按当年安氏在华，我国虽反对，其结果安氏完全胜利，所有他想采之标本，完全运美，而事实上我国落了不知科学为何物之名。奥斯明并于答张继书中，冷嘲热骂，至今回想，尚令人痛心。今耐氏又言及此，所谓余恨犹存。不过他只知道向外国调查，不知外国人在他们国里调查之滋味。见解偏狭，自不待言了。

下午由陈氏陪同参观该校之研究院部分。国联一部分工作人员，于欧洲战事起后，亦在此工作。前德国数理大家安恩斯坦亦在此工作，因相左未及见。德国自希特勒秉政以后，持种族之偏见，将许多有名学者，驱向外国，替外国工作。安氏即为其一。闻德国学术水准，已大不如前。以一国之荣誉，断送于一人之手，其为不智，可想而知。

我于当日夜车，即回纽约，此行可告一结束。不过数月以后，秋高叶斑之时，又到普伦士敦一行，见到研究脊椎动物化石的简朴生，为一年轻古生物家。惟因抗战期间，教书钟点太多，不能以全部精力，从事研究。伊导我参观地质实验室，知其内台所储存者，远比已陈列者为佳。有一第三纪初期蝙蝠化石，保存极佳。简君告诉我，此化石发现历史，极有兴趣，今转述于后。

此标本原由其产地一本地人发现。发现后照一相，送给简君，问他要不要。简君见此照片之后，夜里睡不着。因为此标本实太好，不但四肢俱全，且有微印表示皮肉痕迹。但他又怕那人索价太昂，只说此标本只有古生物价值，并不值什么钱。信发之后，日夜悬念，终于由那人手中拿来。他以后又到产地看了一看，并未发现第二个。

携归之后，精加修理，其胸部胃际，尚有一鱼鳞，证明此蝙蝠以鱼作食料。彼以此标本由岩石之双方修理，故背部腹部全可见，实为保存佳良之标本。而发现的那位，以照片见示，尤其洋人常识之富，肯以科学标本交与识货之人。

简君尚有许多良好标本，不及一一详叙。亦有一部分恐龙，尚未装架，许多标本均为尚未发表之件，尤可珍贵。

此外并看到研究无脊椎化石的胡卧尔，为一九三七年莫斯科开地质会议时所组织万国古生物协会之秘书。惟自战事发生，未十分积极进行，继续研究，当俟之战后。

纽哈芬及波斯顿

美国的文化工业等中心，全在东北部一带。尤以潘沙凡尼亚、纽基尔塞、纽约、康奈梯寇特、麻赛邱色慈等州为最。为人口最多，事业中心所在地方。原因因当年欧洲，尤其英国人来此最早，已经营最久。我第一次旅行所看到的几个地方，也就位于此区。在纽约做了一月左右的停留，又计划一旅行，即启纽约往纽哈芬及波斯顿等地一去。往返也不过八九天，但所得结果不少，印象亦深。

由纽约到纽哈芬，不过两小时火车，属康奈梯寇特州。纽哈芬在美国也算老都市，但始终为一小型城，人口不过十六万。主要因为经济交通中心，为纽约所占。不过此地一百年来，为文化中心之一，颇值一看。

出纽约到纽哈芬火车中，有数处可以望见海，所谓海，并非洋，因为大洋还为长岛所隔。纽哈芬即距海滨不远，在康奈梯寇特河谷之口。两小时在车上欣赏山水，颇有到处都为公园之感。用中国话讲，真是江南。其实花木之盛，江南亦难与之相比。并非我们气候及其他环境所限，实我人力未尽之故。

纽哈芬有二著名大学，即国人习知之耶鲁大学。各门均甚好，闻医学尤有名。今只言地质，也为美国著名地质中心之一。有名之休启特已故教授，即在此主教。目下主持地质系之主要人员，如克那夫（矿物岩石）、郎克外尔（普通地质）及邓巴（地层古生物），均甚出名。美国全国习用之地质教科书，即此数君所编。我国最近在此毕业者，为杨遵义，在此颇留盛名，见者无不问杨君近况。惜杨君回国以后，未能大展其所学，殊惜我国对人才不能尽用，有负友邦人士期许。

地质系单有一楼，各主要科目，单有教室及实验室。一切设备如参考书籍之配备、实习标本之陈设及教室中各设备，均十分合用。我国大学可勉强与之相比者，为北平大学。惜自抗战以后，北平已非，不堪回首。此外看到他们的生物系，设备亦十分良好。

纽哈芬还有一主要文化机关，昔日独立，今归之大学，即为皮包特陈列馆*。皮包特陈列馆，为脊椎古生物大家马适所创办。今者前馆长鲁尔已告老，由邓巴主持。原有旧建筑，近年改迁入现之新建筑中，包括地质、古生物、生物、人类等，为一完全之自然历史陈列馆。虽不如纽约之伟大，然以十六万人之都市来比，实不算小。

美国古生物，尤其脊椎动物化石之特别研究，多为有钱之人。此节当另有机会论及。今姑且先述马适。有一极有钱之英国人皮包特，为其舅父。马适幼年求学，即受皮氏供给。马适学业完成后，到欧

---

* 今译皮博迪自然历史博物馆（Peabody Museum of Natural History）。——编者注

洲游历，回美后，在耶鲁大学当一名不拿钱的教授。又由皮氏捐一笔巨款，作为马适研究与采集费用。现在之皮包特陈列馆，也就是纪念皮氏创始之功。马适在耶鲁教十年，有许多人，替他在中西部采集标本。他从事于脊椎化石之研究，在各门中，几均有特长。尤以有齿之鸟及带甲之龙，最为著名。晚年光景不佳，才受耶鲁大学之钱。但皮包特陈列馆之有今日，固由皮氏之钱的帮助，而马适数十年心血，实为其发展之主要原因。

马适晚年，曾服务于美国地质调查所。故若干标本，均山地质调查所出资发掘。马适故后，一部标本，移至华盛顿陈列于国立美国博物馆中。但此间所有者，实尚甚多，有许多为已记述之正型。在此稍加参证，除恐龙及许多哺乳化石外，以中生代之哺乳动物收藏最富。

除脊椎动物化石外，无脊椎动物化石及古植物方面，亦收藏丰富。此外动物另占一楼，余为矿产，人类亦有一部分。皮包特陈列馆，虽为较新建筑，陈列亦多入时，但以办公室介于一层与三层之间，实于参观者不大方便。据邓巴云，理想之建筑，为由一中间大厅，外通许多支厅。每一支厅，陈列一部分材料，如此可免参观者一一参观之劳。但此点在美国之陈列中，尚少有做到者。

我到此即首先参观他们的实验室及教室。古生物及地层，即在此上课。并看到他们所采大批古生物标本，为石灰质，而矽化之化石，正在浸入酸中修理。据云一吨石及化石，需一吨酸。此等大规模之采集与修理，我国似宜急起直追也。又看到他们之教育部分。原来美国陈列馆，最注意于通俗教育，另设专部，以司其事。目的为小学校及一般民众,传授自然常识,无怪其自然知识,十分普及。

研究骨化石的鲁尔,已七十余,早已告老,但尚常来工作。伊主编美国之科学杂志。平时于恐龙及许多门类,均有研究,为美国老辈古生物家之硕果仅存者。

在纽哈芬住了三天,看了一切,并在城市稍作游览,比之普伦士敦,又是一种景象。因为城市较大,也有两三家中国饭馆。此地中国学生,也有数位,还看到我空军青年,在此学习者。一切仅看了个大概,即离此赴波斯顿。

由纽哈芬到波斯顿,约五小时火车,午发夕至。剑桥距波斯顿尚有一河之离,由此搭地下车前往,虽然一人独行,在此尚无迷失之虞。出站后即到剑桥之哈佛大学门口。但托友人所订之旅馆在什么地方,不得而知,而手提一箱,找不到汽车,行动很不方便。后将行李寄于一询问处,访找张其昀先生,小经波折,始得找见,才到所预订之大陆饭店下榻。

剑桥位于波斯顿附近,二者均为美国历史名城,而剑桥尤为文化中心,以哈佛大学著名。闻此地有中国学生三百余人,为中国学生最多的一个大学。在此执教者,有赵元任先生。张其昀、姚毓泰均来此研究,正住于此,得以相见。除哈佛大学外,尚有有名的麻省工学院,亦为国人所悉知者。

我来此主要目的,在看罗美尔教授,及其设备。罗美尔为美国脊椎动物学中之铮铮者,以前在芝加哥大学教书,后改来此执教。其所著之《脊椎古生物学》一书,为近年仅有善本。罗氏闻我来美,即函约来此,今特一游,并参观其一切设备。

古生物一门，在世界各国之学术地位，向不十分固定。有的归地质系，有的归动物学，亦有的独立，然以第一类者为最多。可是哈佛大学之脊椎化石，则归动物学系，即由罗氏主其事。我于到哈佛之次日，即到系中参观。

此间不但有很好的动物学系，更有好的陈列馆。各种标本也不少，陈列亦十分新式。闻古生物学大家阿家色，虽曾在此主教，但陈列收藏并不多。自罗氏来此，才蔚然成为一中心。我来此时，罗氏正忙于其脊椎古生物教科书三版之修订，图件甚多，由其女书记帮忙。此女书记，本皮包特陈列馆出身，为鲁尔之助手，不知何故，今在此工作。

除由罗氏导观系中及陈列馆一切外，并参观附近之地质系、地理系，遇见许多人。陈列馆之其他部门，亦逐一参观。就中以所谓玻璃花，最为名贵。盖以前有一德人，善做玻璃花，形态逼真，惟该人秘不传授。自其死后，此调已成泡影。此点颇有我东方人色彩，想不到外国也有"祖传秘方"！

十余年前我在德国读书时，会到一个女古生物家，名艾丁格，在佛郎克府新格贝格陈列馆服务。伊多年从事于脑化石之研究，已俨然成为世界此道之权威。犹忆前在北平，步达生研究北京人之时，特请人将她之脑化石一文，译为英文。十多年别后，今竟在哈佛相遇。原来她为犹太种，希特勒秉政之后，仇视犹太人，伊只身逃出，家产荡然。然仍在哈佛从事于脑化石之研究，相与谈及以前德国种种，真令人有隔世之感。

除了哈佛大学，还到麻省工学院参观，由到过中国之毛理士招待。毛曾执教天津北洋大学，后来参加安得忠之蒙古考察团，当时风头十足，年少有为，今一见颜容苍老，已非当年气派，且不知何故，已成残疾，用木足支持，一如葛利普。然伊仍大卖力气，导余参观各方设备，并其地质系。于标本陈列，随用图解说明等方法，言之十分起劲。后谈到李仲揆先生之《中国地质》一书，伊出其所作书评见示，有相当批评。伊以为大忽略外国人之贡献，其实此亦一偏之见也。

剑桥，中国人甚多，然不及一一详询一切。只与张其昀、姚树人二先生稍作周旋，并访赵元任先生一次。赵氏在此执教，其夫人杨女士谈锋甚健，近将有关于中国菜做法一书问世。此次承招待吃鱼翅，海外奇珍。闻胡适之先生不久亦来此讲学，哈佛当更热闹生色矣。

在哈佛住了三天，由张、姚二公领导，到波斯顿城中一游。惜因为时仓促，未及尽看，仅到所谓中国城区一看。美国各都市，均有中国城，以广东福建同胞为多。大多数开饭铺及洗衣二业，亦有从事其他者。我们在一家中国饭铺吃饭，据云为一大学教授所开。后来看了一次电影，共两个电影主片，均荒诞不经。其一表演陈列馆中埃及木乃伊复活，尤为滑稽。美国人好激动新奇之事，电影作者，即以此迎合他们的脾胃，固不只我国有《火烧红莲寺》一类之荒唐影片为然。

波斯顿在当年殖民地时期，地位冲要，为与欧洲交通最早口岸。以后纽约日益繁荣，后来居上，已不如前之重要。然仍为拥有七八十万人口之都市，尤为麻省一主要中心。

本可由哈佛直回纽约，罗美尔约于星期六，到其乡间住宅过周末，并可参观附近阿穆斯特之地质标本，当即允许同去。盖罗氏之住宅，即在以西一百余里之阿穆斯特附近。

是日早由校起身，先到车站，有其女同行。上车后二小时许，到某地转搭汽车，行三四小时。于下午四时左右到一地，由其夫人驾车来接，不过数里，片刻即到。其住所在丛林中，地势为冰期冲积物之小山丘，石块累累，山坡草树杂生。乍由大都市到此，舒畅心神不少。据罗氏言，彼在芝加可执教时，感觉将来有在东方置宅，以娱晚年之必要。后来找到此，以三百元购一木造房舍，附地数百亩，可谓便宜之至。此房经他自己一再修理，已十分合用。原来麻赛邱色慈及康奈梯寇特等州，为美洲最先由白人开发之地。因地多开发农田，后来人渐向西移，地又重复荒起来，改为森林。而许多住宅，多为百年以上所建，尚十分合用。不过格式自然古老，别有风味。当由哈佛来此途中，即见此等住宅不少，而伊所购之住宅，亦为其一。

入晚，我即在此古老而有新式设备如水电等之家中吃饭。据罗氏云，那个吃饭用的大桌，也有一百余年之历史。我听了很惭愧。不要看美国是个一百五十年的后进国家，他们倒有这古董，且注意制造历史。不要说我们是许多千年的古国，找百年左右的东西就不容易。就以我家论，不到七十年，两次毁于兵火，不用说没有一百年的东西，二十年的东西，已寥若晨星了。

罗氏还有一姨妹，在此过夏，她在中西部奥布林附近一学校服务，故对太谷铬贤学校情形甚熟悉。她借罗之地皮，在林中距罗氏宅约一里处，自建小房一座。有时独住。我很佩服他们之胆量，住在此等荒野,并不担心治安!

晚间与罗氏倾谈美国古生物学进展经过及现况甚详。第二天,我方起床至外,见伊正事推除草机在剪草,满头大汗,知他在星期日还有重要工作。他说购此房后,一切改良与修理之各工程,均伊抽暇所干。且指上部尚有未完工程,在房后,他又要伸出增加一间,石木等件,均已齐全,只待继续工作。我与他往视,果见木架已立,只待做墙。此等劳作,在洋人本甚平常,不以为异。如丘吉尔之私宅,即由伊亲手做成者亦不少,何况一大学教授。不过在习知于我国知识阶级之情形的我来看,自不免有很深的感触,不惜费纸笔一为叙述。

当天下午,坐他们之车,到阿穆斯特参观阿穆斯特学院。先找到管理化石的一位先生,据罗氏言,这位先生,本习他业,后来忽然对采集与修理化石感兴趣,即在此工作。多数标本,均彼所采修。惟他生性孤僻,从未到任何陈列馆参观,所以工作至为粗糙。他导我们参观其陈列馆,关于古生物部门,却也井井有条。只是许多骨架之装置,少见免污而已。其他陈列部,亦草草一视。后来他导我们到一地下室,十分广大,所摆者全为产自附近之三叠纪上部恐龙骨印。原来在康奈梯寇特河谷,三叠纪红色地层,十分发育,即所谓纽瓦克系,为红色砂岩、页岩与火成岩相间之地层。纽约对过之纽基尔塞,即为此地层。不过在此十分发达,最奇特的,数十年来,迭次发现许多大小不同之足印,但可归于此足印之恐龙,至今未发现。其足印前足小而后足大。以所具三长趾言,实为板龙一类之足印。此等化石,在南非、德国与我国云南(即与禄丰龙相似之恐龙)

发现，而此间有此众多之足印，亦是为当时板龙盛存之一例证。

由阿穆斯特学院，视康奈梯寇特河谷风景如画，虽林草甚多，而红色地层之地形，尚了然可辨。据云除足印外，尚有鱼化石甚多。后来他于我回纽约之后，寄来鱼标本若干，想见其热心招待之情。按此恐龙足印，在各陈列馆均有，而以此间为最丰，为我生平所见足印最大之收集。皮包特陈列馆中，亦有不少，正由鲁尔研究，不久或可完成，公之同好。

由阿穆斯特回到罗氏住所，与之游览附近山坡及丛林。罗氏指点其所有地界，方圆不下六七里。如此江山，想见他老兄享林泉之福之乐，不禁生羡慕之心，而觉与我之历年漂泊相比，真有天渊之别也。

晚间罗氏夫妇，其姨妹及其女，与余同往附近林中一瀑布之上，野餐，极其宾主之乐。

第二天早晨，罗氏即回哈佛。我于早饭后，则由伊夫人姐妹送至阿穆斯特搭汽车往北汉普顿。盖因抗战期间，汽车不易，有劳她们送得太远。到北汉普顿后，即购火车票到纽约。因开车尚早，乃到城市一游。虽为小城市，然市政整洁，公园、学校、教堂应有尽有。不知我国何年建设，始可赶上他们。在如此心情下，又到了车站上车南行，沿途只经一较大都市。果然沿河谷，风景宜人。红色岩石，时入眼际，惜不能就近一视。天气甚热，于晚间又过纽哈芬，不到两小时，即重回纽约，而我之第二次旅行，亦告结束。

加拿大旅行记

既到美国，想利用一切机会，参观所有想看的东西。除美国东部及中西部各地外，还想往加拿大一行。所以于回到纽约之后，便计划第三次旅行。时值盛夏，纽约温度，常在一百（华氏度）以上，所住旅馆，小而一窗，空气不流通，尤为闷人。且博物馆中休假的休假，停工的停工，工作不紧张，我也感觉不方便，正可借此出外一游。

计划虽如此，但手续相当繁复。等到我准备妥当，已是九月，过了纽约热的最高峰了。加拿大为英国一自治领，要去当然要办由美出境手续，及入加手续，须由我大使馆向美外交部及加拿大大使馆办理。只此就费了差不多一月时间。结果弄来后，还不限将来再回美国的入境手续。原来我们由迈阿米入境，在一特种条款下，出境后即不许再入。要另照未来过办法，从新再办入境手续。当然可以，不过多一道手续而已。既已如此，也只有候到加后，再办回美手续。

由纽约往加，本有许多路可走。我所择者，为由布佛楼一条。布佛楼为纽约州西北一大城市，位于伊内湖之东端，一夜火车即到。

未离纽约前，特将所欲去之地方，包括加拿大在内，主要段落之车票订好，又托通济隆订好各地之旅馆。此在平时，本用不着。不过在战时，无论车上及旅馆，均十分拥挤，订票须在起程一月以前，但不能太迟。太迟则订不到，所以往返跑了许多次，始将一切办好。

计此行由纽约出发，先到布佛楼。由布佛楼过有名之耐阿格拉瀑布，到加拿大之托然拖。由托然拖到加拿大京城吾他哇。又由吾他哇到魁北克境之蒙特尔。为此行东北之终结。再由蒙特尔折返到美之第筹，再入美境。由第筹往安夏巴，由安夏巴到芝加哥。由芝加哥南行，到择齐纳齐。由择齐纳齐到哥伦布士，由哥伦布士到克勒维兰，由克勒维兰到皮磁堡。由皮磁堡始折返纽约。共过主要城市十一个，行程在万里左右，兹配沿途所见于次。

布佛楼之陈列馆，名曰布佛楼科学陈列馆，实亦为自然历史陈列馆。主持古生物者，为研究无脊椎动物之莱曼。彼服役于有关战时之工作，经约定，始特来会见。馆长为韩木林，去时正在厅中，布置一切。陈列馆并不大，而布置相当精致，且十分通俗。楼下广厅之外，有许多小间，每一间有专题陈列，陈列相关标本。如天文部虽小，只一室，而许多天空现象均列入，极合教育之用。又有最出名之玻璃人，人身一切组织可透视。且每按一处，如呼吸器官，则有电力使其部分循行一回，极为醒目。楼上多为地质及生物标本，亦有不少活的标本。另有一室，专陈列伊内湖乃至耐阿格拉瀑布一带之地形、地质、矿产及生物，极合地方教育之用。关于脊椎古生物方面，以泥盆纪鱼类最多。以前有专人在此研究，现只储存而已。另外还有不少中国古董之类。闻馆长云，有许多珍品，未及细看，不过仰韶陶器，有由瑞典赠送者若干。总之，在外国中国文物，也像印度及非洲土人的东西，无论多少、好坏和真假，总要在陈列馆有若干，以备一格。若是好的话，还可以吸收观众，增高声望。

葛利普先生在壮年时，曾住布佛楼多年，于此地附近之古生物及地层，有若干精详研究。在此陈列馆中，关于无脊椎动物研究室，即名曰葛利普纪念室。按葛在我国执教二十余年，对我国古生物与地质工作，且有极大之推动力，除中国地质学会之葛师奖章外（按：此亦自抗战后停止），无其他纪念之表示，今于参观此地葛氏纪念室之余，不禁大有感想。

葛氏有一胞弟，现年六十五岁，名约翰·葛利普，原为订书业出身，近已在家闲居。由莱曼之约，乃抽暇去访。一见之余，颇有见了葛师本人之感，因长得十分像。承招待一切，并示葛师种种纪念品，如中国地质学会所出之葛氏纪念专号若干论文，及葛师一九三三年来美时之许多照片。闻葛于前次来美开会时，尚抽暇到布佛楼盘桓数日，以叙兄弟之情。此次过此，得便道谒见葛师之地，不胜欣幸。自入美以来，凡见地质界人士，十九均以葛师近况为问。惜我自一九三七年冬与葛师别后，亦不知其详。来美前风传已由其住宅被送至某地，显然不能自由。想念之余，实不知何时河山可以重光，而再得有惜日北平朝夕过从之乐也。

在布佛楼匆匆一天，大部时间，用于参观陈列馆，及访问葛先生二事，只晚上在繁华街道，略一游览。大凡美国街市，到处一律，无何新奇。不过因人家建筑好，水管方便，马路完好，所以市房十分齐整。不知何日我国各都市，始能现代化平均发达。照原定计划，由布佛楼往耐阿格拉瀑布，次早到车站，购短途票，往耐阿格拉。上车后，驶向边境，大有出国之感。过了耐阿格拉站，一站即下车。雇车过境，但刚不数步，换一加境开车者，伊大敲一下竹杠。而此加境之开车者，因等人又耽误许多时，始再开车过两国交界之桥。桥即在耐阿格拉瀑布之下，瀑布清晰在望。但此时心情，无心看风景而注意过境之手续。入桥口时，美方查验护照，到桥彼端，则由加方查验。因手续均已办理，故并无困难。

我由纽约来此之前，曾由资源委员会纽约办事处加籍顾问介绍在此地附近办一工厂之韩赖特君。此日他即在桥对过一旅馆中相候。相见之后，即导余往外，看此世界有名之耐阿格拉瀑布。瀑在美方固可看见，而以在加方看之，最为壮观。

所谓耐阿格拉瀑布者，在伊内湖与东北翁达内湖之交通处。美国与加拿大间之五大湖，此二湖在最东。伊内湖地势较高，且因附近岩层均大致平铺，而无倾斜，为志留纪与奥陶纪地层。其上部为石灰岩，下为砂石与页岩相同之地层。水流至石灰岩处，成一绝壁，大约为四十米，一泻而下，因成巨观。瀑布之图，普通地质书上均有，今伫立参观，见浪花四射，银瀑如布，不胜其流连。据云于晚上或阴雨后由浪花所成之雾中透视，可有各色光彩，尤为美观，但我未及看到。盖此日天气晴朗，又非晚间也。至于瀑布之声，可闻数里，亦一壮观。水由此瀑布入一峡谷，东向注入翁达内湖中，亦为美加交界之线。沿此峡谷向东数里，尚有一观察台，并可由此坐绳车，到谷中心观看，我仅到台上一观，未赴中心而返。

看了瀑布之后，韩赖特君驱车到高处，可望伊内湖东部及流水东注之状。并至附近一工厂之办事处参观,看附近各有名剖面之照片及水利事业。盖耐阿格拉瀑布,不仅为一风景区,且为一工业区,为此地繁荣之一大原因。不但此瀑布之水力,可以利用,他们并以人工造成许多水道,作为发动电力之用。参观后,即驱车往附近一小城名卡他内尼,有伊主持之一工厂,造各种应用机器。匆匆一周,未及详看。然只就其绘图室言,已比我中国地质调查所之绘图室大几倍,可见他们组织之大。后至韩氏家,其夫人招待甚殷,午间同至另一地吃饭,由伊介绍许多本地人士相晤,男女全有,不及一一记上姓名。吃饭以后,又到附近游散,至一大高尔夫球场旁,可看他们作高尔夫之战。入加以后,所见人士,均觉和蔼易近,留了很深的印象。

由耐阿格拉瀑布,可搭火车直往托然拖。但韩君坚持由汽车送我前往。值此汽油如血之际,盛意可感。他的意思,想让我看看加拿大乡村景色。他说加拿大一切落后,乡下建设不佳,请我不必太批评。其实加拿大乡村已十分现代化,我真不敢将我们乡村情形之实况,告诉他。

由耐阿格拉瀑布到托然拖,系沿翁达内湖东端而行。有时道路,恰在湖边可望湖中景色。美加交界,即以湖中间一线为界。公路之佳,一如美国。共计约四小时,即到。沿途果看了不少在火车上所未见的。到托然拖后,为时尚早,略与韩君周旋,并道谢忱。后伊即驱车而返。

托然拖为加拿大一大城市,我在此只住了三夜两天,当然所知有限。地位于翁达内湖之西北边,一边临湖,一边有小丘陵地,风景甚佳,前地质调查所新生代研究室名誉主任步达生,即为托然拖人。步氏逝世，已历十年，尚觉遗爱在人。今来此，实不胜其念旧之情。

在托然拖遇一中国医生艾君夫妇，在此开业，承蒙招待。盖此地也有华侨六七千人，为加拿大华人最多之一城。就医者闻以华人为最多。此地亦有我领事馆，领事冯君，曾一见，闻将奉调回国。艾君曾用汽车导余遍游城中各重要区域。湖边游艺场十分广大，各式游戏均有。市中重要建筑，除教堂外，以大学之建筑最宏大。

在托然拖主要任务，为参观翁达内皇家博物馆。此博物馆比布佛楼科学博物馆为大，比纽约自然历史博物馆为小，似恰得中。内中包括甚富，如矿产、地质、古生物、生物、历史、考古、民俗等，无不尽有，堪称大观。矿产部分，用玻璃表示矿区及矿层情形，尤为新奇。生物部分，亦尽量用新方式陈列。并曾至其实验室，看标本之储藏方法。其关于翁达内湖附近之生物及区域矿产，最为精彩。尤令人叹观止者为中国部分，收藏之富，为我来美后所仅见，恐只有英伦可与之比。盖英国与我国接触最先，其对于我古物之收藏，亦下手最早，捷足先得，自为当然。更有令人满意者，为陈列方法，依年代区分，如自古代商起至清止，每朝均有专室或数室。其所划分之标本，可靠与否，当然尚不一定。不过总不至令人如参观他博物馆中国部分，有进了古董铺之感。然他们把此均叫作考古，与其他民族之古物同等看待，实有未当。按历史与考古之界限，本不易分，即以有文字起为历史而言，自商以后，已有历史，并非考古。或者在美加人看来，他们的历史不过一二百年，遂以为我中国在民国以前，均为古时乎？

主持中国部分者为怀特司教，他在中国数十年，先在福建，后在河南，能操中语。其图书馆尚悬有前河南督军赵倜送伊之木匾，及其他纪念品。中国图书，亦收藏甚富。除彼之外，尚有数人，在此做研究。所以不但自然科学如此，即我国文物，我不研究，他人代之研究者，亦大有人在，不可不十分警惕。

古生物部分，以西加拿大白垩纪之恐龙最多，亦有不少其他名贵化石。主持者罗素君，服务军中，未能一见，只见修理化石之斯坦伯君。斯君并示其最近用一种特殊橡皮所做之模型若干。此等橡皮模型，用特种程序，尚可连续加大，故于研究小化石，十分便利。盖由此连续放大，可使细微构造，完全放大，易于辨认，而不失原形。现在许多地方，均用此方法研究小化石。惜在战时，此等橡皮，不易购到。我国采用，尚需待之抗战胜利以后也。

斯坦伯为老斯坦伯之子。老斯坦伯，在美中西部，终身采集化石，并做研究。伊本人并非科班出身，而为一种所谓旅行科学家，但成绩甚著。据斯坦伯云，彼自十三岁时，即随其父做各种采集工作。以后或野外采集，或室中修理，装修垂数十年。但彼生平，未一次为文记述化石，而只努力于此种工作，十分感兴趣，亦不可多得之奇人也。

由托然拖到吾他哇快车，不过四五小时即到。我因为要看沿途景色，所以搭白天的慢车。九时由站起身东行，沿途景色甚佳，人口并不繁多。农村景色，十分浓厚。荒凉之中，有新式气象。

在吾他哇只住了一天两夜，时间匆忙，未及访我国大使馆。只蒙在此地质调查所服务之斯坦伯招待一切。斯君亦老斯坦伯之子，为在托然拖斯之长兄,以研究骨化石著名。尤以禽龙一类化石为多。在此并见其子,亦习古生物。惟现在军中服役,将来必可继乃父之志。两代三人,均为知名之古生物家,实不多觏,可谓盛事。

斯君先导我至维多利亚博物馆参观,地质调查所即在此,并见所长第穆。对我国地质情形,倾谈甚详。他问我中国有多少地质家,我答实际工作者,约一百五十人,他听后似为惊奇,因加拿大尚不及此数。可见我们人虽少,比不上俄美,但能大为努力,亦当可有好的成绩。加拿大地质调查所,亦倾全力于实用方面,以应战时需要。陈列馆中大部分,已不公开,作为别用。惟古生物部分,尚有一大部分保留。各种恐龙,除加拿大西郊阿尔伯他所产者外,美国者亦不少。其他各化石,亦均有若干,为之代表。有名古生物家蓝普所研究之标本,多存于此。全陈列馆中,无地层之陈列,较为特别。但对矿产,十分注意。

斯坦伯个人所研究之一部分,即其实验,化石因此地地方不够,已移出。据彼云,曾迁移数次,最后迁到全城最古之破烂建筑中,以迄于今。彼云,地方虽不好,但无人要,所以自后即未再搬家,可见其言之慨然矣,该处有伊研究之化石甚多,尤以圆顶禽龙化石最多而好。彼亦以一部分时间,从事战时工作,故实验室事实上等于停顿,亦无可如何者。

在加拿大最后访问之一城,为蒙特尔,距吾他哇也只两小时火车。我去的时候,正值魁北克开第二次罗丘会议,而蒙特尔也正要开万国救济会议。正所谓冠盖往来,旅馆拥挤。幸先已订好房间。当日到达竟尚不能有房,等到下午五六时后,才可移入。

到蒙特尔第一件事,就是向此间美国领事馆,交涉再入美境护照签证问题。去时知已有我华盛顿大使馆之请求美外交部之通知,但仍要填许多表,交数张照片,印手指纹,一如在重庆时所为,虽云战时,亦可谓麻烦之至,而三小时光阴,全费于此,以后还得到移民局再交涉,又是一小时多,才算手续完成。

蒙特尔已归魁北克,为加拿大一大工业城市。一边沿湖,一边为山地,风景甚佳。在此遇到前在波斯顿会见之谢强君,招待一切,减去不少麻烦。在此参观本地之大学,并看其陈列馆。陈列馆名莱德巴司陈列馆,盖为纪念莱氏而设。负责人因事前未约,他去,未能见,会到保管人约汉生,为女性,才由纽约参观归来,导看一切。陈列馆地方小而甚旧,但内容尚佳,尤以加拿大本地产之岩石矿物标本最多。化石依地层次序排列,亦大有可观。动物部分亦不少,骨骼收藏亦多。惜研究人员不多,或因战时之故。此外又参观莱氏图书馆,收藏书籍甚富,许多有名杂志,均为全套。我只在地质、地理等门,看了一看。图书馆中,正有一特别展览会,展览太平洋文物,平平无何特点。不过于通俗教育上,尚有裨益。

以后以半日之暇,到山顶一游。先由马路盘旋而上,继取小道到山顶。林木甚盛,有一大广厅,为游人休息之所。前英王乔治,曾来此游览,尚有不少遗迹可寻。由此可俯览全市热闹街道,周围市区及魁北克河,均收眼底。此等美国及加拿大都市,本均一百年左右之产物,然经西人足迹一至,大为整顿,即成现代化之都市,反观我国,自号有数千年之历史,然除一北平外,古色古香之都市,已不多见,而新式者更谈不上。到现在始言建国,亦云晚矣。

蒙特尔为来加拿大之最东端。由此照原来计划，直往第筹。为米其根之大都市。夜间上车，次早已过吾他哇、托然拖等城，将近美国边境矣。"何事匆匆来复去，不把他乡当故乡"，实可写出我此时之心境于万一。

第筹为人口一百五十万以上之都市，为美一大工业城。顾特汽车公司即在此，全境无一自然历史博物馆。文化中心，在距此约一小时之安夏巴，所以我在此只住了一夜，看了看都市，即于次早，搭车往安夏巴。

在安夏巴住一旅馆中，为来美后住旅馆之最小者。床单破而且脏，晚上不能成睡，似有动物爬来爬去，可见外国也有臭虫。早上到学校找人，先到地质系与动物学系，因在一楼，均看了一看。在此除见地质系主任蓝德思外，并见到已老之有名地质家胡布士。伊在菲利宾及太平洋各岛，曾有工作，已逾八十，尚工作如常，正为政府预备伊所作之剖面地图照片等，以供战事参考，可谓全国动员矣。

除地质系外，另有古生物陈列馆，在另一建筑中，与其他陈列馆如动物考古等在一起。有名之脊椎动物学家克斯，即在此。伊已告老，但仍工作。到后由伊招待一切，看了陈列馆之外，并看其实验室储藏之重要标本。其特别为二叠、三叠纪化石最多，尤以三叠纪古鳄鱼类最多而好。其保存情形，颇与我禄丰系相似。陈列馆参观人并不多，盖安夏巴本为一小城市，以大学为主，故此陈列馆，主要为研究用。承继克斯之年轻古生物家葛雷高，现服役军中，不及相晤，至以为憾。以后又看了看动物陈列，访动物部布尔特君，正研究现代各动物之生殖器骨，令我看各动物的，收集宏富。据云以之鉴定各动物，十分可靠而准确。惜在化石上，此等骨保存尚少，然亦为可以十分注意之工作。

据克斯言，彼二十年前，与其太太周游世界，到南非，太太生病，死于该地，独身已多年。彼曾到过中国，但未到北平。上次在莫斯科开地质会时，彼本想过中国到莫斯科去，因时局关系，取消西伯利亚地质旅行，伊因之亦未去成。近做全世界中生代及古生代末期地层之研究，对中国地层，甚感兴趣。可惜伊所知中国材料并不多，只将已知者照抄，又有许多矛盾地方。我答应供给他材料，但不知尚赶得上他用与否耳。

安夏巴为中国学生集中地点之一。以前在一百以上，近不过数十人。此外闻有空军，在此受训练者也不少。我由克斯介绍，见了新到过中国的一位，名叫高尔，于前年到重庆，系美政府派去。据他说，曾由重庆往威远、荣县、自流井各地，可见与实用问题有关。伊能操中国语，晚间约到其家，来宾甚多，最奇者，十余人中，无论男女，都能说几句中国语，可见此地人士，对东方事甚注意，来来去去者，实繁有徒。

安夏巴一日，已看了不少，次日由此搭车，直往芝加哥。

芝加哥为美国第二大都市，仅次于纽约，人口三百三十余万，位于美国中西部，为交通中心。故历次各党举行大会，均择此地。我此次来此，住于下城一大旅馆中，并无人招待，至为茫然。次日始冒雨往芝加哥大学。上汽车以后，说明方向，开车的十分不愿意，因他们喜欢在热闹区域来往，旅程既短，得资又多。但我达到芝加哥大学之后，花了将近两元，亦可为贵矣。但因相距甚远，又不知如何乘电车，亦只有如此。到后误至一东方文化陈列馆中一看，后独找至瓦尔克陈列馆中，地质系、地理系亦均在此。先到楼上，见修理化石之某君，招待一切。我即在陈列馆参观。此陈列馆，乃纪念瓦尔克，故以之得名。古生物、地质部门，均十分丰富。尤以当年威理士顿在此，关于美二叠、三叠之硬头类及兽形类化石，最为特著。惟陈列方式，十分古旧，如置身欧洲大陆之陈列馆中一般，此陈列馆为大学研究用，自无足深责。

一会儿在此任古生物部主作之伍尔生来，伍为罗美尔之高足，罗去哈佛后，即由伊继任。亦对二叠、三叠纪化石，甚有研究。伊近在美地质学会特刊中，发表一专著，名为"哺乳动物之来源"，相当之好。伍君除再导我看陈列馆外，并至其实验室、储藏室及地质系一一参观，并见地文教授某君及一洞穴专家某君等。

晚间遇中国同学数人，并有在此教化学之马祖圣君，闻此地中国学生甚多，惜过此匆匆，未及一一会见，只看到邹说夫妇，承招待并开车游芝加哥近郊，以及西北大学一带。并于离芝城之日，到犹太区参观，人民甚穷，街市污秽，予我以甚深之印象。

在此曾与人谈及国内及国外情形，乃至纽约新来之各考察人员。某君谓新派来之人，有英国话说不通，日日在纽约吃中国饭。以前在纽约，曾闻人云，资委会办事处人员，对本会新来之考察者，有三大工作，一为吃中国饭，一为找大夫看病，一为向重庆写报告，甚为讽刺而幽默。今某君所言，不过如此，亦未加添多少。不过吃饭、看病、做报告，均非十分可以非议之事，只要事情办得好，不能让他有中国饭不吃,如他喜欢吃的话;有病不看,如他有病的话;有报告不写,如必须报告的话。主要是看他能胜任其使命与否,倒不必讲求此等小节也。至于语言一层,也是如此,谁能保个个人各种语言全通,况且也有言过其实之处乎?

在芝加哥,又以一日之工夫,参观最有名的芝加哥自然历史博物馆。芝加哥自然历史博物馆,原名费尔德博物馆,为纪念费氏而设,原在大学区附近,后移今址,大为扩充。近改称今名,只在内设一费氏纪念厅。全部陈列,包括自然历史,各部一如纽约,不过规模较小,但新式则过之,可以恰合芝加哥城市之需要。我主要看动物、人类、地质、古生物等组,并遇已告老之地质家尼古拉,动物部主管沈克及研究中国爬行类之颇普。脊椎古生物主持者为马克隆,正研究马化石。此博物馆之脊椎古生物,以新生代为最多。与瓦尔克陈列馆不相重复,可以互为补足。近闻二者有合并之说,惟当我去时,尚未见之事实。陈列部分,除普通化石陈列外,并将化石生存情况,采掘方法,亦特别陈列,于一般人之了解上,十分有用。

照原定计划,芝加哥看完以后,前往伍海阿之择齐纳齐。由芝加哥到择齐纳齐,一夜火车即到。到择齐纳齐时,正清早六时,天尚未明,巴尔博驱车来接,到预订之旅馆。巴原在北平燕大教书,在中国地质界甚知名,我们一起,也曾做几次地质旅行。他回英以后,在英甚不得意,前来美国,在择齐纳齐大学当理学院院长。此来他乡遇旧知,自有相当感想。

巴氏虽为地质家,但因任事务方面之事,系中事并未担任。此间地质与地理系并为一系,主任为瑞琪,乃矿物学家。另外有已告老之地文学家范乃满，在地理系相当有名。其所著之地理教科书尚通用。古生物与地层，为贾士德，为一年轻之古生物家。此地以无脊椎古生物为主，脊椎化石亦有一些，但不占重要地位。此外尚有其他教授数人，均做片段聚谈。

系中之陈列馆，就标本言，尚不少。但陈列十分散漫。据云战后方可有一特殊之建筑，大为整理。化石中有古生代之蝎子类化石，及鱼为最多。因附近奥陶纪地层十分发育，故奥陶纪之各化石，收藏甚富。

贾士德在此，极力使古生物知识通俗化。有一种组织，不时到野外旅行，由爱好化石标本者参加。此等参加者，不一定为专家，多为业余古生物学家。我此次赶上参加，往城南不远之奥陶纪地层做旅行。参加者共有一百余人，且有不少老太婆。他们对化石，全都感兴趣，贾亦不厌繁琐，一一详为解说。此地之薄层石灰岩中，化石极为丰富，由化石性质，可分为数层，均有特殊之石燕、珊瑚及苔藓虫等。我自己也采了不少，作为来此之纪念。

择齐纳齐，位于河边，两边为很高之台地，地形与莱茵河有些相像。据云，正因如此，欧洲人竞来北美时，许多德人，选定此地。至今尚为德籍美人聚集中心。贾尔德太太，即为其中之一，见了便回忆到德国女子之朴实劳苦情形，我们曾一块上街，到莱市购东西。贾君并于余暇，导我驱车游城市许多公园。择齐纳齐公园之多与风景之佳，为中西部名城之最，引起人不少的留恋。

巴尔博必欲我迁至其家中住一夜，其太太、公子，均久居中国，客厅里中国陈列甚多。据巴云，尚拟于战后再往中国工作，此盖欧美科学家一般之心理，初无足异。在此流连数日，于晚间上车，往伍海阿中部之哥伦布士。巴送到车站，上车仓促，车头煤灰飞入左眼，痛不可忍。

哥伦布士距择齐纳齐约四小时火车即到。次日参观了三个机关。一为伍海阿州立大学之地质系，一为伍海阿地质调查所，二者在一起。前者之主任为贾尔曼，为地层兼古生物家；后者之所长，为斯导特。其他为地理系，在附近另一建筑中。地质系与地质调查所，同在一起，工作与经费及人员，均可合作，两有便利，非如我国各省地质调查所，自成系统也。有许多人，均在野外工作或休假，故只与主任及所长会谈。其陈列馆虽为大学用，然可引人注意之标本，如泥盆纪鱼及许多无脊椎动物化石均多。但中生代及新生代化石则较少，而陈列方法，亦较陈旧。贾君并导我参观大学全部及运动场。惜左眼作痛，至为不快，后到地理系遇某君，引我到市中找一大夫医，不过去掉沙粒，立即见好，花了三块之多，不过一二分钟手术，亦可云竹杠矣。哥伦布士都市尚相当繁盛，因时间匆忙，不及细游，当晚即离了哥伦布士往克勒维兰。

克勒维兰，亦为中西部一大城，人口将及百万。然次早到克勒维兰自然历史博物馆参观，则相当失望。因建筑甚小，规模不大，不足以应如此大都市之需要，至为显然。但地址虽小，而陈列则应有尽有，亦有一部分，力采新式用光线布景之法。但地质古生物标本，比较甚少。此地主持古生物者，为以研究鱼化石著名之董克。其实验室在地窖内，所藏以泥盆纪鱼化石为最多，当为美国古生代鱼化石中心点之一。以后曾参观附近之图书馆，亦由博物馆馆长招待。

此博物馆闻亦有扩充计划，恐将待至战后矣。

下午董氏导余到近郊，看地质。因城内即有泥盆纪上部之页岩露出，名为克勒维兰页岩。据云即可找鱼化石，惜未获得。后来并便道参观西方大学，及克斯应用科学院，仅看了一部陈列，即匆匆而回。

这一次加拿大及美中西部旅行，预定最后一城，为皮磁堡。因卡尔奈基研究院及主要之陈列馆在此，不能不去。由克勒维兰到皮磁堡，只四小时火车，当晚离克勒维兰，夜间即到。董克送到车站，招待一切，并无困难。

主持卡尔奈基博物馆者为一俄种美人，名阿维诺夫。由俄来此已多年。彼曾往新疆去过，能说几句中国话。相见之后，以为等了一月，才见我来。因去加前通信，彼知我将来，而我绕了一大圈子，已将三个多星期矣。彼为一昆虫学家，对中国之蝴蝶，特感兴趣。陈列馆昆虫收藏甚丰，伊又为一天才艺术家，能用水彩画描绘生物，惟妙惟肖，并向我当面表演其正在进行中之潘沙凡尼亚省植物图谱插图。在此工作之地质人员，又有一俄种人，亦来美多年，名他尔马科夫，专研究无脊椎动物化石。伊虽为俄人，但在西伯利亚住多年，于远东情形甚熟悉。其面孔亦显黄种人，当有蒙古人血统。一九一八年俄国革命，及第二次世界大战前，希特勒驱逐犹太人，多少优秀分子前来美国。他们造就人才，美国享受现成，诚所谓为渊驱鱼，为尧舜驱民矣。

脊椎动物化石之主持人为克侬，才由野外采集归来。闻在此服务，研究脊椎动物化石者，尚有一克拉克君，近在我国西北服军役，未能在此会见,亦一憾事。

卡尔奈基博物馆收藏之富,足可与华盛顿、纽约、纽哈芬等相匹。就脊椎动物化石而言,许多恐龙之正型,如圆顶龙、梁龙等,均在此。其他部门,亦均平均发展。又有艺术部门,收罗我国东西亦不少。地质标本中,由德国采者很多。实验室中,储藏甚丰。克侬经一一说明,知关于美国新生代地层之化石,收藏甚富。惜为时间所限,未能一一参看。又关于以橡皮做模型及放大之法,即在此间发明。惜本人未在,由其夫人代为说明,并看了最近作战的许多模型。

卡尔奈基博物馆,组织宏大,堪与纽约相比。游其地窖一层,如印刷、装架木工、铁工等,应有尽有。据阿维诺夫云,除到野外考察所需之汽油,须仰给于人外,直接间接有关于博物馆之设备无不俱全,此等博物馆,在我国恐三五十年内,尚不易做到。

皮磁堡为美国工业中心,附近有大炼钢厂,因附近即有丰富之煤可供用。皮磁堡之有今日,亦受地质环境所赐。皮磁堡大学,即在卡尔奈基博物馆对过,但并非一大学园地,而为类似纽约最南建筑之大建筑。阿维诺夫,导余参观若干教室。每一教室内之一切布置,代表一国。入代表中国之室中,一切尚有几分相像。门口有石狮二,但放于门内,头向室内,未免见所未见耳。

在皮磁堡住了两天,全部时间,用于上二者之参观。尤以在博物馆中,看了许多标本,并看到正在装修中之电光布景陈列,工程十分复杂。至于都市本身,虽未细看,而美国都市,实际上到处一样,千篇一律,亦不必一一尽述。

由皮磁堡回纽约,只一夜火车,此次旅行,于以结束。

东岸到西岸

有许多美国朋友说，到美国不横穿大陆到西部去，不能算了解美国，纽约太国际化了，我对此很同意。往中国去的外国人，在北平甚至上海，住一些时，自以为了解中国，殊不知贻笑大方。我于东部及中西部各地，既已大致看过，所以下一计划，即为往西部去，从纽约到旧金山。换句话说，就是从东岸到西岸，由大西洋西岸，到太平洋东岸。照例预先要有许多准备，如订车票、订旅馆之类。终于于一个冬天的下午，离开了纽约。

由纽约到西岸，有许多路可走。最普通者，乃过芝加哥往西。我即采此路，由潘沙凡尼亚车站下午起身，次日清晨可到。因车误点至三小时之多，故早九时多始到。到后即转往林肯城之车，尚有三数小时，乃驱车到芝加哥自然历史博物馆一看，直接访马格鲁，幸未外出，与之倾谈一切地质古生物问题。看到伍尔生所著之《脊椎动物教科》原稿，后来又便到陈列室一看。关于墨西哥火山，为近数周之新陈列，我前来时尚无此。今不过一月许，已有变动，可见他们是随时在求进步的。

十二时由车站转车西行，因为白天，所订者只有一座位，亦相当舒适。由此西行，地势多半平坦，无何山岭可见。然新生代地层亦不少。沿途人烟，已不如东部之繁盛，树木亦少。过伍穆哈，为一大城市，已到夜间，但见灯光一片，未及详看市容。此车误点，于夜十二点多，才到了预计做第一次停留的林肯城。

林肯为耐布拉斯加之首城，有大学在焉。次日早打电话给爱理士，伊片刻即来。伊为一白俄人，来美二十余年，早改作美国人。曾在中亚细亚工作过，太太亦为白俄人，曾住哈尔滨、北平相当时期。爱氏先在堪萨斯地质调查所，后来耐布拉斯加地质调查所服务，已六七年，相见倾谈甚洽。是日虽为星期日，仍由伊导至大学去看。原来我来此所要看的三个机关，均在大学内，一为地质系，一为陈列馆，在一建筑中，一为地质调查所，亦在大学内，故十分便利。

是日下午，地质系主任兼陈列馆馆长寿尔磁亦前来招待，共同看其陈列馆。耐布拉斯加西北为沙漠，其新生代地层，发育甚佳，多处为美国有名产化石区域。故此陈列报于新生代化石，收藏甚富。此外尚有若干洞穴堆积中之化石，亦均一一参观。中间有厅，专陈列象类化石。此外关于无脊椎古生物及地层，亦有相当陈列。楼上有动物及艺术等陈列品，只草草看了一遍。

地质调查所，单独有一建筑，连同水利在一起。盖耐布拉斯加平原与沙漠多，水利十分重要。关于水位测量，设备甚佳，土壤亦十分注意。华盛顿美国地质调查所在此设有工作站。前在我地质调查所服务之梭颇，在此尚有一办公室。所长康得约，出外旅行未见，闻为一普通地质专家，做古生物研究者。只爱理士一人，据云，一切均自己工作，无人帮忙。彼年来于新生代草类化石之研究，极为努力，据云，为鉴定地层之最好标本。惜在我国，尚未发现过此类化石。地质调查所无陈列馆，取其不与大学之陈列馆重复，而工作则彼此合作。

在林肯停了二三天，即以大部分时间，在三处参观。寿尔磁为研究新生代哺乳动物化石者，爱理士因研究草化石，于新生代地层亦注意，我们即谈及第三纪与第四纪之分界问题，开了一座谈会。由我先报告我国新生代地层，及我对于分界之观点。伊等将美国情形，做同样报告，知两处不甚相合。即我们之泥河湾层，视为上新统上部者，他们以之当作更新统下部。其地层亦有许多地方不甚明了。此问题甚大，恐非更加精详研究与调查，尚不易即做定案。

未来林肯前，曾与爱理士函商，并得所长康得约的同意，可有一汽车，备汽油，在附近做数日地质旅行。但到了林肯以后，天气大变，大雪纷飞，地面成一银世界，许多露头不能看，而地冻路滑，行车亦不易。无法之中，乃决先往堪萨斯之劳然斯参观，等回来天气变好时，再赴野外。但也用了一个上午，驱车到东南五十英里外之泪水一地，看二叠纪地层，中有筵蜗化石甚多，俯拾即是。在沿途也看了许多黄土堆积，与我北方各黄土地，完全相同。

由林肯城往劳然斯，搭白天火车，借以看沿途景物。天气转好，沿途随地，除老地层外，时有新生代地层露出，尤以黄土为多。在耐布拉斯加等地，一般景物，颇与我西北有些相像。将来西北开发，当亦有如此一日。在美国，南北交通，不如东西之方便。所乘为慢车。到堪萨斯城，还需换车。车行甚慢，且又误点，而我所要换之车，亦因误点未来，只有在车站守候。堪萨斯为美中西部之大城。惜时间有限，只出车站，略为展望而已。十一点许，终于赶上开往劳然斯之车，为由东来开往西岸之通车。车上甚拥挤，竟找不到座位。好在由此到劳然斯，只一点钟左右之火车，而因误点，到夜一时始到站。下车后，又无汽车可叫，昏暗中自己沿街行走，但经行十余分钟后，我所订之旅馆招牌，赫然在望，亦为巧事，真所谓庸人自有庸福。

劳然斯有一大学，一自然科学陈列馆及堪萨斯地质调查所，均在大学区，参观甚为方便。次早我所要看之赫尔来接，当即到自然科学陈列馆，伊为馆长，系动物学家，现美国哺乳动物学会会长，曾在加里佛尼亚之贝克来工作多年，亦做些古生物工作，近始来此当馆长及动物学系主任。其风度与巴尔博相仿，当为英国种之美人。到后先参观陈列馆，入正厅。有一大广厅，为半圆形，陈列美国北自阿拉斯加，南迄墨西哥之主要动物、岩石、树木。风景一律连续，而各具本地特色。此为前任所创立者。有许多可议，然于一般人参观，亦可引人入胜。其他部门，亦应有尽有。陈列相当新式，为美中西部最好之博物馆。地层方面，亦甚见长。古生物之脊椎动物，采集甚多。主持者为喜巴德，以研究啮齿类著名。在此遇到前在芝加哥自然历史博物馆当保管员之瑞格。芝加哥自然历史博物馆之脊椎动物，由氏一人之力收集而成，近虽告老，但仍不甘家居，在此间工作。我看他正在自己修理一上新统骆驼骨架。此陈列馆之骨化石实验室虽不大，而不在地窖，两边有窗，窗外风景甚佳，工作可以忘倦。

我戏谓他，虽在此工作，亦等于告老，可以欣赏山水矣。因劳然斯大学区，位于一山脊上，林木茂盛，而风景地势，亦殊可观，不禁羡慕他们之安静研究室生活。

在此应赫尔之约，在斯努楼上动物系，做一公开讲演。伊事先即有通知，故听者甚多，为动物系、地质系、博物馆及地质调查所之人员。本约讲三十分钟，竟讲了六十分，题为中国古生物之进展，乃普通题目，借资宣传而已。

第二天尚有半天时间，用以参观地质系及地质调查所，均在博物馆附近。主任与所长，为一人兼，名穆尔旦，在同一建筑中，因地质调查所之新建筑，为军事机关所用，尚不能完全移入。此地质调查所，与耐布拉斯加相同，亦十分注重水利及土壤，乃因地域环境使然。曾在他们各研究室一看，地质系之教室实验室，亦看了看。此等地质系与地质调查所合作办法，在我国地质人才不多而经费有限之情形下，实可取法。后来他们带我看他们已建筑成之地质调查所新址，规模甚大，办公厅研究实验室，均甚宽大。每一主要研究人员，均有其特有之小实验室，已有一部迁入，而大部为军事机关所用。但将来如均能迁入，实为一规模甚大而完全之地质调查所。

在劳然斯停了二天，天气均好，参观完毕之后，于当天搭车回林肯，以期于夜间可以到达。赫尔到车站，流连不舍，而车又误点，在河畔游散，见有从河中所掘出之沙，据云以前不久，其中有象、牛等化石发见，送到陈列馆。可见他们民众，与自然研究机关声气甚通。

不幸回到林肯后，天报又大变，雨雪交加，比前数日更甚。我赴野外旅行之计划，当然不能实现。此次费尽手续交涉到车与油，而不能出发，反要担人之人情，实觉天公太不作美。

在林肯尚有数天之停留，因车票已沿途订好，不能因野外旅行不能去而改变行期。所以仍到地质系、陈列馆、地质调查所三处参观，遇到已告老之巴尔博教授，亦以研究脊椎动物化石出名，在此校任教多年。地质系及陈列馆之有今日，实出他之力。寿尔磁对彼十分尊重，尚看到欧陆尊师精神。寿氏并带我参观其化石标本储藏室，在另一建筑中。因目下之地方不够用，附近另有一部分，为储藏标本之用。内有化石甚多，尚多未加修理者。尝觉美国各地采集工作，比研究工作为速，尚须许多脊椎动物专家从事工作，正不必在美国以外，再寻什么标本。

在实验室中，与修理之莱德尔谈甚久。他有二拿手工作，不可不记。一为首先用铁条装修骨架，不使铁架显露于外，一切均由脊椎之神经洞及肢骨之中孔穿过。故标本甚好，像带着骨架站起，栩栩如生。此间陈列馆中，有许多骨架，即用此法。此本无何新奇，不过装置起来，当然有实际困难待克服。大凡此等做法，只限于新生代及保存佳良之标本，其他亦不易做到。我在该地时，正装好一上新统骆驼骨架，曾在其侧与巴寿莱等共照一相，以为纪念。其他一工作，即为伊所做成之骨化石乐器。因附近某地层产犀牛化石甚多。而此犀牛骨骼，化石程度甚好，击之有清脆之声。伊乃用许多犀牛之肋骨化石，分别长短，及发音之清浊，制成一骨化石钢琴。伊亲为表演，果然所有音调，均甚清楚，闻伊做成此之后，在各处表演，报上大为鼓吹，曾轰动一时。今则只陈列于展览室中，作为古玩而已。

在此与爱理士谈及俄国大地质学家奥布洛斯启夫之近况。据云最近与他尚通信，十分健康，工作如常。他曾将奥氏在新疆尤其迪化以西等地之油田报告，译为英文。据云，系应美某石油公司之约而作，作后除送去外，尚有原稿，我即一为查阅，多为我前年去新所去之地区。爱氏有将此译文发表之意，我当即表示赞成。因俄文文献能读者甚少，不知多少俄人有名有价值之科学观察，因发表俄文，而不为世人所注意，此不过其一耳。

离林肯西去之日为星期天，无何事，爱寿二君，导余参观林肯最有名之首府建筑，为一高塔，此大建筑高度等于塔底部十字路建筑之长，十分现代化。耐布拉斯加州政府办公厅即在此，其中地上装饰用许多化石，如恐龙、古象等，用石镶成，十分逼真而美观，闻即巴尔博所设计者。其审判厅、州议会、会议厅，均在内，设备富丽堂皇而新式。其中一部，为历史陈列馆，为红印度文化及殖民地时代之各种器具等。不要看美国历史短，他们十分注意历史遗物，且不时不惜人工，制造历史，实可令我们以古国文化自豪之国民警惕。此外新石器时代之石器及遗物亦甚多。此间陈列，与大学之自然科学博物馆，并不重复，且可互相补充。闻近有计划，拟将此移至大学，合并为一，惟一时尚不能实现。

此次前后两次，在林肯城住许多天。各种材料，比以前往各地旅行，看得较为详尽。而爱理士及寿尔磁招待之热诚，尤出人意料。盖爱为俄籍人，而寿在美古生物界中，因与佛内克斯合作，有外江派之称。然就我们局外人看，皆一样的，有可取与不可取也。

事完之后，因要于两点前退房间，乃将行李移于地质调查所所备之车中，晚间与爱君同吃饭，并到其家。其夫人生长于哈尔滨，到过北平，对远东情形甚熟悉，倾谈甚洽。至十一点开车到站，而据车站公告，误点两小时，要等到夜间二点，乃与爱君辞回，独自在车站守候。美国本以赶快及守时间见称，而因在战时，一切军事第一，故普通客车常常误点。如果在美国，可以看到战事景象的话，火车误点，应也是其中之一个。

终于上了火车入座，次早醒来，已见荒野一片，凄凉万状，此当已至耐布拉斯西部。乃至科落内多东部，不毛之地，当然很多化石地点，无虑千百，惜均不能一去，诚憾事之至。上午十点半始到顿佛，住预订之旅馆。下午即往科落内多自然学博物馆去参观。

顿佛为科落内多首府，为西部大城，人口三十余万，位于落机山东坡下。此地之自然科学博物馆在市中心区外一大公园中。时积雪未化，道路泥泞，驱车前往，幸即找到全部陈列馆，规模甚大，包括自然科学全部，而关于动物部门之光线布景陈列，亦十分完备。尚有一部，正在装修，得以看到其设备之经过。主要在画景之前，实物布景之后，要有凹入区带，方可十分逼真。陈列厅后部，有大讲演厅，为每周一定时间做公开讲演之用。可见他们对通俗宣传方面，十分注意。至于地质及古生物部分，陈列在最低一层。地质方面，岩石及地层标本甚多，但陈列古旧，闻将有改良计划，即以之移于靠墙部分，使中间地位宽阔。如此必须用电光光线方可。古生物标本亦不少，脊椎化石有一大梁龙骨架及许多沧龙，陈列甚得法。在此无脊椎古生物专家。修理者兼管一切，名蓝恒木，年已八十五，尚工作如常。据云彼于五十七岁时，始对修理化石感兴趣。已将近三十年，工作未断，深可佩服。伊正做一禽龙之模型，预备做交换之用。修理室甚大，设备相当完善，亦作储藏室之用。另有一室，为一绘图员，专绘古代风景画，作为布景之用。有一新生代动物陈列室，主要为哺乳动物，各门类均有陈列，附以布景，一如楼上之动物。我次日早仍去一次，并与地质人员会见。据云不久曾有一英国大不列颠博物馆某君前来，系奉派考察美国博物馆情形，作为战役恢复英伦博物馆之准备。可见他们对此，亦十分注重。此地馆长名贝理，前在纽约自然历史博物馆会见，招待一切，十分满意。

在此会到习地质之黄天禄，与其他二中国人。黄君前会通信，有意回国工作，在此晤见，始悉已改入美国国籍，娶有美妇，生子数人，故至少在战事期间，恐不易到中国服务。其他二君，亦在此实习理工者，均为有用人才。我国专门人才固不多，然逐渐各方均有其代表，苟善为培养，而使得各展其所长，亦不难树立很好之基础。

在顿佛还看了州立陈列馆，楼上为矿物岩石，除全国性之陈列外，每一部均有地方标本陈列一专柜，极为新颖。地质调查所亦在内，惜未见何主要人物。楼下则为文物之陈列，二者放在一起，大有不伦不类之感。此外以余暇到艺术陈列馆一看，无非图书古物、红印度人文化之类。亦有一厅，除中国东西外，日本东西亦杂列一起，作为点饰。

下午到车站，上车西行，因误站等了五小时，始得上车。于上车前，只有在车站附近盘桓，不觉令人有心烦之感。自由重庆西来，一年将完,大半时间,消磨于路上。上车下车,出栈入栈,所得究有多少,难以自解。而所受游离之苦,则只有一人,于此万万人海举目无亲中身受之而已。车开行即入夜,一夜辗转,于次日上午,车在威明州西南行,由车窗可见不毛之地甚多。威明本以产中生代上期及新生代化石著名。此地当有化石地层之一,惜未能下车一视。由车上看此不毛之地之一切,几疑在蒙古、新疆之荒野,而不知尚坐在外国时代化之车中。下午五时始到奥格当,因与由芝加哥来之车相并,在此停留很久,约五小时始开行。开行不久,即过有名之盐湖。路轨系穿湖之一部而过,两边山色湖光,映眼如画。当美国西部未开发以前,此等地方,还不和我之罗布诺尔及居延海一样吗?我想总有一天,我有机会,可以在卧车上,看此等地方之景色,一如现在看盐湖的景色一样。

虽然说此次由纽约西行,由东岸到西岸,可以横穿大陆看不少东西,但其结果,不免有些失望。因有许多地方,全非在夜间经过不可。如由纽约到芝加哥,由芝加哥到林肯,也只有一半,在白天看到。由林肯到顿佛为夜间,由顿佛到奥格当也一大部分时间在夜间,今由盐湖西行,正要看许多山地,而又入夜间,如此则美西岸之大山如落机山等,均糊里糊涂,于枕上经过了,古人云"马瘦行迟自一奇,溪山佳处看无遗",我今则"快车旅行亦一憾,好山好水看不见",奈何奈何。

但次早醒来,推窗一望,亦有可稍慰于万一者。阿尔卑斯式之山岳,险峻挺秀,杂以谷坡积雪,沿山林木风景之好,为入美以来所初见。车蜿蜒在半山中徐行,经过许多山洞,有一列车同时穿三数小山洞，有时山洞历十数分钟始过，均堪称壮观。午间下山入平地，将到贝克来时，又有小山岭，而三佛兰西斯哥海湾已在望。车道沿海湾行许久，尤足畅人心神，因又为一番景象也。这一段好风景之饱尝，应该感谢火车之误点。盖以原定时间，上午八点左右即可到贝克来，则此山此水，必大半在夜间度过。因两次大误点，于下午五时许始抵贝克来车站，因而倒看了风景，此可谓"塞翁失马，焉知非福"。

到贝克来无人接，车站甚小，没有租用汽车，又不知所订旅馆在何处。幸在车上，遇一美妇，其夫曾在中亚细亚工作，现在贝克来大学教书，其夫以汽车接她，她即导我上他们之车。其公子开车，始得很顺利地到达旅馆。

在旅馆中住了两天，并遇到甘颇。伊为此间大学古生物系主任，前曾到过中国，与我在四川发现恐龙化石，此来找他，亦有旧雨重逢之乐。但因我打算在贝克来住一些时期，久住旅馆不便，好在由纽约起身之前，得博物馆中尼古拉女士之介绍，由其住在贝克来之姐，代为我找一民房。房东名劳尔德，其夫也到过中国。我因恐有不便，故先订二夜旅馆，待面洽后再移入。访问之后，知房间久待，乃定星期日移入。星期日早上，行李收拾好，辞退房间，但找不到汽车。欲将行李令旅馆中夫役送往，而他们说夫役不许外出。我因房东处已去过，知相距不远，乃独自携两件行李，去到住所。虽然距离不过二里之遥，但因有七十磅之行李，也十分吃力。努力再努力，始到目的地，而已出了一身大汗，不免脱去衣服。不料房间久未住人，天气又冷，大意之下，竟得伤风。此巧小秀丽之贝克来，实予我以初来之大不良印象。

所住地方，在大山南之一小山东坡。房间在楼下，西北角两边有窗。窗外有环绕房舍之花园。树木之外，杂花并列，十分秀丽。远处东北，可看山坡林木，与房舍相间。两边虽有房舍，但由房边可以看见三藩市连贯贝克来之大桥。于晚间放映红色信号时，可以更清楚望见。在纽约旅馆乱哄哄之情景下久住而后来此，得此环境，大有别有天地之慨。房内为一大间，附洗澡室及储藏室，有一铁床，可以扶起，藏入壁中。但我因少生客，所以照常放于室中。

到此布置已定，即接时到加里佛尼亚大学去。此为美最大大学之一，闻在平时，工作者连学生可有五万人。我自然先到古生物系。在美国古生物系和地质系分开，而自成一系，以此间为第一。但尚无单独建筑，附于采矿系之楼上。据云以前在地质系，因那房子非宽大者，故移于此。系中包括古植物，由钱耐主持。钱前曾参加中亚考察团，对中国新生代植物化石，有若干研究。我在山东所采之上中新统植物化石，亦由彼研究。无脊椎动物化石为克拉克，脊椎动物化石为甘颇。甘以研究爬行动物著名，曾到中国，与我同去山西、四川等地。此外有一斯梯尔吞，研究新生代化石。于去年夏赴南美，尚未回，未能见。此外尚有若干人，从事各项研究。陈列室仅为楼上一走廊，标本并不多。但储藏室则收罗甚富。甘曾在南非，采有许多二叠、三叠纪化石，无地可放，一部分放于校内钟塔之内。据云当平时，彼有十五人，从事修理工作。目下则仅留一人。在战时，各人均不能充分做研究工作，即甘本人，亦每周两次有防海岸任务，可见战时在美国，诚可谓全体动员。

真正之地质系，在单独一建筑中，但不合用。因该建筑本为图书馆。自图书馆有了新建筑后，为地质系占用。为一图形建筑，只得因地势布置。但就内容言，亦十分充实。前主任劳德巴克已老，但仍工作如常。彼于民国三年至四年间，曾在中国调查，特别注重四川红色地层及石油问题，但结果至今未发表，闻存于某石油公司内。科学方面，只有恐龙之发现，已由甘颇发表。现任主任，为脱德雅佛鲁，原为劳之助教，亦曾同到中国。在此有一中国学生习地质方一年，为中山大学毕业者。

时值残年将尽，耶诞不远，学校人士，人半忙于预备过节，故一切工作，大有停顿之势。最难堪的，当为天涯旅客。二十五这一天，我惟一可去的地方，为尼古拉之姐处。在彼处吃饭。饭后同游三藩市。由贝克来往三藩市，须过一桥，名曰海湾桥，长八英里，合二十五里，分上下二层。上层走汽车，下层走电车。桥中有一小岛，穿山洞而过，诚为建筑大观。过桥后驱车到三藩市之海边，茫茫大洋，一望无际。水天尽处，即炮火连天之战场，即多灾多难之我国。流连久之，不胜感喟。后返往金门公园游览，到加里佛尼亚学院之自然科学馆参观。主要为非洲厅、水族馆及美洲馆三部，亦算相当之好。因在假期，未找何人。随后又驱车再回她处，同吃晚饭。圣诞树下，礼物杂陈，不看此景色，已多年矣。我国摩登人士，近来对圣诞亦染了些习气，可见此等东西，我国人最易吸收，而对真正之科学气象如陈列馆者，亦只若有若无，取其皮毛舍其精髓，如此洋化，前途仍大可忧也。

未参加此圣诞节聚会之前，尼古拉之姐，曾约我往南部沿海海湾一游。因她之丈夫赖吞在斯坦佛大学附近养病。她要接回来过节。我们先由贝克来到伍克兰。伍克兰为海湾东岸一大市，与贝克来、三藩市鼎足而立。惟事实上二都市房舍相接，大有合而为一之势。过伍克兰后，沿公路而行，东边为山，西边为海湾，路旁林木甚多，多果木树。盖加里佛尼亚，实以产水果著名。由此过一建筑，谓此建筑在一百年前，她特向我称道。我并不笑她，而相当佩服她历史意识之富。此在我国，大多数人，尚不知之也。南行约四十公里，在一小地吃午饭。再行到距贝克来五十三英里之小村市，至一家，彼从前曾住过者，由一对老夫妇招待。彼等曾在纽约自然历史博物馆工作，闻我自东来，十分热诚。稍休息后，我们沿海湾西岸行，先到斯坦佛大学，中有一著名之教堂，参观以后，又坐车绕学校各地，然后沿公路北行，沿太平洋之山在西，海湾在东，夕阳映射，景色宜人，于薄暮中，到三藩市未停，过桥而返贝克来。此行共一百二三十英里，得以看附近乡下风光，故值得一记也。

过了圣诞节，就是新年。而新年者，我年年最不快活之纪念时期。念十二月三十日，又为吾父忌辰，游子天涯，抚今追昔，诚不知此身何在。且今在此过年，十分凄凉。回忆去年此时，正值我同国桢返陕，途中过沔县，到张良庙，虽在途中，但还不孤寂。今年在此，则自除夕至新年，一人独处，未与任何人接谈，亦未访任何人，可谓闭门思过之机会。

新年以后，仍照常到学校工作。同时有一人为我绘若干标本图。午间常在学校俱乐部吃饭。在学校有一老式建筑中，备早午饭，兼备若干杂志及棋之类，供教授食用休息。我因他们之介绍为会员，故感觉十分便利。饭食相当清洁，而变化甚少。晚上则在外边随便找地另吃，多不满意。吃饭远不如纽约之易于挑选。

我现在愿意回头再记我工作的地方古生物系。人事问题，在到处都有。钱耐在学术界声誉及年资，均可当此地古生物系主任。不知为什么，自马修死后甘颇继为主任。因此两个人间颇有些合不来。有人说，他们简直避不见面。事实上，我此次求此，照理说在中国时，全是朋友，应该一会，见见面。可是始终未在一个场合遇到他们。我未免要把谣传看成事实了。

系中自然也有一个图书馆，名为马修图书馆，为纪念马修而设。马修死后，把书籍亦捐于此。可是图书并不多，比之纽约自然历史博物馆的奥斯朋图书馆，就差得多。如我国的《古生物志》及《中国地质学会会志》也不全，这也难怪，究竟他们中心甚多，也不必吹毛求疵了。

在贝克来住得相当之久，有时也到许多人家中参加晚会。有一次在一友人家中，看到前在明兴之一教授，为黑德维希之学生，算起与我有同师之谊。可是他已六七十岁，似乎有些不敢高攀了。甘颇的家，在距此六英里之一山城，在山谷中，风景极佳，为伊新建之住宅。可见他们早已解决了个人的问题，生活安静，当然可以用全副精力，来做研究事业。

在三藩市及伍克兰，均有中国区，尤以三藩市为最大。据云为美国之最大者，曾均去过数次。主要自然还是饭铺，不过三藩市还有几家大的商店。至于贝克来也有几家广东饭铺，中饭美饭兼备，在热闹区域，并无特殊之中国区域。此地为我国人聚集中心地之一，亦如纽约也有许多中文报纸，且背景不同，互相攻骂，不知何日，始可谈到真正之统一也。

南加里佛尼亚

就我的所学看来，美西岸除贝克来外，并无何特别古生物中心。不过以南五百英里许之巴沙顶那之加里佛尼亚工业学院之地质系，有许多标本，为西岸除贝克来外之惟一中心。附近落衫机城之博物馆，也还有不少标本，所以很值得前往一看。决定之后，计划一切，终于过年不久前往。由贝克来到巴沙顶那，搭的是夜车。下午六点半上车，次日早七时许即到，未能看沿途景色。所以如此，因为事实上的便利，而留待回来时搭白天车。只可惜两次均定的贝克斯非尔特一线，沿海一路，闻说风景甚好，竟至没有工夫欣赏。

到车站，有工学院地质系斯托克来接，减少不少麻烦。因下车的地点在落衫机附近之格林达尔，距巴沙顶那，尚有八九里。驱车前往，先到预订之旅馆中报到，然后即直到工学院。工学院各建筑，集中在一起，建筑甚整齐。地质系单在一楼，但一大部分，为军事机关所占用，故显得很拥挤。陈列标本，多在走廊。图书馆在下层。脊椎古生物专家，前在贝克来执教之梅恩木，告老后在此。人已逾七十，据云十分龙钟。但他仍致力不衰。所有标本，以加里佛尼亚者为最多，多为第三纪者。但另有一大沧龙骨架，曾由甘颇研究，近正在装陈，将以之悬于楼梯房之壁上，规模很大，我在时正将木架做好，标本尚未放上，而壁上工作，亦已开始。据云巴沙顶那一带，常易地震。所以此等装陈工作，尤须特别坚固耐震方可。斯托克本人，为一研究哺乳类化石之古生物家。第三纪各地层之典型标本甚多，对于附近各地区之景物剖面等，均有很好之设备外，又在墨西哥做过洞穴地层采掘工作，故于其地之照片及标本，亦多有陈列。第四纪落衫机附近之土沥青中之骨化石，亦有若干代表，但重要之陈列，则在落衫机自然历史博物馆。

美国的学校组织，至不统一，各地所有，并不一致。地质系之地位与系统，亦至不一样。有的独立，有的尚与地理合而为一。而每一地质系之工作，亦受人事关系甚大，其传统精神尚有。例如此地之工学院，顾名思义，已当无真正之地质，至少也要偏重应用，但居然为西部古生物中心之一，还不是因为斯托克一人吗？组织系统，固然要讲，但主要还是要有人工作，能充实内部，光挂牌子，没有用的。或是牌子与内容不一致，只要有成绩，也不足为盛德之累。

在巴沙顶那地质系，有一位我国同学，在此研究地球物理之传承义，到此已多年，很有成绩。谈及李仲揆先生《中国地质》一书，云此地之地球物理学家，对此书中之论构造与地球物理各点，多有批评。我因出于范围，不能置可否。但一本完善的书，本不易做，也各有特长，各有缺点。此外闻尚有在此攻读之若干国人，因限于时间，多未及会见。

落衫机有一自然历史博物馆，规模很大。斯托克曾导我去参观。美国所谓自然历史博物馆，实际上包括人文及自然科学、艺术，民俗当然也在内。其中有许多中国东西，虽无甚精彩，却也有不少东西，很费了工夫与钱。其中有清初某人的寿屏，他们也收来，不知文字，分挂作两起，次序错乱，这也难怪他们。自然科学部分，亦甚平常。脊椎动物化石方面，由斯氏主持，完全为落衫机市附近蓝旗拉布拉之更新统末期甚至近代骨化石。此等化石采自土沥青中，色褐，且有油臭，化石之丰富，与我周口店相若。化石以剑齿虎、鹿、牛、羊、猪、象及马类为主，多者竟以千计。完整之骨架甚多，单陈一厅，亦甚伟大。周口店之骨化石，前曾有专厅陈列，战事起后，零落可惜。今在此地看此，不禁令人想到周口店。与此等骨化石共生者，尚有近代印人之人头及骨，并有石器等，可见其年代甚新。斯氏并导我到原来地点参观，地已辟为公园，化石层在黑色之土沥青中，大部分已掩盖。但采掘之地，成为凹地，尚可看见。附近并有前人用三合土所做之主要化石造像，如獭兽、剑齿虎、鹿等。但制造粗糙，极不顺眼，斯有毁去重新改做之意。但此亦非易事，因艺术家并不一定为古生物家，而古生物家亦不一定为艺术家。但无论如何，此等工作，实可取法。其实周口店将来，亦可辟作公园，将各动物再造起来，亦为一有意义之工作。

我在巴沙顶那，除看了以上各地方之外，还参观了几处地方。为巴沙顶那附近之地震研究室，由顾屯堡主持。彼原在德国，因避纳粹凶锋，来此主持地震研究室。其中仪器，十分完备，建筑于火成岩上，基础稳固。彼曾示以近多年之观测，并特别指出最近之日本地震，相当激烈。又云战事发生以后，亚洲全部，几不能接得报告。故对于重庆地质调查所之观测报告，十分重视。所中地震研究室李善邦，即为氏之高足，相谈之顷，殊为亲密。此外并看了许多室中照相，其中之一，表示北加里佛尼亚南北山脉之断层，因地震关系，许多河谷，因之作直角倾斜，阅之甚有兴会。此地震研究室，位于一小山坡，林木茂盛，风景清幽。在此等环境中工作，真有不少福气。

其二，曾参观加里佛尼亚大学之地质系。闻此大学，照例归贝克来大学，为加里佛尼亚大学之一部。但因尾大不掉，已改称南加里佛尼亚大学。地在落衫机郊外数十里，将及海滨，建筑甚大。闻尚有战后种种扩充计划。地质系主持者为米勒氏，本为一普通地质家，擅长岩石。但因教书关系，亦及地层、古生物等，并有教科二本问世。不过不如休启特之书采用者之多耳。古生物部分，只有一人主持研究无脊椎动物。骨化石付之阙如。华盛顿地质调查所，在此设有工作站，但均出外调查，未及会见。

在参观以上地方来往途中，看了有名之荷来坞，亦为落衫机附近一名地，为制造电影中心。斯氏本有约我到此地吃饭一次之意，因当晚汽车出去，中途汽车抛锚未果。

以落衫机为中心，有几个小城市，如格林达尔、巴沙顶那、荷来坞等，可以说均已看过。在此停留了数天，观赏此地的风景。气候比之贝克米，尤为温暖。沿街尽为芭蕉棕杉等热带性树木。斯氏并导我看附郊各地。以东大山在望，峙立如壁，显然为一大断层。即巴沙顶那附近，亦有小断层，成为台地式之峭壁。附近盆地中地层，为上新统岩层，由巴沙顶那往落衫机，沿途即有甚佳之露头。虽为砂相沉积，如砂岩页岩泥岩等，但都沉淀于海中。其中含油，落衫机市区，即有许多小型油井。以上所述之更新统后期骨化石沉积，亦是与油有关。据云在冲积层中，冒出油泉，成为"泥火山"，一如我前几年在独山子所见。动物行游其中，或饮水而陷入泥中，因之成为化石。闻此等地层，延入海中，故有在海中打油之计划。美国油田甚多，此不过其一。然因在沿岸，且交通便利，诚非我国情形所能比也。

在此竣事以后，又回贝克来。起身之晨，遇大风雨，幸有斯氏用车相送，得无困难。所取路线，仍为来时的路线，不过为白天，可以看沿途风景。车开之后，不久即入山地，车中有播音机，向旅客报告一切，并详述沿途风景及可注意之点，如遇某山、某险要，及沿线某大工程，均一一讲述，便利旅客不少。在其他各线，至少于战时，未闻有此设备。则此南太平洋铁路公司之如此做法，亦可谓难能可贵。中有一越山下平原工程，做盘旋状，与重庆至歌乐公路工程相同，不过规模较大。据美国人言，当年修筑西部山地铁路时，工程家见峭岭如壁，无有办法，正在思索间，适一群印人，驱车而过，以马鞭作势，回转于地上，成螺旋形。该工程师乃大悟，始有此等工程。此说法当然不尽可靠，然亦见传说之甚。

过山后入加里佛尼亚盆地，南北长而东西狭。海相上新统沉积，即在冲积层之下，产油甚丰。贝克斯菲尔特为其中心。由车窗外望，油井如林，诚为大观。

在车中行了一日，比黄昏后，到盆地北端，甫过山，时已昏黑不可见，于十时许始又回到贝克来，而此一小旅行，乃告终结。

威理士访问记

以往在中国做过地质工作的外国人，硕果仅存的，就是威理士和布拉克威尔德。伊等曾在山东、陕西、山西、四川等地调查，横穿秦岭，其发表的结果和李希霍芬的工作，共同奠定了中国地质的初步基础。此外在中国西北，做过一些工作，而现在还生存的，就是俄国的奥布鲁布洛启夫。威氏在贝克来附近之斯坦佛大学任教，已告老多年，接他事的布拉克威尔德，亦于我去斯坦佛的时候告老。可见他在美国地质界，也是少有的宿将。

我因贝克来距斯坦佛大学不远，所以找一机会，前去参观该大学的地质系，并访问和中国地质史有关的两位大将。但因种种关系，当日往返，未及细看。却也得到了不少的好印象。

三藩市附近的两大学，一在贝克来，为加里佛尼亚大学，较为平民化。一为斯坦佛大学，在海湾之西，三藩市之南约数十里，较为贵族化。由贝克来前去，最平常的法子，是过海湾大桥，到三藩市，或搭火车，或搭汽车。我去时是搭的汽车，其时已是初春，花木开始放荣。到后见其大学建筑，依山傍湖，草木丛茂，实为一理想之大学区。在此有曾在国内相识之牛满江君，到站相接。因车站距校尚远，乃驱汽车前往，先至地质系。则现主任布拉克威尔德正在守候。寒暄之余，导观该系之各设备，正像其他大学一样，因在战时，学生相当之少。且有许多教授已不在，往他地服务去了。各重要功课，均有专门教室。各部之实习用标本，亦十分充实。但为免重复起见，没有脊椎动物化石。据布氏言，地史及脊椎古生物由他教，因他原为有名脊椎古生物家威理士顿学生，所以相当内行。事实上他也有几种脊椎动物化石论文发表。

斯坦佛大学地质系标本，收藏最富的，为海相第三纪介壳类化石及近代介类。因地位在太平洋岸，而海相第三纪地层又很发达，有地理上的便利，再加以努力收集，自然甚为可观。据主管其事者言，当推首指，是否言过其实，不得而知。不过陆相介类，并不很完全，却为实情。在此除看了地质系外，布氏并介绍了许多位地质家及有关地质科学之人物，不及一一详记。最重要的，当然为威理士。

威理士今年已八十五岁，尚常到系中工作，看看书，写写东西。因他不一定每天来，所以我未来之前，曾特地约好。饭前饭后，在他房中共谈了两次，所得印象很多，兹只择尤要记之于次。

八十五岁的人，看去当然有些龙钟。不过他的精神很好，视听均尚健全。这样年纪的人，并一生做地质工作，当然贡献很大。不过有些人一到老年，往往好做理论工作，或者仍固执自已已往见解，做不合实际之结论。威氏虽年老，却无此病。彼有一文，讲及地质构造，以示其子，子为习物理者，看后告之曰："爸爸！你的理论全错了!"他当即改正,并与子合作,将该文全部修正,用二人名义发表。此等虚心态度,诚可取法。

威氏对太平洋区地质,特有见解,以为并不如一般人所云,太平洋为古老之大海底,历史很久。实际上有许多证据,证明太平洋为一甚新之海洋。我当即言至今并未见有何海相沉积出自太平洋。彼云未发现之物,不能即指为未曾存在之物。其言论甚具革命性。此等精神,出自八十五老翁之口,自尤可惊。

他为极力反对威格奈大陆漂移说之一人,有数种义章发表抨击大陆漂移学说。我们所谈,以关于此问题者最久。彼谓目下之南北美接头之巴拿马,即为北非与南美东部曾相连接之证,而贝林海峡,尤为另一证据。此等忽连忽断足可说明一切,用不着大陆漂移也。彼称大陆漂移学说为一神话,实讽刺之甚。

谈及中国地质问题,彼甚感兴趣,对中国二十年地质之进展,十分敬佩。彼尚能道及,当年在中国调查地质之种种情形及琐事。他因我为陕西人,特别想出陕西许多地方及当年情况。可惜有些小地名,因拼音不准,竟猜不出是什么地方。后来谈到中国冰川问题,威氏仍持怀疑态度,不甚相信。(后与布拉克威尔德谈,亦如此。)我问他当年过秦岭时,是否见有冰川遗迹,他坚决地说没有,但我想关于此点,未必可据以为证,作为反对冰川存在之理由。因想他当年,观察未周,且有固执己见之毛病存在。但无论如何,此一大问题,一时不易使各人具同一见解,尚为将来之重要工作。

威氏最后送我他若干近著,后来又寄来他最近一张照片。总之,在地质人物,尤其有关中国地质人物,硕果仅存的,恐以威氏为西半球惟一人，所以乐于与之一谈。

后来又与布拉克威尔德谈许久，无非关于改进地质工作之商讨。彼谈及当年在中国调查地质时情形，谓当时彼尚年轻，不过二十二三岁，找到化石，不敢自信，画图寄予瓦尔寇特。经回信，竟与所猜差不多，十分高兴，得鼓励精神不少。可见青年人工作，实随时需要有人鼓励。彼又言在中国时所用名片为白来德，真是以黑作白了，颇可发笑。彼虽离华甚久，然尚能说几句北方腔之汉语。

午饭在他们教授饭厅吃，多为地质及古生物学界人。有一位矿物学家于饭后导我到其矿物岩石储室参观，有不少好标本。因时间匆匆，不及细看。

参观各处完后，又与牛君到该校大教堂，建筑庄严，为该教堂圣地。门外廊上铺地石板上，刊数字，为每班毕业生所留纪念。数字即代表毕业年数，甚为别致。后来牛君导至中国学生宿舍，为一单独小楼。此间我中国学生有十余人，相见甚欢，并遇农林部派来考察之李君。室内有中国报数纸，均三藩市出版，闻亦各有派别。值此时期，我尚不能统一阵线，实可为浩叹。谈片刻，牛君等导至饭厅吃饭。在此又遇中国学生多人，一同进餐，盖为彼等表示欢迎李君及余之意。饭后又回中国学生宿舍，大家必须余等致短词，首由我略说明近年来地质进展情形，及对在外我国学生之愿望。李君则叙中国农林界情形，及近来国内推进改良种子，尚能博得农民同情之实际状况。后来自由讲话，多对国内情形，十分关心。在外我国学生，均未来新中国中坚分子，又为目下青年界之精英，自可十分重视，尤钦佩他们之无旁观态度。有许多人对国内时事，如国共问题，好像看为不相关之两人吵架，对于军事，也以看戏态度对之。打得好，叫一声好，打得不好，即叫倒好，完全为隔岸观火态度，不知自己居于何地位。

因决于晚间回贝克来，而又为讲演耽搁，因之更迟，于十时许，始离宿舍赴车站。其中有一位广东女生黄淑炜，原系在贝克来读书，来此稍住数日，亦要回贝克来，因一同就道，改乘火车。天已大黑，也不能再看沿途景物。到三藩市即转车过桥，回寓，而这一段小旅行，亦告结束。

大峡谷与新墨西哥

在贝克来过耶诞节，过了新年，过了旧历新年，此可留恋的加里佛尼亚春天，已不容许再为留恋，而要做离开之计。大凡人总是重于情感，无论在什么地方，一住久了，总有些留恋，不管这地方是好还是坏。何况贝克来，又是一个花园式的小城市！

在贝克来古生物研究室之工作，本极平常。总而言之，是做客。做客有做客的难处，不管人家招待得如何之周，自己总觉得不方便。所缺的是什么？就是主权，自己不能支配一切。在纽约，何尝不如此。所以一切只有忍受。三月多的时间，过得很快，而今又要做东返之计了。在此情形下，对于贝克来及其附近，倒不胜其惜别之情。

未来此以前，本有愿望，想到附近野外看看，得些野外的知识。不料来此之后，一来主要的有地质及古生物兴趣的地方，距此并不很近，二来在打仗期间，人家的汽油很困难，不但他不答应，自己也不好请求，所以只得作为罢论。我在贝克来期间，只到巴沙顶那及斯坦佛两地，各去了一次。今因离此在即，对三藩市及附近之鸟克兰市,及近郊各地,也想观光。不早游玩,恐以后更无机会。所以每逢星期日,或较有余暇之日,往往独到三藩市看看。后来认识了黄淑炜,她因情形较熟,更得到向导之便。有一天到贝克来后边的山坡,俯瞰海湾大桥及金门大桥,此山此水,以前均为荒鄙之地,自白人前来开发,不多年即成为世界有名之城市。我立国将近五千年,到近年始言建国。这国如何建法,当然大费气力。不过不建更不得了。看我各城市及乡村,有什么财产和值钱的东西,新工业未兴,旧农村破产,房屋多为简陋不堪者,人民十九在死亡线上挣扎。以如此之国家,而要跻于四强之列,当然人家瞧不起,而自己也有难为情。我不知几时,才可见由重庆到海棠溪,到江北,也有这么两座大桥。我不知道几时才可见我各大城市,均现代化起来。我不知几时才见我全国上下人民生活标准,达到美国人目下一半的程度(全体办到,当然更难)。在如此的心情下,我看这鼎足而立的太平洋岸的城市。

在此住得较久,也认识不少本地人。我所住的房东太太,年已八十多,尚很健康。在他们这样的卫生环境下,当然没有什么稀奇。她曾有数次,约我参加本地曾到过中国的美人的聚餐会。在座数十人,多曾在中国教会或学界服务之人士。这一种组织,或者没有什么恶意,听他们谈话,相反地,倒对中国事,相当同情,相当帮忙。

有一次有机会看到已故古生物家马修之太太。现已嫁另一位穆先生,为印刷家。听说在马生前,马家夫妇,与穆家夫妇,均甚认识,且相当熟。马死后,穆之太太不久亦故去,两家各有子女若干人,于是将两家并为一家,即前马修夫人,已变作穆太太了。我在穆家听到她谈马修生前事甚详。此事在中国,觉得不平常,而在他们,则视为很合理。据她说,当他们在纽约时,谷兰阶曾问她有无什么人,可以绘古生物图。她当即介绍她的女儿到博物馆工作,因而认识了青年古生物家寇伯特,遂成为姻眷,亦竟成为佳话。我们又谈到欧洲的战事,据说有一段逸闻,也很有趣。有一次,美空军飞机抵瑞士领空,地上瑞士防空队,当即用无线电,予以警告。告以此乃瑞士领空,不当飞过。上空美军回答:"我知道我知道。"底下瑞士防空队又云:"知道而不去,明知故犯,我要开炮了。"上边又答:"莫有办法。"底下当即开炮,但上边云:"打得太低,不够高。"下边云:"我知道我知道。"由此故事,可说明瑞士防空队之不肯打高,显系虚应故事,遮轴心耳目,而美空军亦早知如此,故放胆飞过,所谓瑞士之中立,不过尔尔。而欲使轴心国之早日崩溃,乃人同此心也。

带我前去之人,即介绍我目下住宅之人,为纽约自然历史博物馆尼古拉所介绍,为其胞姐。她有一义女,母女二人,在某区做玩具工作,其女地位较高,彼不过将已做好之玩具,用胶黏于一起而已。然此等工作,她们视为很有兴趣,也足维持一家人生活,且有汽车兜风,可见美国人生活之高,而阶级相差之不大。

她们这些人,全很笃信宗教,见面时必劝上教堂。贝克来教堂甚多,每到星期日清晨,教堂门口车辆盈街,均去做礼拜。在我们看来,觉得很好笑,而不知宗教在西洋文化上,实占重要地位。您看罗斯福每次讲演,最后总是归结到上帝。他们能把许多相矛盾之事物,归结一起,竟好像十分谐和,这就是他们的艺术。

行期定后,即收拾一切,预备东返。离贝克来期愈近,更觉得加里佛尼亚春天之可爱。我由东部来此时，走的是北路，今东返，决取道南路。本打算还要到特克萨斯一去，因无多可看，野外又不能去，因而作罢，只过大峪谷及阿贝格克二地时，下车一游。

由贝克来到大峡谷，约二十六七小时火车。在一个很好的春天清晨，由寓所到车站。只有黄淑炜到站相送。车开后，先北行，再转南，与由落衫机来此时，路线相同。当天下午，到贝克斯非尔特，才折向东行过山地。白天一天均在平原中走，无甚可看。今将入山，而天已入暮，大山只有在车中睡觉度过，未免失之交臂。第二天早晨，推窗一望，仍在山地中走，但已过了分水岭了。因车误点，于下午一时，始到威廉士下车。

火车误点，汽车也顺延，还等过了两三次车才开行。在车站停了三个钟头，也不便往他处去。等到上汽车后向北行，不久即入大丛林，林木一望无际，显为人工培养之结果。不久为荒原，十足沙漠景况。远看科落内多大平原台地已在望，而道旁峙立之红紫色小山，由红砂岩及页岩等造成，当为三叠纪初期，惜不能下车一视。再前行不久，又入丛林，盖已抵公园附近，道旁有专为赶车来游者所设之幕帐地方，设备完善，亦不及细看。由威廉士到大峡谷，共汽车两小时。以前本有火车来往，自战事发生后已取消。只有汽车来往，且旅客亦不甚多。此亦为一战时景象。到后即住所预订之旅馆中。

我第一次出门，很不凑巧，也可说是运气不顺。前次西来，正遇雨雪，以致许多地方没有看。今到大峡谷，即见天气大变，狂风中雪霰纷飞。在夜间睡在旅馆中，尚不觉什么，次早推窗一观，一望皆白,树林上堆满雪霰,实为多年未见之好风景。但到此,时间有限,不能出去游散,未免大为扫兴。

大峡谷为科落内多河流到科落内多及阿内宋那等州,穿古生代以前,及古生代地层一部且及中生代者。最特别处,乃在很小区域内,全部露出。此盖因地层大致平铺,倾斜不大,而因河流侵蚀甚深之故。古生代以前之地层,因底部未全露出,厚度不详,为变质岩及火成岩。河谷最后侵蚀,及于此层。其最上部,即元古界,相当于我国之震旦纪,有最早之植物化石。在此层之后,古生代之前,有一甚大之间断或不整合地层,代表一长期侵蚀面。以上即为古生代岩层,除志留纪、泥盆纪及上石炭纪,因为由侵蚀面代表,付之阙如外,余均保存。共厚一千公尺以上。各岩层虽为海相,而因岩面风化,均带红色,故自远视之,一如普通之红色岩层。真正中生代红色岩层,则在附近露出,大峡谷本区,并未发育。其上则为新生代之历史。故自元古界起,共有五大阶段,代表地壳在本地之历史。经由当局,辟为国家公园。公园区设有办事处,附设一研究性之机关,专司关于自然科学方面之事,包括地史、岩石及近代动植物等等。沿峡谷南缘,距旅馆不远,有一瞭望台。室内为一小型之陈列馆,除陈列一伟大之峡区模型外,将各代之岩石及风景与动植物,均择要陈列。风景片及图说,并用镭光映照,十分醒目。室外走廊,置望远镜多架,每一架均指对面一定有兴会地点,如古老岩层、侵蚀面等,参观者要用镜探视,如亲临其地。

在此瞭望台,每天下午,由主管人做长约四十五分钟之公开讲演,讲述峡谷历史,及目下情况。我曾于其地参观,并听其讲演。

最令人钦佩者，乃讲者能以极通俗之言辞，解述一般人所不易懂之地质及古生物上专门知识。而听者亦因之特别感觉兴趣。我想此等做法，于通俗教育功效甚大，非我一般民众教育馆，所能与之比也。

我并由主管人招待，到其研究室去参观。规模虽小，而标本甚多。包括项目虽多，而只有他一人从事工作，并不感觉人少。此外自然有许多通俗刊物、照片之类，均关于峡谷历史及知识等，以便参观者购读。

我所住的旅馆，即在峡谷边缘。出门不数步，即可遍观峡谷之伟大。旅馆建筑为木质而古型者，恰配上峡谷之景物。室内火炉中火光熊熊，尤具诗意。旅馆中招待，均为红印度人。按所谓红印度人，实为蒙古种之一分支，为美洲土著民族，早年自亚洲移徙而来。在美国西南部各州，现尚有残余，比较以新墨西哥为最多。旅馆内亦经售关于此民族之各种服饰及纪念品等。

从上列附近一地所看峡谷电影，乃前多年曾在大峡谷及科落内多河沿岸探险之某君及其家属，在此演映其本身所经历及其他有关幻灯及电影，并加以说明。虽不免为一种营养性质，然而对游览者说明一切，亦有可取。

由峡谷村到谷底游览，本有骡子可乘，做一日或两日之旅行。但因遇雪雨，道路泥滑，且在此时，亦不易找，所以未能往谷底一游，诚为憾事。

在峡谷住了三天，对各景物，大致看完后，离此仍返威廉士。由此搭车，继续东行。所搭的为白天车，借可以看看沿途风景。所经阿内宋那，以至新墨西哥境，全为沙漠区域。除若干小山脊外，即为荒沙，间以小丘陵。当然人口稀少，与我西北相似，所不同者，在此沙漠中，有此双轨大铁路，且时可见工程甚佳之公路上，有不少汽车往来如飞而已。

照我预定，第二个停止地点，为新墨西哥之阿贝格克。盖以我国西去之前，有美国友人介绍此地附近之红印度人村民，以便东返时，过此参观。因此地乃红印度人集居之中心也。车于夜晚八时即到，至次日早所约之人，竟未见来。因乘暇访西南印度人管理处，所介绍之人亦未在，由伊凡斯接待，倾谈之余，略悉他们管治印人之情形。后由他导到为印人所设之教育机关，因时间有限，只参观了一部分，为教育女孩子治家训练。每人有一小房间，一切布置及各种器具，均自出心裁，自己做成。材料则大半利用煤油空箱子。我想及我在昆明时，家中一切，均由煤油箱子做成，不过他们所做更为精致罢了。于此之外，又教导他们做各种手工艺术作品，亦有学习缝纫者。闻至相当期间，即令回去，如此可逐渐使印人现代化。事后伊氏导我至其家中，在郊外，风景甚佳。家中房亦由土木做成，不过布置新式。我想我西北住宅能照此改良，亦何尝不能合用呢？

归途参观老城。闻有数家旧房，如邮政局之类，亦有多少多少年，言此津津有味。不过自我们历史悠久国家比之，亦不过那么回事而已。

次日仍无印人来接消息，不知发生了什么变故。下午乘暇参观大学，先到人类系，后到地质系。地质系甚简陋，无多可述。此大学因建筑在沙漠区，多为黄色土所筑成，自远观之，与我西北相同。不过入内一看，知此等建筑，亦有洋灰水泥，十分坚固，非我所可比也。又到大学图书馆，亦甚广大。按美人开发西部，不过一百年左右历史，大可供我之借镜。

因所约之印人无望，另由伊凡斯介绍一西班牙与红印度人混合种之青年，赴乡下距城约五十英里之地的某印人村庄参观。此人受印人管理处之命，为该区指导员，推广各种植物种子，并劝导本地人改良生产，其工作有如我农业改进所之工作。当日由伊开车前往，得看近郊风景。离开主要公路之后，各支路虽不甚佳，然比我一般公路，尚觉好些。先到较大之红印人村中，由村长招待，彼为印人，家中布置虽简，然已十分美化。村中房舍，均用土坯做成，且为平顶，如自外观之，直如新疆民间建筑。这位先生，以种子分配于他们，由村长招待，我无所事，只赏鉴此印人村中风味而已。事完后又折回，在沿途并到其他二村中一视，据云，虽然很近，而却为另一部落。印人部落复杂，我在此不能详述。只知他们彼此之间，往往语言亦不能通，因至今尚无可以通行之文字。当白人自欧洲来时，如何能以少数人克服了本地主人翁的印人，最大原因，乃为他们不合作。彼此部落间不但没有组织，且闹意见，白人即利用此弱点，从中离间，使之自相残害。因而最短期间，平定了北美。至于白人炮火厉害，更不用说是占优势的了。此是早话，现在不提。而今印人在美国，并不占重要地位。人数与力量，均当在黑人之下。所以看见这些印人，也不胜其"怀古"之情了。

据带我参观的那位说，印人于这几天，要举行一种迷信的仪式，有者二三日，或者七八日，在村中大事庆祝，有跳舞赛会等，但不许外人看，即白人亦不许入内。我因此想到预定接我而未来者，或者因此，盖今日所去之一村，次日即不能去，因各村时间不同，前一二日，或正为其庆祝之日。此虽为一种猜想，但后来回到纽约，与原介绍前去之人相谈后，知此乃实在情形，只有付之遗憾而已。

在此住了三天，虽未照原来计划，但也看了不少的东西。这一带原为西班牙殖民地，所以西班牙色彩尚十分浓厚。有些地名，仍为西班牙文，此亦历史的惨事。昔日发现北美者为哥伦布，西班牙人。西班牙帝国，在南北美洲势力，当日何等雄厚，而今安在？盛衰无常，有如棋局，即此可见。

由野外参观回城后，即定当晚起身东行。行前到某一饭馆欣赏那墨西哥口味，均为辣味，有如湖南菜，不过做法不同而已。

由此东行，择的夜车。因为一长段旅行，次日下午始到堪萨斯城。该城前于西去时，曾由林肯过此，但只转了车，未及入市参观。这次来此，又适逢晚间，且候车时间，只有三四小时，所以也未能入市内一看。听说此城内有中国古物美术等甚多，为美国之冠。

回 到 纽 约

由堪萨斯城上车东行为夜车，不及看沿道景物。照预定计划，于抵纽约之前，在密士失必河岸之圣路易城一停。次日早即到，到后即往华盛顿大学参观。先到总办事处一问，知将过东节（有如我国之清明节），今日已不办公。但我在此时间，只有一天，不便放过，乃托打电话找地质系负责人员。幸已打通，而他们也破例前来，见到研究普通地质的赫奇及研究古生物与地质的威尔尼，在系中详为参观。

地质系建筑，为某一女士出资捐助所建者，虽不甚大，而由一系全用，已甚宽余。除研究室及教室外，走廊及一部分空房，均作陈列之用。无脊椎动物化石，收藏甚富。一部由威氏研究。脊椎动物化石，以鱼类为最富，惟尚无人主持。威氏兼授地史及古生物，故时间有限。其他为岩石矿物，亦尚可观。据威氏言，他们不做宣传工作，所以许多人不知华盛顿大学地质系之内容，实较声名为佳。据我看，也为实在情形，一切均很好，而外界知者甚少。此等主张实际，不事宣传之作风，在美国尚不多见，故甚值注意也。

参观以后，威氏并导游附近市区，相谈颇投机。彼云明日将带学生到附近某地做地质旅行。惜我行期已定，未能与之同去。次日搭车东行，始于白天见密士失必河岸旁景色。美国城市乡间，均电气化，工业进步，未知我国何日始可达此境地也。入暮，车过哥伦布士，为我前次旧游之地。半夜过皮磁堡。

次日早车抵纽约，于预定时间到达。此次由西岸东行，在三地停留，故为时十二日始到，与当日西去时路线，不大相同。一来一去，横过北美，乃来美后最长之旅行。

回到纽约以后，当然到资会办事处接洽各事，无何特殊进展。因关于赴英非，均不能在此办，但为时尚早，所以也只有听之。同时每日仍到纽约自然历史博物馆，做未完的工作，并计划赴其他数地之事宜。

回到纽约，第一使人注意之事，即街上红绿电灯，除有关交通者外，一律取消。此因我离此后不久，因燃料缺乏，为节省电力，奉令取消。当然和其他城市一样，入十二时后，各店停闭。在此令颁布时，纽约市长，请求破例延长一小时，未得准许，所以从表面上看来，好像纽约有些凄凉了。这是纽约可以惟一看到的战时景象。此外如还有的话，就是排队买纸烟了，每次只限一包。但这也不过表面而已，灯红酒绿依然如故。若比我国内各城市，可以说还是十足的升平气象。

四月十二日下午，我与美国友人往公园散步。五时回到博物馆，即有司阍很郑重地告诉我们，说是美总统罗斯福逝世了。这个消息，颇出意外。因近日并未见罗氏生病之消息，疑为谣言。但后来在街上吃饭，已看见报上大登而特登。罗氏之逝世，当已证实。不但全美人民为之震惊，即我也十分惊异。而为我在此所听到的最令人震悼的消息。

罗氏休养于旧治州之某地。正午得病，四时许即不治而逝，为脑出血症。当日晚上，副总统杜鲁门，即宣誓就总统之职。次日灵柩移到华盛顿，白宫致祭，十四日即移到海德公园安葬。时间虽短，而一切布置及仪式，十分有条理而庄严。此事若在我国，不知要经若干日之筹备及设立多少委员会，尚未必能如人家之好。由此可见人家之办事精神。

罗氏历任美四届总统，打破立国以来之先例。去年做第四届竞选时，其惟一理由，即为中流不能换马。今者此马竟在中流而逝，诚为不幸。但就全部观之，未必有什么大变化。因为人家究竟是一个有组织而民主化的国家，一人之去就，殆不十分占重要位置。不过罗氏志向，不但在臻美国于世界之领导地位，且负有创建世界永久和平之志愿。观举世人物中，能比较有襟度，有远大眼光，不完全为自私自利之图者，殆不可得。所以罗氏之逝，自然是一个很大之损失。

说到对我国之影响，一时尚不易说。据新总统杜鲁门宣言，外交政策，一如罗氏，殆有萧规曹随之势。不过即罗氏在位，对中国为有利及有多少利，即美国人士，亦见解不一。甚有以为罗氏对中国不但无利，且有害者。然新人物上台，将来难免不有更变。但说来说去，这年头一切全靠实力。今日之世界，仍为一惟"力"与"利"

所适之世界。我孟子所谓仁义者也，虽这里也有，不过在宣言上看到些影子，并不是骨子问题。骨子问题，乃是力和利。可惜二者，我俱不行，幸赖七年多艰苦抗战，才弄了个上不上下不下的地位。今后倘打几个硬仗，则一切均好办。如不能打仗，一切均皆仰人鼻息，结果就不可想象。说到此地，不能不自己警惕。罗氏逝矣，今后将更要靠好自为之了。

回到纽约不久，又遇到一件大事，就是欧战已胜利结束。当四月间，欧洲战场，东西夹迫，俄国军队，距柏林不过数十里，西边盟军，过了莱茵河，向东疾进。空军又日夜轰炸德国各城市。在此情形下，战争有随时结束之可能。平情言之，自去年（一九四四）六月六日，法国西岸盟军登陆成功，德国不能阻止之后，德国已成必败之局。何以尚不放弃，使国内减少牺牲，无非因纳粹当权，一般人无自由发表意见之机会。纳粹辈明知无条件投降以后，自身无立足之地，所以还硬着头皮干下去，其间自然只苦了德国人民。到去年年底，纳粹做过一次回光返照的反攻，毒焰又到了比利时，但最后也不能挽救危局，那时候也就该投降，还可挽救其国内许多城市。但终未实行，直到今年五月,始做投降之计，已是"悔之晚矣"了。

四月末旬，即有投降谣传，闻由希麦来主动，但仍为一种策略，说是只向英美投降，意在离间英美与俄之合作。盟方洞悉诡计，坚予拒绝。等到五月一日，希特勒由德方宣布已死，由杜乃慈继任，始进行投降。此时意大利北部，已近崩溃，全体投降。德国内部，英美盟军与苏俄军已会师，所有德国旧境，几全为盟军所占，在军事上，实无挽救之余地了。无条件投降，终于五月七日宣布，在某地正式签字。于是欧洲五年六个月的空前恶战正式结束,而德国终于不能不走向第一次世界大战之覆辙,某状况较之前次,尤觉悲惨。

从德国方面言,此次结局,是相当悲壮的。许多纳粹,服毒自杀。希氏本人,亦于五月一日*,在柏林自杀。虽然有许多谣传,说是他还活着,然想不可靠。就他个人言,把一个好好德国,弄到如此地步,尚有什么活头,苟颜偷生,反不如一死,以谢天下。至于墨索里尼在意大利之死,本身固死有余辜,而意人对待之道,亦觉为人所不取。

欧战开始于日本发动卢沟桥事变之后,而结束在前。当珍珠港事变初起,尚有亚洲第一,欧洲第一之争论。及丘吉尔游说成功,以欧洲第一,于是东亚战场,一再恶化,成了现在的局面。现在人家已打完了,而我们尚在四面呼救中,不知何年何月,始可收回故土。虽然最后胜利,必归于我,以现在看来,已是"最后"了,难道还有最后的最后吗?

回纽约后第三件大事,即为三藩市所开之世界安全会议,于四月二十五日开幕。延到六月二十六日始闭会。此会前后参加者五十国代表,我国代表多至五十人,尚有其他人员数十。中美英苏外交部长均参加,可谓空前盛会。会议期间,时有大小波折,但终于六月二十六日,将世界大宪章签字。全宪章如能付诸实施,或者世界可保若干年的和平。此乃一般人士所殷切希望者,我在此不能多述了。

回到纽约,又住了数月,由春初到盛夏,大部分时间,消耗于

---

* 希特勒于1945年4月30日下午自杀,消息于5月1日公布。——编者注

此世界有名之大城市中。所住旅馆,仍为以前所住之旅馆,仍以大部分光阴,消磨于自然历史博物馆中。虽有时到会中办事处一去,却也无甚可记之事。照我计划,想由此转南非回国,然首须得到国内主管当局之同意。此点在西岸时,即已着手进行,然数月之久,仍无消息,一再督促,始得回音,乃进行先往英国、再转南非之计划。一切事均托人办,自然需要相当时间。好在我一方面在纽约,尚有若干工作要做,一方面还想乘机到二三城市一去,也不算白费时间。所可惜的,早知如此延迟,可于回东岸时,再过耐布拉斯加一行,以便看该地发育之黄土,及新生地质。今既已返此,往返不便,只有割舍,诚为遗憾。后爱理士还来信催去,只有道谢而已。

东岸拾零

决定利用在纽约的时间,到东岸主要地方一去,所以即计划实行。所去地方,当然还以脊椎动物化石之中心地点为主。因而所去地方,不免有重复。但虽如此,有许多可以补前记之不足,而且除此之外,还有许多别的可记,今依照地点,分段择述于下。

(一)华盛顿

回纽约后,华盛顿曾去过两次。一次是五月上旬,住了六天。一次为八月下旬,只住一天即回。华盛顿住的问题,比纽约困难。第一次去的时候,未预先订好房子,虽有阮维周君招待,找了七八家,均未找到,终于先在友人处暂住了一夜,后才搬到一家大旅馆中。

这一回来华盛顿,比上一次不同。上一次地质朋友中,只有阮君一人。这一次来,不但王钰君在此,在美研究土壤多年之李连捷君也在此,来美已数月,尚未见面之曾世英君,也在此。加上阮君,共有四人，且均为地质调查所同事。他地重逢，自有一番热情。

我此次来到华盛顿之目的，一来为看此地国立博物馆，二来为打听赴英、赴南非之实际情形。关于后者，虽自己有计划，会中尚未批准，但总想一试。惟在纽约托人办事，总觉麻烦，故来华盛顿亲自到有关各方打听情形，以便做最后决定。

在国立博物馆，去了好几次，与计尔摩长谈多次。伊再导我参观其陈列厅，特别说明自我上次来后（为时约十一月）新增加之标本，与陈列方式改进之点。可见人家时时在进步，随时求进步。我此来特别注意其储藏室之设备与方法。其所做木材而可防尘之储存标本柜，甚为实用而方便。伊打开数抽屉，云其内所放之标本，已有三十多年未移动，然尚整洁如故，如新存放者。我想此等防灰防腐之标本柜，虽于古生物标本，不见得十二分需要，但如能增设，自可增加储藏室之效力，而减去许多不必要的麻烦。至于他们关于标本之登记，向来在各陈列馆中，十分注意。此地之登记，因人力财力丰富，尤为完善。大凡登记方法，种类甚多，新旧各有，利弊亦互见，但此乃小节。主要在选定一方法之后，要继续，不可中继，才有效力。否则登记的本身，就有许多麻烦弄不清楚，更谈不到标本了。

与计尔摩虽相别一年，而他仍在此工作如常。他虽告老，因继任之人调职战时工作，故仍任实验室之事。为他继任之盖星君，系克斯之高足，前次来时，未能见到，此来曾约好，于一日在博物馆中会见。因他每星期中，只有一天，可以出来。此君于新生代哺乳动物，多所研究，将来计氏故后，想此地关于爬行动物将少一员健将矣。

在此得到一些关于我国北方脊椎古生物的新发现的消息。东三省南部，八道沟煤田中，发现中生代哺乳动物化石一事，前在国内早已听到，但始终未见到文章，今在此始看到。其文章所记，为一下颚具有八九个牙。颚及牙之形状，颇似原始哺乳动物。可惜所绘图及所附照片，均欠明了，尚不能做十分肯定之判断。另外还有一个更新的发现，乃是在热河凌源县附近之中生代页岩中找见的一种爬行动物，也是日本人记述的。据照相看，乃为一完整之类似蜥蜴类化石。计尔摩告诉我说，前数年，那位日本古生物家，将那化石的相片及发现大致情形告之，并说当为一恐龙化石。计氏根据照片研究，其所示性质，决定并不是恐龙，又指出种种性质，说是有为蜥蜴类之可能。那位日本古生物学家，就根据计氏之言，写了一篇文章发表。我与计氏，共同再看此文章之结果，承认计氏原假定之说，并不可靠，恐为原始之鳄鱼化石。这表示一个化石的论定，是不容易的。尤其是不见原物，单靠图像，尤不可靠。此化石之发现，甚有兴趣。因表示我北方各省发育甚佳之中生代地层中，随时随地，均有发现新化石之可能。八年打仗以来，不但华北不能去，那些地方的科学消息，也不能知道。明知日人在其统治下，也有若干工作，必有相当发现，今在异国，看见强占我土地的敌人所做的工作，当然有不胜愤恨之感。

其他在博物馆工作之古生物人员，小会到儿位。王钰君亦即在此工作。关于纯粹研究方面，国家博物院与地质调查所合作，前已言及。其他部门，较纽约之自然历史博物馆为多，因亦兼有美术人文及其他等，实可纽约二大博物馆之合并品。不过华盛顿也有其他艺术博物馆，我去了一回，中以名贵之各艺术品如图画、雕刻等为主，亦不必赘述于此。

此次在华盛顿，除在城内参观一切外，并于一日与曾、王、阮诸位，到近郊去游美开国元勋华盛顿之故居。地距华盛顿三十公里，搭长途汽车可到。途中过飞机场附近，正值此日做某种竞赛及展览，游人如云。经过断断续续之镇市，即到了此一代名人之故居。

该地现已辟为一公园，任人游览。但入其宅院，须另购入门票。地势平坦，无何了不得风景。不过草树甚多，布置精雅，遂觉江山为之生色。其所住之正房，为一旧式三层楼，面对小河，亦为风景生色不少。入宅瞻仰，有华盛顿生前各种用具及书房卧室等。有一室为华氏弥留之室，床帏依然，令人起敬。出正室后，参观附近各室，或为厨房，有当日各种用具，或为纺织室，及若干手工艺用具尚在。另外有一花坞，为华氏当时莳花之地。不过恐距当时，已有不少变迁。另有一小陈列馆，陈列有关华氏之种种遗物，如文书服装武器之类。

离此区约数百码，至华盛顿墓地，为一简朴之石阁。墓上刊有姓名，及生卒年月。阁外悬有美国旗及花园。墓旁尚有其他随华氏立功数人之墓，更为简单。他们之墓，虽结构甚简，而引人起敬之力，不亚乎大而无当之墓地。可见主要在能切实保存，不在建筑时穷极壮丽，而若干年后，沦为废墟也。

美国历史在各大国中最短，然虽以短短之年限，而其有历史意义之物，无不保存。在我们历史悠久之国家看来，并不很久，惟我们一二百年来所当保存而未保存者，不知有多少，自觉惭愧。

参观墓地后，回到后边及公园中，略为一游，即出乘汽车，仍返华盛顿。同时想到多年前曾访之德国诗人歌德故居，不知尚保存否。因佛郎克府，早已被联军攻下，城市被毁甚惨，详情不知。同为名人，其故居之能保存与不保存，亦有幸有不幸。

这几天在华盛顿，适逢历史之转折点。自四月末以来，即传德国有投降消息。所以一周以来，时时有变化，而人人情绪紧张。德国起先，尚欲对投降做若干保留，即对英美投降，对俄不投降，显然在离间联军。而事实上柏林已有俄军攻入，柏林真相不明。希特勒之生死，传闻不一。但有一件，是千真万确的，即德国已完全失去战斗力，大势已去，即不投降，解决亦时间问题。后来终于由杜乃慈出面代希特勒维持，一面派人讲说，于五月八日，签订无条件投降文证，而举世所盼之欧战胜利日，终于降临。此日我已在华盛顿，虽不及看到纽约人士之狂欢，然在华盛顿，今日之世界政治中心，亦自另一番景象与意义。欧战胜利日之当天晚上，华盛顿国会之巨厅及华盛顿纪念塔等建筑之电灯，重放光明，为开战起停止放光后之首次。沿街人民，欢欣鼓舞。我躬逢其盛，当然也万分高兴。轴心巨犯已扑灭，其从犯日本之投降，当然更不成问题。不过我苦战将八年，近来样样情形，不能尽如人意。如国内之尚不能真正统一，各战场上之一再失利，而外人对我之批评，亦多有微词。我们在此情形下，看人家的狂欢，也忘不了我们目下的痛苦。更不知我们的苦痛，到何时才能解除！

德国此次的惨败，自然是咎有应得，也不能算历史教训。因为第一次世界大战的经过，其教训已经够深刻了。德国民族之许多优点，为世人所公认，可惜时存武力向外扩张之念，第一次即以无比之威力，两面作战，终于筋疲力尽，订了屈辱条约。然赖上下之努力，终于渐渐抬头。到希特勒秉政以后，虽限制自由，防范思想，倡所谓纳粹之组织，使德国地位，蒸蒸日上，俨为欧洲政治中心。慕尼黑会议之时，张伯伦不惜移樽就教，何等威烈。此时为德国打算，应持盈保泰，适可而止。倘使不进兵波兰，而求和平解决，则许多问题，如殖民地问题等，均不难获得其他国家同意。乃居然不顾一切，甘犯众怒，造成大战的局面。当其开战，用闪电击战术，于短期内，将欧洲各国并吞净尽，所向无敌，如入无人之境。更不顾一切，东犯苏联，在此等全战时代，实已早种下覆败之因。夫以一国而与苏联、美国、英国作敌，又有各国为之后援，其不能操胜算，殆为必然，自一九四三年起，在北非及意大利即节节退却。至一九四四年夏初，诺曼底登陆成功，更奠定了必败之局。所引为遗憾者，纳粹在希氏铁的统治下，人民不能翻身，眼见国家覆亡在即，不能挽救，一听各城市悉成灰烬，才举行投降，成了鸡飞蛋打之局。

平心言之，希特勒之所以一意孤行，并非独创作风，还是近师墨索里尼，远师日本。倘非日本侵我东三省，墨索里尼侵略阿比西尼亚成功，各国无法制止，则希氏之欲，或可少杀，而不至于演成国破之局。今者意大利已完，墨氏亦于最近死于非命，德国已到了最后应得之局，而日本尚峙立如故，虽其败亦为必然，只是在此等局下，牺牲最大者，无疑是我们中国。

由华盛顿回纽约时，曾在斐拉特尔斐亚下车，重访自然历史博物馆，与当事人会谈，并见到李惠林君等，在此吃了一顿中国饭。因此城中国人亦相当之多，游城中各名地，特别再到前次欲去而未去的前国会旧地,看那有名的自由钟,参观美国哲学会会所及其设备。观毕,即于当晚转车回纽约。

第二次到华盛顿,只住了一夜,除因会中事外,其他地方如博物馆等地,均未再去,好像此来,专为与华盛顿辞别一样。

(二)波斯顿与纽哈芬

这两个地方,也均曾去过。此次在东岸候赴英非消息,乘暇再去一游。虽所看地方、所见人物,与上次大致相同,然亦多有可记而须补充者。到波斯顿,由同事徐克勤君来接。徐君前在米尼苏达,来美后并未见过。他于春间来此,在麻省工学院研习以 X 光鉴定矿物,故得在此会见。即到所订之旅馆中,乃上次来时所住者。虽然上次来过一次,地方仍有些生疏。上次来此时之姚毓泰先生,已他去了。不过张其昀先生,还在此。拜访之后,同往中国城吃饭,倾谈别后情况甚洽。当晚回寓,又遇到赵元任先生夫妇,知道胡适之先生亦来此,且住同一旅馆中。

次日即到大学动物系访罗美尔教授,并会到艾丁格及莱特等。此日又特访在此主讲古生物,现已告老之雷猛教授,导我参观其无脊椎动物化石部门。其中收藏甚丰,尤以奥陶纪之三叶虫,保存完好,为不可常见之物。雷氏曾著有一部地史学,虽并未为各学校多数采用,如休启特教科书之普遍,然用另一方式编辑,亦殊值一看。

罗美尔正忙于《脊椎古生物学》教科书再版之校编。按关于脊椎动物教科书善本甚少,最有名的,为齐特尔教科书,原为两本,第二本脊椎动物，最新版为一九二二年，英国译本；把第二本分作两本，鱼至鸟为一本，哺乳动物为一本，最新版为一九三二年。罗氏之脊椎动物一书，初版于一九三二年发行，因编辑较齐氏之本简单明了，颇合教学及学生阅读，故销路甚畅，翻印多次。而我来美后，在各书肆中，尚购不到。远在两年以前，罗氏即着手于再版之准备。因在战时，印刷困难，未能积极进行，然终于此时能以付印，诚为古生物学界一大幸事。如罗氏所言，最近十余年来，脊椎动物化石的研究，有划时代之进步。齐氏之书，虽有其参考之用途，实嫌其太老。今罗氏于再版之际，将十余年来之重要材料，择要加入。关于分类及对于若干重要化石之新见解，亦皆述及，可谓脊椎动物最新之教科书。原书在此，不能评论，不过关于我国重要化石如卡氏兽，亦已列入。中国猿人之近乎爪哇猿人，亦为述及，可谓非常入时。此版与第一版不同者，在书中另加三章，分述脊椎动物在地史上之演变，做有系统之评述。我此来看到校对原稿，真所谓先睹为快。他的秘书莱特正忙于引得之编辑，因新加入化石名称甚多，工作十分繁难。

艾丁格女士，还从事于化石脑之研究。现正从事于一古马脑型之描述。她改入美国籍手续，尚未完全，然不成问题。论及德国覆败情形，亦不胜慨然。此辈被驱逐而出之犹太人，其爱祖国之心，不下于真正之德国人。希特勒倡所谓日耳曼种族纯粹之谬论，驱使若干有才智之士，尽往他国，为渊驱鱼，一点不错，今收此效果，后悔何及。

余曾仔细参观人类学系及博物馆，与主任人员，谈关于各方情形。彼等对我中国猿人化石之下落，十分关心。我所知不详，亦不能告诉他们实际情形。曾再去地质系，他们一再表示希望有青年到该系学习。按哈佛大学，为我留美国生中心地点之一，学生众多，然关于自然科学方面，闻少有人问津。此乃数量上比较之关系，一般言之，学自然科学之学生，究占少数。

此时已值学期之末，学校各部均做放假准备。罗氏也要回其乡下别墅若干日，先我离剑桥。前一日，特约我到其家，与其夫人及男女公子见面。入客厅后，首先见一书，乃赵元任夫人所著之《中国食谱》。据云是首先购到的。此书详述我国菜饭之做法，扼要而详切，为介绍我国饭食之佳作。但不知他们用之，能实际收效至何等程度。其寓所地点幽静，室内亦广阔素雅。他们外国人，生活安静，在我国大成问题的食住，在他们已无问题，所以能安心著述研究。我国固可以苦干硬干自勉，然此只可期之少数人。要一般进步，还须一般生活水准提高，至少不要让日日为油盐柴米发愁。其男公子于吃饭时，有几次电话甚忙。饭后匆匆告去。罗对我云，其子年不过十七岁，已有女友，时值放假，忙于交际。言虽不悦，而无干涉之意。他们所谓自由恋爱者，因社会相当公开，故易得到机会，而非如我国之自由而实不自由也。

与徐君再到麻省工学院一区，毛理士未在，只由徐君导看关于岩石矿物，特别关于X光鉴定矿物的那一套设备。麻省工学院，为美国最有名的工业学校，我国人士由此出身者亦不少。天津前北洋大学，即以此为模范而发展，但自开战后，学校内迁，设备丧失，已不堪回首了。

在此遇到胡伯渊先生，首与张徐二君，一同往波斯顿附近之一避暑地去，地在海边，游人云集。沿海海滩上，男男女女，或游泳，或憩息，裸体杂陈，有如肉市。沿街有各娱乐场所，如各项杂耍及食品店等。西人娱乐，以关于运动者为最多。游泳固为一种运动，跳舞亦为一种运动。即他们娱乐之地，如转运崎岖车、打球、射击等，无不为运动，而于身体有益。次日徐君借得汽车一辆，徐君开车，由剑桥出发，过波斯顿，又到此地一游，并再开车，沿海绕十余里，至一小地，风景清幽，别墅甚多。我们停车到海边岩石上憩息，望茫茫大洋。此时虽欧战已停，而中国情形仍甚紧张，离国已一年多，自念年来日日在游浪中，近虽各地应做的工作，均已将完，可望离美登程回国，然如何去法，如何走法，均尚不能定。对此海景，起了幻想，诚所谓望洋兴叹。正在沉思之际，忽有人来言，此乃私人地方，不许逗留。其实我们已早饱看风光，亦无逗留之必要，乃寻旧路返车，回到一小镇，找一地吃了些东西，无非冰淇淋之类。此地亦有游泳场，男女只穿游泳短裤，街上跑来跑去，不以为怪。离此循公路返波斯顿，入城已天黑。徐君因路径不熟，开入城后，找不到过城返剑桥之正路，绕来绕去，问人亦问不出结果。有一次误入一单程街中，使来车拥挤，幸未为警士看见，勉强开出。正停一地，无办法，后来忽开至一街，居然即为过河之桥，正是得来全不费功夫。过桥后即在麻工附近寻旧路开回，始结束了一天的旅行。

在此又访赵元任先生夫妇。午饭中，赵先生招待了许多在此的中国人。因胡适之先生在此教书将完，不日回纽约，表示送行之意。胡先生自战事起后，奉命任大使数年，备尝艰苦。谢任后，即寄寓纽约，从事研究。其关于《水经注》考证工作，已大体完成。今年来哈佛讲学，今暑假将至，又将回纽约。国内屡催胡先生回国，因身体不宜飞行，当尚有待。

重来波斯顿与剑桥，逗留六七日，各方均大致看毕，前日下午，再到学校，与他们作别。罗已返乡，其秘书于明日返加拿大休假，一切都是将放暑假的景象。我回纽约后，也要积极进行离美国回国之事。所以虽欲流连，也不能流连，只盼将来回去，能有一地，安心为学术再努力若干年，把自己所学科学，树起基础，可与他们相比，即为满足。次日，因赶车起身特别早，天大雨，街上流水成河，竟找不到汽车。无奈，冒雨到地下车站上车，往火车站，幸未走错路，也未误点，于预定时间前，上车开行。

由波斯顿到纽约，经过纽哈芬，乃决定顺便下车再访皮包特陈列馆一次。十二时到，在车站吃了饭，即到陈列馆。邓巴教授尚未来，独自在陈列馆中，巡视一过，与上次所见无大更动，不过其爬行动物化石厅中，壁上之画正在积极描绘。其设计为尽全厅之长，上部约三十米，宽约六七米，绘整个中生代生物之风景及动物。图共分三段，一为三叠纪，一为侏罗纪，一为白垩纪。三时代之景物虽相连，但无明显之分界。每时代之画有主要之爬行类动物再造图，植物与风景，表示当时之环境。此等做法，当然十分勉强，不过为使一般人得一概括印象起见，亦自有用。按美国各自然历史博物馆，关于陈列方式，力求新颖，引起观众兴趣，几无一陈列馆，不对集体陈列，不加注意。尤以各近代动物为然。此则非财力人力俱为充分，不易做到也。

关于哺乳类及其他骨化石之陈列，亦有其新特之处，如用不同颜色之布条贴于壁上，或陈列柜内，由其宽度长度，表示其在地史上之分布等。总之，陈列一事无何定规，要在主其事者，能用心力，以求易于为观众了解，而达到陈列之任务。看完以后，邓巴教授已来，谈别后各事，并参观其楼上尚未十分完工之动物陈列室。又新有一模型，表示纽哈芬一带第四纪初期之冰川风景，甚为逼真。

在此匆匆半日，本不打算找其他人，但上次来时，曾见过北平研究院张香桐君在此，研究生理，用电话通知，伊于下午，便来陈列馆。乃由伊导游城市，至伟大之图书馆及其他若干著名建筑。耶鲁大学，为美文化中心之一，地质亦擅长，我国人在此研读者，闻有数位。晚间张君导到某街吃意大利烙饼，其做法与味道，颇类我国之烙饼。饭后即到车站，赶晚间车回纽约，而此八日之旅行，又告结束。

（三）纽约北部

七月的纽约，是相当热的，每天总在八十度以上。在纽约自然历史博物馆的事，可算已完。静等离美赴英，转南非。不幸总尚未能得确实消息，以便做最后决定。于是很想乘机往乡下一看，且可以看着地质。德特拉原为德人，与我前明兴同学，我在郊外旅行受伤时，他曾予以协助。后来他曾往我新疆及帕米尔一带工作，又和德日进在印度及缅甸做过工作。伊来美后，先在耶鲁大学教书，战事发生，在地质调查所服务，但因为德籍，颇受嫌疑。去年离地质调查所，往哥伦布士大学教地理，也不甚得意。以德特拉之所学，与在学术上之贡献，如或为美人，或为俄人，均可大展鸿献，不致局促一隅。入夏后，他卖掉房子，在纽约北之斯托克布勒机地方暂住消夏，来信约我前去小住。我想正可乘此时期，一避纽约的热与烦，乃欣然前往。

斯托克布勒机，在纽约北约四小时火车，在纽约省府阿尔班尼东南，约二十公里，为一小城，归麻赛邱色慈州，完全为一乡卜小城。我于一日下午到后，由德君导我到所订之寓所中，为一民居，虽小小一室，布置尚为精雅。由窗外可看见草地花树，虽赶不上在贝克来的小花园，却也使人心旷神怡。吃饭则在德所住之公寓中，一日三次，均甚丰富。惟不能自择，由他们给什么吃什么耳。在公寓中住了许多各式男女，有位音乐家，乃因暑中此地有音乐会，不时表演，有由纽约来此避暑者，亦有由加拿大来此者。相谈虽不尽投机，然均十分客气。

斯托克布勒机，与其说为一小城，毋宁为一大村庄。附近地势，有起伏之小山丘。极目尽草地，好像美国人并不种地。盖麻省及康省，虽为美国首先开发之地，但因后来西部如堪萨斯、耐布拉斯加等，宜于农业，所以农业区西移，此等地方，土壤不甚佳，乃改种树木。所以在此一带，不是森林，即为草地，耕地极占少数。因之风景优美，除房舍住宅及公共建筑与工厂外，看不到什么农村。他们一般之所谓农庄，不过是一些人在乡下置的别墅，以备假日来休息之用。

此地有一个人名克木来，本人为大夫，在此间医院服务。彼有一女,约十四岁,在某校读书,但已对地质发生了兴趣。此次德特拉在此,又听说我要来,很想乘此往附近看看,借以增加他的女儿对地质的知识。我正可利用此,解决交通问题,所以欣然答应。到此地之次日,即做了一次整日的旅行。除克及其女与德及我外,尚有克女之一女同学参加,共五人,驱车离斯城,东北入山,先到一产铬矿地点。矿在古生代初期变质岩中。山坡尽草树,路不可认,攀爬至为费劲。盖此矿已废,仅见废石残机,表示当日工作而已。此矿停开之原因,为产量并不丰富,在此虽找得若干含铬之标本,因废石太多并不易找。离此东行数里,盘旋寻一小路上山,山上地形开阔,至一小屋,有主人招待,出示附近所产之云母,大者直径可盈尺。后由伊导我等至产云母之各地点,距其房约五六里。此地产云母,他们地质家,早已知道。后来有人欲投资开采,曾在此试开,不知因何故中止。开工用之摩托,及其他用具,多弃置于山坡,听其废坏,甚觉可惜。所开地点,云母触目皆是,且有甚大者。据云目前又有人欲投资做大规模之开采,但在未开以前,须由地质家详做地质研究,确定产云母之脉之分布,与约略估计产量,始可做最后决定。

由高山东望,已可于山际之外,看到开阔之康奈梯寇特河谷。我们由此下山,再沿公路,开出山谷,即入康奈梯寇特河谷。地质上已非古老之地层,而是三叠纪红色岩层分布之区域。不过红岩之下,有时有老岩层之露头,而红层中亦夹有火成岩冲入层。河谷中平旷可耕,见有培植烟叶之地区甚多,均用稀纱笼罩,以防虫害,及减少阳光。我们驶入由纽哈芬北接北汉普顿之公路,即沿路寻找有名之产恐龙足印地点。但因两边草树太多了，竟找不见。后折程返，终于在贺尔约克以北河边找到。为沿一岩层面之红砂岩，长宽可三十数码，其上之三趾巨型足印，长约尺半者，不下二十，而小者不可胜数。此外尚有其他印痕及浪纹等，洵为大观。按这一带之三叠纪上部红色岩中，向以产恐龙足印著称。纽哈芬、皮包特陈列馆及阿穆斯特学院，均有恐龙足印之收集，甚为丰富，前已述及。但今在野外，看到其实在产生情形，实为难得之机会。因该地经地方当局，负责保管，禁止损坏，列为名胜之区。不过当我们去时，草垢掩盖，不甚整洁，显已久无人扫除。看完之后，即登车返斯城。此地距前次所到之北汉普顿不远，今日来时，曾驶至此城午餐。此为此游与上次之游之交合点，今离此别去，将不知何日方可来到。抵寓天已昏黑。

一日与德特拉郊游散步，上附近之小山并到市中心，看一麻省最早之传教地点，现已改为陈列馆。盖当英人势力初到美洲时，此地尚为本地土著红印人所占。英人在此传教，一如在我国之传教士然，为一种侵略工具。一房为旧式小楼，房楼下藏经之室及厨房，一切陈设均仍旧。乃至卧房之陈列，均尚保存。房舍建筑，自为旧式，为斯城最老之建筑。附近一小房，则藏有红印人若干文物。参观以后，颇有感触。一、他们对凡有历史之事物，莫不注意保存。二、当日在此为主人之红印度人，哪里去了？只有附近坟地中，尚有几个红印人之墓，乃白人认为服务忠于其主留作纪念碑志而已。离此到附近公墓中一游，凭吊此地名人陵墓，亦有数百年之历史。后在河坡旁眺望对河风景，看去好像我四川、云南，只是低涯处，尽为草地，没有稻田。

我们又择了一天，同克木来父女西行，同去者尚有一位太太，伊亦对自然有兴趣。此次西行，比前往东行，在地质上大有不同。离开变质岩地带，为古生代初期地层。在一地曾稍停参观一寒武纪化石层。据云，曾找得保存甚佳之三叶虫，但我们总未找到，实因时间太急忙之故。后来到阿尔班尼附近，一奥陶纪露头，因化石特别多，找了不少的东西。即由此地开入阿尔班尼城。

阿尔班尼城，为纽约州省首府，与罗斯福竞选之杜威，即在坐镇。我们首先到地质调查所，见了许多人。内有女古生物家一人，研究古生代化石，为葛利普之高足。参观陈列馆，内容十分丰富，自然以纽约州的采集为最多。在城略盘桓，即离此西行，往距此约二十英里之海德山。为古生代，尤其是盆纪地层发育最佳之地。葛利普在美时，其主要工作之一，即为此一带地质之研究。我们由山脚慢慢开上，沿途露头，一一停留，采集化石。二女对采集化石，尤有兴趣，所以得了不少完整之标本。此一剖面，由下而上，由老而新，层层均有好化石，可做年代详细之鉴定，在此不能一一尽述。

海德山同时为一名胜之所。山上地势平坦，一部分辟为公园。此日天气晴和，游人甚多。名胜中心，为所谓印度梯，在山东边，盖以石灰岩形成之山，山上甚平，往东陡落为阿尔班尼平地。当年由阿西行之人，须由此攀爬。我们此时由此沿梯可到崖下。岩上有瀑布悬空，东望平地，景色如画，因沿此几达千级之梯，故可逐层看此近于水平之石灰层，亦为地质上有兴趣之地。据云，当年交通未发达时，东部人往西部去，至此山，无他路，故由印人造成此梯，实为东西交通孔道。今者印人已不可复睹，今日之梯，乃重经修造，极为安全，只此一名，为吾人今日凭吊之资料耳。

由印度梯返山上后，复沿山边游赏。有许多地方之风景甚佳，随处备有桌凳，供人休息野餐之用。我们即择一地，取出所携食品午餐。东望阿尔班尼，已因天气多雾，迷不可见，但俯观平野，有如大海而已。流连许久以后，乘车寻另一道东返。蜿蜒下山，在中途尚看了好几个剖面，仍过阿尔班尼回斯城。

晚间有一家住在本地的人士斯缓君夫妇，约德及我住其家吃饭，其地距城尚有五六里之遥，惜在晚间，看不到沿途景色。住宅所在地方，则在旷野林木繁盛之处。来宾除我们而外，尚有克木来及其他许多人士。伊等多来此避暑者。主人对中国事，尚感兴趣，时时要问及我国情形。惟觉他们只读了许多市面有宣传意义之书，对实情仍不了解，而我因内部问题，尚有困难，亦自觉有许多地方，不能令他们真正了解。

在斯城最后几天，还到附近参观了几个矿场和乡下地方，亦值一记。我们先到十余英里之一小地，看一已停工之李氏石灰石厂，即开大理石以做建筑材料者。华盛顿及纽约之若干纪念建筑物，即用此地之石造成。此石厂因战事停工，不过其工作设备及开采情形尚可见。开采方式，当然十分机械化，所掘之石壕，已成一池，水可鉴人，无异一游泳池。随又到附近参观另一工厂，乃以石灰石做肥田粉者。自开石块至磨碎成粉，均一一由主管人领导参观。此等建筑及做肥料之石厂，将来在我国，必有其需要。惜尚无人加以注意耳。次日又到以南数十里之一地，归康奈梯寇特州，参观一造镁之工厂。乃由镁质石灰岩制造镁及其他副产品者。此工厂因规模较大，且在战时，介绍登记后，才许入内。先看各项设备，也是从打碎石块起，到成粉末及炼成镁止。虽机械繁多，然甚井井有条。除镁而外，产品中以铝为最重要。后来又到附近采石之地点看剖面，然后寻路回斯城。

我在斯城时，德氏夫妇曾与我往附近乡下游散一次，到以南数里之天农庄一去。该农庄乃斯缓之产业，在森林中。去时车过森林，见他们正以机器砍伐，树身锯末堆积成堆。他们之砍伐，乃择大者或粗者先伐，故不致毁林。入林舍车步行而上，过林木界后，高处即为草地平旷地形，眼界开拓。西可望见前日所去之山，中间有一农庄，已无住人。可惜此名山胜水，无人享受，因他们乐于城市，至少离不开电与自来水。此地虽好，只为偶尔来野食之所，无一人在此久住也。其实我久住城市，今来此间，睹此风景，颇引尘外之思。将来回去，还不是在都市中混，未知何日，始可享田园之乐，为之怅然。

又有一次，往以北十余里之山中。除我们外，尚有斯氏夫妇，及其友人与其小孩多位。共乘二马力大而且及野外驶行之车，虽道路极不平而且泥泞，亦可通行。下车后，步行入林中数里，一片荒山，无耕种之地。据云，此等地方，前曾种过，今则废置，改为荒林。林中野樱桃甚多，大家都去采摘，我亦随他们采摘半天，共得有二十余公斤之多，亦野游之额外收获也。如久居此荒山中，当不知美国之工业发达，已臻极顶，因为他们高度工业化，一切集中于都市，而此等地方，只为游人欣赏之场所。此等情形，在我国殆不可能。盖我人口众多，地区不如人家之大，而人口三倍之，所以农人开耕地，可到山顶。将来正常之演变，尚得许多问题合理之解决。

在斯城住了八天，以大部时间，看附近各地方。应去的地方，可以说全走到了，饱尝了不少美国乡间风味，得到了不少的新感想。我这里所描述的，不过一部分罢了。

太平洋战事结束

由斯城回到纽约后，一方面进行离美手续，仍在自然历史博物馆工作，一方面收拾行李，待有船即动身。此时正逢到又一历史上转折之期，即太平洋战事，在短期内，竟出乎人意料而结束。我国抗战八年多，终于得到最后胜利。我虽身居外国，不及在国内与家属朋友，同祝此胜利之来临，然在纽约，可以看到他们在胜利后之狂欢，而在海外，衷心悠悠之情，殊无二致，不可不在此一为描记。

我赴斯城前多日，正是三强在德国波茨坦开会之时。虽知此会议，富有意义，且必谈及远东问题，但因我国未参加，感觉全世界大局，尚在少数人主持之下导演，不觉得十分起劲，也就等闲视之。想不到此次波茨坦会议，乃太平洋战事完结之前幕。七月二十六日，美英苏中，以最后警告致日本，促其早日无条件投降。数日后，日本正式表示拒绝。方以为战事将延长，不料有两大因素，促胜利之早日降临，而第一因素，尤为重要。

第一为八月五日起，美军以原子弹先加于日本之广岛。此空前武器，威力无比。以仅仅一弹，使该城之大半，成为灰烬。消息传来，举世惊叹。而日本当此不投降，即毁灭之最后关头，自有一考虑其态度之必要。不数日，又以一弹加之长崎，威力亦巨。日本此时，已是精疲力尽。此二弹实富有催促胜利提早降临之伟大作用。

对日本诚所谓祸不单行，苏联又于八月八日，对日本宣战，进兵我东三省。当初颇有谣言，以为日本在其本土如不能支持，有在我东三省做根据地，以求孤注一掷之说。此前提乃在对苏关系，不致恶化。今苏俄宣战，打击其背，此已不可能。而以苏俄在西线战胜余威，加之东方，先声夺人，已可使日本丧胆。至于苏联此次动作，有人以为已稍迟。因自原子弹施行之后，即无苏联参加，盟国实操胜利之券。苏联不忘远东，为取得将来在远东地位计，早日参战，亦在意中。据云，当春初耶尔他开会之时，苏联曾有欧战结后三月参加太平洋战之诺言。今为时恰三月，可谓实践约言。无论如何，对苏联本身，及对世界言，此日之宣战，均有重大作用。所以消息传来，使此富意义之八月，又多一惊人之发展。

苏联对日战争，可以说是世界战争中最短的一个。到了八月十日，日本做投降请求，表示愿接受四国《波茨坦宣言》，但只附有一个条件，希望保持天皇不退位。此消息传出来，纽约市民，不管盟国接受不接受，是否已真停止战事，已大喜大欢起来。街上游人拥挤，商店生意兴隆。后来知道重庆也是同样情形。此乃由于日本现已表示投降，以后全为小枝节，战争不久可止，乃是千真万确的事。他们自然不管官方正式不正式，先自我庆祝起来了。

关于所谓附带条件之是否应诺，当然还要四国往返商定。商定后，由华盛顿通知日方。此等投降接洽，由中立国做传消息媒介。日与中国、美国，由瑞士担任。日与英国、苏联，由瑞典担任。诚是瑞气重重，这几天无时不期待着瑞士、瑞典的消息。盟国答应的内容，是允许天皇暂时保留，但日本以后政府采何形式，须由日本人民公意决定。等了好几天，没有消息，有人以为胜利不可靠，此乃日本人缓兵之计。但终于到了八月十五日，正式宣布日本投降，太平洋战事结束，并公布于十五、十六日两日为假期，以资庆祝。此消息传布后，全市若狂，泰晤士广场及百老汇路，乃至各重要街道，游人人山人海，彩色纸片纷飞，男女相抱接吻跳舞，一种欢乐景象，难以描述。此夜资源委员会同人，亦在某饭店聚餐，并有跳舞。十二时离饭店回寓途中，尚途为之塞。在一种十分欣慰的情形之下，我乃回到旅馆。八年的苦战，总算完结了，虽然前途还有许多问题。

在此庆祝空前胜利的假期，我做一次短旅行，亦颇值得纪念，并可借以庆祝此胜利。这一天早上接电话，乃德特拉亦由斯城来纽约，逢此假期，约我同往汉德生河乘船一游。我亦因博物馆不能去，欣然答应。于清晨到码头会见之后，购票上船。我们本无一定目的地，后来决定到沿河某地下船，往海德公园，希望能一谒美故总统罗斯福之墓。驶行约三小时，到那里下船。坐汽车到海德公园，至罗氏故居门口，守卫者告以须有某处发给许可证，始能入内。即到纪念图书馆因假期关门，不能入内。但在附近，居然找到管理陵园之人，说明我们来意后，欣然发给我们两张入门证，即再到故居门口，入内到罗氏葬骨之所。地在一小园中，草花满地，布置简雅，罗氏所葬之地，不过七尺长三尺宽一块地。上有两花圈，一为新送来者，一已残谢。因故去不久，墓上大理石尚未及修，只平平一方块，稍为隆起，表示此一代名人葬骨之所而已。我在墓前肃立三分钟，心中表示无限之敬意，与无限感慨。罗氏对此次大战，贡献之大，殆无人可比。不幸未及目睹胜利，于四月十二日逝世，距德国投降，不及一月，距日本投降，不及四月。今全世界均狂欢，在庆祝胜利之来临，而对战事有大贡献之罗氏，则墓地一方，其寂凉景象，罗氏有知当亦不胜其感慨，我今于胜利之日，特来谒罗氏之墓，亦值得纪念。所令人惊奇者，即此日除一人送花圈外，此间竟无多人，前来表示敬意耳。

来时曾沿途赏识汉德生河西岸风景，真是青山绿水，此等景物看惯了，也觉平淡。但一回想我国北方之荒山土原，自觉他们得天独厚了。回纽约本可以乘船，但为要赶回与友人约会，改乘火车，又于将暮回到了仍在狂欢中之纽约。

第二日仍为假期，午间往中国城一看。胜利来临后，我国人之喜悦，自不亚于任何人。我抗战最早，牺牲最大。虽然自己力量薄弱，不能加紧反攻，把敌人驱出本土，但我八年多的苦战，对目前之结果，实有决定因素，任何人不能否认。中国城我国人乘此时期举行庆祝，除一般洋式庆祝外，尚有地道之耍狮子、舞龙灯等游戏。莫司街一带，行人拥挤，或看耍狮子，或看当街跳舞。街上除盟国国旗，随风飘扬外，彩纸彩带，点缀一片升平气象，有比之为中国城之泰晤士广场。我在此流连许久，明知此等庆祝，也不过那么回事，不过总免不了随俗欣慰一番。

现在我可以稍微说一说，我对于胜利以后的感想。此次空前世界大战，肇端于日本之侵略我东三省。因各国无有效制止之法，于是不但日人之侵略欲由此大盛，而墨索里尼及希特勒，亦起而效法，于是才成了世界大战。所以日本，实为祸之首，罪之魁。自卢沟桥事变起，我孤立抗顽敌四年之久，始有珍珠港之变，世界战事，始联成一片。然因盟国战略关系，始终注重欧洲战事，我不得不于极端困苦中支持，始有今日之最后胜利。回首过去艰辛，诚不胜其感慨。

日本为我国文化孕育之国，接受西洋文化，努力自新，成为世界强国，为黄种人吐气。向使日本与我国友好合作，不难取得亚洲领导地位。乃计不出此，竟先侵略中国，使我国忍之无可再忍，起而抗战。虽我得胜利，然疮痍满目，国力大减，而日本则沦于全国被军事占领，几等亡国，亦不能不算两败俱伤。不过自另一方面言之，日本之目下情形，尚许有政府。所谓天皇，尚能做儿皇帝，比之德国情形，尚觉稍胜一筹。以罪魁而得此结果，已算万幸，为日本计，亦可少以自慰。

我国一切落后，自《塘沽协定》后，虽有发奋有为之心，而强敌不容许我有充足之国力，乃提前发动战事。然多行不义必自毙，终致触犯众怒，至于覆败，亦可为立国之殷鉴。我国值此时，诚所谓存亡关头，所经艰辛，倍于任何国人，今虽幸免灭亡，竟跻于五强之列，然侥幸不能再致，今后若仍不努力图进取，牺牲小我以全大我，前途危机，仍不可免。已往历史，已告结束，此次世界大战的结果，为未来世界开辟一新时代。我将如何利用此新时代，努力自新，则尚有待于全国上下一致之努力。

在沉醉于胜利，并期望着未来国家的繁荣的我，更急于回国。

然一切仍得照预定计划进行，即还是先往英国，再定能去南非与否。如不去南非，即由英直回上海。此时会中已来电批准加紧收拾一切。然弄到船位，仍是要耐心等候的。九月二日，为日本受降之日，闻我当局，将定此日为永久纪念日。我在纽约，虽不能在国内，亦自有一番喜慰之情。

在离纽约之前，于九月八日，又到普伦士敦去了一天，再看一切，并与在普城的朋友作别。去年去时，正是秋深，残叶满地。此次去时，虽尚很热，然已有黄红叶子，表示秋意。时间真快，在外国已过了两次的秋景了。

由纽约到伦敦

终于经过了许多周折,订到船票,因美方之优先权,遥遥无期,乃改向英船公司接洽,订到九月二十三日开行之依利沙伯皇后号,一有期限,比较上当然乐观。总算赴英有期。在此行期已定之情形下,对纽约自觉不胜其依恋。自一九四四年春抵此,一年半以来,东西奔走,然大半时期,以纽约为中心。哈尔格利夫旅馆,无异一临时之家。而中央公园,汉德生河边,均为足迹常到之所。在此过了空前世界巨变,今一旦辞去,未知何日方可重来。此次大战,美国为功之首,虽华盛顿为世界政治中心,然纽约亦隐然操世界经济之枢纽。瞻望未来,在世界上之地位,尚方兴未艾。

将别前,对各方友好,当然有一番应酬。在自然历史博物馆,与他们作别,韩、白诸同乡,亦有应酬。离纽约的前一天,尼古拉夫妇,并约往以北数十里之白原,驱车一游。先到一小馆吃饭,游附近公园。经过小说上有名的睡谷,穿过了许多山林,再看看美国乡间景色,于暮夜后始回寓中。此乃在纽约之最后一夜。

行李相当繁重，故成觉到麻烦。下午韩、白诸兄来话别，到五时离寓往码头，只白君随行到了码头。照规定路线入内，行李检查，及其他手续亦至简。此时德特拉亦来匆匆话别。入船中找船位，乃独自一小室，十分舒适。上船不久，即登记吃饭桌号，及其他手续。七时开饭，我所排者，为第二次吃。因旅客甚多，分两次吃。饭后在船上各处稍一游视，即入室睡觉。此夜即宿于汉德生河边，尚未离纽约。

次日清晨，船即徐徐开动，驶向汉德生河下游。由船上可见纽约之摩天楼。云雾缭绕，水面飞鸟成群，此世界名城，刹那时即将别去。随即看见自由神像，此自由神像，乃自由之象征，并非自由。自由之争取，尚待人群之努力。有二小时，即驶入大洋。东望云水一片，万里长途，即由此开始。

依利沙伯皇后号，为最大之船。吨位八万三千，设备甚佳。但因仍为战时设备，各舱中尽量加普通床，过道及稍有空隙地方，均有床位，乃备尽量运载兵士之用。在战时贡献甚大。此时西驶主要任务为运欧洲兵士回美。此行为回程，不如载兵之拥挤，许多床位均空着。然旅客亦甚多。上船半日，往来游散，发现此船上中国人，只有我一人。其他旅客中，妇孺不少。他们之优先证，至少一部分，并非必要，何以取得，不得而知。在船上与数人攀谈，大半均往欧洲重新经营事业者。遇有 英苏格兰夫妇，乃在河南某地传教，后来被日本侵略，逃于后方，而由重庆、加尔各答等地，到美国，现搭此船回英。他们说一口地道河南话。西人在我国传教，有一百年以上的历史，成就如何，不必详究。若论功过，两者兼有。然有一点千真万确,即此等人对我国均无特殊好感。虽非什么宗教侵略,然至少对我国目下情况言,实非必要之图也。在美国时,听许多传教士要回中国,重理旧业。可见他们之政策,并未丝毫改变。

船上的生活,相当单调。只一人旅行,随大家一天吃三次。饭食比之在纽约日常所食者为佳。诚所谓饱食终日,无所事事,本可乘此清闲时期,把旅途感想,摘要写出,但总没有兴趣去动笔,或找人乱谈一气,或在甲板上散步,或望着无际之大洋出神。离去祖国一年半了,这一年半中,从战事不死不活到局面十外悲观,又到了胜利。只抗战中最后之阶段一年多,未能在国内与国人共甘苦,来到外国,虽跑了不少的地方,看了不少新东西,开拓了许多新眼界,然在建国期中,我之所学究能发展至如何程度,可以说仍是一谜。北平的摊子,南京的标本,重庆所存在抗战期间的新收获,将来如何集中在一处,如何整理起来,亦均尚待将来之努力。在纽约等了好久,终于成行了。然南非能去与否,尚在不可知之数。虽然说是回程,然前途尚有许多问题,许多困难,有待于打破的。凡此种种问题,于脑际不招而来,频挥不去。原想上船,以乘时休息几天,不料在船中仍是得不到真正的休息。

船向旧世界航行,差不多每天时间,改前一个钟头。由纽约到伦敦,相差四点钟,四天以后,知道船于二十九日到南汉普顿。本来此大船五天即可到,不知何故,行驶甚慢。听说有一夜晚,几乎停止于大洋中。将到的前一天,已做种种准备。旅客均要填登岸证,以便靠岸时交付,当晚船上有音乐会,因人数甚多,做两次表演。多数节目,由船上旅客及兵士客串,亦聊胜于无。

二十九日下午四时许，已到英西南岸附近，由甲板上可以看见陆地。此战后残余之英伦三岛，仍为山秀水明之区。惟海中尚有水雷，及岸上碉堡尚存，表示战时之紧张情态。船在此区，驶行甚慢，下午六时到码头以后，检查人员上船，即在船上办理手续。只询问所带货币情形，并无留难。当晚在船上十分紧张，大家忙于收拾行李。我因无事，与一加拿大人上岸，到街上一游。距码头约三四里，找得一小酒店，在此第一次用英国钱，购英国啤酒，淡而无味，后来才知所购者，非真正啤酒，或只是战时啤酒而已。店内人众多，几无立足之地。遇一老水手，侈谈其航海经过，及其遇险事，令我回到求学时代，所读小说如《金银岛》中故事。彼自言为伦敦人，告诉我们到伦敦，所应注意之事甚详。离酒店返船，急忙中过了几条荒凉的街道，房屋矮小，但街道整洁。在一二地方，看到被轰炸的房子，作为战时的标记，将到码头，交验通过证，已十时许，当即入睡。

船虽于二十九日下午六时到达，但因已昏黑，找旅馆困难，船上当日仍许旅客在船上再过一夜，于次日清晨，再上岸搭一趟专车到伦敦，早上起来特别早，早饭后即离船。到岸行李已按照字母排列，寻到行李，静候检查，只打开一件，草草一看，算是完了手续，即购票上车。

所购车票为头等票，但八人一室，相当拥挤。大家谈及此，一人讲头等固不好，三等更坏，所以也处之泰然，伦敦到南汉普顿约二小时火车。但因在码头耽误过久，已觉饥饿，即吃些船上所送之点心。由车窗望沿途风景，虽是秋末，已有初冬之景象。过一区见有白色岩石，当即为英南部有名之白垩纪岩层，令我想到战时的宣传影片《杜勿尔之白崖》。今战事已结，英国居然能于万分危险中，屹然存在，且不失为三强之一，此乃英民族坚韧之表现。十一时车到滑铁卢车站。入市区后，即见断垣残壁，极目尽轰炸遗迹。车站亦部分被炸，残破不堪。下车后，行李尚在行李车中，因照英国规矩，并无行李票，须自己到车外去认。过另一站台，前去领行李，好容易取出来，幸无错误。出站找汽车，须站队等候。一人出门，行李无人照料，十分焦急，只有托之戴红帽子者，彼即堆行李于道旁，并不注意。等了二十几分钟，始得汽车，装上行李，开离车站，过泰晤士河，到了罗素广场之帝国旅馆，已下午二时矣。

伦敦人口，不亚纽约，而房屋被炸甚多，所以住的情形，比纽约还困难。我早料及此，所以离纽约时，即设法托订此旅馆。到后得一房间，只许住一夜，次日须另移一房。好在已许住两星期，两星期内，总可想到办法的，所以十分放心。

帝国旅馆虽大，而甚古旧。但时常客满。吃饭须站班等候，极不方便。所吃东西，十分简陋，而所费与纽约相等。一切仍战时景象。当日一切部署定后，即打电话找瓦特生教授。电话也不灵，几经试打才打通。约定下午，到其家吃茶。时间已到，后因不知路，当然要找汽车。而伦敦汽车之难找，出人意料。终于等了许久，找得一部，才未误事。

瓦特生教授，伦敦大学专科动物系主任。彼为英国研究脊椎动物化石老手，尤以研究南非哈鲁系类似哺乳之爬行类化石，蜚声于世。我十七年前来此时，即与相识。此次来美，伊知消息后，一再邀约我，务必于回国时到英一行。我亦因有若干问题，得当面商讨，故决由美来英一行。今既到此，当然先找他，伊住于西北区郊外，地点清幽，非复如市内之纷杂，除瓦氏及夫人外，尚有其一女在座，女才由中学毕业，方入大学习地质。瓦氏之房，为一小洋楼，在平时甚舒适，无如一部已受震破，闻当战时，伊全家向外疏散，然大致尚人房无恙，亦可谓幸矣。其住所除住房外，尚有瓦氏平时在家工作之屋，尽陈各地化石及参考书籍。可知瓦氏虽在家，亦不离研究生活也。

战后的伦敦

伦敦总算到了。战后的伦敦，是颇值得一记的。回想十七年前来此时，感觉到伦敦之繁华，而此次重来，到后觉得荒凉。这当然是战争的关系。然我是从纽约来，亦不无影响吧！但实际讲来，伦敦已恢复到相当的繁荣。从夏季起，欧战停后数星期，街上已有了灯光，不像多年前之黑暗了。凡所过地方，随地可见到被炸碎的房子。我所住的罗素广场，即为受炸最厉害的一区。一般人的服装，当然不及纽约的整洁。而人们的脸上，也常见显出营养不足的神情。不过被炸的地方，多已清理，外有栏杆包围。街道上也相当清洁。人家恢复的力量，我们是不能不佩服的。

虽到伦敦，还有许多手续。第一，照上岸时检查人所告，要于到后二十四小时内，到警察所报告，与在印度时相同。此乃未来以前所料到的。第二，要办领食物证，须第一项手续完后，始可领到。我因到此，无中国人招待，地方亦十分生疏，所以于次日早即到动物系，见瓦特生教授，及在英被俘而在此工作之德人孔能。关于孔能之来历，及其工作，以后再详为叙述。今晤孔君，先与之小理以上二项事情。初到一警察所，云报到地点，在另一地方。由他带路，他也不熟，上车下车，几经周折，始得找到。后即验护照，填各种表格，及两张照片，始领得居留证一纸。又持此到粮食局领食品证，也跑错了好几次才找到。计领得食品证一本，外购衣证十及购糖果证等。大凡在英一切东西，十九均要凭证，方可购置。我虽由美来，东西相当充实，但未料及此间旅馆，不供给胰子及手巾等。所以首先用购衣证先购手巾浴巾等若干。由孔氏请其太太，代购四条手巾，已用了六个证，其余四个，亦所购有限矣。

报到手续办妥后，到我国大使馆，也是报到性质，并打听赴南非及东归手续。到后说明来意，允打电报到我南非领事馆，询问最近南非实在情形，谈及由此开上海之船，尚无确实消息。而由南非到上海之交通情形，尤不得知道。总之，一切还是无具体结果。只有暂时听之。由大使馆出来，到附近访陈通伯先生，他在此主持中英文化协会工作，乃文化界人，一见如故。当晚在一处吃饭，并遇到在美曾会到之杨振声、汪敬熙二先生，及《大公报》社记者萧乾先生等。连日孤独无聊之气，为之一消。

我在伦敦，即以瓦特生之地为临时办公地点，每天无事即去。瓦特生为我让出一间房子，并有扩大镜等研究设备。不过我初到几天，想看伦敦与地质有关之机关。首次去，为不跑冤枉路计，均由孔君带路，因为我虽来过伦敦一次，十七年的光阴，又一次世界大战的影响，实在有些生疏了。不过那有名街道，有些印象。只是我上次所住的旅馆，也找不见，至少说记不清了。现在动物系的房子，也不是我以前所到过的房子。据瓦特生云，原址于战事期间已被炸了，乃于最近移至该址者。在学校中，被炸的地方也不少，不过他们于战事中，照常维持，其艰苦可想。战后很快地恢复，尤为可佩。英人是有坚毅性的。

我首先要去的，为伦敦之大英自然历史博物馆。在南肯星敦，到后看那建筑，也还有些印象。会到馆长佛士冠普，乃由剑桥升此任者。后去看地质部门之爱德华。此外并会到研究考古之伍克来，研究鱼化石之怀特，研究新生代地质及昆虫化石之曹乃乃，研究新生代哺乳化石之胡步伍及贝德等。相谈甚欢。战事发生后，博物馆并未积极疏散。后来轰炸渐烈，始开始迁移。到一九四五年战事将结束前，博物馆附近被炸甚烈，尤因无驾驶员炸弹有一二枚坠于附近，故损失甚大。大半房顶被震坏。据他们云，炸后在博物馆巡视被毁情形，要用雨伞，其狼狈情形，可想而知。幸他们之重要标本，均已移至乡下，而其他标本，半存于地窖中，得告无恙。现在他们虽照常工作，然一切并未复原，亦不开放，内部光线黑暗，柜桌凌乱无次，若与美国博物馆相比，真不啻天渊之别。据他们讲，一切殆于短期内，尚无恢复原状之望。其原因为欲一切陈列就绪，必先将房子修好。而房子装修，必须在伦敦其他房子修理、一般人住宅问题解决之后。而此则在目前，至少未积极着手也，他们估计，一切复原，当在五年之后。据我推测，或嫌太久，然其恢复之困难，亦于此可见一斑。

英自然历史博物馆，为欧洲最大之博物馆。英国殖民政策，开始最早，彼等以一二百年之时间，在世界各处，广事收集，其成绩之富，毋宁谓为当然。即以鱼类言，闻有二百万号以上之多，其他可知。不过就脊椎动物化石之关于我国标本者而言并不多。其所有标本，亦均限于奥文时代所收集之物，多间接收集自到过中国之传教士或外交人员者。我国在外国存之脊椎动物化石，目下以瑞典伍捕塞拉及纽约为主。真所谓后来者居上。

但我此来，并非要看中国标本，乃要看其所存之其他标本。最主要者，为英国中生代之鱼化石、人类化石，南非之爬行动物化石，及印度之新生代化石等。但经询问后，知此项标本之大部分，均已疏散下乡，一时尚不能看。他们允不久可设法运回，不能运回者，可赴其存在地点一看。此当然须相当时日。好在我尚有相当时间，所以并不着急。

英国地质调查所，即在博物馆附近。所以我亦以下午之时间，前去拜访。会到所长马堪脱、副所长伍德及岩石与古生物之主管人员等。地质调查所之建筑，乃战事发生不久前所落成者，十分新式。不过在战事期间，为军事机关所征用。当我去时，正忙于迁移。一方面旧的机关要迁出去，而所中东西要搬进来，当然十分纷乱。其陈列馆亦不开放，一切亦未布置妥当。各实验室及图书馆，则布置妥当，故一般人可以照常工作。与马堪脱曾详谈英地质图工作情形，我并以我所知道之我国做地质图近况相告。副所长担任偏重于实用方面之工作。英国地质调查所所收集之标本，完全限于英国。英国以外之标本，则存于博物馆中，故他们对于交换标本，并不发生兴趣。我与他们接洽，可否能乘机前往他们工作之地点，做一二次旅行。他们欣然答应，所困者，时已冬季，各队工作将结束，恐不能如预期之有望耳。

英地质学会，在柏凌屯建筑中。位于市区中心，为欧洲最老学会之一。曾前去访问，职员均不在，但见管理人员。现任会长为杜鲁门，在哥拉斯高大学任地质系主任。书记为克氏，在剑桥任地质系主任，及威尔士在伦敦帝国学院地质系任教。学会图书收藏甚富，亦于战争期间，疏散郊外，现正忙于迁回。有若干会员，自动帮忙工作，一大部分已可使用。在此可看新出版之各种书籍。我国地质杂志虽有，多三四年以前者，其他地方亦不甚全。学会刊物，照常出版，并不误期，殊可佩服。柏凌屯建筑中，尚有许多其他学会。有名之皇家学会亦在此。地质学会之常会，亦照常举行，平均每月有一次。十月份之会，我曾参加。由某君讲非洲之裂隙构造，座为之满。讲演约一小时，而讨论热烈，达两小时以上。在此场合，遇到以上所述人外，并见到其他主要地质界人士。

乘便在伦敦，参观了几个地质系。设备最佳，规模最大者，为帝国学院之地质系。系主任为瑞德，前在利物浦为程裕淇之老师，由之导领参观一切设备。该系以偏重实用见长，除地质外，倘有关于研究液体燃料等设备。皇家学院，亦有地质系。系主任为高登，兼地理系主任。地质系房址甚小，设备简陋。至于大学学院之地质系，虽内容较为充实，然亦嫌地址不足，一切腐旧。这些地质系，以新从美国来的眼光看，均十分简陋。但我们如注意其内容，莫不相当充实。至少我国各大学之所有地质系，尚不能与之比较。我们好像一人穿得很阔气，实无财产。他们好像表面虽非大富户，而实际上很有储蓄。

现在让我回头说一说，我所办公的大学学院动物系及上边所述那位德国人孔能。脊椎动物古生物,在各国大学中之地位,是十分固定的。往往因人、因组织而异。大多数虽离不开地质系,然也有独立,或与其他古生物研究,成为一系的,如贝克来即是。也有在动物系占一重要地位的,如哈佛之罗美尔及瑞典之已故维曼均以古生物名家,而主持动物系。伦敦大学学院之动物系,瓦特生教授,亦为此类。他本人地质很内行,于南非哈鲁系化石,有特殊研究,为此系之主任已二十余年。其系中其他部门,我虽与各主要人物,经瓦氏一介绍,但未及详为参观。系中有一供讲学及研究用之陈列馆,亦十分完善。但古老为通病,瓦氏则自有研究之小实验室,能修理化石。并有一书记,为绘图工作。此外照相设备亦甚完全,只不能与美国各地相比。然在英国,维持脊椎动物化石研究于不堕者,迄今尚以此地为中心。大英自然历史博物馆之南非化石,亦多由瓦氏研究。

孔能原为德东部某地人,对于古生物,极有兴趣,后与其妻到丹麦,即从事于第三纪初期鱼化石之搜集。盖以不满意德之现状,逃出国外谋生。战事起后到英国,以其采集之鱼化石,售于大英博物馆。博物馆中人,对此鱼化石不甚感觉兴趣,只以廉价收买。彼曾告以如暇时间,当在英找寻富有意义之化石。在英西南部之门底堡斯一带,常有上三叠纪,乃至下侏罗纪之裂隙堆积,伊颇注意于此。于某年曾得具有三瘤而有二根之小牙若干,以之售于剑桥巴内吞教授。后来他行动不甚自由,被拘于集中营中。得瓦特生教授之证明,得以在该区工作。其结果在某地发现大量类似非洲三瘤兽之牙、上下颚、头骨碎片、四肢骨等不下数千件,乃英国空前之大发现。盖此南非之三瘤兽发现以前，已五六十年，虽在英国及德国南部，有若干牙齿，类似此兽，但迄无大发现。我云南之类似三瘤兽之卡氏兽，实为保存最佳而丰富之标本。自我之初步文章发表，孔氏亦有一短文，述及在门底堡斯之发现。东西相隔数万里，且均在战中，而约略同时，对原始哺乳动物，或最近似哺乳动物之爬行类化石，有重要发现。此项采集，其方法与云南化石大不相同。彼将裂隙中含有化石堆积，尽量采取，用水泡软，加以冲洗，分数次筛出将化石始可分出。而化石之大部分，为无脊椎动物之碎片如海百合之梗及鱼类牙齿。据彼云，每两千各种化石中，平均可有一三瘤兽之化石。故此数千件三瘤兽化石之采获，实代表有长时期之苦工与忍耐性。彼之工作，虽由瓦特生之鼓励，而本人之苦干硬干精神，亦有足多。后来裴尔森（为英国一女古生物学家，曾研究我们猪类化石）告诉我，英国在古生物学上为先进不落后者，百有余年。而此项英国之宝藏，竟为一德人所发现，诚为英人之羞了。由此可见其人对此之重视，及其不甘后人之情。

孔氏已将此项采集，全部售与大英博物馆，闻只共得了七百镑。彼数年来在英之生活，除靠此采化石为业维持外，当然不足。故于工之外，常做其他活动，以增加收入。彼设法拓印各教堂钟之花纹及刻像，不下数百幅，已寄美展览。又随时在高塔或高建筑上有灯光处，设法捕由远处迁来之鸟。盖由远处飞来之鸟，常集于此等地方。他可不到远处，即能采取千里以外之标本。彼又用兽骨以手工做成女用之大衣扣。凡此等工作，一大部分由其夫人帮同工作。家中有德式之简朴，而躬干精神过之。然夫妇好合，共同协作，亦有乐趣，诚所谓贫贱夫妻百事不哀也。我看到孔氏之行,甚有观感。彼以流亡之身,能集中精力于科学采集,且能在此困难情形下,维持其生活,实可为模范青年。

孔氏不仅为一野外采集家,实亦具研究能力。此等三瘤兽之化石,即由彼做研究,不过由瓦特生加以指导。闻将于两年内完事。以后孔氏之工作,则将视将来环境而定。孔之父母,尚在德国,目下战事虽结束,信仍不易通。其遭遇亦殊令人同情。

我此次来英之主要目的之一,即受瓦特生之鼓励,前来一看此空前之采集。我并将我云南标本携来,亲做比较。故连日在校看其各种标本,并做研讨。而我所带来之标本,于彼等亦帮助甚大。盖门底堡斯之化石虽多,而无完好头骨,今用卡氏兽之完整头骨做比较,可寻出线索,将其头做一比较可靠之再造图。

按三瘤兽自发现以来,五六年十年间,为古生物学上辩论最烈的问题之一。有人以为为原始哺乳类,有人以为为爬行类,不过后来大多数主张前说。故卡氏兽之初步报告,亦从前说。但后由门底堡斯及卡氏兽之进一步研究,知其下颚确尚具有其他残余骨骼,故确定为最近哺乳类之爬行类。在昔以为三瘤兽为白垩纪后期多瘤类之祖先,今既以之归于爬行类,故哺乳动物之历史,因之截短数百万年。然此并非谓三叠纪无哺乳动物之可能。找真正原始之哺乳类,似尚须在三叠纪地层,多加注意。

大英自然历史博物馆的许多重要标本,寄存在纯恩。纯恩在伦敦北不过数十里,并不十分安全,但总比城内为优。我为看其一部分标本计,决乘机一去,在博物馆研究哺乳动物类化石的贝德女士,即在此工作。于一日清晨搭车前往，伊到站来接，改搭公共汽车入城，到博物馆。此动物博物馆，乃一有钱之某君死后，以生平采集所捐助者。内除动物标本外，尤以昆虫采集最富。图书馆亦十外宏大。存此之大英自然历史博物馆标本，仍放箱中，且为数甚多，势不能全看，只由他们引导，略为参观。其中最惨者，为植物标本，因抢出时，在大轰炸之后，边缘多已烧焦，又为救火之水所浸湿，故形状模糊，尤以号码及名称，多记在边缘，今已不可辨，故大部分标本，事实上已无何价值。而此等标本，重新整理，亦甚费时日，尚不知何时方可着手。我来此主要目的，乃看南非之三瘤兽化石原型，及英国之侏罗纪、白垩纪哺乳类化石。幸他们预先大致检出，得草草逐一一视。其负责人特别说明其动物部分之储藏分类方法。不但卡片制度良好，储陈亦佳。故任一标本，只要知道号码，可于一分钟内检出。当场试验数次，均甚快捷。非如一部分博物馆之十分凌乱无章，可为称赞。

我由大英自然历史博物馆爱德华、伍克来、曹以乃等之做伴，于一日往距英约二小时火车，在泰晤士河下游南岸之斯王氏堪普参观，在此所发现旧石器时代人类化石及石器遗迹。到此后看各层不同之产石器层位，并采得石器若干。此工作于今大致停止。但原地层仍为工厂用，机器开采，作为建筑及做三合土之原料。此等工作，当然不注意科学上珍品，实不知有多少好材料，由此而毁，可为叹惜。斯王氏堪普之头骨，为旧石器后期之人类遗迹，所得者为一不完全之头骨，有报告刊行。此地点前同事裴文中君来英，听他们说亦来看过。今我来此，亦由他们引导参观，故不知不觉，每每谈及裴君。

英伦已入了雾季,而战后的伦敦,一切尚未恢复,不但食品衣服物等,购置困难,即娱乐场所,除电影院及一些戏园外,无多可记。而此等戏从七时开始,到九时许即完,故欲看戏,即不能吃饭,要吃饭,便不能看戏。十时以后,街上已无什么人,若与纽约百老汇相比,诚不啻天渊。

伦敦之中国人,似已不如以前之多。前次来时所到之所谓唐人街,此次来,曾去过一次,实萧条不堪。不过中心市区,尚有不少中国饭铺。尤以上海楼最为生意隆盛。闻在英伦之中国学生尚有一百余人,但遇见者甚少,亦无研究地质者。有一中国协会,为中国学生聚会之所,会内有报纸杂志若干可看,而国内报纸,均六七月以前者。因寓地距离此会甚近,有时前去,借可遇见国人,得到一些消息。伦敦虽大,对于我还是感觉到没落。

布内斯特附近考察记

到伦敦已是秋暮,天气日短,时有雨雾。所以原想到郊外旅行的计划,稍受影响。不过因英国地质调查所之帮忙,还可以看一些地方。大英自然历史博物馆人们,陪我一同看斯王氏堪普第四纪地层,前已述及,今再述一次布内斯特附近的旅行。

布内斯特,为英西岸一大城。英国地质调查所地质家克内卫,在该区做六英寸之一地质图已数年。本季工作,尚未完结。我因该所所长之介绍与安排,决往该地由克内卫陪同在该区略一看其区之地质。凡住宿及八日之旅程,及交通问题,均由克氏预为安排,所以省了许多麻烦。我由伦敦出发,约四小时,到距布内斯特不远一小城,名八司。下车后,克氏来接,驱车到一小镇名盐津,住一十足乡村式小旅馆。此镇位于布内斯特与八司之间,地方幽静,旅馆位于河旁,风景宜人。虽云看地质,实无异在此休息几天。实际原因,因克氏住于其岳丈之家,即在此镇,于他也很方便。到旅馆吃午饭后,即驱车往布内斯特附近,看有名之阿未央峡谷地层。车经城内触目皆可见断垣残壁,其受轰炸之惨,不亚于伦敦,盖因布内斯特为西岸一要港,且为一工业中心,当然为德国战事目标之一。

阿未央峡谷,因为布内斯特河入海前之峡谷。且两边多有石场工作,故地层剖面,大部暴露。最下部看到泥盆纪上部与石炭纪下部接触之地层,但界限不清白,主要靠化石分判。以上则全为石炭纪下部地层,用他们之地质图及剖面图,一目了然。凡有化石层位,差不多均可找到欲要找之化石。虽只流连半日,却也看了不少东西。

以盐津为中心,仕了八日,才回伦敦,每日均由克氏用车来接,按时间出去,带些干粮充饥,晚同回寓。这几日所看的地层,除上述石炭纪地层外,自志留纪至第四纪,均大部看完,在此不能详述。今只把我主要所看的及感想,分述于次。

凡在我国做过地质的人,一到外国乡下看地质,总不免有多少失望。尤其来到英国,多数地方为杂草和树木所掩盖,并看不到什么露头。他们所言露头,大多数是石坑,即是开采过石头以后的遗迹。有的或还在继续开采。此等石坑,或隐于林中,或在道旁比较低凹之地,所以从高处一望,绿野映目,看不出什么岩石露头。因此若没有人领导或带有很详细的说明书或地图,实在有找不出露头的苦处。我们此次旅行,全用克氏的汽车。汽车由所中供给,所以可一直开到所欲去的地点。按图索骥,省事不少,虽然说他们石头露于表面者少,但大多数露头上边,也只有一薄层土壤,故详细测量,或稍用钻子试探,仍可知道岩层性质,故其所做详细地质图,十分可靠,并非闭门造车。

我们以盐津为中心,先向以北各地,看侏罗纪及更老之地层。

用两天工夫，过门底布士山，为石炭纪石炭所造成。中有裂隙堆积，并到曾发现原始哺乳动物牙齿之一裂隙一看。在门底布士某山口，另有一新的洞穴堆积，内有古代人类及石器骨器，与各种动物化石。其年代比我国周口店洞似尚为新。各物皆陈列于附近洞外一小室，作为小型陈列室。其实此等东西，存之大城之大陈列馆，或比在此尚易为人注意，不过据说本地人及发现人，坚持在此，也只有如此而已。

由门底布士东北行，尚有许多新的或旧的裂隙，不及一一详看，只在一二处找到破碎的化石。由此到海边，一切战时警戒尚在。经与守卫交涉，到海边看地层大致构造。此日除门底布士一带新堆积外，看得最完全的为三叠纪及侏罗纪各地层，而且层层均有海相化石，尤以腕足类及菊石为最多。盖均为海相，非如我国中生代地层，均为内陆堆积。

由盐津跑的最远的地方，为东北三五十英里，可看到白垩纪之灰石堆积。此地层在英伦附近许多地方，由火车上即可清楚看到。回来后到八司城，有一地质上古迹，可以凭吊。即远在一百年前，英国地质界老祖，也可说是全世界地质科学老祖，斯米士，曾在此工作，住于一街之某号。克氏同我到门口，当然主人已非，门口有铜碑，上书斯米士于某年某月至某年某月曾在此工作。按斯本一贫家出身，曾为工人多年，彼由亲身野外经验，首先创出地质年代，可以由化石鉴定之说。彼之工作中心地带，乃因水利关系，在布内斯特一带，做地层实际调查，用不同之化石，判别各主要地层之年代，迄今所有各时代之名称，多尚沿用斯氏之名称。氏以后做一英国地质图，乃英国最早之地质图。英国地质学会，即有一原本，每当开会展览，若用现代地质图比，大致上实相近，而不能不惊叹氏之工作能力之过人也。闻多年前，为纪念氏百年诞辰，地质界在八司曾有集会，可谓不忘本。地质科学为欧西新式科学之一，而尤以英国为先进。我国先哲，早有若干地质思想，然迄未系统化而成为科学，实不能不敬佩他们之成就。

我有一天，曾过布内斯特到海边欧士特，看海边峭壁剖面。地层为上三叠纪，有名之骨化石层。以前曾找得各种化石甚多，我们此去，适当大风雨后，海潮初退，露头特别清晰。沿海可行数十里，望之不尽，我只巡视其一小段。在滩上随捡岩石审视，即可见骨化石甚多，当即择优采集，计有蛇颈龙类、鲨鱼，及其他鱼类鳞片。闻不久前，在此找一恐龙之臂骨，由瓦特生鉴定，为与板龙类相近之属，可见与我国云南上三叠纪骨化石层，亦有相似之点。不过我们者为陆相，他们者为海相，此等陆地生长之恐龙，当系由河流冲刷于浅海中者。

在盐津多日，于工作之余，克氏约我到某家茶叙。到其夫人及其岳父母家中，布置俨然一富丽堂皇之家庭。我觉克氏地位，在其地质调所中，不过一技士之流，然家中有安静环境，而且所中为之指派工作，即在其家附近，故能安心工作。其岳父所藏关于中国书甚多，当然为英文译本，中国古书及小说（《红楼梦》《金瓶梅》），新出版物如林语堂、赛珍珠之关于中国著述亦不少。可见彼对中国文物，十分感兴趣。伊对中国历代瓷器图谱与标本，均有收藏。谈及各时特性及演变，十分内行，而不能不惊叹其知识之丰富。

离布内斯特的一天，到其大学地质系参观。系主任为魏达德，系瓦特生之高足，亦研究脊椎动物化石。彼已由附近之瑞梯克层中，采得若干似哺乳类之爬行类化石，甚为名贵。在英国一般学者，并不十分专，往往有什么材料，即研究什么材料。所以他也有时候研究无脊椎动物化石。该系地方，曾大受轰炸影响，一大部分，尚未恢复。其附近之博物馆，则完全炸去，标本亦损失殆尽。盖布内斯特为英一重要港口，值战事期间，自为敌人目标，所以受害特烈。以研究珊瑚出名之斯米士，尚在此工作不懈。其实验室相当简陋，然伊等并不因此减少其研究之兴趣。

离地质系后，上车时间尚早，与克内卫到车站参观一关于彭尼西林之陈列，乃以新发现之医学常识，普及于民众者。陈列即在火车中，除彭尼西林外，其他医学普通设备，尤其关于维他命等，亦均为陈列。此当然为临时展览性质，而非固定之陈列馆。

到欧洲大陆

在伦敦打听往南非的船只,十分困难。由南非往上海的船,尤为不可靠。经再四的考虑,只有放弃原来赴南非之计划。此当然为一遗憾。为弥补计,决乘机往欧洲大陆一去。

欧洲大陆上可去的国家,只有瑞士、法国和瑞典。德国虽在占领之下,而前去尚有问题,只得作罢。瑞典虽有人欢迎前去,而交通也有困难,且时值冬令,日短夜长,气候寒冷,也只有作罢。因此始进行赴法及瑞士。

虽战事结束,旅行还是十分困难。不但去的一切手续要办好,回来的办法也要早为决定。我打算由英伦飞巴黎,再由巴黎往瑞士,然后由瑞士飞返英。回程的飞机,初是不能在英订,然后费了许多周折,终于订好,只有由巴黎及瑞士之火车票,等到法后再订。

在初冬的一天上午,驱车离旅馆,到航空站,过行李及一切手续完毕之后,搭航空公司车到飞机场。原定下午一时开,而因天气不好,飞机尚未到,等了两个钟头,到下午三时才起飞。起身前出国手续很简单，亦未有何检查。所乘飞机，为法国飞机，而实是接收德国的。飞机甚小，只可容旅客十余人，座位亦十分简陋。开行不久，即入云雾之上，不过到海峡时，天气稍好，由机上可看见海水，及沿边峙立之白垩纪白灰岩岩层。过海峡后，此一度为大战场之诺曼底，亦可望见。想不到数月以前之大战场，今竟能平安在上空而过。世事究竟永远是变的，德国一世之雄，现在哪里去了？

因起身误点，到达甚迟，降落后已昏黑。幸大使馆来接之某君尚等候，即同入城。离机场检查亦不严，不过要声明所携带法国钱及外国货币总数而已。入城到航空站，接我之法国古生物教授亚让堡及其秘书，尚在此守候，盛意可感。亚氏不会讲英文，其秘书亦不通畅，我不会讲法文，一时甚窘，几乎彼此不能了解。后来亚让堡急得不得了，急出几个德国字，我才发现他会德文，于是改用德语会话，解除困难。

在伦敦是汽车少，在巴黎是一般人根本不做坐汽车之梦。我们提上行李，入地下车。在伦敦经若干困难，还可订下旅馆，在巴黎有时经困难也订不下旅馆，而且人人心理上有通货膨胀的暗影，得不住旅馆且不住旅馆。亚让堡因此约我住在他的家中，我也就不客气地接受，将使馆所代订的房间辞退。

亚让堡住在巴黎植物园的名科学家布风故居。昏黑中由他领导前行，也不及辨二十年以前来过的巴黎，是否还认识。到后见其夫人，只会说法文，一切谈话，要由亚氏翻译。饭后导入休息室，十分简朴，尤以巴黎生不起火，甚感寒气逼人。然如非亚氏之竭诚招待，我在巴黎的情形，恐更为狼狈了。

次日早饭后，与亚氏同出赴博物馆，穿行植物园中，始唤起我二十年前之回忆。据云虽经德占领期间，一切尚大体无恙。时局紧张时，他们只将重要标本，由楼上移至楼底。事平后，又搬上去。所以他们的复原，可以说是最简单的。其损失之小，可以说在各国中占第一，不可谓非莫大的幸运。只是植物园中，因战事原因，战后燃料缺乏，不能供应，以致温室中热带植物，全部冻死，十分可惜。

巴黎自然历史博物馆，前由布尔主持，为脊椎动物古生物学家，对化石人类学亦擅长，乃德日进之业师。上次找来时，即由他招待，告老后由亚让堡继任。布氏则于二年前，在极恶劣环境下作古，亚氏于德人进入巴黎之后，被囚作战俘，运往德国集中营约半年，才被放出返巴黎。当氏在集中营时，曾撰一本讲化石人类之小册子，已印出，可见他们科学家，无时无地肯放弃本位工作，亚氏在非洲及小亚细亚，均有大规模采集，尤以鱼类化石，甚为丰富。目下实验中，从事于古生物研究者，有五六位之多从事鱼化石之研究，在战后困难情形下，能推进工作十分积极者，尚以在此为初见。

在巴黎由友人介绍几位久住巴黎的同学，也减少了不少麻烦。龙吟君在此招待，陪我到中国大使馆。后来又会到林夫人李琼，乃李璜之妹，其丈夫为研究梵文专家，不幸于春间逝世。夫人只身奋斗，精神可佩。又会到一位黄君，本出来研究历史，后来家乡遭日本军队摧残，大受刺激，竟皈依了天主教，并决心入修道院深造。龙君与我，劝亦无效，此亦一时代悲剧，可叹。

在巴黎时间虽短，然仍利用时间，到自然历史博物馆参观古生物部分。除看了他们实验室已在研究之标本外，并将已陈列之各类，巡视二周。其陈列方式，相当古旧，大体用地史老幼分类。而每一区域之动物群，则不时仍得保持一起。此方法于实用上，亦有相当便利，不过参观者若非内行，稍易混乱。我国骨化石之流落于外国最多者，除瑞典之伍捕塞拉、美国之纽约外，当以巴黎为最多。当年桑志华、德日进等在我桑干河及河套一带，所采之化石连同石器等，大半均在此陈列或储藏。浏览之余，盖感吾人有急起直追之必要。

此外也还参观了几个其他学术机关。最重要者为孟那哥所倡办之人类化石研究学院，由院长招待，导视其陈列馆。石器、骨器、自然力破坏之类似石器，乃至人类化石，均收藏至为丰富。我国裴文中先生，即曾在此工作甚久，在其曾工作之室，流连久之，不胜感喟。在此遇到研究石器大师步耶尔先生，伊前曾到我国研究周口店之石器，战事起后，逃往南非，仍照旧做科学工作。今重返故国，虽容颜较前大为苍老，而精神振奋，不减往昔。氏曾与我将裴氏所研究之材料，重看一过，又仔细看了看第四纪以前类似石器采集，印象甚深。氏并谓将来情形许可，仍拟到中国一游。

与以上机关相似而规模更大者，为巴黎之人类博物馆，以史前之发掘为最多，与人类有关之各项标本，亦均有丰富收集。步氏曾与我同去参观，并介绍若干人士。研究史前文化与化石人类设备之佳，规模之大，从未见有一地如巴黎者，此实由二三人士倡导之功。

此外并至巴黎大学参观地质系。主任皮夫杜，亦为研究骨化石者。该大学虽经战乱，亦无重大损失。惟我欲一观其在越南所得之兽形类化石，则标本尚在马赛，未能一观，颇为怅然。又到矿物岩石部门，略一参观。

在巴黎停了六天,时间当然相当匆忙。除了参观各学术机关外,还要与二三友人会晤。又要忙于订赴瑞士之车票,原请使馆代订,后来竟云不能订直达巴赛尔之票,但自己托人订,反无问题,其故不解。在此承钱泰大使招待,一听巴黎有名之歌剧,并曾往凡尔赛宫参观,此地二十年前,来过一次。今又重到,景物依然,不过其中壁上之若干画,已因战时未加意保护,有许多毁损之处。林夫人招待我到里昂车站一小中国饭铺吃饭,附带参观那一带的中国人区,自然也和其他城市中国人区一样,还脱离不了地道的中国景象。

在巴黎经过数日的勾留,对巴黎的印象,颇觉熟悉许多。以前两次来的印象,渐可由脑海中唤起。尤其是三米希尔一带,及由巴黎学院到植物园的沿途,一屋一石,均有久别重逢的感觉。只是第二次来的住所,已寻不见了。不过刚熟悉,又要告别,此后不知何时可再来,人生就是如此的无常。

经过这么大规模的战争,而巴黎仍无恙,不可谓非奇迹。不过战事的苦头也够吃的了。交通上的困难,上已说过了。通货膨胀的威吓,也很可怕。当我在此时,官价外汇为美金一元可兑五十法郎,但黑市可到二百。纸烟不易购得,在酒店中购一包黑市美国烟,需一百法郎,按官价即等于两元美金。我临行曾请亚让堡夫妇及若干友人一餐,用四千五百法郎。我离此不久,汇率即改为一与二百之比,百物当然也随之而涨。在此情形下,外人到法旅行,是相当之贵。所以巴黎虽好,也不可久居。有人还劝我往里昂一行,拜访维热,参观那里的化石。因此情形,亦只得作罢。各机关研究人员,也相当之苦。名家如亚让堡,每月不过拿六千法郎,其困难情形,可想而知。但在此困难情形下，我竟打扰了他们好几天，可见法国人富于热情，不像美国人之好打算盘，真是如我国所说的越穷越大手。

我费了许多事，由友人帮忙，订得赴巴赛尔的车票。车票已好，还要订座位，费用另加。据说一星期以前，交通情形，还是十分混乱。有时不但车内甚挤，车外也扒着人，直至最近，才为改善，头二等车，可以对号入座。十四日下午，亚氏夫妇、龙黄诸君，均到站送行。汽笛一鸣，我的旅程，又进入另一阶段了。

虽然订了座位，只是一座位而已，并不能睡觉，一室共八人，四人一排，相当之挤。不过座位是软的，还相当舒适。我原来的计划，想搭白天的车，以便可以赏鉴沿途风景。不过现时车次很少，没有多少选择的机会，能得到车票已不易，不便再存其他奢望。所以上车即入暮，开行已七时许，在灯影辉煌下开出巴黎，已一片漆黑，什么也看不见了。好在这几天在巴黎，东奔西跑，也相当之累，今一入车，得到了休息机会，也就昏昏入睡了。

次日早一醒来，车已在爱尔萨斯平原中驰行。爱尔萨斯为德法领土问题纠纷之一。居民大半用德语，今局势如此，自也谈不到其他。驶抵法境最后一站，也无何手续，闻到巴赛尔车站，一并办理，途中过一小山洞，即入瑞士境。无何抵车站，下车后先到法方检查处，盖上出境印，再到瑞方，除盖印及询问带钱多少外，还付与十八个饭票。因在瑞士，管理较他国为严。即旅客初入境，在饭铺吃饭，也要每次交两个饭票。十八枚足供三日之用，照章旅客须于抵境后二十四小时内，到警所报到，说明住居期间，才可领得经常饭票。初得到此，颇有一种深刻印象，深觉有德国作风。不过行李并未打开，还算十分客气。

出站后即遇巴赛尔博物馆馆长萧布先生相迎，颇为欣慰。因我在此，无中国方面人士，只靠他招待。相谈之后，他已代订好一便宜而简洁之旅馆，随即步行到旅馆。在瑞士旅馆也不易订，因各处均要招待由德来游历之美国士兵。旅馆代订一室。我所住的旅馆，还有数十个美兵在此未走。

来瑞士带的完全为旅行支票，所以来后第一事，为向银行兑钱。照规定每人每月至多只能兑价值美金二百五十元之瑞币。每次兑换，均由银行注明于护照之上，以便稽查。这样一来，虽云在瑞士许多东西并不限制，可自由购置，事实上限制较他国为严。因为除了一月生活用度之外，实所余无几，可以购置其他物品了。第二件事为到警所报到，交验护照，说明住居日期，还要交若干费用，然后领取所应领之饭票。瑞士饭票有两种，一为我所用之一种，专为流动性人士来往旅行用者。另一种为有固定住所之人使用，分肉、牛乳、糖等，与他国者相同。以上二事，均由萧布先生陪我前往寻找及办理，均无困难。

来巴赛尔主要目的，为到此城之自然历史博物馆参观。地在一小巷中，然建筑相当的大。此馆前由有名之古生物学家石泰陵主持。氏去世后，由萧氏继任。一切杂事办完之后，即到博物馆参观，先由萧君导看骨骼学及骨化石部门。此地陈列有一特色，即现代骨骼，与化石不分。各现代骨骼，亦多装架。装架技术，十分高明，做种种姿态，栩栩如生，再附一相近之化石，亦做同姿态之装架，可以帮助参观者了解不少。其化石陈列，十分丰富。按瑞士乃一小国家，而大都在不产骨化石之乱山中。但他们居然能在各地，尤其是邻近地邑，如法国、德国，找到许多材料。其间自然有许多困难，可想而知。除骨化石外，其他地质部门及动物植物等，也均相当可观。瑞士为欧洲避免战祸之惟一地区，可说是欧洲的桃源，其一切工作，自然能顺利推进，并无足奇。在此单就古生物部门讲，安心工作之人，就有五六位。其修理实也甚现代化，尤其他们特用蜡与石灰和成以补黏化石之法，简单经济，大可效法。

萧布先生为石泰陵之高足。石氏于前二年逝去，尚有一部研究啮齿类牙齿的大作，在用啮齿类牙齿之演进构造，证明三瘤论之确实。正在由萧氏整理，不久当可问世。萧氏本人，则以专门研究各类哺乳动物化石见长，对于啮齿类化石尤多贡献。彼曾把伍捕塞拉所存之我国此项化石，加以重新研究，颇多新论。我虽然在他的实验室中，只流连了数日，却彼此均感到兴奋与愉快。据他说，我是战后惟一首先到瑞士观光的地质家。

一天下午，他陪我往巴赛尔西南二十公里之地，做短途地质旅行。搭电车去，再步行六七里，上至一小山山顶。虽天气不十分晴朗，而以南之少女峰，尚隐约可见。近处于东边可见平台式侏罗纪地形，两方可见折曲之侏罗纪地层。东北远处，莱茵河岸，则有黄土台地。萧氏亲为指点一切，如数家珍。山上有咖啡店可休息吃点心啤酒等，真是标准的阿尔卑斯山中生活风味。虽吃茶点，也要交饭票，可见人家统制之严密。暮后相将归来，踏林中草地上之白雪，随步有声。月光射入疏林，寒星在天，人影在地。步声之外，万籁俱静。此等优良风景，好久已未享受，今能于故乡外数万里之山中得之，虽胸怀万端，忧从中来，亦不忍弃此美景，而姑做及时行乐之游。

巴赛尔位于莱茵河岸。过河虽尚有一部分为市区，然不远则为德境。沿河以上，则隔河为界。故德国领土，隔河可见。然河山依然，景象全非。今该区已在法国管制之下，度其不自由之生活，以与瑞士相比，诚有天渊之别。然谁为为之，孰令致之，若非希魔一意孤行，则德国固仍一了不起之中欧强国。一部历史，不忍追忆。我亦因受政治影响，此次来至德国边上，而不能一去，重游故地，尤觉怅怅。

在此过一星期日。上午萧布先生，与其新到之亲戚某太太，同游市内之动物园。当然不及纽约或华盛顿之伟大，然亦应有尽有。时秋末冬初，叶色斑斓，空气清新。逐处访视各种动物，颇增兴会。关于假山布景，萧氏不甚满意，谓其不懂地质，将石头做成不合地质之原理之形状。其实比之我国园亭假山，尚近情理多多。下午独自一人，到莱茵河畔散步，又到一最古之教堂瞻仰后，过桥到对岸，在桥畔见有热炒栗子。在现代都市化之生活，尚有如此原始做法之物。购一包一试，果不如我国糖炒者口味。过河后，到酒店沽啤酒自酌。对河俯视，感慨丛生。念此次于抗战期中，只身出外，一年多以来，到处奔走，表面上看来，为未来的建设工作。其实目下战事，虽已结束，而国内外危机四伏。默察大小环境，能否允许我尚有所作为，实有疑问。此次在外，到处受人欢迎招待，在外人看我国，绝不会想到我国情形有如此之糟。将来回去，一筹莫展，负己负人，将何以自圆其说。内心烦躁，得酒一浇，更觉发闷，只有随遇漂泊而已。今在瑞士旅行，虽置身于和平美好之空气中，然归期在即，已近尾声，实不堪赏心乐事谁家院之感。

在巴赛尔最后一天,参观本地大学之地质系及地质调查所。有一二人士,与黄汲清先生熟识,争相询问。岂知黄公连年种种,亦为环境所困,只得勉强答以一切都好。地质调查所组织甚小,主要在动员,在各机关之地质人士工作,所新计划之二十万分之一地质图,方出一幅。编制印刷,相当精美。彼等于谈后,莫不希望多有中国人士,来此研习。谓虽不熟谙法文、德文,亦可破格以英文写作,盛意可感。

在此由萧布介绍,见一曾在中国海关服务四十余年之瑞士人。现已八十余,尚健康,能操流利之汉语。彼家搜集各种中国美术品甚多,美不胜收,俨然为一陈列馆,并有中国产之若干骨化石,一部分为产自万县之貘化石。彼曾作一篇论文,获得博士学位。据萧云,彼已立有遗嘱,将所有东西,于死后捐赠自然历史博物馆。这就是西洋人的精神。

午间萧氏夫妇,约到一处吃饭,以示饯别。数日以来,占了他全部时间,今尚做此形式上之事,益增人感触。晚间复约吾到其家中。家在莱茵河西岸,虽布置不若美国科学家之阔绰,然图书满架,暖气宜人,至少他们的问题解决了。一天所想的,不是油盐米柴,而是如何推进工作,努力研究。只此一点,我们的时间精力,要比人家消耗多少呢!

次日决由此往愁内溪去。萧氏因在愁内溪有一科学集会,也决一同去,且可减我途中寂寞与在愁内溪之可能困难。由此到愁内溪,不过两小时火车。未开车前,在站旁见有破碎之列车甚多,据云乃法国之被轰炸车辆,今运瑞士修理者。车开行后,萧氏随时指点莱茵河岸之形胜及地质。对岸即为德领土,有时尚望见村镇教堂峙立。一已失自由之国家,自易引起人之怜悯,何况我曾以此为我之第二故乡乎?

到愁内溪下车,先找旅馆。因萧氏于数日前,已以长途电话,托人代订,故毫无困难。稍休息后,即一同往街市,到湖边一游。他于此地,然十分熟悉,说来如数家珍。后来到一小饭馆吃饭,由我请他。饭后同到大学之矿物岩石系,大学在小山上,有爬车可通。遇系主任元尼突里先生,为此道权威。王沽秋先生,即从其学者。彼询及王君近况,我也只能以答黄之态度答之。王之毕业论文,全部存此。他送我二册,见物思人,不知我国艰苦奋斗中之王君,今情况何如。此地之矿物岩石系,殆为大陆上设备之最完全者。每一高级生,均有一相当大之研究室,附一实验设备。标本之丰,几难找得一地与之相比。建筑亦极新式。能在此地做研究工作,实为不可多得之幸运,惜目下国人,无在此就学者。

离此后到动物陈列馆参观。馆长为裴意,乃白劳里之学生,可算同学。馆中标本极多,但陈列方式,相当古旧。化石亦不少。裴历年在瑞士南部某地,就三叠纪之含骨化石层,大加采掘,尤以鱼龙一类为最丰富,已刊行许多论文。尚有许多材料,留待研究。其解石块、运石块,均用简单之机器。修理方面有三四人,均能就石板做精确之修理,盖彼用 X 光线,先将各石照相,依图索寻,极易工作。彼又在莱茵河岸某地,找得瑞替克层之骨化石层,均为小化石。掘运八吨至研究室,加以水洗(亦用机器代人工),然后过筛,所获之鱼牙及小无脊椎化石,不可胜数。最有兴趣者,乃找得二可能为哺乳动物之牙齿。我到之日,又找得第三。此等化石,低冠、长根,与英国所得者,不无相似之点。与裴氏一同工作者,尚有数人,均以研究脊椎动物化石为主。裴氏曾两次约至其家,见其夫人、公子等,倾谈甚欢洽。欧洲人士,对人热诚,极为普遍。言谈中述及德国明兴近况。据新由明兴来人云,该城十分之七,已付灰烬。明兴之德国博物馆及国立博物馆,均付之一炬。惟究否有一部标本,运至安全地点,则尚言人人殊。该地大学之各教授,均尚健在。惟白劳里晚境甚为凄惨。因除家庭中丧其爱子外,一生心血,全在博物馆中,今付之劫尘,其心境可想。据对人云,彼之性命,已在旦夕,闻之甚痛。我虽打听他之通信地址,但目下尚无法与之通信,只得付之一叹而已。闻当希特勒秉政时,对于大学,亦施以党化。用人看在党之地位,不依在学术之地位而升迁。明兴大学地质系,有一次来一系主任,根本非地质家,后来又升为校长。似此作风,要望成功,岂非梦想,难怪德国学术,已非多年前之景况,可为一痛。

我几以全部时间,在陈列馆与他们研究问题,参观标本。预计二十二日飞英,故只有两天停留。这一天早到航空站等候甚久,始知伦敦大雾,飞机或不能准时来,等候许久,到了机场,行李等手续办完之后,还无消息。此时我旅馆已退,身边仅有的瑞币也用尽,忽宣告有不能飞之消息,午间与一瑞士人一同吃饭,幸免饿肚。以后仍进城,由航空站协助,始找得一旅馆,又出外换钱,一天就这样的消耗,也来不及再找他们。

瑞士虽为一小国家,然因应付得当,竟免战祸。但据萧布告诉我,此次当战初起,希特勒大有假道瑞士之意。但瑞全国备战,在各地修筑防御工事,自然全国动员。我在巴赛尔,亲见其许多防御品、障碍物等。可见就是小国,专依赖人也是不行。如无此等决心,瑞士也未必不沦战场。

第二天早晨离旅馆,再到航空站,不久即赴机场又把所带行李,巡视一遍。护照上用了出境印,在瑞士未用完之饭票,还须交回。一切手续办完,才登机起飞。升空之后,因天气晴朗,阿尔卑斯山之胜景,可在空中获一鸟瞰。惜为时不久,即已在视线之外,与此稍一停留之瑞士作别。计约四时半,安抵伦敦。到伦敦时,天空尚有薄雾弥漫,幸降落时,无大困难。在出机场时,英国人与非英国人分别办入境手续。行李只略一询问,尚无留难。午至旅馆,一切如旧,而一场大陆旅行,遂告结束。

苏 格 兰

到伦敦已是真正的冬天，野外工作，无法再做。即利用此时机，在伦敦各地质机关，或会见人士，或参观标本，而以余时在瓦特生处，将带来标本及稿件，做最后一次之修正。南非既不能去，欧洲大陆已去过，此后即打算一方面去伦敦以外之若干都市参观，一方面积极准备回国。当此时国内中央研究院喻德渊及张文佑二先生到英考察地质，李庆远先生亦由美与杨廷宝先生来英，联大之王鸿桢先生亦来英。在多雾的伦敦，竟有中国地质人士五人之多，不时会谈，兴会良多。王君在剑桥研究所携来之珊瑚化石，喻君专擅岩石，张君精于构造，均暂在英国皇家学院，随瑞德教授研究。李君与我，情形相同，此后可以一同旅行，可解寂寞不少。因在以前，无一次不是一人独来独去，今能与李君在英，做短期他乡之聚首，共访英国地质界，亦不可多得之机会。

我们首先要去的为苏格兰。因时间关系，只打算去哥拉斯高及爱丁堡二城。喻张二君，原约同行，临时张以病作罢，只我等三人前去。在战后一切尚未恢复的英国，交通也还相当困难。车辆少而人拥挤，卧车票根本购不到，只限于政府中有重要职务者。清早开行，幸而找得座位。虽然车辆破旧，然比之我国，尚觉优良万分。车中可用中饭，且有地道之威士克可喝。下午八时，始到哥拉斯高。

哥拉斯高之大学地质系，在英国相当著名。丁文江先生，即曾肄业于此。现此间主任一职，由杜鲁门担任。氏为研究煤田化石者，在英颇负威名，为今年度地质学会会长。在伦敦曾见面，故约来此一行。今到此之后，当然先去大学地质系参观。山氏引导，介绍在此各教授，及参观系内各设备。岩石学大家齐乃尔，即在此执教，曾与氏谈英国地质之现状，及一般有关地质问题甚详。此地质系，若论地方，尚不若我北大地质系之宽大合用。不过其内容甚为充实而已。大凡英国各学校，全有如此现象。即主要在内容，不在门面。系中附有陈列馆，规模虽不大，而材料十分丰富，布置亦精雅。杜氏自吹为英国第一。其意以为虽有地方不及剑桥牛津标本之多，然适合于教学与研究之用。其陈列方法，在英堪称独步。不过以我观之，好自然是很好，不过不见得独步。我印象最深者，除其地质标本外，为百余年前瓦特生所发明之蒸汽机。其锅管等，均用普通铁做成，构造亦十分简单。然此发明，不亚于今之原子能。近代工业之革命，及过去一百余年来经济与政治大改变，莫不以此为其导线。徘徊于其旁久之，深觉此一简单之蒸汽机，有历史上纪念之价值，将与日俱增。尤见英人保存名人遗物之笃诚。

哥拉斯高郊外，有一古生物胜地，名曰化石冢，乃石炭纪之植物化石林，或横或叠，很多保存。其照片见于一般教科书者不少。

杜氏亲导我们前去参观，附近有一小屋，为看守招待人住所。化石冢则盖以玻璃房子，不过因战事之故，颇有损伤。但将来必有修复之日。此在习地质者看来，当然无何了不起，不过供一般市民及游人赏鉴之用，借以增其对于自然及地质之兴会，则功用甚大，真不愧为哥城一名胜。

杜氏因要赴伦敦开地质学会，当晚离此赴伦敦，所以以后几天，全由其他教授招待，排有日程，我们并有一机会，参观其他有兴趣之学系，如地理学系（即在地质系旁，十分简陋，主任为对政治地理发生兴趣者），及采矿系等设备。并参观瓦尔吞教授之植物研究室，近代与化石，均十分丰富，可称一完善之实验室。所奇者，他们工作之人并不多，看去静悄悄的，而一切照常进行，井然不紊，此中固有时间持久因素，然其组织之强，与一般人做事能力之高，亦不可忽视。

哥拉斯高有一自然历史博物馆，即在大学附近，规模相当之大。战争时期，附近落弹数次，稍有损失。但因复原迅速，虽有一大部分尚在修理中，业已照常开放。包括地质、动物、考古、美术各部，尤以美术部门所藏名画甚多。地质方面，只着重区域地质，尤其关于苏格兰之地质矿产。地方狭小，布置拥挤，然正可想见年来采集之丰富。

到哥拉斯高，天气已严冬，且常有雨雾。因之好几次要到郊外去而不得。终于一天下午，天气较好，系中派二高才生陪同往近郊附近看看地质。先到西南郊数十里一带，看石炭纪地层各层化石，均十分丰富，惜无时间采集。后到距此十余里之地，看一玄武岩，为石炭纪之冲出岩，有大石坑探掘。时天阴日短，不能多停留，离此回城时，已万家灯火。

哥拉斯高为苏格兰一名城，英国工业化，实自此开始。惜今已瞠乎其后。然战事期间，仍能发挥其威力，故亦为轰炸目标之一。街道建筑，及一般街市情形，颇与上海昔日之英租界相似。此乃因上海英租界之建筑，十足带了英式之故，抄袭人，非人模仿我也。

离哥拉斯高那一天，杜鲁门由伦敦赶回来，再去倾谈。言及我国地质界工作情形及未来之进展希望，杜氏曾寄予无穷之期望。又于以后合作等事，亦曾涉及。此后一切，只在反求诸己，外来援助，当不难得。

由哥拉斯高到爱丁堡，两小时火车。匆匆上车，与哥城作别。哥城以多雨见称，此次虽只短短四日，于雨雾中照原来计划，一一办到，尚称圆满。到爱丁堡，住于原订之旅馆中，决先访此间大学之地质调查所分所。分所隶伦敦地质调查所，但事实上相当独立，无异苏格兰之地质调查所。所长原为瑞琦，新告退，由怀德接任，方就位。我们去时，怀赴伦敦未返，由瑞琦招待。介绍所各重要人员，并至各室参观。古生物标本，收藏甚多，均为无脊椎动物化石，只由一人主持。岩石矿物室标本亦十分丰富，因苏格兰以变质岩产地著名，故关于此项研究与收藏特别见长。其测制地质图部门亦甚好，自草绘至着色，均一一以样本见示。其通行之今英地质图，正在印改正版，方看校样。其担任着色绘制之某君，在此服务已数十年，经验自为宏富，图书馆并不特多，然仅足分所之用。

爱丁堡大学之地质系，为一新建筑，乃某君捐助而成。于八九年前始完成，故一切甚合实用而现代化。高才生均有个别之研究室，陈列馆亦布置精雅。中有一柜，专陈列著名地质家，尤其是曾在爱丁堡服务之地质家之手稿、亲笔信，至可供人流连。地史陈列，简单中十分完备，不失为理想之学校用陈列馆。系主任为胡姆士，乃现在英国知名之地质学家，以构造及研究地球年龄见称于时。其所著之地质教科书，乃现在英国最普遍采用之地质教本。在此与氏谈虽不及两小时，而印象甚深。此地质系不在市区，有独立建筑，推窗一望，有名之地质剖面，即在目前。室中亦陈有当地之主要模型，比较自易，兴会自生。告老之前任英地质调查所所长贝勤，即卜居爱丁堡，仍以余暇，在校做研究工作，亦曾再度会见。

原欲往人类学系及动物系参观，因时间来不及，必须进城而作罢。下午到地理系参观，最值记者，为其关于河流波浪等侵蚀冲刷与堆积之实验，亦可做下雨现象之实验。这些设备十分简单易作，不过他们仍肯用心为之，即为可佩服处。地理系关于各种政治地图，收集颇多。

爱丁堡之自然历史博物馆，比哥拉斯高者为大。但战后复原工作，进行迟慢，只有一部分公开，尚为临时展览。此博物馆不但包括自然科学，人文艺术亦已在内。有一厅中，有古墙一段，乃爱丁堡旧日古城垣之一部。为保存计，圈入厅中。可见他们对于遗址之珍视。古生物材料方面，各部均甚多。而尤以泥盆纪鱼类化石最多，美不胜收，或为英国之冠。惜目下无适当保管人员，较为可惜。地质模型甚多，此陈列馆之材料，如用新式方法陈列，当更见精彩。可惜建筑因陋就简，逐步扩充而成，不甚合新博物馆之标准。地质调查所分所所长及古生物学家安迭生，陪我等同往，并由馆长招待，故得以整个下午，检视各重要标本。

地质调查所分所，为我们计划了数次野外旅行，分次派人招待说明，汽车亦由他们准备。故我等得于短时间内，将爱丁堡附近地质，做一简单观察。惜天气不甚如理想之好，受到相当影响。

第二天往爱丁堡西北约一百里左右之斯特灵、杜拉及叶特等地看地质。爱丁堡附近，为古生代后期地层形成之低地，城郊多泥盆纪地层，真正之前古生代大山，则在此北数十里乃至百里之地。我们先沿公路，在有露头的地方，一一探视，并可见冰期时代所冲洗之遗址，十分清晰。过斯特灵午餐后，天气转坏，虽北边之寒武地层及高山变质岩等，近在咫尺，竟为雨雾所迷，不能望见，只有照原来计划往东转，南过叶特附近。彼等对各地地层及构造，了若指掌，如数家珍，我等不过唯唯而已。途中过一小湖，烟雾弥漫，林中雨声催客，盖一绝佳秋暮景色。回到爱丁堡附近，轮渡过江。

第二天往爱丁堡东南之皮堡斯一带，亦赖汽车，得以在不良之天气中，完成工作。其以南之较高山地，为古生代前期地层。在志留纪中，采得笔石等化石甚多。此一带均为荒山荒地，乃苏格兰之养羊区域。途中天气转冷，雪霰纷飞。彼等辄谓，我们此次来得太迟，不能将所有要使我们看的尽量让我们看。希望我们再来时早些，不要在冬天。盖这一带的旅行，最好为夏季。目下多雾，即天不雨，视线亦不远，看地质至为不便。我们当然也有同感，不过此次在纽约久等，到冬方来英，实在非个人力量所能改变。至于重来，究是何日，亦只有付之一叹罢了。

我们本想在爱丁堡只留二三日即折返伦敦。因主人热诚招待，还要我们看若干地方，乃延长二日。以一天往以西约六十里之地，看一油页岩矿。此乃英国惟一油页岩矿，并入地下隧道参观。地面炼油各设备，亦一一参观，颇增兴会。又以一天往西北二十英里之地，看一打钻工作。盖他们就地质构造推断，此地亦有油页岩层，故不惜工本，在此一试。此殆一战时之工作。下午以余时在爱丁堡城内看若干有兴会之地质露头。

爱丁堡曾为苏格兰之政治中心，其王宫亦在此，古迹名胜很多。因限于时间，均未能参观。即其他陈列馆及应去之场所，亦均未去。不过在爱丁堡六天的停留，也得到了不少知识，比之在哥拉斯高，尚觉时间较为充足。

二城均在苏格兰南部，真正的苏格兰山地，竟未能一去，当然遗憾。于是离开爱丁堡返伦敦。所购为来回票，本还想在中途下车参观一地，亦未成为事实，又回到雾色笼罩的伦敦。

剑桥、牛津与伯明罕

回到伦敦，已是残年将尽，大家都忙于过耶诞节和新年。我本打算于年内往剑桥，后接来信，许多人均不在，只得改于过耶诞节后再说。英国特别注重耶诞，然闻元旦之日，各机关照常办公。可见对新年并不重视。但苏格兰则对新年也庆祝，必须放假。同在一国，而习惯上有如此之不同，可见地方性之不易革除。无论如何，耶诞对我们虽无谓，但总表示一年将完，又要迎接另一年了。去年此时，尚一人在贝克来，今又远跑到了英国。虽然说不久要回去，然究何日回去，回去又将如何，此真令人烦闷之问题。胜利固然是胜利了，然困难与问题尚多，即以地质工作而论，也不是马上可以恢复原状的。光阴如此虚掷，大为可惜。

利用此时间，仍在大学学院工作。并不时与瓦特生到大英博物馆去看可以看到的标本。因此时他们已允我请求，将置于纯恩之一部标本迁回城内，可以观看。至于原未搬出之标本，因尘垢满架，房内又无冬季设备，根本无法工作，只得作罢。

耶诞节在外国是一个家庭节，人人要在家中，或一同往郊外亲友处度节。孔君夫妇，约我往距牛津不远之乡下过节，并乘便参观附近斯纯斯非尔特系之化石层。但因瓦特生事先有约，因而作罢。不料这一天，因不知伦敦地下车于假期不但不加班，反而减少班次，又因我路径不熟，竟于约定时间之后两小时，始得赶到，殊觉失礼。去年耶诞一人度过，今年耶诞，有李、喻、张诸君，且有瓦氏夫妇约会，形式上比较去年为热闹，但精神上还是很孤单。

在异乡过残岁，尤其是在伦敦，所要看的一切都看完，无事可做。同时不断收到他地朋友的贺年片、贺年信，其情绪之激动，可想而知。有时与朋友到公园散步。一天到海德公园，正是星期日。见各党各派人士，在各角落做各种政治之宣传与演说。或者拥护政府，或者抨击政府。有者讲台下虽只一二人，他还一样讲得面红耳赤，十分起劲，这就是自由民主的作风。听说有一次台下人愤于讲演者之痛骂政府，起了义愤，去打讲演者，警察反将那位好事的人，处以警律，以保障人民言论之自由。此作风英国本非新的而为旧古董，在我们视之觉得或为新奇，然不知究尚须若干年，始可做到此程度。

除岁对于我是有创伤的。每年此时，伤痕依然，甚或犹有隐痛。今年父亲的忌辰，就在异乡中寂寞度过。犹忆上次来英时，对未来尚抱有无限期望，今竟何如。且今年的元旦，带给我的，不是喜慰，而是一种惊耗。此日清晨到校看信，于桢信中，惊悉我母去年十一月二十三日，即我由瑞士飞返英伦之日，因在家扫地倾倒垃圾，误坠于已倾倒之界墙底下，受伤甚重，损及肋骨。此真无异一晴天霹雳。幸医治及时，已脱险境。但异地得此信息，虽急亦急不出办法来，只有默祝吉人天相而已。无可奈何之中，打一电询问究竟。

无论如何忧烦，参观计划，还得实行。我们定二日前往剑桥。剑桥为英国第一文化中心，有大学城之称。战事期间，未被轰炸。据云，英人曾警告德人，勿炸剑桥，否将轰炸海德堡为报复。我们到剑桥后，住于大学附近之旅馆中。天气甚寒，而室中无火。交涉至再始要来汽炉，放二先令入内，始可生热二小时左右，亦不甚济事。客厅则炉火熊熊，温暖如春。以英人至今尚未放弃其柴火炉。果然坐于火焰之旁，虽一边很热，一边很凉，而究有诗意与怀古之风，不如汽炉之冷呆。

到后首先到地质系，访问系主任金氏及古生物教授布尔曼。我国王鸿桢君，正在此攻读，研究其由国内所带来之珊瑚化石，招待一切，很感便利。地质系一切甚完善，尤以所附之色几威克陈列馆，乃纪念大地质家色几威克者。标本甚多，惜地方稍小，拥挤无比。然此乃他们国内各大学陈列馆一般之现象，比之我国大学，空有房子，内无实物，高出万万，未可以新式陈列方式，或稍为落后，而多所非议。陈列馆中，除无脊椎动物化石外，脊椎动物化石亦甚多。尚有未研究之侏罗纪哺乳动物材料，极为珍贵。此外并参观岩石系，设备甚为新式。因此一部分为新建筑者，故英人亦知迎头赶上，而非一味保守也。地理系亦较新式，为在英所见地理系之最优良者。有某君在军中服务，方回搜集有关军事材料，如地中海某某处之潮汐进退规度，以决定登陆与轰炸之时间与地点。均承一一见告。

剑桥之惟一脊椎古生物学家，为巴内吞，乃瓦特生之高足，在动物系任教。近患肺炎，在家休养，约我们至其家倾谈一切问题。

氏对于我国关于古生物进展情形,十分熟悉。不过我近年来以无重要表现,大有中止之势,为可惜耳。次日引领至动物院参观,所收藏之各种标本,十分丰富。近代与化石均备。并至其实验室,出示其在南非所采之二叠、三叠纪化石多种,均十分名贵。不但以保存完整见长,且多藏生物演化上十分重要之件。近年孔氏在桑麦色特所采之瑞替克化石中,曾得有近似哺乳动物之牙齿三枚,近经氏研究,定名始根齿兽。其真实系统分类,尚在争执未决之中,然其对演化上之兴趣之浓,殆不可否认之事实。由氏以原标本见示,扩大镜下,讲述一切。后又到动物系参观图书室,及一般教学设备。在外国各学术机关,甚慕其图书之丰富,不但有总图书馆,每一单位均有其独用之图书室,故研究者能有甚多之便利。

我并以所余时间,参观剑桥大学各重要富有历史意义之地方,深觉贵族气味之浓,与学院气味之十足。然其所以能成为英文化中心者,亦即在此。自地质言,此间大学地质系历次主教者,均为地质界大师。色几威克,即曾主讲于此。现任系主任金氏,亦为目下英国甚负盛名之地质家。有此等持续不断之组织,其有目下之成绩,自非偶然。

由伦敦到剑桥,不过一小时许之火车。所以我们参观完毕之后,即搭晚车回伦敦。回伦敦后,关于由英赴上海之请求,仍无消息,只有耐心暂等。次日王君由剑桥来,目下在英之五位地质人士,重聚一起,因机会不可多得,乃同照一相,以为纪念。这几天究因离英在即,乃与李等同访伦敦若干名胜,不过家中有病母,作客他乡,亦说不上有何兴趣。幸接家中来电,知母亲于跌伤后,医治经过良好,已渐痊愈，心中稍为一舒。在此期间，做一些必要之应酬，曾请在中英文化协会当书记之夫妇，其丈夫在某地一小陈列馆服务，对史前各动物甚为注意，绘有史前牛之绘像。因知我在此，极愿一见，故借此一谈。此乃其正式工作以外之附带工作，西人有此癖，非我国人只注意本位工作，而对其他一切，并不感觉兴趣。中英文化协会由陈源教授主持，此来多承帮忙，亦会见数次，倾谈甚快。孔氏夫妇，约至其家，示以其夫妇于正式工作外所做之各种工作，磨扣子，由非飞来之奇鸟，借以补助生活，心中甚为感动。

计划赴牛津之旅行，于接洽妥当后开始。同行仍为李等四人。由伦敦到牛津约两小时火车。在中途则须换车。到后旅馆住定，即到校找地质系主任杜格拉及教授亚克尔。牛津大学地质系，房屋甚简，甚见拥挤。然内容当应有尽有，不如一般人所述之甚（按：英人谈及此地地质系，均以为简陋）。其陈列馆则为形如火车站式的高棚玻璃透光建筑。据云此乃英国最早用铁架修成之建筑，自有历史意义。陈列馆中，亦有不少名贵标本。如斯屯斯非尔特系中之哺乳动物化石原型若干，即存于此。牛津最近发掘之一种蜥脚恐龙亦在此，尚未装架起来。我到之日，新在大学内因建筑掘地基，找出更新统之象、牛等化石，氏用专柜陈列，实可谓本地风光。动物系，人类系陈列馆，亦相毗连。在人类系中，关于石器之采集，十分丰富，并有某君研究之石器造法原来形态，亦陈列于此。民俗学部分搜集不少中国东西。刘咸先生，昔曾攻读于此，主管者出示其题记多种。关于英国石器之搜集，殆以此为最多而重要。

地质系中，由杜氏出示在此所存大地质学家斯米士遗稿，如地质草图手稿。最有趣味者，为氏教学时所绘之各种绘图，包括普通地质及古生物等。英国最早之地质图之底草本，亦有数份。浏览久之，弥增仰慕。由今视之，自觉此等图件，不少简单及应改正之点颇多，然我们若一想此乃百年前之物，而我国各地质系今日之地质教学材料，尚多有不如此者，可谓惭愧。亚克尔正研究一部分菊石类化石，示其许多菊石标本，亦美不胜收，因地方狭小，研究地方甚小，进修学生，亦多无充足地方。比之爱丁堡乃至剑桥，相差过甚。但杜氏有新的计划，另在附近建筑一合用之地质系，闻不久即可兴工，果能实现，数年后必可焕然一新。

牛津同剑桥一样古老，为英国文化中心，也是有名的贵族教育中心。以法律、政治见长，不过自然科学，亦不十分弱。亚克尔氏曾领我将大学中之主要建筑及宿舍及教堂，一一参观，大部分是古迹。不过此古迹，并未毁废，还是当年一样的新，这就是人家可佩服处。

回伦敦后，关于往上海之船，仍无消息。不但我着急，李公同样着急。因他们不说断头话，究不知等到几时，才为了局。在无可奈何中，乃重考虑由此再回美国，搭船回国。一方面到大使馆打听，据云这种办法，较有希望。一方面打电话去问在纽约的孙公度，回电亦云，月底可能有船开上海。这么一来，我们决定走这一条路，于是请收签过美之护照。一方面进行最后一次在英伯明罕之旅行。

因伦敦有事，所以去伯明罕之行，定得很短，只有两天。由伦敦到伯明罕，约四小时火车。中在鲁格比换车。到后即直到大学，找地质系主任威理士及各教授。伯明罕大学，亦为英地质中心之一。

李仲揆先生，曾在此攻读。全系在大建筑中之楼卜一部分。因一部分为地理系所借用（原地炸毁），故更见拥挤。走廊遍悬全世界有名地质家之像及主要地质图。系中之图书室，搜集亦不少。陈列馆中，材料相当之多，尤以鱼化石及古生代末期之昆虫化石，最为丰富。鱼化石中之泥盆纪者，威氏正在自己研究中。新生代标本，则甚为稀少。

附带看地理系设备。因原地址被炸，暂借地质系办公。其所有工作，以气象与地理图为主。不过有若干工作，亦可谓与战事有关。将来或有发展希望，现在则甚简陋。我们并到采矿系参观，关于各种采矿机器及模型等与构造等，均承一一说明。

在伯明罕地质系，有一教授名魏庭屯，原在缅甸工作，珍珠港事变后，退到中国，在四川住居相当时期，对我国抗战时之地质工作，相当接头。伊曾在美国耶鲁大学攻读若干时期，现在此间教古生物学。我们此来，未订旅馆，一行四人，分住于各位家中。我即住魏氏家中，抵家后，全家招待，除其夫人外，尚有他的岳母。据云与其女一别六年，今始团聚。客厅大火熊熊，随便谈天说地。彼等语言之间莫不希望将来再到中国。其实我现在对此语，已不十分感兴趣，反而起一种恶感。我国情势如此，究有何足以引起人重视与注意，想来想去，无非生活便宜（此在今已不尽然）、易找有兴趣之工作，及科学材料等原因。思及此，不知不觉感觉到次殖民地地位之可怕，其有反感，乃是当然。

次日再到学校，看一部分化石。威氏并将其所研究之鱼化石赠送若干，以为纪念。威氏并示一化石原型，已失去数十年，中间研究，全赖模型，于前年竟在某处获得，完璧归赵，实为佳话。又乘便到大学各处，略一参观，即计划回伦敦。此来十分匆忙，然赖他们招待之周，预将程序排好，故能于短时间内，达到所要做之各事。只是附近有许多野外有兴趣地方，因在冬季，且限于时间，未能一去，不免有些遗憾。

回伦敦以后，立即开始到大使馆，打听赴美之事。据云一切已有办法，大约一星期左右，即可成行。这一喜非同小可，大约不久就要离伦敦了。虽尚有若干手续，自为易办之事。船票在一二日内已购妥，由伦敦到纽约共四十六镑。尤巧者，所订之船，就是我来英时所搭的那依利沙伯皇后号。

在离伦敦的前夕，我做了一次短而极有意思的旅行，就是与孔氏同往伦敦以南肯特之道因，一访达尔文之故居。由伦敦出发，先搭地下车又换郊外车，又换火车，又换汽车，距离短而手续十分麻烦。到道因后，即去访达尔文之住所。在市区附近不远，绿草一片，疏林一丛之旁，有旧式洋楼一座。入内有人招待入陈列室，凡达氏生前各重要照片、所遗手稿、所用器作，及所得之奖状、奖章纪念等，均陈列于此室。另有一室为客厅。大多器具，均为达尔文当年所用。桌上有照相册数本，均有关达氏生平之照相，由此出来到达氏生平工作之书室。桌上陈设，书架之书，所坐之椅，乃至达氏当年所用之煤油灯，均一仍其旧，实更足令人敬慕，当年在此沉想，完成一代大著《物种原始》之一代学人，遗物宛然，感想甚深。其他当日所用之住室及厨房等，则因未公开，未能参观。签名处出售氏之重要著作、照片等。此达尔文故居，已归政府保管，一切保护维持之责，全归政府。入内参观,不取分义,可见人家对学人之崇拜。

离达尔文故居后,又与孔氏拜访在附近隐居之名人类学家凯斯氏,年已八十余,为人类学界之泰斗。对我国关于猿人研究工作,向甚注意,亦亲和步达生、魏敦瑞、德日进、裴文中诸先生讨论过许多问题。现因年老,以大部分时间,在此静养。然仍时作若干关于人类学之文章。看到此等人士,不知不觉,对于我可以增加勇气。此后回去,若能继续所学,凯斯无疑对我打了一强心针。

循原路回来,伦敦已是万家灯火。自觉在英要做之事,至此已告结束。只以离别前二三天,到常去的地方,如大学学院动物系、大英博物馆、中英文化协会、中国学生会等地作别。瓦特生以英国仅存之古生物学名家,此次对我来英,十分热诚,并允将我关于卡氏兽一文,在英动物学会同志出版,且担任校对之责,十分可感。大英博物馆之一般人,如馆长佛士冠普,地质家爱德华,古生物家胡步伍、杜马士、斯闻屯、怀特莫等不尽其力可能者,协助一切,亦至可感。在中国学会遇张马格,彼在英生长,极思回祖国工作。亦觉中国前途,究尚不十分暗淡。只是三月半居住的伦敦,此别后不知何时可再来。而张喻二君尚在此,不免有些惜别之意。好在李君与我同行,此次西折旅途中,当不寂寞,稍为一慰。

又折回美国

当初计划由英取道南非返上海，或由英直返上海，或由英过印度回到重庆或到上海。三个月的试探，知道这路，条条不通。当初未想象到战后英国，船只与复原工作，如此迟慢。她的船只，在战争中损失甚多。战后仅有的船只，全用以运输军队之用，普通人的旅行，当然是十分困难的。余当初绝未料想到的，要转回美国，而今因为省钱省事计，只得选这条路程最远的路线。

伦敦！依然不失为世界一个中心的伦敦，前几天联合国还在此开会，冠盖甚盛。虽然有说英国将要变为美国的第四十九州，但也有人说，美国重新加入大英帝国，这两大英语国家，目前的合作，是必然的。两者都有许多卫星似的小国或自治领。至于苏联，也急起直追，不肯后人，也在加紧制造他那一套卫星。独我中国，虽列四强，而孤孤单单，前途已不甚妙，而自己还不能一致，眼看所得胜利之果，要付之东流。英国也看了，美国也当然看了不少。看看人家，想想自己，在这一种情绪下，我由伦敦登了归程。

船公司通知，上船专车，二月十四日，由滑铁炉车站开往南汉普顿。上午十点，即把一切收拾好。张孙诸君，均来送行。先与张马格、孙等，同到饭馆午餐。随即返寓，与店主及喻张二君作别，偕李君同赴车站。二时半车开。喻君尚赶到车站，看我等起身。四时许到了南汉普顿，办检查出口等手续。检查十分简单，并未打开行李。大致对于离英人士均是如此。五时许即入船，住 M 二十八号，始知四人为一屋。比之来时，一人一屋，稍嫌拥挤。四人除李君与我外，有中研院总干事萨本栋，及另一位施君，均求头参加联合会者。

第二天上午十时半，船始由港口开出。计自九月三十日来英，在英及在欧大陆，共停四月又半，今始真正登了归程。一出海口，驶入大洋，依然乘风破浪的景色。所不同者，这次东返，不但有李君同行，还有两位国人，颇不寂寞。

这次由英赴美的依利沙伯皇后号，比我来时，特别热闹。光是运由英回加拿大的兵，就有近两万人。此外还有好几百旅客。旅客中有不少是各国赴联合国会议之代表，今于会后，回本国或经过美国回国。虽然船很大，然因人太多，每一次饭，分三次开。要四点钟才开完，所以把三餐改为两餐。不过旅客于早餐之时，将所备之食品，带一些去，作为午间充饥之用。客厅则自朝至暮，旅客拥挤，尤以饭后晚间，地板上也坐的是人。三五成群，大多数是打扑克或下棋的。少有少数人以看书为消遣。舱内地方狭小，便到客厅混混，看看热闹，久之亦觉生厌。走廊两边，每天晚上有两场电影映演，而因人甚多，也无法看。总而言之，是乱哄哄，远不及来时之清闲与舒适。盖自战事结束以后，西返人多，而东去之人则比较少也。

不过船中饭食，虽少了一顿，还是照前一样精美。可惜旅途中心绪不静，又兼一二日稍有风浪，稍感不适，也吃不下去。

开船后两天，即要领登岸证，及填税单等。手续也很简单。在船上无事，将旅行所有日记、账目，均一一清理。或稍写些游记，以消磨时光。船上有合作社，可购日用东西，较为便宜，也略为购置一些。这几天正值晚上月色甚好，每夜在船面看月，明月在天，巨洋无边，人生渺小，百感交集，殆亦旅行中之常情。

此次船西航速度甚快，五天即抵美海岸。二十日早晨，船已入汉德生河口。那自由之神，又在海滩欢迎我们。纽约高楼，已映入眼帘，不过已换了一装束，即新下了大雪，一切均为白色，倍觉可爱。因我虽在美一年多，并未在纽约过冬，此等冬景，尚系初见。八时许船即停泊于九十号码头。下船后，稍有检查，亦不严格。只是走出了码头，急切找不到汽车。路上泥水甚深，行李甚多，等了许久，始得一车，仍回到我那常住的旅馆。纽约旅馆，还是十分拥挤，有时不易找到，这还是离伦敦时打电报订的。

稍为休息，下午即到资会办事处，我们又来了，有些不好意思，未知他们印象如何。关于由美往中国船期的事，好像还没有真确消息。有说须等三月初甚或三月十五之说，这乃是预料以内的，所以并不着急。

晚间访魏敦瑞先生夫妇，谈及新生代研究室事及最近伊之工作。彼云明日可与协和校长胡顿会面，做一决定。不过我对此事，亦早不好奢望，只有听其自然演进而已。求人难，私人团体，都是一样。

次日早晨，即往纽约自然历史博物馆，见地质部门各位。他们全以热烈与兴奋的热情欢迎我，尤以尼古拉为最。我也只得到处和他们略作周旋，并看看他们最近的工作。人家是继续前进的，当然日有效果。我自三十三年离开所中之后，所谓新生代研究及脊椎动物化石研究，早已中断。若云新生代研究，老实说，自离北平后，除北平有德日进、裴文中尚能勉强工作外，我这一方面，早已中止。兴念及此，可为慨然。

午间同魏到罗氏基金会之中国医学委员会，看胡顿先生，共进午餐。彼对新生代研究室复兴事，抱最大期望，从他之言辞看来，好像继续补助，是不成问题的。饭后魏对我言，胡顿之所以如此积极，实由中国猿人标本之遗失，胡氏深觉负有道义之责任，故要将功折罪，努力使新生代研究室复活。据说基委会中人，已为所动，不似从前那样坚决反对。但说不久要派一考察团到中国调查各方情形，始能最后决定。我也只有姑妄听之，且看以后效果及进展如何。

这天下午，又到办事处，会见曾世英、程格淇诸位，讲些关于各人近况。不过过了一会儿，关于我们回国的事，有了奇迹而兴奋的消息。就是说某公司有船于二十三日，自纽约开上海，可以有两个空位，问我们是否来得及起身。今天已是二十一，空间只有一天，还是华盛顿生日放假，时间当然匆忙。不过如舍去此机会，则下次船究于何日可起身，大有问题。且由纽约直开，虽绕道巴拿马，相当之慢，然可免去横过大陆，上车下车的麻烦。考虑之后，还是决定搭此船。此时最要紧的为要向税务局领出境证。时已四时半，距停止办公时间，不过半小时。与李先生前去，急切找不到汽车，只有仍坐地下车前去，而到四十二街与五马路交叉处，因人多与李君走失,他拿的该局地址号数,我一人无法找寻,几至误事。后来几经寻问,始得找到,办事人多已走,幸尚留一二人,一再通融,始领得此必要之出境证,才回到办事处,会到他们,一同购物数事,同去吃饭。

这样提前起身,打乱了我许多原来计划。原定下星期四,二十四日,再去博物馆,而二十二、二十三日均不办公,所以无法再找博物馆中人,只有于二十二日上午,到尼古拉处,找她作别,请她代为告知博物馆同人。她并与我同到博物馆,取出我之一些东西,并取了几本新出版的刊物,即与尼古拉夫妇及纽约自然历史博物馆作别回寓。

这一天是星期日,各机关关门,所以无地方能去购置东西。许多铺子也关门,只有少数的上午还开着。随便购些日用必需品,也不过是补充的意思。进了铺子,也不知该买什么好。再借这在纽约最后的一天,把纽约再看看。然纽约太大了,可去的地方太多了,竟不知什么地方去好,这短短的时间,如何利用,想来想去,还是在家休息。到了下午,一人往音乐厅看电影,以消磨这仅有的时间,这就是矛盾。

晚上程、曾、韩、白诸友均来寓话别,谈笑风生。韩、白二兄,均为老纽约,抗战以前来的,今见我先走,也大有思归之情。其实乐园虽好,不是久居之地。无论生活上如何舒适,精神是十分痛苦的。何况有时因经济关系,物质上也是他人舒服,自己未能舒适。这几天国内消息很好,好像内战不至于爆发,而有时间可建国。让我们建设起来一现代化的国家罢!这是我离开美国时,对中国的希望。

第二天早晨,再到城内办事处,并到船公司,将支票交付,购得船票。计由纽约到上海,共四百元。在办事处与同人作别。这一回可真走了,不再回来。然他们不说"别矣",只说"再见",还是希望再见的意思。这也未能深究是真情还是假意,姑妄听之而已。完事后回寓,收拾行李,共有六件。十二时由旅馆起身。上船的码头,在布鲁克林一边,相当之远,汽车几小时才到,可以说穿了纽约的一半方过桥到布鲁克林。到码头,办出境手续,只填了一张声明未带违禁物品的单子,即算完事。我费力气弄来的出境证,竟未用着,行李当然未检查。不过在码头等了好久,才得上船。四人住一小屋,除李君与我外,一为高平君,乃早计划搭此船者。今竟得同行,多一地质朋友,可为途中增加了热闹。另一为广东商人,乃由巴西来美,本打算搭飞机回中国,因弄不到飞机,改乘此船回国。四个中国人住一屋,二上铺,二下铺,行李一堆,也就显得相当之挤。

这一次在纽约短短的两天,一切事都未办,事实上只有路过,换了一个船而已。而到纽约后,得感冒,喉痛咳嗽,至为不适。在此情形下,当然无兴致。可是因有李、高二位,总觉可以稍为安慰,精神稍佳。上船以后,开船尚无一定,据船上人云,夜晚十时以前,不致开出,他们提议,再到街上一行。我虽带病,但因这是最后的一天,也乐于奉陪。于是同他们出去,先在布鲁克林热闹地方看看,在几家铺子,他们买了许多东西。然后搭车到麻哈特岛,先到中国区吃饭,以为船上要吃一月多西餐,所以来过过中国饭的瘾,不知此后回国去,吃中国饭的日子还多得很!饭后买了大批橘子,以备船上吃,随即乘车返船。不料把车错开到十四街一带,只得再掉回车来,误时间不少。下车以后,纸包的橘子,因有潮湿,纸破橘出,三个人想尽方法,才分别拿上,很费力地回到船上。只是静待开船了,这一天自然还算在纽约。

从英起身时,万想不到到纽约后,关于换船西行,有如此之顺利。今已安然上船,只静待开船西驶,心中反觉怅然。究不知在船上有多少日子,据公司人云,三十五天准可到上海。但在岸上听到许多人的消息,都说不一定。因不久以前开出的船,均途中抛锚修理,误时甚久。然今既上船,一切也顾不了许多。听天由命,静待在上海登陆,自己安慰自己,只此而已。

太平洋之太平旅行

船名海猫号，载重只八千吨，为一小货船。若与依利沙伯皇后号来比，真是小巫见大巫。一共载了二十名客人，连船上员工，也有二百多人。此乃一新船，只往夏威夷去过一次，这是第二次航行，也是第一次开往美国以外的海上，可以说是处女航。以八千吨的船，来过巴拿马，横穿太平洋，很恐为风浪所苦。但太平洋是太平的，希望能做一次太平旅行。

船由港内开出，自由神又站在那里欢送我们。慢慢地看不见自由神了，而触于我们目前的，乃一望无边的洋。这才是征程的开始，心境泰然。因伤风正重，可借此休息，以在岸上所购的新闻和书报消遣。因沿海岸行，风平浪静，有如泛船湖上。据云明日早，抵维尔几尼亚之纽普特纽斯，尚须停泊。原来所得消息，纽约开后直赴巴拿马，今又要停泊于中途，看来一月余到上海，或办不到。不过今已上船，只得随他，且可因此多看几个地方，所以心中并不着急。

舱内十分拥挤。我睡的是下铺，但在舱内整理箱件，一不小心头碰了上卧之墙壁,将眼镜之左边打破,几至伤及头部。我只有这一副眼镜,近视眼无眼镜,自然不十分方便。只有希望到纽普特纽斯可以修理。

船上共有旅客二十人,除四中国人外,有到上海的,有到马尼拉的,也有到中国再转新加坡的。到上海之人中,有夫妇二人,云应中国之请,到上海主办电力事业,气派很大。有一位原在海南岛传教教士,今于战后要到海南继续工作。这就是西洋人锲而不舍的精神。他并不想升官,他只愿在他本位工作,求其继续。另外有二女,均是往远东寻其丈夫的,万里寻夫,在现在已是很普遍的事。船上因旅客甚少,所以不到一天,均彼此自动介绍而熟悉。

第二天上午八时,船到纽普特纽斯靠岸,但到十一时,才得上岸。往街上一游此美东岸名城。我的首要事件,为配眼镜,找了好久,才得一家,云明日可取。因据船上人云,船于明午才开,所以即为答应。事后在街上散步,并再购了些零碎东西,到三时回船。忽又听船上人说,船于明早五时即开。这么一来,我的眼镜,大有问题,乃于晚饭后再上岸,幸眼镜铺人特别客气,少待半小时,即为完成。重新戴起眼镜,自为意外的顺利。又到街上一观美国城市,可以说千篇一律,有人名之曰药肆的文化,即到处均有营药业兼及杂货与零食之铺。又如电灯辉煌的街市,电影院众多,可以说大小城市一样。但久住固觉其单调,然一个国家,要做到市政整洁,娱乐教育等问题均解决,真非易事,在我国不知倘需若干年。为消磨时间,计到一电影院看电影。这是在美国最后一次看电影。电影以外,还有跳舞杂耍,也完全美国式的文化。八时许,回船休息。

次日早八时船才开动，但并非开出大洋，而是开到对过之诺尔普克。据云，船在此要装拒磁性设备。因在大洋中，尚有许多地雷水雷等未清除，漂浮海上，为安全计，所有航行的船，全要装置拒磁设备。经此作用以后，如有水雷一类之物，即不易触船身，此为船在此停泊之大原因。在纽普特纽斯，不过还上了些货物，均为纸烟。在此则全做此工作，并未上货。未做以前，船上尽收旅客之表，放于安全不受磁力影响之地方，以便使表不受影响，我们当然照办。船在此一直停了一天未动，也不能上岸，只在船上谈天散步而已。想写些东西，也写不下去，不知为什么，心境总是不能舒畅。回想两年来到处游历之生活，自然不无所得，然我个人在科学上的工作，事实上自二十九年离开昆明以后，即陷于停顿状态。往各处跑，不过应差而已，将来工作，不知如何。所谓实验室者，自离渝以后，等于寿终正寝，将来能否恢复旧观，亦是问题。近来国家社会的注意力，业已集中于实用方面，不实用的人，自然有他的悲哀。

本说是第二天一早开船，但到了十二点以后，才慢慢开动，离了码头，却在海湾中兜圈子。原来做过拒磁工作以后，还要在港内试航，看是否完善。尤其指南针是否有毛病。直到下午三时，才离了海港，开向大洋。

现在真是起身了。次日洋面，稍有风浪。或者风浪并不大，乃是我们的船太小。若是依利沙伯皇后号，恐怕这样的风浪，也还不觉什么。但强勉支持，不觉得什么。惟一事未做，过了一天。在船上经了几天的休息和相当好的饭食，身体似已较佳，伤风虽未全好，也轻多了。屈指船上生活，已过了七天。

船上虽只有二十多个人，到星期日还要做礼拜。由往海南岛的那位牧师和厨房中一位工人主持。我因在船上无事，也参加，不过歌是唱不出来。由牧师简单讲演，由另一位讲述一段《圣经》的故事。乍看此事好像很虚浮，其实他们凡事做之有恒，也有好处。至少对一些人，有相当效用的。我国通行之纪念周，也是由此抄袭而来，用心未尝不佳，是做的结果，颇有可议罢了。

三月四日早七时，抵巴拿马，有人上船看验护照。九时开行过运河。巴拿马运河，是南北的。由北向南，过北口，共有四闸。每一闸船开入后，再放水，使船与前一闸相平，再开前闸，船即驶入。后又放水，法如前，盖将上坡，改为上水台阶。船驶入闸后，开动时由两旁之机车推拖，名曰电骡。连过四闸以后，即到海中，照前驶行。比及南口，成了下坡，其法与前恰相反。开入一闸，先放水，使与前闸相平，再开入。南口共有三闸，即到与洋面相平之水面。因此手续复杂，到傍晚才到了口外停泊，据说明日始可开行。

巴拿马运河为世界近代大工程之一。闻当初开时，是由法人主持，而所招工人，均华工。当时卫生设备毫无，在酷热天气下，疠疫流行，五千个华工，几全病死。于是后来关于饮水及防蚊等设备，大为改良，重新开工，始得完成。今过此巴拿马运河，倘多有人叹息，追述往事。这次和我们同船那位广东人，就是那五千人中之一个。

船停岸时，天色尚早，旅客中多有上岸游散者。我们本打算也上岸，后来因护照上无巴拿马之签证，上岸后须到美国驻防以外之地区，若在岸上办临时手续，则这天恰值巴拿马有什么庆典，全体放假，无人主持，所以也只得作罢。入夜看岸上灯火万点，此有名之巴拿马运河，只坐船穿过一次，不能上岸一游，未免遗憾。

巴拿马为中美一共和国，扼两洋之枢纽。该国对巴拿马运河，本已获有管理权，而自战事起后，把各重要军事据点，均以和平方式谈判，租与美军使用。故运河及附近各要塞，无一不在美人控制下。小国在战中，就是如此，可为浩叹。今在岸上，只少数本地人，真有谁家之天下之感。

原说第二天清晨开船，可是到了十时半，才见船离码头。初沿海岸驶，后即向西转而入太平洋中航行。巴拿马的天气，非常热而闷，不过外有电扇吹汗，内则不时有清凉东西解暑，所以并不觉怎么样。巴拿马和纽约，还是一个时间。但离开之次日，即改早一小时。自此约每两日，改早一点，就是距故乡更近一点钟。

同船那位广东人，不会说汉语，所以我们虽同住一房，交谈的时候很少。偶有事要商，也须用笔代口，实在感觉到同为一国人，而不同一语言之苦。他自幼离国，在外当侨工，后来在巴西经商，颇有成绩，闻现在有大铺子好几处，是我国华侨在外奋斗成功的一个模范人物。他能说流利之西班牙语。他因年事稍高，在船中最不活动，稍有风浪，即卧床上，甚令人同情。现在回国，就是告老还家休养，不再到南美去了。

船上饭食，一日三次，早八时，午十一时，晚五时，均甚丰富，不过吃饭太早。晚上旅客做各种娱乐和打扑克、下棋之类，直到十二时才止。旅客自己可到厨房冰箱，取各种食品消夜，并有咖啡、茶、牛乳等，所以事实上是吃四顿。在船洗澡，也很方便，不过不是盆，而为冲涤。所用均淡水，并非海水，可见带的水特别丰富。

这是货船比客船优点之一。

自上船以来，每星期至少有两次特别演习。一为救生演习，警笛一放，人人须穿救生背心，到船面，水手们则将救生船卸下，后又恢复原状。一为防火练习，警号一鸣之后，水龙交作，以水注入船旁。此等事在许多中国人看来，或视为无事找事。因我国向来主张大事化小，小事化无。不过他们一经规定，必须照规矩做，虽船长亦不例外。所以若真遇意外，立能纯熟使用，不致忙无所措手足。表面看去，好像很笨，可是我们历来就吃了太聪明的亏，所以弄得一切废弛，无有办法。

自巴拿马起程后，一直航行，以火奴鲁鲁为次一目的地。在西岸任何都市未停，船的行驶力也很好，所以好久以前的忧愁，一扫而光。头两天还是热带的风光，过了三四天之后，天也稍凉，人也有舒畅之感。每天行进，闻约四百三十英里。改早了五小时，到夏威夷又改了半小时，共改了五小时半，于十六日清晨，安抵夏威夷，也就是有名的珍珠港所在地。

离纽普特纽斯，将近二十日，天天在船上，不免讨厌。夏威夷居太平洋中心，为美国一个不动大航空母舰，不能不游，而且还有送信、理发等事。因此吃了早饭之后，即与诸友上岸。先到市区，一为游览，并找一银行，兑了些现款。至邮局把在船所写的那几封信发出，即到各铺子一游，也无特别主要东西可购。后来找一中国饭铺吃饭，原为吃一吃好久不吃之中国饭，然所吃的不入味，反被大敲一下竹杠，亦只有忍受。饭后搭公共汽车，到威克海滨一游，地在此市区近郊，位于海边，也有游泳场，游泳者甚多，我们只在岸上欣赏，无有下去一试之勇气。附近商店及娱乐场所甚多，均供旅客游赏之用。我等既无时间，亦无兴趣，只在附近流连片刻，然后仍搭车回市区。在市区再略为一游，即行回船。夏威夷之游，即匆匆告结束，因闻船当日下午即开驶，事实上不允许我们多流连。在此相知的友人，也无法去访问。

夏威夷群岛，在太平洋地位上的重要，人人皆知，不用我在此多说。居民除本地人外，以日本人为最多，在街上到处可以见到。日本人自然多已入美国籍。中国侨民也不少。白人只是少数。在市面上匆匆一游，很觉东方味之浓厚，好像已到了家门了。可是美国人的前门，已不是夏威夷，而是在琉球岛了。

夏威夷是我途中惟一收信的地点，但只收到淑炜一信，别无他件。亦不知国内消息如何。在船上虽有无线电广播，可是总是很简单。中国的时局，好像介于和战之间，还说不上恢复战前情形，未知近来情况如何。在此情形下，地质如何，个人工作如何，当然小而又小的问题了，为之慨然。

这只船之顺利，颇出人意料。在夏威夷居然停得很短暂，于当天下午六时半即开船。还有一个好消息，就是不先往马尼拉转香港到上海，而先放上海，再往香港及马尼拉。据云十二天即可到上海，下一次船再停时，就到了祖国了。旅程至此已过了一大半了。

船上的那位牧师，对中国人特别拉拢。他在船上，很吃力地学习中文，并开始读《中国之命运》一书。他会说海南岛土话。他并未忘了他的任务，送了每人一本中文《圣经》。他对我们说过他在海南岛传教的经过及他未来的愿望。他还要以此为他终生的事业。他希望我们能有机会到海南岛拜访他。这些好像都是宗教家的精神。无论宗教是怎样的神秘,然一信教之人,对于生活严肃,有秩序,肯不顾一切地向前苦干,就做人言,就个人修养言,很觉得有他的优点。

离夏威夷之次日,又改早半小时。此后还是两日一改时。事实上在船上每两日过一天二十五小时的日子。自伦敦以来,即改时间。伦敦至纽约相差五小时。至上海相差十六小时,看来好像占了便宜。过了夏威夷两天,就过国际线,整个取消一天,三月十九日整个取消,即到了二十日,并莫有占得便宜。

连日风浪,均甚平静。可以说自入太平洋而后,根本即无风浪,真是太平洋之太平旅行。我在船中,曾一再对他们戏讲,太平洋应为中国湖世界才能太平。乃隐刺太平洋今已变作美国湖。以我国之国势,及现在政治上之迹象,此不过是一个梦境而已。不过风平浪静,倒真像一个巨湖。但是也不可以太乐观,这伟大的湖,也会怒吼起来。只稍一变脸,就受不了。过夏威夷约三五日,即不如以前之平,以后即稍有风浪。饭堂上吃饭的人,已不如平时踊跃,有者勉强虽也吃得,极不自然,谁谓太平洋真太平呢?

据云,二十七日即可以到上海,所以无事即开始整理行李,亦是消磨时间之一法。凡是到上海的客人因上海日近,均有喜色。二十六日,已驶至日本附近,因船不停于此,故照常行驶。曾驶过几个小岛,也辨不出什么地方,只是岸上一切清晰可辨。这就是一度危害世界和平的日本国土,今则盟军登陆,听人支配,当日之雄,而今安在,诚令人感慨系之。晚上因灯塔不明,船在丛岛中,航线不清,未敢开走,只在水面打圈子,至次日始照常开行。据说水中未清除的水雷，以日本附近及由日至上海一带为最多，所以行船颇有戒心。闻以前不久，真出过一回事。战争的淫威，在和平后半年多，尚到处可以感觉到。

过日本时，又改早一小时，已是十一小时之数。换句话说，已用的是上海时间了。过日本后，风浪已稍平，不久又添上大雾，常鸣汽笛，以示警诫。因一夜未走，又遇着大雾，所以误了时间，星期三到上海之计划，未能实现。到二十八日早，始抵吴淞口。清晨起来，即站立舱面，企望祖国。早见水色已变黄，中国式的帆船，漂泊海面，不可胜数。到八时已见吴淞在望，此地情势，因我曾到过，尚清晰了解，这就是我抗战八年，十多年未见的吴淞。二十六年十一月，由北平南行，赴港，在上海并未停。那时上海保卫战已打得很起劲，方是抗战的开始。今者暴敌投降，重睹故物，当然有说不出的愉快。不管以后怎样，这历史的空前巨章，已写完了。下一章，已在开始。

计自二月二十三日由纽约上船，连三地停留在内，于三月二十八日到吴淞口，共三十六日。事实上只走了三十天，可算很快，一路顺利到此。不久即见一船驶近我们的船，乃为海关检查人员，并带来一美国人，接船上之女客者。他们有办法，立刻登岸。我等则在船上，要签入境手续，并无困难，只是说上海码头无空，要在此等待，亦说不出确实上岸的日子，未免令人有些着急。到了国土边上，进不了国上，真是奈何不得，只有等着。

船停泊后，大小帆船群集船旁，来做生意。他们所带的为皮箱、中国式衣服，及中国玩具之类，用以交换船上之纸烟、巧克力、糖饼干等等。这些当然都是走私的小船。每船上有兜售者，有看摊者，多船罗列，俨然成一小市场。大船上与交易者，多为船中职员及水手，旅客中当亦不免。船上有合作社，售品售得甚便宜，今以之与小贩交换货物，在他们视为便宜，而此等小贩，亦生财有道，大获其利，可谓两得其便。譬如现钱交易，他们以两元购一条香烟，到市上可卖五六千元，自为厚利。但船上人之成本，不过几毛美金而已，亦何乐而不为，此所以此等生意兴隆，无法查禁。

吴淞口外停的船很多，不止我们这一条船。闻有等了十余日，尚无进口希望者。我们很着急，船主云，可于次日先送我们上岸，行李以后再提。然把行李置在船上，不知何日始可取到，实在不是办法，未能决定。在此状况下，在船上待着无事，看看他们做生意。第二天恰为母亲生辰，原定此日赶回家中之计划，已成泡影。今于此已到国土边缘，不能上去，眼望着西陲，百感交集。祖国虽已到，而国内尚不正常，交通未复，如何回去，还有问题。即由沪到京一小段，亦听说十分困难。总而言之，美国之方便旅行，即至此结束，今后正是困难重重之时。旅行且如此，其他亦可想而知。

带行李上去，船长谓要得海关同意。须等次日来接之船（海关人员同来）来再决定。在船上等，据云十时可来。其结果下午三时半才来。他们还要在船上和船长周旋，方准可带行李上去。乃决一同上小船，于四时五十分，始与船上人员及同伴旅客作别，离了海猫号，而上了驳船。虽知此时上岸，并不甚好，因到上海，当已为夜间，旅馆行李，均有问题。然已到此地步，亦顾不了许多，且硬着头皮上去。船上生活，至此告一结束，而太平洋上之太平旅行，亦成脑海中之陈迹。

回到胜利后的中国

三月末的天气，正是春回江南的季节。青草如茵，杨柳初绿。上驳船后，沿黄浦江驶行，看到两岸的景色，真觉得这是可爱的祖国。沿江两边甚至江心，都停着美国的各式船。看此情形，好像到的还不是中国，也难怪新来的船，要在口外久等。

将近七点，才到海关下船。行李当然要经过一番检查。我所报的单子，填了些维他命药丸，海关人员命改填一张略去，云可以不上税。此乃他们之善意，相对证明我这人真太老实。此时天已昏黑，无一人来接，旅馆未订，不知何处去好。还是海关人员帮忙，叫了一手拖车，将行李装上，我们三人，跟着沿街找投宿之地。后来在新惠中找得二房，勉强住下。我与高君同一室，他在床上，我始打开我的新旅行被袋，在地上打地铺。初回国便尝这味道。新惠中原为一较好的旅馆，今则陈旧不堪，到处污垢，令人难耐。上海的旅馆，好的均为美军所占。普通旅馆，人多房少，而旅馆还要做招徕一般野鸳鸯之生意，根本不喜欢租与旅客亦为一因。

总算回到国内了，而现在所住的，已不是租界，而是不折不扣的中国领土，只有以此自慰。计此次出国，在国外共一年十一月又十日。布置稍定，齐出外吃饭。三人到一宁波饭铺，随便一吃。因手中尚无国币，在饭铺只好以美金十元付账，柜上找零，亦用美钞，可见上海美钞之流行。国土固然是中国国土，然看此情形，不能不稍打折扣了！

第二天是星期日，资委会办事处，是不能去。乃一人往中国科学社，看是否能找一二熟人。结果不大佳，只与秉农山先生一通话。再打了几个电报到各方，报告已平安到沪。星期一到资会办事处，洽商购车票到南京事。知翁咏霓先生方来沪，或可一见。但已定之离沪时期，或不致有影响。因旅馆太坏，移到戈登路招待处，虽稍清静，而距市区太远。在上海除要急于赴家外，亦无何要事。离此多年，也不知有何友人在此，无法寻找。市面上虽去了多次，也觉无东西可买。虽在东方大都市，反觉得更为寂寞。所感觉到的，第一是物价。洋车随便一坐，即千余元，其他东西，当甚可观。吃一顿普通饭，也须四五千元，比纽约贵一倍多。市上马路，自收复后，大多改了名称，新名虽公布，旧名未废除，寻找太不方便。马路均好像敌伪占领时期，并未维持原有标准。坏者未修，好者变坏，此大都市，既为我东方大港，且新从外人手中收回，自当用全力维持改良，使成为一真正之现代化都市。此不但是建国所必做之工作，也有面子问题在内。

赴南京的车票，终于订好，是四月三日夜车。离沪前曾与翁先生一会谈，匆匆未论及未来之计划。到站见满车站全是人和行李，谈不到秩序。以此情形,一个人出门之难,可想而知。像我们这样,还算是特殊阶级,居然弄到车位。胜利半年多了,一切尚如此,真令人为前途担心。头等车上,走道上车前车后,全站的是人。所幸行李已挂牌子,否则还要忙乱。一共在上海住了四天,所感到的,还只是脏、乱、贵。要恢复常态,还需要各方大大努力。

一夜火车,天明后已将到镇江。从车窗可以看到此久被敌人侵占的山河。车稍快点,到八时半始到下关。下车后因要取行李,需稍等。一等就等了一点钟,还是无办法。行李车上人,正与某方打架,观者如堵,我们也不便挤前,只得枯等。直到十一时,才出站。无人来接,幸李庆远夫人坐资会车接李君,遂乃揩油进城,直到珠江路九四二号地质调查所内。所中只有周柱臣、侯洛村等数人,即暂住宿舍中。此一别十年之中央地质调查所总所一地,今得再见,自为欣慰。然看到一切情形,又不禁令人伤心。

中央地质调查所,系二十三年由北平南迁。北平改为分所。南京地址,有十亩地大,有总办公厅。大楼二层,为陈列馆。有单独之图书馆,有燃料研究室及土壤研究室等,有宿舍。规模虽不及英美之大,然在地质研究方开始之中国,已算很可观。两层陈列馆,包括地质、岩石、矿物、无脊椎动物古生物、脊椎动物古生物和史前考古等部门。后二部门为我二十二年,亲领技工二三人到南京,将出北平运来标本,自为整理装陈者。周口店猿人地点之各完整标本,几全部运此。其他名贵标本,如蒙阴盘足龙、临朐之玄武岩蛙,及甘肃之名贵陶器、周口店及各地之重要古器,无不南运,陈列于此。其他部门,亦是把精华运京陈列。所以开幕后不久,参观者甚多,中外人士，交相称赞。然而现在如何，这些东西，哪里去了？

中央军退出，日本人进城以后，当然有一度大纷乱、大屠杀，其详不得而知。我在所中宿舍所存放之私人东西一箱一被盖，当然同罹浩劫。听说秩序稍复后，敌伪以中央地质调查所之地址，作为藏书之用。凡各机关之图书，悉运至此，成立所谓中国图书管理委员会。而把中央研究院之地址，作为博物馆，将各处之标本及考古东西全运至此。地质调查所之标本，当然亦运至此。但在未运以前，已损失了多少，无人能知其详。据传说云，日本入城时，在此驻扎，将楼上标本，任意掷至地上，自然免不了一番损失。我到中央研究院看关于地质及古生物等标本，实已所存无几，而且损坏不堪，标签凌乱，事实上等于完全毁灭，真令人伤心。

我到时，大楼和西楼原图书馆，全堆放图书，几无隙地。各文化机关，组织一清查委员会，约四五十人工作。凡能认出是某机关之书，即由某机关领回去。然工作进行很慢，不知何日工作始可做完。以东之两大楼，尚为航会所占。据云曾答应不久可退出交还。各处房屋均破烂，门窗全毁，内部亦多损伤。这些都是人为的。据云接收之时，物不由主，任意侵占。后来退出时，又任意损毁，其一种无组织、无秩序之情况，表现无遗。

北碚地质调查所已在预备搬家，大家忙于装东西，无正当工作。南京又是如此，除宿舍一部分，供来京人员住宿，还稍像个样之外，实未知几时，才可恢复旧观。因此，决定先归家一视。然归家交通亦成问题。坐飞机到重庆，再转西安，为一走法。但重庆往西安之飞机票，很不易购得。由徐州转陇海路西行为另一走法，但陇海路尚不畅通，由洛阳到陕州一段，还要起早。抗战胜利后半年多了，交通迄未能恢复，可叹。

在南京住了十四天，开始过国内的烦闷生活。家中迄无信来，在此又无事，南京只是一个空虚的首都，什么都没有。正是春天，春也好像不在南京。每日狂风怒吼，尘沙飞扬，大有北方风味。一天我与洛村同游玄武湖，看到一些春意，然而我们所希望的南京，实不止此。

政府机关，可以说都搬到南京来了，可是也只是一部分。正如地质调查所一样。有的机关，家眷来了，无地住，就住在办公地方，当然办私，谈不到办公。政治中心，还在重庆。闻有定于五月五日还都之说，照目下交通情形，恐尚有问题，所以一切陷于窒息状态中。

我于十八日离南京，到浦口上车。过江，上车，全在万分纷乱中进行。上车也不一定由入口进站。车站上人之乱，不亚上海。幸上车后，尚可得一卧铺，已算十分满足。次早到徐州，因无旅馆可住，事前经人介绍，到经济部接收委员会办事处，得解决了住的问题。徐州虽在国军手中，然四围不远，全是解放区。往东往北，全不能通。解放区的人，可以武装到城内游玩。我归心似箭，关于一切，除悲观二字外，也不愿多说。在徐州住了一天，等到由上海来的刘步青先生，一行三人，西去有伴，心中大安。次日搭车西行，车票当然是托经济部友人代购的。自己购，准无办法。白天的车，沿途可以看得很清白，整个铁路两边，全为壕沟，作防御用。此大概为敌伪时代，日人用以防游击队者，今则用作防共之用，也是幽默。沿途各站，有不少地方，距解放区很近。不过近来好像彼此相安无事，但谁也知道，这样对峙之局，是不能持久的。

直到开封，火车相当满意，并未十分误点。可是从此以后，速度大减，尤以过中牟桥一段，比走路还慢，乃因新经破坏，才改修的。到郑州已是半夜，下车后除了乱哄哄的人外，看不到一切。只得推行李到一僻静处，推同行某君找旅馆。好容易找了一个四人一屋，内除一桌外，无其他东西，当然睡地上。入夜臭虫出动，不能入睡，又兼天热，挥汗如雨，行路之难，盖叹观止矣。

次日在郑州稍游，知今日所过之郑州，已非昔日之郑州。车站一带，已沦为瓦砾。通城的正街，虽尚有不少房子，但也破烂不堪。在此因刘先生等关系，找到几位在此做运输生意的同乡，肯为代购车票并事事帮忙，减去麻烦不少。在此时期，他们是有办法的。

由郑州到洛阳车位，不比以东之好，而拥挤过之。人从窗口钻进钻出，不以为奇。车顶上也还坐的人，我不知过山洞时，他们如何忍受。车的速度，比人行的稍快些。闻说前一天东来车在距郑州不远某站出轨，后来修复，因此我们在郑未久等，总算运气很好。经一天的工夫，才到了洛阳，又是一场纷乱，到处找不到旅馆，后来因刘先到过熟识，才向陕籍一商人借一席之地过夜。

从洛阳到陕州，要改乘汽车。因这一段铁路，当战事紧张，洛阳退却之时，皆予以彻底之破坏，尤其是观音堂附近的八号大桥，一时尚无法修复。由此购西去的汽车票，尚不算难购。前一日虽未登记，却也上了车。不过人与行李乱堆起来，坐的姿势一经坐定，即不能更改，好像固定地装在箱中一样。沿途灰尘飞扬，因此所谓汽车路也者，也只是旧车路铺成，既无路基，亦无路面，高低不平，颠簸殊甚。开出洛阳，望见以前建筑之兵营，竟成瓦砾。此等摧毁，不一定是军队，或由战事关系，青黄不接之时，百姓们趁火打劫，亦所不免。总之，在非常时期，一切都非正常的。而我们民族破坏性之烈，也实在可怕。午间过观音堂，车抛锚，勉强前行，又抛锚数次。昏夜抵张茅，只得寻店住下，重过二十年前之豫西旅行生活。次日早开陕州，幸赖刘君父子之力，得顺利购得火车票，上车西行。火车仍开得很慢，有时比人行稍快而已。清晨开车，下午六时，始到潼关。过潼关后，车行较快，八时抵华县车站。入城先至学校，国桢与二子均在，悲喜交集。次日午回家，母亲已能步履如恒，甚为喜慰。骨肉重聚，尤其在胜利以后，自是多年未有之乐。

此次回家，打算尽量多住一些时日。曾以一周时间，往西安探视三四叔等，并访西安亲友。战后的西安，也是在通货膨胀和国共边打边谈中挣扎，谈不到繁荣与进步。国家个人都站在十字路口，茫然不知向何方向走，这就是战后中国的缩影。

我的家还住着军队，自双十二事变后，家中住兵连连续续，可以说未停。村中共住一连兵，百姓的负担，与所受的影响，不忍细述。最奇怪的，胜利已半年多了，尚是如此。所以一般人觉得前途无有希望，而陷于悲观愁闷。后来晋南战事吃紧，军队东开了，人民松了一口气。可是接着来的，又是地方治安问题，好像做一个太平之民，一刻尚谈不到。

在家住了三月多，南京必须去。但种种困难，只得留国桢及二子在县。八月初辞别母亲，与国桢一同到西安，重过旅行生活。自西安搭飞机往南京，桢则独返华县。三月多的家中生活，看透了中国农村破产的社会和没落的家庭生活。人家在进步中,所谓已进入原子能时代,我们尚保留在中古式的生活中,不能进步,而自私自利,彼此倾轧,钩心斗角,在小得不能再小之天地中,过其斗争之生活,诚足感叹。

中国落后,西北更落后。华县表面上看来,为陕东文化中心,此不过说说而已,实际更落后。一切在无办法中,一切一任战后的反常病态支配着,在如此情况下,我离了华县,离了西安,又回到南京。而三月不见的南京,也是一切在忙乱中。复原工作,还若断若续,政治经济,全无出路。国际地位,一落千丈,而内战打得比以前更为积极。小局面的地质调查所,当然也是一样乱忙,无进展。这就是胜利后的中国!

新 眼 界 与 新 希 望

两年多的旅行生活，看了不少新东西，扩充了我的新眼界。这新眼界，自美国高度化的工业国，到我们战后残破的农村，自未十分受战事的新大陆，到东西两大战场的中心。看过的地方，接触的人物，也都是极端到极端。从世界头等学者，到目不识丁的农民。这样一个新眼界，其所得印象，可想而知的。

这一回出去，正值抗战紧急之时，在如此危难之秋，竟得到一个机会，到各国看与抗战无直接关系的事物，可以说是国家社会所赐予的殊荣。一切照预定计划进行，只有南非因种种关系，没有去成。其他大体上都照所提议者，完满办到。不过也不是无有遗憾的，战争期间和战后的苏俄，实占有极重要的地位，而我竟未能一去。在伦敦时，遇见瓦特生，他新由莫斯科回伦敦，他说最近二十年以内恐怕古生物研究中心，不在英国或欧西，也不在美国，而在苏俄。他们有极新的材料，丰富的人力，再加上国家对科学的特别重视，前途自有无限希望。瓦特生慨乎言之，我听了也感喟久之。一个国家之能强盛，实非偶然，也不单靠飞机大炮，一切都要算在账上。此外许多小国家没有去，譬如比利时、瑞典，均有人约我前往，并且可看到平时所不能看的东西。然因交通及其他困难，亦未能实现。

此次出去，所看到的东西，自然以地质为中心。我决不追随时尚，把应用拉进去，我还是我那一套。参观的地方，均为各地之自然历史博物馆中之地质古生物部门、各大学之地质系，及一些有名的地质调查所。有关的学会，当然也曾参观。还有与所学相关的科门，如有机会，也尽量参观，如动物、地理、人类学等，虽然说是考察，事实上可说是学习。无一地不有许多新材料，无一地不会到所欲见的科学的老前辈和新后进。他们在进步中，在不断进步中。美国为天之骄子，未受战事影响，一切工作如旧，自然无足怪。而英、法、瑞士等地，或曾沦为战场，或接近战区，受到了战事严重影响。但他们的科学工作，还是照常维持。就连德国，其地质古生物之出版品，到一九四四年底，还都照常出版，而完全是战前水准，并未减少篇幅，改坏纸张。什么应用不能应用的问题，好像也未听到，至少未成为不得了的问题。人人在本位工作，人人都是在为国家社会效力。

中国的一切，与人家是强烈的对照，是两极端的另一极端。不过这并不是我们灰心的理由，我们即在战前，本来不如人家，八年的苦战，大部分地方沦陷，一切机关，过其逃亡的生活，政府忙于应付敌人；对于科学工作，未能做到应做的地步，毋宁谓为当然。此点在外人看来，也很原谅，且表同情，甚或对我们稍有贡献，交相称赞，以为了不起。其实我们应有自知之明，亦不可以此自炫，而当作更进一步的努力。

回来了！带了许多新的观察，新的感想。回来了！回来了！看到我们的一切，尚在内战中挣扎。回来后如何能贡献一己之长，继续努力，却成万分渺茫之事。在如此情形下，好像只有失望悲观，哪里还有新希望，新希望产生在哪里？

我所谓新希望不是别的，就是一种自信。九年以前，空前国难，我们那时政治军事等情形，那样的无根基，然尚能支持危局，终于看到敌人的覆败，得到最后胜利。倘非上下俱有坚强之自信，恐早已精神崩溃，还谈什么抗战建国。今日无论如何，有此几濒于亡而未亡之国家，又有许多真诚爱国与真正想为国做事的人士，除非自己不干，如干，决无不成之理。

用较长的历史眼光来看中国，中国不是没有进步，不过比之人家进步得太慢罢了。本来一个大的国家，又兼种种水准太低，要一蹴而至与人并肩齐驱，几乎是不可能的事。能缓缓进步，至少要倒车的速度不及进步的速度，那就有进步。如能设法去掉一些阻力，少开倒车，当然进步更快更速，以此论中国、中国前途，并非全无希望。我们不能执一些不快意的事如贪污之类，而论国家的前途。我们也要看见树叶，也要看到森林，不能光看一面。

国家大事不谈，今就与个人有关者讲，也觉得新希望并不是一个美丽的梦境，而真是希望。今先就博物馆讲，中央博物馆，自战前即筹备，抗战中虽历经艰难困苦，各处飘零，并未停止工作。胜利以后，那未完工的建筑，亦于短时期内复工，不久当可照原来计划成立，而为我国第一个完善之博物馆。北平光复后，各陈列亦均迅速恢复工作。四川北碚，在战事期间，尚能成立相当可观之陈列馆。可见这些一般人视为无关轻重的陈列馆事业，还是有进步，工作并未停止，而还有逐渐发展的趋势。

地质教育在战事期间虽未停止，然不及以前，为无可讳言之事实。但随胜利而来之地质系，则大为活跃。不但已有长久历史的北京大学地质系、清华大学地质系，均努力充实设备与内容，即中山大学地质系亦力求恢复，尚有西北大学亦有新增地质系之说。只要有台子，就有戏可唱。相信这些新有的设施，就是新希望的根据。

地质调查所在胜利后也有扩充，北平分所恢复了。台湾又能上新摊，台子搭得很好。不过都是困于经济，在通货膨胀中挣扎。然这不是一个机关或一部分人的问题，乃是整个国家的问题，若是有办法，都是有办法。若是无办法，就是整个的毁灭。不过用历史的眼光看，似尚可不至于到此一步走不通的路。

私人的组织，自始即在艰苦中奋斗，中国地质学会，仍照旧推行其会务。新的学会，如土壤学会，也在胜利后露出光芒。由此看来，大家并不灰心，仍是勇往直前。这些都是贪污、纷乱、内争、农村凋敝、人心破产中的另一面。人说是道高一尺，魔高一丈，这是旧的看法。我们应该使魔高一尺，道高一丈，国家就有办法，有前途，有出路，而这个希望，并不是没有根据的。

就连脊椎动物化石的研究来说，虽然我们这一群以环境与事实所限，未能有所表现，然也还有人予以密切注意与努力。重庆附近歌乐山的骨化石产地，卫聚贤一再表示其关切，想做大规模的采掘。在甘肃科学馆的王永焱，于万分困难中，在武都找见了很丰富的第三纪动物化石群，采集数次，成绩甚著。他还在继续努力中。

所以我说有一部分有充分的自信心，肯在本位努力工作，就可有很好的成绩，前途自有可观。悲观、颓丧是没有用处的。中国在科学上、在事业上，随处都是新眼界、新天地，正不必光羡慕人家的新眼界，而当开拓我们的前途。所谓困难，都是可以克服的。今日中国的多数人，对科学不认识，需要我们极大的忍耐力，为之启发，使科学知识普及。少数靠宣传科学吃饭的人，坐在客厅，看人家工作，自己奴役别人，坐享科学的成果，这些都是历史的残渣，不久会自进坟墓的。中国今日所需要者，乃成千成万的努力工作、埋头苦干的科学家，别的均不足道。未来的世界，是这一般人的，不是客厅科学家，也不是几位官僚化的科学家的。我也不是预言家，也不只是期望，而是有许多征候，表示事实的问题是如此的。

中国依然胜利定了不亡之基。然中国并未翻身，反而有再被压下去的危险。这自然是危机，然并不是无有办法的。能有办法，不但不致被挤下去，反而可以切实翻身，做一个名实相符的现代化国家。此等责任，即在青年的肩上。

二十六年开始抗战，我也开始过流浪式的生活，长沙七月，昆明三年，重庆三年，尝尽了抗战中的苦况。两年在外国，也看到了人家的一切，如何一日千里地争取进步，如何在艰苦中奋斗。如今回到祖国，又看了胜利后的种种失望，种种丑事。在过去九年中，名义上未离开本位工作，而且随时还有若干贡献，但事实上从前的基础被摧残了。大部分的时间，消磨于流浪中、旅馆中、东西奔跑中，未尝有可以合用之实验室，更不能安心下去，做自己应做的工作。九年对人的一生不是一个短的时期，然而竟这样平白地过去了，这是抗战中的损失。九年的希望，完全在胜利。以后看有无机会，可以重整旗鼓，达到以往的愿望。在这种心情下，我写了这本《新眼界》。好的新眼界，与坏的新眼界，放在一本册子中，其中有失望，有悲观，然而也有乐意，也有新生。虽然所述，大半关于地质及陈列馆，乃至个人旅行的琐事，然而衡以我的"剖面"的本意，也不是没有意义的。举一以概其余，其余尽在不言中。请读者自己去判断，去领略好了。

自有去国的动机以来，复兴关的生活，离国前的回家辞母，三天半的天空飞行，纽约自然历史博物馆半固定式的研究生活，各大都市的旅行，太平洋东岸的春天，伦敦的大雾，巴黎的战后景色，瑞士北部的短期停留，大西洋、太平洋的海上生活，吴淞口的伤心，上海的四日，回家的所见所闻，南京的种种，一切一切，全像电影一般过去了。这些陈迹，只留了十多万言的一本非正式记录。好也罢，坏也罢，走笔至此，也就松了一口气。结束了九年的漂泊，重辟我未来的天地，开拓未来的新眼界。

重要人名地名译表

（以不经见者为限）

A

Accra 阿克拉

Aden 亚丁

Agassiz, L. 阿家色

Albany 阿尔班尼

Albuquerque 阿贝格克

Amherst 阿穆斯特

Andersson, E.M. 安迭生

Ann Arbor 安夏巴

Arambourg, C. 亚让堡

Arkell, A.J. 亚克尔

Arizona 阿内宋那

Ascension Is. 阿森岛

Ashley Hotel 阿西来旅馆

Avinoff, A 阿维诺夫

Avion Gorge 阿未央峡谷

B

Baltimore 巴尔梯摩

Bailey E.B. 贝理

Bakesfeld 贝克斯非尔特

Bath 八司

Barbour, E.H. 巴尔博

Barbour, G.B. 巴尔博

Basel 巴赛尔

Belem 贝勒姆

Berkeley 贝克来

Berkey, C.P. 贝尔克

Black, D. 步达生
Blackwelder, E. 布拉克威尔德
Bombay 孟买
Boston 波斯顿
Boule, M. 布尔
Bristol 布内斯特
Breuil, H. 步耶尔
Broadway 百老汇路
Broili, F. 白劳里
Brooklyn 布鲁克林
Buffalo 布佛楼
Burlinton 柏凌屯
Burman, M.B. 布尔曼
Burt, W.H. 布尔特

C

Camp, C.L. 甘颇
Case, E.C. 克斯
Caster, K.E. 贾士德
Caterini 卡他内尼
Chaney, R.W. 钱耐
Cincinnati 择齐纳齐
Cleveland 克勒维兰
Clark, J. 克拉克

Clark, W.E. 克拉克
Connecticut 康奈梯寇特
Colbert, E.H. 寇伯特
Colorado 科落内多
Columbus 哥伦布士
Condra, G.E. 康得约
Cope, E.D. 寇布

D

Denver 顿佛
De Terra, H. 德特拉
Detroit 第筹
Dimars, R.L. 第穆
Douglas, J.A. 杜格拉
Dowm 道因
Dunbar, C.O. 邓巴
Dunkle, D, H. 董克

E

Edinger, T. 艾丁格
Edwards, W.N. 爱德华
Elias, M.K. 爱理士
Erie Lake 伊内湖

Evans, A. 伊凡斯

F

Florida 佛劳瑞达
Forth-Cooper, C. 佛士寇普
Frick, C. 佛内克

G

Gazin, C.L. 盖星
George Town 乔治城
Gilmore, W.C. 计尔摩
Glasgow 哥拉斯高
Glendale 格林达尔
Gordon, W.T. 高登
Grabau, A.W. 葛利普
Granger, W. 谷兰阶
Gregory, W.K. 葛雷高
Gutenbexg, B. 顾屯堡

H

Hall, R. 赫尔
Hargrave Hotel 哈尔格利夫旅馆

Harrington, G. 韩赖特
Heiderberg 海德堡
Heiderberg Mountain 海德山
Hipbard, C.W. 喜巴德
Hertwig, R. 黑德维希
Hobbs 胡布士
Howell, A.B. 胡卧尔
Hollywood 荷来坞
Holmes 胡姆士
Hepwood, A.T. 胡步伍
Horyork 贺尔约克
Hundson R. 汉德生河
Hyde Park 海德公园

J

Jepsen, G.L. 简朴生

K

Kano 堪奴
Kay, I.L. 克侬
Karachi 喀拉奇
Keith, S.A. 凯斯
Kellaway, G.A. 克内卫

Kent 肯特
King, W.B.R. 克斯
Knight, I.B. 耐特
Knopf, A. 克那夫
Kuehne, G.A. 孔能

L

Lacroix, A. 拉夸
Lahore 拉贺尔
Lamb, G.R. 蓝普
Landes, K. 蓝德思
Layton, H.E. 赖吞
Leidy, J. 莱登
Laurrence 劳然斯
Lincoln C. 林肯城
Llord, R. 劳尔德
Longwell, C.R. 郎克外尔
Los Angeles 落衫机
Lorderback, G.D. 劳德巴克
Lull, R.S. 鲁尔

M

Macgrew, P.O. 马克隆

Manhattan 麻哈特
Marsh, O.C. 马适
Massachussetts 麻赛邱色慈
Matthew, W.D. 马修
Mclintoch, W.R.P. 马堪脱
Mendips 门底堡斯
Merriam, J.C. 梅恩木
Miami 迈阿米
Monaco 孟那哥
Montreal 蒙特尔
Morris, F. 毛理士
Muenchen 明兴

N

Natal 那他
New Haven 纽哈芬
New Jersey 纽基尔赛
Newport News 纽普特纽斯
Niagara Fall 耐阿格拉瀑布
Nicholas 尼古拉斯
Nichols, R.H. 尼古拉
North Hampton 北汉普顿

O

Oakland 伍克兰
Oaklay，K.P. 伍克来
Obrutzchev 奥布洛斯启夫
Oberlin 奥布林
Oggden 奥格当
Olsen，E.C. 伍尔生
Omaha 伍穆哈
Ontario Lake 翁达内湖
Ost 欧士特
Ottawa 吾他哇

P

Parrington，F.R. 巴内吞
Pasadena 巴沙顶那
Peabody，G. 皮包特
Pearson，H.S. 裴尔森
Peyer，B. 斐意
Pensylvania 潘沙凡尼亚
Philadelphia 斐拉特尔斐亚
Pittuburgh 皮磁堡
Piveteau，J. 皮夫杜
Pope.W.J. 颇普

Princeton 普伦士敦

Q

Queens 坤士

R

Rancho La Brea 蓝旗拉布拉
Read，H.H. 瑞德
Reinheimer，P. 蓝恒木
Raymond P.E. 雷猛
Rechey，K.A. 瑞琦
Reider，H. 莱德尔
Romer，A.S. 罗美尔
Russell S. 罗素
Rrggby，鲁格比

S

Sadia 塞地亚
Saltford 盐津
San Yuan 三原
Schaub，S. 萧布
Sallisburg，沙里伯

Schenk, 沈克
Schuchert, C. 休启特
Schultz, C.B. 寿尔慈
Smith, S.L. 斯米士
Sommerset 桑麦色特
Sorth Hampton 南汉普顿
South Kensington 南肯星敦
Stehlin, H.G. 石泰陵
Sternberg, C.W. 斯坦伯
Stirton.R.A. 斯梯尔吞
Stock, C. 斯托克
Stockbridge 斯托克布勒机
St.Louis 圣路易
Stout, T. 斯导特
Swan, C. 斯缓
Swanscombe 斯王氏堪普
Swinton, W.E. 斯闻屯

T

Teilhard de Chardin, P. 德日进
Texas 特克萨斯
Thomas, H.D. 杜马士
Tolmachoff, I.P. 他尔马科夫
Toranto 托然拖

Thorpe, J. 梭颇
Tring 纯恩
Trinidad 春尼达德
Triton 春桐
Truman, A.E. 杜鲁门
Tyrrell, G.W. 齐乃尔

U

Upsala 伍捕塞拉

V

Viret, J. 维热
Victoria Lake 维多利亚湖

W

Wallace, R.C. 瓦来斯
Wallcott, C.D. 瓦尔寇特
Walton, J. 瓦尔吞
Wall St. 瓦尔街
Watson, D.M.S. 瓦特生
Weidenreich, F. 魏敦瑞
Welles, S.P. 威尔士

Werner, C. 威尔尼

Whittington, H.B. 魏庭屯

Willis, B. 威理士

Wilson, E.B. 威尔逊

White, E.J. 怀德

Whittard.W.E. 魏达德

Willians 威廉士

Willeston, S.W. 威理士顿

Wiman, C. 维曼

Witmore 魏狄摩

Wood, H.E. 伍德

Wyoming 威明

Z

Zeuner, F. 曹以乃

Zuerich 愁内溪

杨钟健·著

国外印象记

目 录

自序　　　/ 239

美国地质机关谈　　　/ 245

　　一　地质调查所　　　/ 245

　　二　大学地质系　　　/ 247

　　三　博物馆中之地质设备　　　/ 248

　　四　石油地质及其他　　　/ 250

　　五　其他地质机构　　　/ 251

　　六　结论　　　/ 252

记纽约自然历史博物馆　　　/ 254

　　一　组织　　　/ 255

　　二　世界性的采集工作　　　/ 258

　　三　脊椎动物化石之研究　　　/ 259

　　四　教育功能　　　/ 262

五　结语　　/ 263

烽火中谈地质学界人物　　/ 265

　　甲　老成凋谢　　/ 266

　　乙　硕果仅存　　/ 268

　　丙　现在主力　　/ 272

　　丁　生力部队　　/ 276

　　戊　余论　　/ 277

纪念刚去世的三位地质学家　　/ 280

　　一　计尔摩　　/ 280

　　二　葛利普　　/ 282

　　三　白劳里　　/ 286

人类化石研究之近况　　/ 291

　　一　材料之新发现与现况　　/ 291

　　二　我们最近对于人类化石之认识　　/ 294

　　三　地质问题　　/ 297

哺乳动物来源之追寻及最早类似哺乳动物化石之发现 / 301

    一 绪论 / 301

    二 类似哺乳类化石之发现 / 303

    三 未来研究之途径 / 307

恐龙之号召力及其研究之困难 / 310

    一 什么是恐龙 / 310

    二 恐龙之号召力 / 312

    三 恐龙研究之困难 / 314

    四 中国恐龙化石研究之展望 / 316

论自然实物之有计划采集之重要 / 318

自负与自知 / 323

奴性？！同化力？！ / 329

谈修补 / 335

论权威 / 342

    一 一段实例 / 342

二　权威与权威之难　　　/ 344

三　权威与真是非　　　　/ 346

四　权威与学术之进步　　/ 348

吊十年　　/ 350

自序

三十三年，余有美洲及欧洲之行，曾将沿途见闻，记述梗概，名曰《新眼界》，已由商务印书馆出版。此书体例，系照旅程所及，作为报道，完全为游记式的。三十五年回国，又把在一年多的时期内在各国所得的印象，就最深刻者，用综合方式，列为专题，一一记述，总称之为《国外印象记》。其中《美国地质机关谈》，及《烽火中谈学人》（今改题《烽火中谈地质学界人物》）两篇乃是在纽约时作的，后来在《地质论评》上发表。回国以后，首先写出《胜利后哭师友》（今改题《纪念刚去世的三位地质学家》），曾分三段，在《人物》杂志上发表。这几篇介绍美国学术团体的大致情形和外邦的几位学术人物，都是可以用来代表他们一般团体和人物的。本来还可再写些，因为举一反三的缘故，也就不想再写下去了。

以后接着写了《人类化石研究之近况》，《哺乳动物来源之追寻及最早类似哺乳动物化石之发现》（在《大公报》科学周刊上发表），《恐龙之号召力及其研究之困难》，《论自然实物之有计划采集之重要》,及《记纽约自然历史博物馆》(均在《文讯》发表)。其中前两篇,乃介绍我近几年比较接头的两种研究工作。两者均在这次世界大战期间,继续滋长进步,而且都和我国的同类工作,有特别重大的关系。第三、第四两篇,乃提出两个科学上的问题,介绍了外国情形,并说明我们以后怎样迎头赶上的途径。最后一篇,记人家的一个博物馆,既补前作之不足,也是他山之石的意思。

最后五篇。《自负与自知》(在《申报》发表)、《奴性?!同化力?!》、《谈修补》、《论权威》、《吊十年》,虽不完全是印象的记述,而实在是我此行感触最深的几个问题,也可以说是关于精神方面所深切注意到的几点,也为我们应当急起直追、努力去做的几种办法,以挽救未来的难关。这几篇中所提出的问题,有的与自然科学有关,有的甚少联系,但都牵涉到做人的方法方面。我一切不如人,但为什么不如人,在这几篇中,明白的读者必然可找出答案,虽然这答案并不曾明白地描述出来。

写完以后,觉得"国外印象记"一名太笼统,太冗长。在编次成帙的时候,想改用最末一篇的题名,名曰"吊十年",以纪念这兵荒马乱的十年。但出版人劝我还是用旧名的好,于是我就仍用"国外印象记"作书名,并把原来各篇在单独发表时所用的篇名修改了几个,把编排的次序也改成现在的样子。

近年以来,盛行所谓"考察""进修"等名称,许多人被派到外国,去了又回来。为什么如此,无非是要看看人家,再看看自己。不幸我们自己太差,人家很好。所以写成文章时不知不觉,有意无意间,总是说人家好的地方多,坏的地方少,而对我们的一切情形,表示不满。这本是事实,难怪作者。譬如在外国,即使一语言不大通的人,只要身体正常,神经无问题,能认识W.C.或"先生""太太"等字,到处都找到小便的机会,用不着在马路旁、夹道中或墙根底下,找人不注意的地方小便。但即在我国首都,也无此便利。其结果,随地皆可小便。然而这并不是说外国人人人干净,他们到了中国,小便急得不可开交时,也会在马路旁、墙根脚小便了。卅六年夏我由陕来京,在由郑州到徐州(为那时由陕到京交通上设备最好的一段)的头等车中前去小便,见一外国太太已站在廊外等候。我等她完事再进去,看见她出来时,脸上有说不出之一种表情。我进去后,才发现方方不过一公尺多的小厕所,马桶上地板上,全为屎尿,可以说无一寸干净土,无可下足,我当然无法,只有草草了事。我看了这一幕厕所插剧,多少日,心中一直不痛快。此印象至今尚赫然在脑中。在如此的国度中,叫外国人怎样瞧得起我们!我们将何颜自命为五强之一!我们在大都市招待外宾的那些虚伪宣传,尽管香槟酒如何香,只要他们在我国进了那样厕所,所得的"考察"印象,是可想而知的。他们可议之点,自然也多得很。但总平均分数算起来,总去人家差得远,我们又何颜批评人家?

我们落后了五十年,甚至一百年。就是外国也有臭虫,也不能增加了我们的骄傲。我们应努力地起来干,干出来一个现代化的国家。这个目标的达到,需要实实在在、一点一滴地有用工作,不是单靠开开会、贴贴标语和一些不兑现的谎言,所可达到的。一人之能力学历有限。我在本书中,只介绍了一些或者一般人认为不重要的事物,然而这所提到的之能否改进和策划,也关系到国运的隆替,却是千真万确的事。

记得有人说甲午战争未发生时,我军容甚盛,尤以海军比日本为多为强,那时日人颇有难色,不敢轻易起战端。有一次,李鸿章为要炫耀其威力起见,约伊藤博文到中国旗舰上欢宴。盛其军容,意在示威。不料伊藤博文回去后,反仰天大笑曰:"中国不怕!"不久即发动战事。其结果中国之海军,不堪一击。后有人问伊藤博文,何以知道中国海军之窳败,而判定必可战胜中国?伊谓当他应李宴之时,看到女人的裤子,挂在军舰的桅杆上,即此可以判定中国不值一战。此故事可靠与否,不见正史,我们且不必去管。我只是引来说明国家的建设,不能单靠外表,须要一切皆做到标准地步。不要以为大门扫干净了,厕所就可以马虎。人家到厕所一看,也会知道您那大门上的干净,乃是做给人家看的。我国今日之一切,其严重千百于一条女人的裤子者,不知有多少。如此,何以谈建国,何以当来日之大难!不要以为我们现在"麻雀虽小,五脏俱全",人家有政党,我们也有政党,人家有宪法,我们也有宪法,人家民主,我们也叫喊民主……一不小心,可以弄得啼笑皆非。就连我所密切注意的自然科学及博物馆等,也都是如此。所以我们不但要学习而且要很小心地学习,要脚踏实地地做,不要胡天胡地地吹,方不致画虎不成反类狗。

这几篇文字虽然很凌乱,且有许多应写的未写,然而所写的都不是人家军舰上女人的裤子,而是人家的科学、文化、做事的能力等等。他们裤子一类的东西,也许很多,但显然没有我们之多,所以人家比我们强。最后几篇所述而特别指出的自然科学以外的几个问题，可以谓之曰我们心理建设上最缺乏的几种维他命。我们于正式营养加以注意之外，还缺乏这几种维他命，须得补充后，方可有助于健全的生存，虽然说这些也尚未曾包括一切。

此小册子的印行，承白寿彝先生介绍，由文通书局出版并任校订工作，我愿在此表示十二分谢意。各文在各刊物上发表，对于那些刊物主编的人，我也一样感谢。此小册的印行，使我有机会把一些凌乱的感触和印象，集中一起，意义当然增加，我想也是他们所乐观厥成的。

卅六年除夕，在南京

美 国 地 质 机 关 谈

在美国参观不少地质机关。大别言之，不外三大类：一为地质调查所，一为大学的地质系，一为陈列馆或博物馆的地质部门。兹先分别言之。

一 地质调查所

地质调查所又分两类，一为华盛顿的国立地质调查所，一为各州的地质调查所。关于后者，当然不能全看，只就我所看到的几个，稍为申述，以代表其他。

华盛顿的国立地质调查所，组织庞大，在所长下，有宏大之办公厅，包括秘书、制图、印刷、照相、图书馆，及人事等单位。另有五重要部门，一为地形，二为土壤，三为地质，四为水利，五为阿拉斯加分所。每部门均有许多分门。今只以地质言，又分金属矿产、古生物地质、铁铅地质、物理化学、区域地质、岩石、军事地质、燃料地质、非金属地质等。其中军事地质部门，自为战后花样；而所谓区域地质，实包括美国以外，有军事行动或与军事有关之地质。至于地质及古生物，虽有专门，但并不注重。因此二项研究，实与国立博物馆合作也。在多年前，当寇普与马适时代，美国之地质调查所，于古生物十分注意。二氏均曾在所服务。以后则并于博物馆中。目下研究地质与古生物之人士，均在博物馆，另有专室研究。此等组织，自然以应用为主，而与土壤及水利合为一起，尤能使非金属地质及一般地质大为发展。此不但与我国组织不尽相同，即与欧洲各国亦不相近。

除国立地质调查所外，各州均大半有州立地质调查所。此虽可与我国之省地质调查所相比，然组织上不大相同。他们多与本州之大学及陈列馆合作。在陈列方面，仿照中央办法，分并于当地之博物馆；而在研究方面则与当地大学合作，有时人全不分。所以在经济上、人事上均为非常经济之办法。此外，他们注重之点，亦因地域关系，不尽相同。如中西部耐布拉斯加及堪萨斯，因新生代地质发育，且气候干燥，有类我国西北，所以特别注意水利，尤其是地下水之研究。我个人觉得各区地质调查所如此组织，实为恰当。比之我国省立之所，多归于省政府，成一行政机关，不但易受人事影响，且主管人员大多忙于等因奉此等事，从经济方面言，自亦不合算。

他们之中央地质调查所与各州之地质调查所，采取密切合作。有许多地方，中央地质调查所设有工作站，即位于州地质调查所之内。他们之地质调查，可谓已形成一纵横均十分联系之工作网。所以能于短期内，完成伟大工作，而其前途，自不可限量。

二　大学地质系

推进地质研究及工作重要的地方，当然为各大学的地质系。美国大学之多，为世界各国之冠。大致皆背景复杂，组织歧别，势不能一一尽论。所可得而言者，就是多数有名的大学，全设有地质系。不过因各别地域情形不同，地质系的组织及健全程度也不一样。有的与地理不分，如新齐那齐大学，地质与地理即为一系。有的各方面比较平均发展，如哥伦比亚大学地质系。然多数则均因人而定。如有人以普通地质擅者，其主讲之大学，即以此见长。有者则以矿产见长。有者甚或只有二三人在校，组织极不齐全，自不能称为完好之地质系。一般言之，就参观所及，如纽约之哥伦比亚、普伦士敦、纽哈芬、哈佛、芝加哥、耐布拉斯加、劳然斯、贝克来等地之大学地质系，均相当出名。威士康新、米亚普理士、圣路易等地者，亦均不错。

各大学地质系之课程，既不能平均发展，学者当然于选择时照自己兴趣所在，择合宜之能。此点，我在此不能深论。所可言者，美国大学功课，相当有限。其学业后之研究，十分重要。如欲做相当之专精研究，势非在大学毕业后，再为攻读不可。

就参观所及者言，他们大学地质系之标本收藏，均十分丰富。不但他们本国的标本很多，即国外标本，亦应有尽有。其他设备，自不必言。因之教书，有事半功倍之效。我国战前尚有一二大学设备相当的好，今均已谈不到。故战后一切，自非迎头赶上不可。

在美国惟一独立之古生物系，为贝克来大学。包括古植物、无脊椎古生物及脊椎古生物，并附有古生物陈列馆，设备甚佳。其他各地之古生物发展情形，不尽相同，亦是因人而定。但在巴沙顶那之加里佛尼亚工学院，其地质系却以古生物见长，有不少主要采集。此亦因该地主持人为古生物专家之故。此见一切发展及地位，与人事及过去历史均有关系，决不能以标准化之眼光视之。

自战事起后，各大学地质教授，多有兼战时工作者。或对新兵讲授有关战事之地质课程。同时各系之真正学生，亦均不多。然此乃临时现象。相信以后，必仍可十分充实；前途扩充，尤不成问题。我国人在美习地质者不少，见闻所及，对之均有良好印象。如杨遵仪前往纽哈芬，每过该地教授或与相识者，均称赞不置。我听到之后，反觉惭愧。因以如此为人所重视之人才，因种种关系，回国后始终未能尽其所长，努力于真正研究工作。此等缺点，甚望有法能予以纠正，庶几人人可以发挥所长，方不为国家之损失。

三　博物馆中之地质设备

几乎所有美国的自然历史博物馆，全有地质部门。因为说到自然科学、地球的生成与历史及近代情况，乃是其中重要部门之一。因此当然有许多地质家、古生物家，从事于此。大多数的自然历史博物馆之地质部，均独立为一单位，然也有与调查机关及大学取密切合作的。

美国的自然历史博物馆，以纽约之自然历史博物馆为最大，成立于一八六九年，经历年扩充，已成为世界自然科学中心之一。前任院长奥斯朋，为知名之脊椎动物专家。经其一生之努力，又兼与其他人士之合作，该院之古生物部门，甚为发达。奥斯朋故去以后，虽稍减色，然仍为一重镇。其组织，董事会以下有院长，附管理部。其次始为真正主持一切之院长，有秘书部及副院长。除事务方面有庞大之组织不及详述外，研究、出版、教育、陈列另有一大部。当地部门，分天文、人类、动植物、地质等。地质与古生物及矿物，前本分开。在奥氏逝世后，曾一度将古生物肢解，分并于各生物部门中。最近又将各部门合并一起，称为地质古生物部，事实上包括矿物在内。每部门之主任，则以专家充任之。至于院长及事务部门及各人员，则不限于专家。其陈列门分为许多广厅，一大部分均超时代化。

一如美国其他事业，自然历史博物馆方面，亦多由私人组织而成，为私立性质。即以纽约自然历史博物馆而言，其研究及标本之所有权，均归于董事会。但屋舍地基及陈列室之管理，则归之市政府。因以纽约如此大之城市，需要一自然历史博物馆，彼此双方合作，均为有利。

华盛顿之国立博物馆，虽云国立，实为斯米士桑尼安研究所之一，合作无间，为美最大博物馆之一。此外在东部如皮包特陈列馆，为已故马适所经营，近则归并于当地大学。其他各州之自然历史博物馆，有以前为私立，后改州立者，如芝加哥之费尔德陈列馆，近改为芝加哥自然历史博物馆。科落内多之自然历史博物馆，古生物部，无专家支持，只有一修理员。

自然历史博物馆，在美各重要城市均有。除以上已述者外，如布佛楼、克勒维兰、三藩市、落衫机、堪萨斯、耐布拉斯加等地，均比较完全而有名。然此以外，各大学所附或其他性质之博物馆甚多。有名者，如哈佛大学之陈列馆，普伦士敦大学之陈列馆，贝克来大学之陈列馆，芝加哥大学之陈列馆，尤其是瓦尔克陈列馆，均以丰富之地质部门见长。

此等陈列馆及博物馆之地质人士，均为着重纯粹研究者，其采集之对象，亦不相同，互有重轻。如克维兰德之古生代鱼，瓦尔克陈列馆之二叠纪、三叠纪爬行化石，贝克来之三叠纪化石，均因主持者之故，而发展成功。大多数陈列馆，自以本国标本为最多，惟国立博物馆及纽约自然历史博物馆，因特别充实，时在国外做探集，故全球各地之标本均有代表，成甚见长。纽约自然历史博物馆所收藏之我国蒙古各地地质古生物及生物考古等标本，当为美国第一。

陈列馆之重要，在收藏、研究与陈列兼而有之，后者且富有教育作用甚大。他们之陈列馆，多有教育部门，专为指导讲述及通俗宣传等工作而努力。纽约自然历史博物馆，每日参观人数，有一万余，每年计有四百万人以上参观。其所发生之力量，自然相当宏大。

四　石油地质及其他

我曾与美国地质人士谈，若是一位学地质的人欲就业时，同时可有四个机会，一为在油田公司当石油地质师，一为在陈列馆当保管员，一为在大学地质系教书，一为在地质调查所服务，他当选择哪一种。他的意思：若是以待遇言，一般人首先考虑者为石油地质师，次为陈列馆，最后始为在地质调查所服务。可见待遇佳良，以石油地质师为最。因之有不少地质家，在石油公司或其他与地质有关之公司服务。事实上，各大石油公司，均附有设备完善之实验室，工作亦十分便利。在此等机关服务，不见得即无研究机会。所以在美国地质人士之最好出路，殆为此而非上所述之三者。

五　其他地质机构

除以上所述外，关于地质机关，尚有学会之组织，亦可大略一言。目下地质科学愈分愈细，研究愈精，学会组织亦随之。但总其成者，仍为美国地质学会。会址在纽约，有办公室及图书馆，有书记常驻会，主持一切。该会出版会志，每月一厚册，相当我中国地质学会志三年之和。此外，有特殊刊物，已出五十余种，为专报性质。最为一般人所欢迎者，为地质文献之编辑，不定期发行，使人对地质文献，容易参考，学者称便。此会因接收了一次很大的捐款，所以不但刊物不成问题，关于野外旅行之补助、奖金之发给，亦按时举办，十分生效。其中有一种补助金，为利用地质家之假期，如愿带太太在某地避暑，同时做一部地质工作者，可向会中请求发给补助金。此外尚有奖章数种，一如中国地质学会，不过人家基础已十分稳固，我们则须做最大之努力。

此外如各种有关地质之学会，如矿物学会、经济地质学会、石油地质学会等，均自有刊物。古生物学会之刊物，则于其他相关机关合作。脊椎动物学会，于战争时间长成，有会员二百余人，已出有一种会内新闻，短期内无出特别刊物之计划。此等新闻已出至十七期，每年二三次不等，刊载有关脊椎动物研究之消息，每期后并附有新出版刊物之介绍，亦觉十分有用。

在战事期间，各学会例未举行年会，一切由理事会处理之。理事会职员及大事情之决定，均以通信方式取决之，所以省人力物力也。此年会之不开，当然稍有不便，然并不表示其活动力之减少。相反地，各个地质家在战事期间，均能尽其本分之工作。

六　结论

美国各地质机关大概情形，已如上述。其一切，在我国均也有相当基础。如我国地质调查所，除中央地质调查所外，也有不少省地质调查所；大学中，也有几个相当像样之地质系。陈列馆一方面，虽较差，尚无自然科学一类之博物馆，但各地质机关，也均有若干相当丰富搜集。将来大局平静，陈列馆亦不难成立。石油地质及其他应用方面之地质工作，亦能有欣欣向荣之势。至于我国之地质学会，二十余年来，亦大有成绩。

不过从另外一方面言，我不如人者尚多。主要原因在我国从事地质之人才尚嫌太少。上言只他们之脊椎动物学会，已有会员二百余人，比我国之地质工作人士还多。若以总数来比，当然相去远甚。至于各机关之组织，实为次要，不必强同。只要有人有经费，即不难得到良好结果。至我国地质方面之采集，如仅注重本国，未做国外工作，此乃国势使然，将来恐亦如此，只有用交换标本方法，将来或可搜集些国外材料。我地质学会亦有良好之经济基础，自战事后，情形大变。此后当力图扩充，充实实力，以推进地质科学之研究。总之，我事事尚不如人，地质当不能独外。地质在我国虽稍有成绩，然亦不能全与人比。百尺竿头，更进一步，是在全国地质家之奋力。

三十四年八月十日在纽约草成，
三十五年十月地质学年会前夕在南京改正

记纽约自然历史博物馆

人人以为纽约是一个穷极豪奢的不夜城，在此有世界最高的建筑、各式各样的娱乐场所、世界应有尽有的饭馆。您在这里游览、吃喝、娱乐，无不如意。但很少人认识纽约也是一个文化中心，纽约就是美国的缩影。如只看见美国人的每周末跳舞、狂欢，而不看见美国人的按时工作、始终不懈，那就大错而特错。若不幸只学会享受的一面，而未学会认真干的一面，那就非上当不可。单就纽约而论，她有世界上最负盛名的大学，有五六十个或大或小的博物馆。单就博物馆而论，除了都城博物馆，搜集艺术文物等，最为丰富，规模最大外，要以纽约自然历史博物馆最为庞大。她有十二个部门的专门研究所，但连同复杂的管理及事务部门，也只占了第五层楼。其他一、二、三、四层楼的大部分，全辟为各不相同的陈列馆。地窖一层和顶上第六层，则多用为储藏室。她介于中央公园以西及哥伦布士大街之间，南北共占了三条街，介于七十九街与八十一街之间。今姑丢开专门研究工作不谈，每天博物馆开放，参观者平均总在一万人以上，每年至少有四百万人前去参观。其对于推广自然科学知识，和对于教育上所发生的效能，已是无比伟大。常有人以为上海是中国的纽约，豪华奢侈一方面，倒是有具体而微的相似处；但无论就数目或内容，关于博物馆，上海是几乎一无所有的，小规模的陈列馆，还多是在外人培养下，勉强凑成。此等发展，当然为畸形的，后患深为可虑。因此想到，介绍纽约自然历史博物馆，看看人家的上海。

我前年在美时，几乎以纽约自然历史博物馆作为我的办事处。在纽约时，天天在此做些研究工作。不在纽约时，也以此地为我的通信地址。计前后在此停留，至少半年以上。所以对于该博物馆，有相当认识。但在《新眼界》一书（商务印书馆出版）中，未特别专叙纽约自然历史博物馆。今就回忆，择尤记其概略，也可以补前书之不足。不过该博物馆如此之大，部门如此之多，我也只能就我记忆所及的、情况深悉的部分，略为一谈。窥斑见豹，正也不必做呆板的、详整的叙述。

一　组织

像美国许多事业一样，纽约自然历史博物馆，也是私立的。其最高管理权，操之于董事会。由董事会任命馆长，下设各种委员会及财务机构。但最重要者为董事会所聘任之主任及执行秘书与副主任等。在主任以下，共有四主要部门。第一为总务部，财政、印刷等属之。第二为科学研究部门，出版、教育、陈列亦属于此门。此研究部门共有十余，主要负责采集、研究、出版等事，每门设主席一人。此外关于公共教育，亦有专门，内有学校服务、成年教育、陈列、宣传、照相、运送等组。出版方面，分科学刊物与年报两种。图书馆为博物馆主要一部，亦归此部。再有绘图人员，亦另成一组。第三为管理人事及机器方面之部门，包括看守人、发电的工程、机械室、食堂等。第四为附属部门，如海德天文室、自然科学杂志、通信刊物及书铺等属之。

实际讲起来，博物馆为私立，然此只指其所采标本，所用研究人员而言。同时纽约市政府，即与董事会合作，以此私立的博物馆，作为市立博物馆用。条件为，房舍陈列所，均由市政府供给；关于展览时所用之监理员、保管员以及有关公众之开支，均由市政府担任。此等合作办法，甚为特别，或者为我国人士所不了解。所以我国一些机关，不是官立成为衙门，就是私立，穷得谈不到发展。他们馆中人告诉我，如有一天董事会决裂，不与市政府合作，而将所有人员及标本移至城外，那现在地方即成为空房子。但事实上不至于如此，市政府虽供给了设备费，而用了无数标本与专家，替市政府解决了一大问题。

因为纽约自然历史博物馆既为私立，须要向各方筹捐款，又与市政府生关系，少不了与官厅打交涉，所以董事会以下的主持馆长，多以能在外活动者充任，不一定是内行的学者。只要能弄钱，能对付人，就可以在董事会任重要角色，或当馆长。但主实际事务的主任及副主任就不如此，而多由内行学者任其事。奥斯朋以古生物学家，任该馆主任数十年之久。该馆最近的发展，实以奥氏为主要角色。

纽约自然历史博物馆成立于一八六九年，到现在已有七十九年的历史。以这样历史，和欧洲许多老的博物馆比，还是后辈。但以美国的历史来说，又以此馆现在的成就竟后来居上，不但为美国最丰富、最伟大的博物馆，也是世界一个学术中心，就值得我们钦佩了。

今只言研究方面之部门，计分人类学、哺乳动物、鸟、两栖与爬行类、鱼类、昆虫及蜘蛛、无脊椎动物、比较解剖、动物生态、微体古生物、地质及矿物等部门。当奥斯朋时，因彼为一代脊椎动物化石专家，为馆中主任，无形中对于脊椎动物化石，特别发展。当时设有专部，在鼎盛时期，绘图人员有五人，修理人员有十五人之多。他去世以后，馆中对组织方面加以更改，取消脊椎动物化石部门，而归并于各动物相当门中，如爬行动物化石即归于爬行动物组。于是，脊椎动物化石被肢解。据寇伯特等告诉我说，这些做法自始即为形式的，修理化石工作从未因此改组而分裂，始终为一单位。至一九四五年，因辛博森力争脊椎动物化石归并之重要，于是合并地质矿物、无脊椎动物及脊椎动物为一部，名曰地质古生物部，而以辛为主席，将以前分裂开的各组又并为一起。

比较解剖部向为馆中一有声色之部门。其陈列厅自鱼以至人之各器官之比较，或用模型，或用实物，将进化过程，逐次陈列，极能引人入胜。主持者为葛雷高，在馆中服务四十余年，同时在哥伦比亚大学教授脊椎动物化石。目下美国所有脊椎动物学者，大半直接或间接出氏之门下。但当氏将要告老，一时因人事问题，无有合宜之继任人选，馆中竟有人主张将该部撤销。其理由，以为比较解剖乃医学方面之事，不宜于博物馆中工作。此事如何解决，直到我离该馆时,尚不得知。此皆表示一主要人物,对于一专业之重要,大有人存政存之风,虽在美国,亦所不免也。

二　世界性的采集工作

我势不能在一篇短文里,把纽约自然历史博物馆的各部门,尽为介绍。所以只能提出几点认为特别重要者,加以介绍。今先谈世界性的采集工作。

大凡地域性的陈列馆,因人力财力所限,只能以陈列馆所在地的一切事物为主要陈列的对象。其于本地域以外,或为普通周知而无地域性之物品,或由交换而得来之若干实物,不过聊以充数。至于大的博物馆,全为世界性的。全世界只珍禽异兽、奇石殊品,无不在征集之列。博物馆历史愈久,名声愈大,其采集品之富有世界性亦愈甚,此乃一定之理。

譬如英国的不列颠博物馆,成立既久,复乘大英帝国扩展之会,殖民地遍世界,用政治优势,在世界各地,有尽量采集之便利。又有许多自然科学家,不辞辛苦,在世界各角落,从事探险,所以其搜集之富,至今为世界第一。单就鱼类言,只近代鱼标本,有一百四十余万号,非任何博物馆所能望其项背。纽约自然历史博物馆,虽比较为后起之秀,然以历任者之得人与其丰富之财力,在世界各处,广事采集,不但足迹遍于美国境内,即南美、非洲、欧洲、亚洲、澳洲,均有丰富之收藏。以中国而论,彼曾以中亚科学考察名义,在一九二〇年至一九三〇年间往我国各处采集。如福建等省之现代动物，四川之更新统化石，云南之第四纪化石，长江中游之石器，内外蒙古等地之恐龙、哺乳动物等化石，无脊椎动物化石，考古遗物等，收藏之富均为世界其他博物馆所不及。因此其陈列馆各部门，均带世界性，内容异常充实。就动物言，有非洲陈列厅，专陈列非洲动物，以成组式之陈列，表示生活情形。南美、澳洲亦然。其他如鸟、鱼、昆虫等均有专厅。哺乳动物化石，由于奥氏之努力，特别丰富，现名为奥氏纪念厅，凡近代骨骼、新生代化石，分两大厅陈列，中生代化石另有两厅陈列。人类学方面，就各地民族习性风俗，一一展列。凡其人之模型、用具、衣饰，无不应有尽有。所以以上述之面积，而各厅标本全为放满。如以一人逐次草草参观，也需要一整天的工夫。但是游览者虽只草草一过，亦可对于自然知识，获得不少。若欲做较高深的观察，任何部门，均有不少专门问题，即专家亦不见得能解决。此只看个人之知识水平，与了解力多少，或浅或深，各称其意境而充实自己之知识欲。

三　脊椎动物化石之研究

一个博物馆好比一戏园，陈列厅好比前台。演出之精彩与否，还要看后台之设备与排演之熟练与否。我国人近来的毛病，一谈到陈列馆，仿佛只要有几间房子，便可以办一个陈列馆。殊不知每一部门之陈列，如要合时而够标准，必须要一充实之实验室。实验室之工作，自为不限于陈列，主要目的在研究，然陈列亦为其主要工作之一。何者应当陈列，何者应当代替以新的东西，如何使陈列方式触目、易为观众了解，如何随时改正旧时陈列之谬误，均非一好的实验室不可。我今只举一例，以概其余，就是介绍纽约自然历史博物馆的地质古生物部门。

上边已经说过，脊椎动物化石，在奥斯朋时期，已大为发展，先后分化于各相关门类中，最近又与地质及无脊椎动物等合为一起。现在的组织，是由辛博森担任主席兼哺乳动物化石及鸟类化石保管员，寇伯特为爬行、两栖及鱼类化石保管员，包夫任物理地质及矿物保管员，哈斯为无脊椎动物化石保管员，尼古斯为科学方面助理员。此外有已告老之勃朗专攻爬行类化石，魏洛克为告老之矿物珠玉研究，莫克为告老爬行类化石研究。另有助理研究员，分任各部门工作八九位。虽然阵容十分坚强，然就那么大的部门讲，人员并不能算多。在修理室中，担任修理化石的尚有四五位，其中两位均有三四十年以上之工作历史与经验。绘图方面，由吉尔曼担任，虽然说包有各部门，而实际上是以脊椎动物化石为中心工作。因脊椎动物化石，往往体格庞大，修理困难，不能不有设备较全而大的修理室。该部关于此部分所占地方，几等于其他部分之总和。此外有一单独之图书室，名曰奥斯朋图书室，专门保存关于地质古生物之书籍，以作研究之用。虽不如馆内图书馆之完全，然大致足用。在"塔"的地方，有一大厅，名曰奥斯朋塔，设研究座位五六个，专为来访科学家研究之用。研究北京人之魏敦瑞氏，即在其内工作。

纽约自然历史博物馆的脊椎动物化石收藏之富，实为美国之冠。他们自己以数十年之努力，在美国各地做有计划之采集。寇普当年与马适竞争采集时，所采获之美中西部标本，亦为奥氏所收买，至今尚有许多未修理完竣之件。说到国外采集,亦十分丰富。其历年在我国绥远、四川等地所采者,为数甚多,为我国人所悉知。而对南非有名的二叠纪、三叠纪化石产地,亦有代表性的收藏。此外如澳洲之袋鼠类及其化石,南美洲的新生代化石,均有代表标本。所以除四层楼一部分的储陈标本外,地窖中亦有两大室,作为储藏标本之用。欧洲文化水准甚高,研究工作进步,美国人不能横冲直撞地前去做"探险性的游历",然他们用交换方式,也得来不少的珍贵标本。譬如德南上三叠纪有名的板龙,此地即有极完整的骨架。可见有志竟成,事在人为,六十多年历史的成绩可以超过一百多年的老前辈。即就美国言,数十年前文化中心,实为斐拉特尔斐亚与纽哈芬。今虽二者仍不失为文化要地,但不成问题的,纽约已超过他们了。

脊椎动物化石研究,虽然为博物馆中一部门,然其中人才,均为世界极负盛名之学者。奥斯朋奠定脊椎动物化石研究基石,又善为通俗文字。至今美国人对于化石发生普通的兴趣,奥氏与有力焉。与奥氏共同工作之葛雷高、勃朗、马修、莫克、谷兰阶等,均为一代权威。今者,以上诸君,或作古,或告老,而承继其续之辛博森与寇伯特诸氏,虽云后起,均能发扬光大。尤以辛博森以研究中生代哺乳动物开始,研究方面甚多,历在美国南部及南美洲做长期采集,发表专著之多,殆不在奥斯朋以下,于进化学说尤多贡献。寇氏为马修之婿,先以研究哺乳动物化石闻于世,今则改攻爬行动物化石,亦负盛名。可见一陈列馆,不只是弄些标本,供人浏览,要做主要的研究工作,才能在世界上取得地位。

四　教育功能

一个大的博物馆,对于一地方的教育功能,是不可思议的。就以纽约自然历史博物馆来说,它能像纽约的自由神塔、帝国大楼、洛氏大楼、布龙士动物园,以及音乐大影院等,全为来游纽约的人所必到的地方。无论美国人或外国人到纽约访名胜,纽约自然历史博物馆大致被列在旅程之内。至于本国的青年学生,更常不断地入内游览。每进去一次,必带了新的知识回去。本市的学校,更集体入内参观。此博物馆每天开放,遇有假期,也开放半天。它的效能,比好几十个学校的功能,过无不及。

有许多问题发生,该博物馆必适应时宜,有合时的特别展览。如当太平洋战事紧张时,关于太平洋岛屿分布、生物情形、地质状况、民族习俗等,无不一一陈列,以帮助人民之了解。一九四五年八月初旬,原子弹初在广岛发挥威力,不到几天,该博物馆中已有简要的陈列专栏,说明原子能发现之简要原理,连产生铀矿的岩石也包括在内。由此可知他们经常的陈列而外,亦注意特殊问题之展览,使博物馆对于人民,发挥随时教育的功能。

博物馆中,特别设了教育一部,用人也有十多位。关于各种幻灯片,搜集齐全,小型电影也应有尽有。遇有题目,或必要时,可以映放。又有许多人从事于招待集体参观的人,专司讲述说明之用。总而言之,他们充分利用已有的材料,为人群服务。至于通俗的讲演,几乎每星期总有两三次。

我们看见每一外国人,与他们谈话,总觉得他们常识比我们同一知识水准的人丰富得多。此固然由于他们所受中等教育比我们充实，然博物馆所发生的功能也是一个最大的原因。

除了通俗的教育而外，稍专门的乃至极专门的学术探讨，也就各门各类，随时有之。只要性质相同，或对之发生兴趣的人，均可加入。此又为专门人才，提供许多互相探讨的机会，自然也发生教育作用。而学术之能日新又日新，时有进展，与此也大有关系。

我认为，博物馆之所以为博物馆，乃以其有研究、教育与保管三大功能，所以能成为欧西文化之结晶与主要推动力。前二者已为申言，至于保管一节，显而易见，故无用在此费词了。

五　结语

以上不过略为介绍纽约自然历史博物馆，其实美国各大城市，如华盛顿、皮磁堡、纽哈芬、斐拉特尔斐亚、芝加哥、安阿巴、丹佛、旧金山、落衫机、堪萨斯等城，无不有规模虽小而对该城市实已足用之自然历史博物馆。尤以皮磁堡之卡尔奈基研究所所主持之博物馆，规模最大，几可与纽约相伯仲，华盛顿之国立博物馆亦大有可观。至于各地大学所附之陈列馆，尚在其次。总之，他们可以说有一博物馆网，布满全国。凡文化精英，无不包括。除自然历史博物馆外，尚有其他形形色色的博物馆，在此不能一一细述了。

反观我国各地之民众教育馆，无实物、无经费、有名无实。各式各样之零星陈列馆，虽开有若干，然限于一题，太为局部，实未能发挥博物馆之应有功能。盖博物馆之特点，实在"博"字，要广博，要包括得越多越好，有如百货公司，一入其内，要什么有什么，方可增游览者之兴趣便利。关于此类之博物馆，在我国尚未之见。筹划了多年之中央博物院，尚不知几时可以成功。各省更无待论。所以科学实物不注意而毁灭，历史珍奇未收藏而散失，保管尚不可能，岂能进一步谈到研究与教育功能？以一文化古国，弄得在文化上如沙漠，空虚得可怕。今于记述纽约自然历史博物馆之余，深感我们不如人，乃是各方面，实不仅武力或任何一端。反之，倒是街市上的霓虹灯，有些可与人家比美丽了。

但急起直追，亦非难事。纽约自然历史博物馆下手比欧洲许多博物馆尚迟，而能后来居上。可见事在人为，只要有有志之士，从事于此，虽有许多困难，亦可克服。相信必能以最短之时间，迎头赶上。但起码条件，乃在经费、人力与时间，在此不能具论。

三十六，九，十二

烽火中谈地质学界人物

我于民国三十三年四月二十二日离开战时首都的重庆,经由印度往美国。自我国开始抗战,到本年七七,整为七年。亦即欧战发生之第六年,到本年九月三十日,将整五年。在此时期中,我国局势,一天不如一天,成为完全封锁的状态。不但军火物资及一切有关抗战的东西,接济不上来,文化的食粮也一样感觉恐慌,所以到了印度,自有一番新景象。有许多消息,在国内不知道,到此后才知道。尤令人感喟的,自然为人事的变化。

我因所学的关系,自然可能接触的,多为地质界及古生物学界人士。故今所谈到的,即关于这一方面的人。但这也未始不可用以测知其他方面学人情形。自然地质界同人,看了当更亲切。我们由此,或者也可看到人家科学界的现状和未来的趋势。

甲　老成凋谢

到加尔各答访问地质调查所，得到一个惊人的消息，说是英国古生物家皮革林（G.E.Pilgrim）于年前逝世了。皮氏，我并未见过面，但对于他的工作很熟悉，尤其是他关于印度新生代化石及地层之贡献。在昆明时，尚收到他关于偶蹄类的大著，系由南京、长沙，辗转寄来，幸未遗失。后来他来信，要我的若干著作。我因由北平出来，两手空空，一切留在北平，无以报命。答应他等到回北平时，再寄他。今得此消息，何胜感叹。皮氏在英国学人中，算是老资格，晚年卜居于伦敦近郊。在英国局势危迫时，他竟溘然而逝。其在学术上的损失，自然不用说了。

到迈阿米登陆，计程将先往华盛顿，再往纽约。纽约自然历史博物馆中有不少旧知，尤以谷兰阶氏（W.Granger），前在国内，多有过从。乃去信告知行踪，并云不久来造访。不料到华盛顿后，接魏敦瑞（F.Weidenreich）来信，说是纽约自然博物馆中人事变化很大，谷兰阶已于三年前逝世了。这又是一个噩耗。谷氏生于一八七二年，一九〇〇年即至纽约自然历史博物馆工作，月薪二十元。由实验室助理，野外采集，以至成名为世界有名之古生物学家，工作五十年之久。当纽约自然历史博物馆组织中亚科学考察团时，担任古生物主任，在四川万县采集盐井沟更新统化石数次，在绥远、察哈尔乃至蒙古，采集多次。十七年，我曾奉派参加最后一次之野外工作，在"狼帐篷"朝夕相处，一月有余。谷氏生平工作，以野外采集为主，其文章多与他人如马修、葛雷高、威廉、奥斯朋等合作。若在他人，或有为人作嫁之感。然谷氏在科学界声名，并未因此减色。此点大可为我们深省。谷氏于三十年秋，往威明采集，并参加将成立之脊椎古生物学会第一次野外会议。会议后，返野外看化石地点及朋友。于九月六日逝于行床上。死前无病态，逝时无苦痛，盖为心脏病之闪击侵袭。此等消息，我直到美后才知道。可见我国内受战事影响，一切被封锁的闭塞情形。

到美国后，还听到许多不幸的消息。

法国大古生物学家布尔（B.Boule），德日进的老师，研究过泥河湾和陕北河套黄土期化石，也于数年前逝世。详细情形，还是不能知道。

瑞典的维曼（C.Wiman），我国地质界中人，无人不知。他是主持安特生与斯丹斯基在我国各地所采化石及考古标本之人，为伍捕塞拉大学古生物系之创造者，于一九四四年六月逝世。此消息由艾丁格女士（T.Edinger）首先得到，我亦收到步林（B.Bohlin）之信，证实此消息。我中央地质调查所与瑞典人士合作，虽有人非难，然此究为发展我脊椎动物研究之最有成绩一阶段。自此以后，惟一可增人慰藉者，即为周口店工作。今瞻念前途，我国古生物界能否独立研究，尚为问题，则对于维曼之逝世，亦自有可以纪念者。

英国古生物大家伍德俄（Smith Woodward）为鱼类化石之权威。英国博物院之鱼化石目录，及齐特尔有名《古生物原理》一书之英译，即由伍氏主持，于一九四四年冬间逝世。闻我中央地质调查所早年所采鱼化石，即交伍氏研究。惟氏老年多病，忙于其他工作，对此迄无报答。目下标本下落如何，尚不得知。闻氏近年病目，几等于盲。

然仍对研究工作，未完全放弃。盖一道地之书呆，为一般人所不了解者。

在新大陆，古生物界著名的斯坦伯（C.E.Sternberg），于一九四三年逝世。斯氏主要工作，为野外采集，为美国采集骨化石最早之一人。四十多年前，白劳里来美国，在泰克萨斯与斯氏共同工作。在野外工作时，一人不会多少英文，一人根本不懂德国语。对炉无事时，斯氏以其所作之诗，向白氏朗诵，十分得意。至今美国古生物界中人，尚多道及。斯氏三代，均为古生物家。其子，弟兄二人，一在托然拖博物馆从事骨化石修理工作，一在吾他哇以研究恐龙化石知名。后者之子亦习古生物，在加时会见过，方服军役，战后必可重返岗位也。

以上所述，只就见闻所及，略举数人。德国及其他欧洲国家，因战事关系，消息梗阻，但当也有人才凋谢之事。在这多年苦战中间，许多老科学家，因年岁关系，等不到最后胜利，已先后离世者，当不在少。以上不过是举数例而已。

乙　硕果仅存

但也有许多老年科学家，尚当得起"老当益壮"四字。我只就在美接触所及，择要一为叙述。

研究中国地质的人，莫有人不知道威理士（B.Willis）及布拉德（E.Blackwelder）。他们在四十多年前，到我国调查地质，尤其于山东、山西、陕西及长江中游各地有过详细调查，至今尚为必要之参考文献。二氏均在加里佛尼亚之斯坦佛大学。威氏年已八十六，早已告老，惟尚常到学校。现他正重编美国地质图。当年给他当副手的布拉德，亦已六十五岁，于三十四年春间告老。我与二氏会见，均尚能谈当年在中国情事，津津有味。布氏并能说几句中语。他说他曾听过威廉士之古生物学，所以也教古生物，并作几篇脊椎动物化石文章。

在耐布拉斯加林肯城大学地质系，有一位告老的地质教授，名巴博尔（E.H.Barbour），原为该系主任。退休后，仍在附近居住，有时到校，做一些工作。耐布拉斯加大学地质及自然科学陈列馆，乃是他一人创设起来，而亲眼看到发展的。林肯之市政府建筑宏大，广庭地上，绘刻有各种史前动物造像，以为氏所设计。巴氏为研究美中西部各地新生代骨化石有名人物。因未做过海外工作，所以不甚知名于国外。

堪萨斯之劳然斯，为堪萨斯大学所在地。在此遇到在芝加哥费尔德陈列馆工作数十年之理格斯（E.S.Riggs）。伊告老后，爱劳然斯风景，在此卜居。费尔德陈列馆之古生物部门，几由氏一人之力所成。彼与谷兰阶、威廉士等人均相友善。告老后，仍不甘困居，每日在该地自然历史博物馆中工作。我去时，他正修理一上新统骆驼骨架，精神焕发。诚所谓老当益壮，名不虚传。

东部各城中，资格最老之学人，为斯考特（W.B.Scott）。在普伦士敦，彼主持普伦士敦大学地质系数十年，彼资历，与奥斯朋同时，甚或较早。彼于地质地层、古生物，均多贡献，彼数年前有一本自传问世，述其一生为科学努力之事迹甚详。彼因年已老，不常去校。我去普伦士敦两次，均无机会遇到，认为可惜。

华盛顿国立博物馆脊椎古生物部之主持者为计尔摩（C.W.Gilmore）。彼年七十三，已告老数年。战事发生后，因继任者服军役，又到院照常工作。彼之出身，一如斯坦伯，为从事野外采集者。但因十分努力，成为美国古生物界权威之一。据彼言，彼初到国立博物馆时，仅有装架之骨骼三架，零碎标本若干，今则千百倍于往昔。计氏以研究爬行动物化石闻名，皮磁堡博物馆之恐龙，即由彼研究。我内蒙古之蜥蜴类石化，亦由彼研究。彼平生未离过国境，亦不如他人之自我宣传，实为当得起"埋头苦干"者。

安阿伯米其根大学之克斯（E.C.Case）教授，亦为美古生物界中硕果仅存者之一。伊早已告老，其继任人亦从军，仍在校照常工作。伊为研究二叠纪、三叠纪骨化石之权威，名著甚多。当我访问时，正从事于全世界二叠纪、三叠纪地层之比较。关于中国者，稍嫌简略，盖可用材料不多之故。伊十余年前，携眷赴南非，其夫人病逝该地。伊回国后，伏居校中宿舍，研究而外，生活至为寂寞。外国社会人一至老年，几成为社会之赘疣，无人过问，实是社会病态之一。

在纽哈芬皮包特陈列馆，有一老古生物家名鲁耳（R.S. Lull），为与奥斯朋同辈之人。彼原任该馆馆长，已告老多年。近正研究康奈梯寇特河谷所有三叠纪恐龙足印。并将其名著《生物进化》一书，修正预备出版。彼对爬行动物化石，多所研究。耳已聋，然精神甚矍铄，主编美国《科学》杂志。接他的人，为邓巴教授，为无脊椎动物及地史专家，尚在有为之年。至于在此主持地史及古生物之名教授休启特（C.Schuchert），则已于前数年逝世了。

在纽约的老科学家，当首先说到贝尔克（C.P.Berkey），即中亚科学考察团时之地质主任。伊告老后，仍在哥伦比亚大学工作，相别二十年，虽见苍老，而风态犹昔。伊与毛理士等所计划之《蒙古地质》第二册，迄今仍无完成问世之信，或者因年老不能以全副精神从事之故。他为岩石学权威。那位毛理士，在剑桥工学院任教，双腿已跛。回忆当年在中国风姿，大有隔世之感。

在纽约自然历史博物馆中，资格老而尚存的，只二人。一为研究爬行动物化石之布朗（B.Brown），已告老多年。伊主要工作为恐龙，前多年曾在其地大规模采恐龙足印，用尽各种机器；又用飞机在西部各化石地层，做骨化石之探测。由我们看来，实有些小题大做。他退休后，仍不甘寂寞，且从事于战时工作。去年曾应加拿大某石油公司之约，往加拿大西部阿尔伯特一带，做此项工作者数月之久。

以研究比较解剖学有名，著《我们的面孔从鱼到人》知名的葛雷高（W.K.Gregory），亦于今年退休。伊在哥伦比亚大学教古生物，即在自然历史博物馆中上课。今年为伊最后一年。其"最后一课"，我曾参加。伊自一九〇三年起，即任此课。四十余年如一日，实可敬佩。伊所任比较解剖主任一职，自伊退休后，迄无继任之人。闻博物馆当局决定取消，理由为比较解剖与医药接近，非博物馆之主要工作。以前之所以如此者，实有为人设官之气味。是否理由充足，姑且不谈。不过该博物馆中比较解剖一部，相当有名。委而弃之，大为可惜。想葛氏亦有同感。按当奥斯朋在世时，为自然历史博物馆之全盛时代。当时除奥氏外，如马修、葛雷高、谷兰阶、布朗等，角色齐全，班底雄厚。自奥氏逝世后，去者去，逝者逝，告老者告老，已无复当年阵容。

丙　现在主力

在本段内，我将专门讲些研究脊椎动物化石的人物。在未讲之前，不可不对美国脊椎古生物学，做一简单的回顾。

美国脊椎古生物学以莱登为开山始祖。他实际亦为一自然科学家，不过对脊椎动物化石，作品也不少。他曾在斐拉特尔斐亚的自然科学院工作多年。今有了他的铜像，峙立于科学院的门前。此为第一代。以后，进入马适及寇普时期。一人在纽哈芬，一在斐拉特尔斐亚，竞采骨化石，争先发表。二人时常打笔墨官司，弄得感情很坏。其种种事迹，至今尚为科学界所乐道。二人时代，虽以所谓掘土豆的方法采化石，但因为新地域化石甚多，所以各有大批文章发表，奠定了此类研究的基础。此为第二代。以后到第三代，以奥斯朋为代表。奥氏为普伦士敦大学学生，对于二人均为晚辈。但因寇普亦于普伦士敦大学有关系，所以关系较密。至今纽约自然历史博物馆中所纪念科学家之人物，有寇普而无马适，自然显有成见。奥氏将寇氏采集，收买过来，并以纽约自然历史博物馆为基础，大为扩充，使美国脊椎动物化石之研究，大放异彩。于奥氏相若，而年岁稍轻者，如上述之计尔摩、鲁耳、克斯、斯坦伯、葛雷高、布朗、马修等，均为此时之健将。而在芝加哥另树一帜者，有已故之威廉士、加里佛尼亚之梅廉穆等。此实可为美国此项研究之全盛时期。其中人物，有实为野外采集及修理工作出身，如威廉士，乃随马适之修理及采集人之一。计尔摩、斯坦伯等亦以采集为主，后来从研究而出名者。此为第三代。此等人物，就目下计，鲜有在七十岁以下者，所以大半物故。

自此以后，美国脊椎古生物学界人物，忽入于一衰落时代。将近十五年之久，未有何古生物家出现，好像有一不整合。目下在美国之古生物学界权威，均为四十、五十左右之人，大有对上不能接气之概。我觉得，如求其解说，当是受了第一次世界大战影响。但亦有例外，如甘颇乃习古生物之后，始参加第一次大战战役者。无论如何，一个明显的间断，是可很注意的。

现在活动最主要的脊椎古生物学家，其年纪由四十至五十五，均多为第一次大战后所产生之脊椎古生物学家，且大半均为葛雷高的学生。而年纪较轻者，且为较老者之学生。今试择要一叙，此乃为第四代之人物。

上述之甘颇，为加里佛尼亚大学古生物系主任，乃葛雷高之高足，曾从葛做过若干工作，伊主要兴趣，为三叠纪之各项化石，以研究古鳄鱼类而知名。抗战以前，曾游世界各地，到南非采化石，又便道到中国，与我在山西、四川等地做过几次旅行，近年编辑全世界脊椎古生物文献目录，每五年一次。由一九二八年开始，已至一九三八年，出两册，由美国地质学会出版。第三册亦在预备中，学者称便。当我去时，他于学校工作之外，尚从事于海岸防卫工作，伊正从事一通俗古生物书之编辑，乃一九四五年美国脊椎动物化石学会之会长。

与甘颇同时者为罗美尔（A.S.Romer），乃葛雷高之学生。原主讲古生物于芝加哥大学，于十年前转至哈佛大学，任比较动物学系主任。伊之研究兴趣，可谓得葛氏真传，注重于比较解剖的研究。

他于十多年前，即出版有一本脊椎古生物教科书，艾丁格女士名之为"我们的圣经"。自去年起，他重新改作，增加篇幅，新版于（民国）三十四年冬出版，为关于脊椎动物化石最新的教本。他研究的主要兴趣，为二叠纪、三叠纪的化石，尤对刺背龙一类有精到集合之研究。不过他身任教职，在野外做采集的机会不甚多，稍为遗憾。哈佛大学，虽有以研究鱼化石的阿格森父子开其基，但以后即不甚积极。直到罗美尔到该地后，重新整顿，增加材料，虽只十余年，而已成为美国脊椎动物化石研究重心之一，可见事在人为也。

斯托克（C. Stock）为加里佛尼亚工学院地质系主任，为梅廉穆之学生。他虽在一工学院中任职，但对骨化石之研究，十分努力。其主要工作，为附近落衫机之更新统化石，又对墨西哥洞穴地层及西岸之新生化石，多有研究。在这一辈中，为年纪较大者。然比之其他，则尚为后辈，故记于此。

以上数位，年纪较大，均在五十以上。此外则有年岁较轻者，可以辛博森（G. G. Simpson）为代表。伊在纽哈芬大学毕业，为鲁耳之高足。我在纽哈芬遇鲁耳，谈到他，鲁颇引以为荣。辛氏之主要工作，为中生代之哺乳类化石。他对英国博物馆所收藏之中生代哺乳动物，做一重新检讨之研究。又对美国中生代之哺乳类，亦做同样研究。最近完成《哺乳动物之分类》一书，为一巨著。此外，其他作品甚多。他毕业后，即在纽约自然历史博物馆服务，近升为地质及古生物部主任。年力方刚，著作特多，诚今日之奥斯朋，前途尤未可量。中亚科学考察团在蒙古所发现的中生代哺乳动物，也由他研究，因之成了研究中生代哺乳动物的权威。不过他对新生代哺乳类化石、鸟化石及其他爬行类动物、鱼类化石等，亦均有作品。

寇伯特（E. H. Colbert），为葛雷高之学生，不过比之甘颇及罗美尔，较为晚辈。伊毕业后，即到纽约自然历史博物馆服务，为马修之女婿。原来对哺乳动物有兴趣。发表作品，以新生代哺乳化石为多。在中国所采之一些化石，由他研究。印度之化石，他也有过文章。近来因博物馆改组，辛博森兼哺乳类及马类保管员，而寇氏改为爬行动物化石保管员，所以改作爬行动物化石的文章。两栖及鱼类化石，也由他保管。他任脊椎动物古生物学会书记多年，在美国古生物界中，也算一中心人物。

在林肯耐布拉斯加大学教书的寿尔慈（C. M. Schultz），也为这一代的古生物学家，以研究新生代化石著名。他乃继任巴尔博者。在新齐大学教古生物的贾士德（K. E. Caster），虽为无脊椎动物专家，却于足印一类，有精到的研究，也归于这一代。还有在劳然斯堪萨斯大学及自然科学院的喜巴德（C. W. Hiphard），以研究啮齿类化石著名，也是正在有为的古生物学家。加拿大方面，托然拖的罗素，和吾他哇的斯坦伯，前者研究新生代，后者研究恐龙，均为成名之士。

英国方面，关于脊椎古生物方面人才，相当空虚。前瓦特生向美国友人来信，声言要训练一哺乳化石专家。有名的胡步伍，可归此代，但为惟一的偏重于后期新生代方面。在古生物界甚负盛名的裴尔森，曾做过若干爬行类及哺乳类工作。我国的猪化石就是由她研究的。不过自从出嫁之后，已不大做此类工作了。

瑞典自从维曼逝世之后，亦见凋零。许多古生物家，均不知其详。只有在中国工作过的步林来信云，已离开伍捕塞拉，在某地教书，他手头尚有不少中国材料待研究。在我国知名的斯丹斯基,仍在开罗教书,已不大做积极的工作。法国自恢复后,闻多数学者,均无恙。德日进之好友亚让堡,继任布尔之位置,从事工作。

丁　生力部队

在美国脊椎古生物界中,以前虽有人才中断现象,有如上述,但就目下看,不但无中断之忧,而且人才甚多。这一点很要紧。因为我们预测未来发展,这一代的人才情形,是十分重要的。他们人才的培植,主要有三个中心。当然还有其他地方,也造就出不少人才。一为纽约之葛雷高,主讲比较解剖垂四十年,不但上一代的许多人物出其门下,这许多青年的古生物学家亦为其学生。如今年班次中,为彼最后一年教书,即有若干青年学生。中有一位名斯导特(T. M. Stout),由耐布拉斯加大学来,在此读博士学位。他正研究全世界(当然以美国为主)之水獭化石。就新生代所有此类标本,做详尽研究,相信将来完成必为一巨著。

其第二中心为罗美尔之门徒。目下在芝加哥大学教古生物的伍尔森(E. C. Olson),即为他的学生。伍君于爬行动物及早期哺乳类之进化甚感兴趣,数年前曾有一专著讲哺乳动物之来源,其他青年古生物家,出其门者尚不少。

第三中心为加里佛尼亚大学甘颇之门徒,中有一费里普(W. Pilips),因从军役关系,到处旅行,结交当代古生物学家甚多。甘颇谓其性格不甘做精深研究,将为一组织家,从事野外工作之人才。

这一代古生物学家,年富力强,所以多数均服兵役。然多已有一定地位。如预备在国立博物馆服务代替计尔摩者为盖星（C.L.Gazin），在皮包特陈列馆服务代替鲁耳者为路易士（G.Lewis），在安阿伯陈列馆服务代替克斯者为葛雷高（Y.T.Gregory）（另一葛雷高），在皮磁堡博物院服务为克拉克，近在中国服役。凡此不过略举数位，以概其余。由此可知他们主要中心人才，均已有准备，可望不受战事影响。

这些年轻古生物家，有者已成名，有成熟作品多种问世。有者尚在准备时期，其年岁自二十余岁至三十多岁不等。此外还有资格稍老的，如在纽约自然历史博物馆工作、现服兵役的伍德（H.E.Wood），主持克勒维兰自然历史陈列馆、以研究古生代鱼类著称的董克（D.H.Dunkle），在芝加哥自然历史博物院工作的马克隆（P.O.Macgrew），在普伦士敦教古生物的简朴生（G.L.Jepsen），均为当代从事此项工作之健将。

最近脊椎古生物学会的会员录，共有会员二百三十余人，只有少数人是加拿大的。其中年老会员与成熟之人物，只占三分之一，而新生力军在三分之二左右。其中当然包括有少许从事此项职业者，如修理员助手之类，但也为少数。从宽估计，他们中心工作者，至少有一百五十人。那么，我国比之，当然不可同日而语了。

戊　余论

以上所接触较近之学人已论完，尚有数点感想，附而及之，作为余论。

美国脊椎动物多年以奥斯朋为中心，蜚声全世界。奥氏系一九三四年逝世。纽约自然历史博物馆不久亦将脊椎动物部门取消，归并于各动物部门中。然此不过组织上之变更，实际上他们之活动，并未中止。近来又合无脊椎动物与地质为一部门。闻战后工作计划，相当庞大。此外，其他机关，仍照旧进行。人才经费，既不缺乏，当然有无限之前途。老一辈人物中，世故较深，深感对美国以外工作，有改变作风之必要。而新人物中仍多野心勃勃，盛气逼人，有继武前人之概。但就大势观察，将来他们总不免要在国外辟出路。当然，我国为其目的地之一，此不可不预先警惕者。德当第一次世界大战之后，此等研究，忽然生气勃勃，此由其国之地质、古生物等刊物，可以看到。此次大战以后，如何演化，尚不可知。但思研究此项学问，距现实问题稍远，或者许多人借此隐避，故觉仍有前途。近就美国之实际情形言，不但他们野外材料甚多，尚有大为扩充余地，即各大博物馆之已有材料，亦尚须多数人多年之工作。不过贪多及向外发展乃人之恒情，况他们各条件具备，故实没有理由可使他们安心于已有之地域为满足。

已故之学人无论矣，即已告老或将告老之学人，亦失其活动中心与影响。故目下之人物，乃以辛博森、寇伯特、罗美尔、甘颇等，为中心之世界。又有如许后起之秀，不但比之我国进步多多，即欧洲其他各国亦难与较。德法人才凋零。英国亦然。独苏联能急起直追，然亦较为落后。故就全势观之，于短期内美将执世界脊椎古生物之牛耳，殆为必然。古生物如此，其他方面何莫不然？

美国乃一年轻之国家。年富力强，能努力工作者，即为人所敬佩。

一入老年，或因理论荒谬，或因体力不济，即不为人过问。我在西岸见梅廉穆，指导正在装陈中之鳄鱼骨架，十分热诚，而一转身间，其高足，即继其任者，乃至修理技工，莫不嗤之以鼻。此情形不但我们看不惯，即在欧洲，亦所不见。盖重师敬老，不能望之于此新兴之国家。曾与美友人谈及，彼等亦视为不当，然亦无法。奥斯朋当在世之时，何等声望，然一故后，攻击声很多。其家人曾要求某君作一传记，某君答以必须好坏全讲，彼始肯下笔，因而至今尚无传记问世。从另外一方面言之，此等情形，可促起竞争之心，有助于科学进步。然究非我等所当取法也。

美国自然科学的发达，也不过一百年左右之事。当莱登活动时代，尚在我华衡芳泽地学原理之后。马适与寇普之死，不过为四五十年来事。倘使我国在海通以后，即能各方努力，则今日未必落于人后；或者成为一中心，亦未可知。不幸时间一再蹉跎，一无所成。若就我今日情形，比之数十年前，虽稍有进步，然至多只能与马适、寇普时代相比。换言之，就古生物言，至少落后五十年。而就目下言，我方人才不如人家之盛，此则有待于加紧提倡，努力奋进，始可望能与人并驾齐驱。否则将为永远落后，不堪设想。

民国三十四年七月三日完于纽约，
三十五年十一月六日改正于南京

纪念刚去世的三位地质学家

一 计尔摩

我在《烽火中谈地质学界人物》一文中，曾谈到计尔摩先生。我于三十四年最后一次去华盛顿，往国立博物馆数次。每次他均热诚招待，特别说明别后将近一年他们所做的新工作。他们在楼上陈列室，增加了五六个完整的骨架；修理室中，正在忙着关于若干新采化石之修理。我此次来博物馆，特别注重陈列技术和标本的储藏方式，与新式柜子等之构造。他均一一说明，并允将各重要柜橱如防虫防湿等之印图，加晒一份，寄到纽约交我。那时，我看他精神甚好。据他说，等到战争结束，新人接替他时，即过其退休生活；除研究外，不再理事务。这时，德国已投降，太平洋战事节节胜利，可说胜利已在望了，故他有此希望。他两次约我吃饭，我留心他的食量，比我好得多，所以我丝毫未为他的健康担心。

回到纽约，还接到他两封信。信中表示对于中国未来骨化石研究之热烈希望，与未来之合作方法。并寄来他所答应赠我的柜橱印图，还把他最近发表的工作，寄我一份。我此时忙于筹备赴英之行，明知从此一别，以他那样的高龄，未见得还可再见，但总觉得他身体如此之好，短期内绝不会有意外。

不料我到伦敦不久，接到纽约友人的信，说是计尔摩已逝世了。关于详细情形，还不得而知，然这是一个千真万确的消息。后来在美国脊椎古生物学会会报上，还看到这消息，绝不会错。曾几何时，竟失去了古生物学界一位大师，失去了与我感情很好、对中国期望很大的一位好友！

次年春由伦敦回国，道经纽约，一二日即转船西行。不但未往华盛顿去一看，连向同道打听他逝世详情的机会也没有，及今思之，尤为歉然。

关于计氏生平，前文已略为介绍，今姑说一说我的感想。

华盛顿国立博物馆的脊椎动物化石部门，可以说是完全由计氏建设起来的。他于一九四一年发表一篇关于此部门的历史文章，说得很详尽。虽然国立博物馆，收到由马适所采集的许多化石和由别的方式得来的许多标本，然而无有一毅力坚强的主持人，绝不能有今日辉煌的成绩。他到此工作时，一共只有三架骨骼和一些破碎的标本。今经四十多年之努力，不但陈列两大广厅，而走廊及修理室的标本，在美国为收藏最富的中心之一。

计氏是技工出身，当初只是帮人在野外做搜集工作，后来又在修理室中做修理工作。虽云是高等技工，究竟还是个工人。因自我努力的结果，居然逐渐升迁，由工人而保管、助手、保管员，而成为博物馆一部分主持人。虽直到他死，还是没有硕士、博士一类头衔，依然是一个工人式的学者，但他在古生物学界的声望，并未因是"米是脱"而降低。人人想起，无不崇敬。他那一百多种科学著作，造成了他在科学界不可摧毁的地位。他也当过脊椎古生物学会的会长。他一生足迹，只限于美国，未到外国留过学或游历过。我见他时，曾问到他是否打算到中国一行。他虽表示愿意，但我留心他的表情，很像以为并不是很容易实现的一件事。但他在国外的声望，正同他在国内一样。

他有好几篇文章，是讲我国绥远一带化石的，可以说对我国古生物研究，亦有贡献。他作文章，就是作文章。这材料是纽约自然历史博物馆的，他不过代替研究，并无野心，可以算是一位诚挚的中国友人。

二 葛利普

葛利普是我生平受影响最深的一位先生。民国八年我自北大预科毕业，升入地质学系。那时，葛先生尚未来华。一年后，葛先生到校任课，我听他的古生物学、地史学等课。同时他在北平做长期公开讲演，题目是"地球及其生物之进化"，由赵国宾和我笔记，分段在报上发表。后来，即成专书出版。在他的课程和讲演中，我得的益处很多。最重要的，还是他的精神上的鼓励，使我对于古生物学和地史学，发生浓厚的兴趣。后来到三年级，地质系分三组，为地质古生物组、矿物岩石组及经济地质组。我特意选入第一组，可以说完全受到了葛先生的熏陶。

在这大学最后两年中，重要的功课，可以说完全是葛先生讲授。有时到地质调查所做古生物实习，也是他亲自指导。我在民国十二年毕业，发生就业问题。我因那时国内政局极不安定，在国内找不到合适的工作，想去外国。我的父亲也很同意，于是决定秋间去国。葛先生知道这消息，特别兴奋，为我写了三封介绍信。一封给柏林的彭伯士，一封给哈勒的瓦尔特，一封给明兴的白劳里。我到德国后，先到明兴，见了白劳里。白先生十分热心，我就留在明兴。我从白先生研究，也是受了葛先生的影响。

由德国回国以后，在地质调查所服务。我虽然专习了脊椎化石的研究和新生代地质的勘查，然究竟还是古生物一行，因而与葛先生过从仍甚密。自民国十七年至抗战前后十年，由师友而变成同事，更形亲密。廿六年夏，卢沟桥事起，北平地质界同人处境困难，我们由普通的朋友，又变成患难的知交。凡设法对付敌伪及保存文化之工作，无不相与讨论。十一月初，我要离平南下，当时在平外国友人中，无一人赞成我南行。但为环境所迫，不得不辞别他南下。当我到他的寓所，与他话别时，他几不能自持，老泪纵横，真是最伤心的一幕。但当时绝未料到这就是我和他的永诀。

在抗战期间，他在平情形，当然很苦。我们虽在南方，时时关心他的状况与安全。珍珠港事变后，他也失去自由，被送至前英大使馆拘禁起来。其精神上之痛苦，可想而知。我们爱莫能助，只有默祝他身体康宁。

民国三十三年，我去美国，游踪至布佛楼，特别访问他的年六十五岁的老弟，那时他尚身体如常，我即以此安慰他的老弟。在那里，看到他寄给他老弟的书与文章。他的老弟为钉书出身，把那些材料装订得很好。还有他一九三四年最后一次到英时，登在报上的新闻和照片，他的老弟也集留一册，装订起来。凡是在美国遇到地质界的朋友，莫有不向我打听他的消息。可惜我所能知道的，也不过那一点，无以安慰一般人的期望。

但无论如何，他的健在是不成问题的。尤其当去年八月，日本投降以后，大家都以欣慰的心情，迎接未来。我们知道他已恢复了自由，想到不久即可在北平会晤，重叙以前的悲欢。谁知道这期望，只是一场梦境呢！

民国三十五年三月底，我由英美回到战后的上海。在一种欢慰的情绪下，竟得到一个极不幸的消息，乃是他于三月二十日，病逝北平地质调查所内。当他逝世的时候，我尚在太平洋的舟中，计划着如何回北平，如何与他相见，相见后将是如何的欢乐。这消息一来，一切都完了。中国地质界朋友，失去了一个挚友；全世界地质界，失去了一位同道。而我呢，回想二十五年来我们相处的情况，既为师生，又为同事，又曾共患难，当然更为悲伤。

葛先生的生平事迹，与夫在学术上的贡献，将有人作为专传，非本文可能详尽。我现在只能说他生平言行最重要的几点：

第一，是他以全部精力，尽瘁学术的精神。他生于一八七〇年一月九日，自一八九六年从麻省工学院毕业之后，直到他死，整五十年，可以说全过的研究和写作生活。此等记录，在外国固为易见，在中国则至少至目下止，尚无人可与之比拟。我在纪念他六三诞辰时，曾有一短文，中间引用了丁文江先生为他到华十年，也是纪念他生辰所说的几句话,最可表现他尽力学术的精神:"他十年的工夫,只在北戴河过了个短的假期,但还和金叔初先生,共作了一本北戴河的介壳类,作为副产品。"

第二,是葛先生到中国后,对于中国古生物及地质研究推进的作用。此点,凡熟悉中国地质发达经过的人,没有不深切认识。他到北平后,一方面在北大教书,一方面在地质调查所担任研究。后来北大毕业者数位,也入地质调查所。而在北大,葛先生更亲授他的助教孙雪铸先生,研究指导。计先后亲自与他共同做研究工作者,除孙先生外,如赵亚曾、俞建章、田奇瑰、计荣森诸先生,均成为古生物之奇才。尤以赵亚曾先生,亲授熏陶,最多最久。此等作风,在今日看来,或不稀奇。但在当时,无疑为破天荒之举;其于地质界,亦自发生了推进作用。因葛先生学识广博,除古生物外,如地层、岩石、矿物乃至关于北京人之研究,葛先生均参加讨论。"中国人"一名,即葛先生所建议,而步达生采用者。他当时在北平,至少有十五年之久,无疑为北平研究的中心。一般做研究工作者,不但地质界,其他方面亦然,均有若卫星,环绕着他。

第三,他对中国地质工作,不但努力地做,且能向外尽量地宣扬。他不时在各方写通俗文字,或做口头与书信式之报道,把中国地质工作情形,向外宣扬,使世人得知中国地质之进展。我们知道,在科学工作初期,外人对中国学者工作,尚多不肯深信。同一说法,中国人言之,觉其可疑,外国人言之,即认为是。此固由西人轻视我民族,然亦信用未立之故。就连中国人自己,有许多人,对一事之评判,一人之好恶,一学理之当否,全以洋人之言为言。幸而中国地质界初年，有一葛利普，故能迅速地树起根基。此点，自然有人或稍怀疑，然一悉其发展经过，当知吾言之不谬矣。

第四，葛先生学术之贡献，浩如烟海，难以详举。我今可得而言，以概其余者，为其早年之地层原理学说。三十年前，无人置信。北美地质家，做地层工作，多忽视海侵及地层相之变迁种种迹象。今则知旧路不通，多以葛先生之观点研究。故葛先生之声誉，久而弥高。其晚年努力于脉动学说，人多讥其妄，不幸大著未能及身完成，此为可憾者。然其要节，故已宣布。关于葛先生之脉动学说之未来地位，可以葛先生自己之言评判之。彼曾云，彼之学说，本不望及身得到世人之公认。然三十年后，必有为世人公试公认一之日（此葛先生曾亲为作者言过）。此等目光抱负，与为时代先驱之豪气，环顾世上学者，能有几人？葛先生可以不死矣。

葛先生已矣，然葛先生之著作与其治学精神，将永留人间。我希望不久中国地质界，可以有几位像葛先生那样精神、学问与修养的人才出现，则葛先生在中国二十五年之工作精神，更为光芒，更为发扬。

三　白劳里

白劳里为德国明兴大学地质系教授，兼巴燕地质史及古生物陈列馆馆长，为我的业师。我于十二年冬，持葛利普三封介绍信去欧，到了巴黎以后，不知为什么选择先到明兴。到明兴以后，白先生那里已有一位同学，张席禔先生在那里攻读。但对我和与我同去的王恭睦先生，一样的热诚。找先生为我们补习德文，设法使我们早日入学，解决了不少第一次战后在德国必有的许多困难。到了次年四月，即正式入学。原来计划在明兴稍停，即转学其他地方，但以明兴那样丰富的收藏，白劳里那样的热心，就把我拖了三年之久。到我毕了业，考了博士，才离开明兴，到其他地方参观。

在明兴一入学，决定了我二十多年的命运。我从此不再是一个广泛地质家，而成了耍龙骨的脊椎古生物的爱好者。可见白氏不只是影响我最深的一位先生，实在是支配我后半生的惟一业师。在明兴三年，整天在实验室中，随时可得教益，并一同做过许多次地质旅行。他的态度严肃，然有时亦十分诙谐。那正是第一次战后不久，他向我们述及战时生活，说四年多只穿了一双皮鞋。打仗完后五年多，他上山的皮靴还是旧的，然而他的研究工作并未停止，朝夕在室内从事写作。他一星期，除上课和规定两次共两小时会客时间外，全在作工。他给我的印象与鼓励，实在太深了。

白劳里先生，为齐特尔之高足。早年曾往美国，在泰克萨斯与计尔摩共做采集。其早年文章中，关于北美二叠纪化石有不少作品。在明兴大学任教，教地史与古生物二课。齐特尔之教科书新版，由他主持增订出版。他的工作，虽不限脊椎动物化石，而一生研究精彩部分，实以脊椎动物化石为最多。尤其在最后十年，关于南非哈鲁系之化石，有许多精到作品。我离德回国，他对我之工作十分关心。关于学术之讨论，不时有信来往。我研究新疆孚远化石时，有幸与秋秉根大学之许耐教授讨论。他事后获知，来信半幽默地说道："您一切困难，我当设法，不要找他人。不要忘了你是一个明兴的学生啊!"战事发生,流落西南,他每次来信,加以鼓舞,对中国抗战,备极赞扬。那时中德关系,不绝如缕。而他对中国人的热诚,并未随政治之逆转而改变。

我到美国后,从朋友方面,不时听到他的消息。知道他自纳粹当权后,十分苦闷。从前他的助教特拉告诉我,当他在战事发生前一年去德时,白先生欣然地劝他,不必在德混,赶快往美国去。那时地质系主任凯撒已故数年,系中主任竟派来一位地质极平常的当官。不到一年,又升为明兴大学的校长。学校校务,完全在党的支配之下,无一丝活气。研究之风,早已低落,科学进步,当然受到影响。我们谈及未来,只有相对太息,为这一位年老的学人担忧。

民国三十四年冬,我在瑞士愁内溪,遇到该地动物陈列馆馆长裴意。他也是白劳里的学生,比我早一二年。凑巧那时有一位新自明兴来的人,谈到明兴的情形,说是明兴被毁已十之七八,有名的德国博物馆和巴燕博物馆(即白氏所任职之博物馆),均付一炬。标本是否迁出,不得而知;即或迁出,也是少数。此博物馆之地质及古生物标本,收藏之富,为欧洲大陆第一。自齐特尔以来,百年左右之努力,多少学者之心血,今则同归于尽。我可以知道白劳里的心情,是如何悲伤!

据裴意夫人告诉我,前数月曾接他来一信,字里行间,全是泪痕。他说一切都完了,一生心血,付之东流。他的儿子,也于战争中死去。他现伏居于武磁堡附近一小地。最后他说,他不知哪一天就要与世长辞了。

我想一个人一生所心爱的标本和研究的东西,全付毁灭,自己家运又是那样，国家又是那样，这真只有用"国破家亡"四字，可以形容。一个年老的人，如何经得起这样的打击！我早就为他的健康担心了。

我到欧洲，本有意赴德探视他，并看看其他方面的朋友。不料到英，即知去德十分困难，连邮政也未恢复，通信也不可能。到瑞士后，打听出来他的通信处，一再想为他写信，而苦于无适当的人带去，只有作罢。在这样极为他担心的情绪下，我离欧返国，不过总还盼望吉人天相，不至于有何意外。

不料近来接英国朋友来信，说他已于民国三十五年春，病逝于所避居的地方。信文简略，不知其详。想来英国的消息，也不会十分详尽的。不过他的逝去，是千真万确的了。想不到半年之中，我失去了两位最亲切的老师。胜利带来的，对于我是失望，悲切，固不谨在国内的情形为然。

我手头尚无丰富的参考书，也未见有德国来的关于他一生详尽的事迹文字。就连他的生日年月，死的日期，也还不能知道。希望将来有一天，可为他作篇正式的传，如果我可以得到所需要的材料的话。

白劳里生平有怪癖，他不喜欢照相。犹忆我离德时，许多教授全赐以照片，独他无有。我回国后，有一次写信向他要，他回信说不久要照相了，照了一定要寄你一张。但始终未见寄来，我不知道他这一张相，到底照了没有？

附记：

计尔摩、葛利普、白劳里，是三位地质古生物学界的大师，却在先后不到半年中逝世。

三位对于中国地质，均直接间接有重要关系。三位对于中国都具有热烈爱敬与期望。

尤以葛利普为甚。今写此文，非仅悼念自己师友，而尤深盼我地质界能发扬光大，不久均有与三位一样的人才出现。希望他们的精神、成绩、修养，对于我青年界，有鼓舞作用。

三十五，十一，于南京

人类化石研究之近况

一　材料之新发现与现况

关于人类化石研究，我国曾占一极要之地位。以周口店为中心之采掘工作，直到卢沟桥事变发生才中止。但所有材料，仍由魏敦瑞在北平研究。室内工作，直继续到珍珠港事变发生以前不久。魏敦瑞走的时候，遵照两方（中央地质调查所与协和医院）协议，未把原来标本携走，而只带了一套模型，到美国纽约自然历史博物馆研究。从此北平的新生代研究室研究，完全停止工作。当中日关系很紧张的时候，魏氏为防万一计，把各标本均做成模型，照相，并把各项尺度，加以记录。所以他到美国后，能在不十分困难的情况下，继续他的工作。到一九四三年，他发表了关于北京人最完备的研究一书，名为《中国猿人之头骨》，列入"中国古生物志"之一。

但关于人类化石之发现，实不限于北京人一地。有一位荷兰古生物家王林（Koenigswald）*，在爪哇工作。他曾在香港药肆中，购得若干化石牙齿。其中之一，彼认为极有兴趣，与人类大有关系，他定名为步氏巨猿(Gigantopithecus blacki)。从化石保存情形看来，我很觉得此化石应来自广西一带的山洞中。因为以前我们在广西几个山洞中，采到许多化石，其附着的土，为橘黄色，其化石的牙根，多为啮齿类所咬，留有齿痕。这样情形，完全与香港的牙齿保存情形相同，可以说是一个有力的证据。后来王氏先后又购得二牙，其情形也与此相同。从此觉得中国除北京人以外，还有另外一种和人最有关系的化石。这些材料的模型，在一九三九年王氏往北平去时也做成了。魏氏去美，也带了一套前去，和其他人类化石，共同研究。

但是年来关于人类最丰富的化石，还是在爪哇发现。还在战事以前，一九三二年欧本熬（W.F.F.Oppennoorth）曾在距原来直立猿人相当距离之地方，找到人类遗迹，彼当时名之曰苏鲁人**。其一切性质，据欧氏之意，已与现代人很近，名之曰 Homo（Javanthropus）Soloensis。欧氏自发表了两篇简报以后，再未有正式文章发表。其科学上真正意义，直到魏氏近来之研究，才予确立。

以后王林在直立猿人地点附近一带，大量搜集，数年之内，获得了不少极珍贵的材料。自杜布哇发现第一猿人头骨之后，历四十年之久，无何收获。故王氏之努力结果，至受世界科学界之重视。

---

* 又译孔尼华。——编者注
** 又译梭罗人。——编者注

他首先得到一个下牙床,后来又得到两个头骨,以后他又在比爪哇猿人层位较低地方,找到极大的下牙床,也可归于猿人类。此时战事业已发生,交通不便,魏氏曾用尽方法,得到一套模型,寄往纽约。

不久欧洲战事发生,爪哇亦为日本人所占。王氏的消息,言人人殊。当我一九四四年到美国的时候,在纽约自然历史博物馆看到这些材料,由魏氏详为研究。虽然说是依据模型,将来看到真的标本,也许有修正的必要,但究竟可以知道最近关于人头化石研究的大概。一九四五年,魏氏出了一本书,叫《爪哇及中国南部之巨人》即为关于香港牙齿及爪哇最后找见的猿人的初步报告。新的爪哇猿人材料,则于一九四三年一书中,已有与北京人之详尽比较。

珍珠港事变以后,北京人之标本,即无消息。我们所知道的是这样的:当事件发生前夕,北平美国友人始决定要将此珍异之标本,运往美国,由最后退出的一批陆战队携出。不料到了秦皇岛,珍珠港的消息已传来,日本兵将美国兵一律解除武装。这名贵标本,下落如何,传说不一。或云运往上海,存于日本人所办之自然科学院中,或云携往日本,或云在当时纷乱下遗失于秦皇岛。等到战事结束,我尚在美国,有几次有北京人已在日本找见之传言。后来均说明其非,所找得的不过别的若干人类头骨而已。中国方面,曾派李济之先生等一行,往日本考察中国损失之文物,也未打听出北京人的下落。所携回来的,不过几块石器与上洞的若干骨器。计到现在为止,所有中国猿人材料,约有颚骨五具、下颚十一具、牙齿一百二十左右,及上洞之大小人头四具、身上骨骼十余块,均无下落,十九是无有希望可以找回了。这不能不说是学术界最大的一个损失。

相反地，凡是爪哇人类化石材料，均能完整无恙。连中国的巨猿正型，也未遗失。当日本人占领爪哇后，消息不明，大家都为王林担心。后来知道他被囚于集中营中，标本则未得其详。直到战争结束，才知道此重要化石之能保存无恙，全是王林太太之力。她于日本人登陆之前，把所有标本携出，埋藏于乡下一村人家中。所以战事结束，全部掘出，毫无损失。

最近王林将全部爪哇人类化石材料，携往纽约，与魏敦瑞共同研究。行见不久必有关于此项研究之更详尽报告。不过我们的东西，是失掉了。多年心血得来之标本，付之毁灭，相形之下，不能不令人感叹。

二　我们最近对于人类化石之认识

根据以上所述材料，并由魏敦瑞多年研究之结果，我可以归纳以下几点，来做一概括的叙述。

第一，中国猿人价值之贬低。以前我们认为中国猿人，为第四纪下部之产物，有许多性质，与猿相近。认为是"遗失的锁链"中之一部，所以视为猿人。自材料加多，详细研究之结果，知道人类发生的历史，比我们所想象者，更为悠久。中国猿人，并非猿人，而是人。换句话说，就是与人相近。那么我们如要找人类更早的祖先，非另找其他材料不可。中国人，只是人类化石中最重要的一部分材料而已。此可修正我们对于北京人过于原始的观念。

第二，中国人发现以后，当然首先要与爪哇猿人来比较。当时因材料不充足，认为是两个不同的属。但自爪哇人新材料加多以后，并经多次研究，知道两者确十分相近，至少可以归于一属。同时爪哇猿人也应该贬值，他也不照以前所想，系为人与猿的中间动物，而实在是真正的人。因之爪哇猿人，也应该是爪哇人。原起属名、种名，均非应有之意，不过我们不能改学名名称，还只叫他是爪哇直立猿人而已。再依系统上的定例，爪哇猿人发现早，北京人发现晚，应该废除"中国人"一名，而名之为"北京爪哇人"，爪哇人则仍为直立爪哇人。事实上有许多分类学家，这样做了。不过在魏氏著作中，还引用"中国人"一名，乃因"中国人"一名，习用已久，至少可代表地理上之分布，又可纪念步氏功绩。严格讲起来，是不合系统上规律的。

第三，在香港发现的巨猿，以前以为真正的猿，后来研究也认为是人而非猿。符合实意的名称，也应该叫作巨人（*Giganthropus*）。此巨人之性质，比中国人、爪哇人均为原始，魏氏并认为是中国人的祖先，比爪哇找见的硕人还老而原始。到现在止，此巨人实代表最早而最原始之人类化石，其重要性，当然很大。可惜我们对于它的产地，还是不能确知。

第四，在爪哇曾找到一牙床，比爪哇人者甚大，曾被名为硕人（*Meganthropus*）。比标本之巨人为小，但比爪哇人最大的一个头骨，名叫粗壮爪哇人还大。而爪哇人除此已久知直立人外加上粗壮爪哇人，还有那苏鲁人，也被人为爪哇人一属。所以总括起来，在中国和爪哇发现的早期人类化石，有以下多种：

中国	学名原译	实际意义
	步氏巨猿（*Gigantopithecus blacki*）	步氏巨人
	北京中国人（*Sinanthropus Pekingensis*）	

爪哇	学名原译	实际意义
	古爪哇硕人（*Meganthropus Palaeojavanicus*）	
	粗壮猿人（*Pithecanthropus robustus*）	粗壮人
	直立猿人（*P. erectus*）	直立人
	苏鲁猿人（*P. soloensis*）	苏鲁人

更新的新石器时代的周口店上洞人化石，尚未列入上表。

第五，据魏敦瑞研究的结果，中国的巨猿为最大，次为爪哇的硕人，再次为粗壮爪哇人，均比中国人与直立爪哇人为大。而后二者又比以后的大，和近代人为大。他以为人类的原始种类，都是很大，愈以后愈小。现在的人，可说是人类中的倭小的种类。其脑量与身体的比例，算是最大。他曾以之与近代人工饲养之狗相比较。最小的哈巴狗，脑量与身体之比亦最大。以前所找的这些人类化石，愈原始者，其身体愈大，也就是脑与身体之比愈小。此结论在人类化石研究中，有许多事实为根据，自然可靠。不过与一般生物学进化之规，不相符合。盖所有动物各部门之进化过程，无不由小而大。如恐龙，如马，如象等，不胜枚举。何以人类过程如此，此尚待以后继续研究，以判其究竟。

第六，准上所述，中国猿人为人而非猿，所谓巨猿，亦为人而非猿。则我们至今尚未找见猿与人相近之化石，表示人类最早的祖先。此可表示人类之历史，绝不以第四纪为限。第三纪后期，当已有极近于人而同时也极近于猿的种类的存在。不过至今还未找到罢了。关于第三纪后期人类化石的寻找，尚待地质学家之努力。回忆当北京人初发现时，即有传为第三纪者，后始知其非是。然第三纪有人类化石之可能性，反未之减少。

第七，就已知之种类言，自巨猿以至苏鲁人，由大至小，由老地层至较新地层，均有连续不断之发现。尤以在爪哇竟有四种人类化石之多，与在中国发现，合而论之，可代表连续不断之人类进化史。凡此均指最古之人类化石言。旧石器时代以后之人类，尚不在此论例。此比之全世界任何地方所获之人类材料均多。而由古期人类化石言，可谓只有一东南亚洲及南洋群岛，为最早人类化石之惟一可能产地。今后不欲增进人类化石之知识则已，否则对于此等地方之科学考察发掘，实为刻不容缓之事。我国东南各地，自然占重要地位。此后无论单独进行，无论国际合作，均待吾人不断之努力，方可百尺竿头，更进一步也。

三 地质问题

以上两段，说明人类化石研究之概况。今欲略述地质方面问题，以为结束，而表示以后研究之趋向。

在香港所发现之巨猿，虽有可能自广西山洞而来，然在地质方面，尚有若干问题，足资探讨。广西山洞，经吾人初步勘查之结果，认为大部分化石，乃为比周口店动物群还要新之动物群，甚至并非真正之中国南部之熊猫剑齿象动物群。即或在一二洞中，间有较老之堆积之存在，然保存不多。采集为难，必不易为贩买龙骨之商人运去。而与此等新的动物群共生者，乃新石器时代之石器（只有一块，有用旧石器改做之迹）及许多介壳类。故大体言之，当为较周口店猿人地点更新之堆积。今假使巨猿化石，真系从此等山洞而来，则人类学上之研究，与地质上之观察，不尽相合。我在纽约时，曾以此点与魏氏商讨。魏氏之意，以为较原始之种类，亦可在同时或较新之堆积中发现。虽持之有理，究稍觉勉强。故如果巨猿为中国产物，其自较老堆积而来之可能性，并非无有。盖中国南方洞穴层之研究，可说尚未真正开始。吾人决不能以广西一隅，且不完全之知识，以概其余。何况在四川万县，即有更早洞穴堆积存在之象征（曾有始祖象牙，自该地找得）。因人类化石研究之进步，吾人殊觉地质方面，大感落后，未能与人类研究，携手并进。其间许多问题，只能悬而不决。故地质方面工作之须急起直追，乃为最重要之事。

约与周口店猿人地点同时代之南方熊猫剑齿象动物群，则因年来在西南工作较多之结果，新的地点，日有增加。如重庆附近之歌乐山、湖南之龙山县、江西之乐平县、福建之龙陵县，甚至台湾之新竹，均有相似之化石发现。故有人希望其有发现人类化石之可能，此在理论上，当然无可非议。不过伟大之发现，尚待更积极之工作。而使吾人只在周口店奥陶纪石灰山坡，捡获若干化石，即认为满足，则绝无发现北京人之望。上列化石地点，不过表示其可能性而已，主要要有认真之工作，以为继续。关于此点，我们也感觉落后，行动不能与理论相配合。

爪哇为古代人种研究之圣地,然地质方面,亦有问题。各化石地点之先后,非全无问题。上述之古爪哇硕人,其层位方面距猿人层位关系如何,亦不明了。在魏敦瑞之意,以为爪哇新生代地层,多为火山岩喷积所成,其结果即不同时代之化石,可能于同一地层中发现。此毋宁为解释其在人类进化上之困难,而始如此说明,但不能视为满意。如魏氏之言而可信,则所有古生物,均可依形式之原始与进步,以定其先后,不必再靠地层。不知地层之关系,对于古生物实有决定性作用。昔奥斯朋研究第三纪之象与雷兽化石,不计地层,但论合其进化之程序,合者以为地层无误,不合者以为地层有误。近年研究,始知并非地层有误,而实进化秩序有不当之处。由此以言,我们对于魏氏所述人类进化之迹象,及其由大而小之学说,固不妨置信,然亦不妨有若干保留,留待将来地质工作,予以证实或修正也。与言及此,更感地质方面工作,当急起直追。否则若干学术之谜,将无短期明了之望。

以上已一再声言所述者为最早之人类化石。姑以年代言之,至少为卅万年以前之人类遗迹。周口店之上洞人类化石,河套之人类化石,以至最近在扎赉诺尔所找之人头,均未列入。此等人类,年代较新,均为中石器时代至新石器时代之人类。魏氏修正人类学家凯特之分类,以人类分为:元人(Archanthtopinae)、古人(Palaeanthtopinae)及新人(Neoanthtopinae)三类。上文所叙者,均为第一类,地质时代为下更新统。而周口店上洞之人等,列为第二类。地质时代为上更新统,乃至冲积统。至于第三类,均为近代之人,依通常分类,为澳洲人、南非黑人、蒙古人及白人四大组。

爪哇所发现之人类化石，可能与澳洲人有血统之关系。而中国之巨猿与北京人，亦非无黄种人祖先之可能。然人类进化，与其他生物进化一样，有直的关系，也有横的混合关系。如中国巨猿与爪哇硕人，也可有密切关系。所以"中国人"为我炎黄祖宗一说，虽有人论及，然决不能由人类学家肯定。不过整个人类进化，是一部血统混合进化历史。纯粹民族，在理论上为不可能。

哺乳动物来源之追寻及最早类似哺乳动物化石之发现

一 绪论

创作一文，论化石人类之研究近况，在我国颇占重要地位。然在进化问题上，另有一问题，其重要性颇引人注意之力，殆不在人类来源之下，此即哺乳动物来源问题。哺乳动物为生物之最重要者，此来源向为科学上争执中心之一。近年古生物研究进步之结果，已知哺乳动物当自爬行动物中之一类进化而来，非如以前以为系由两栖动物传来。在爬行动物中，有名为兽形类一类，其体格制造酷似哺乳动物。牙齿之特殊化，有门牙、犬牙、臼齿之分，其头骨后部已具有两关节瘤，头部骨骼趋向简化，尤为最显著之事实。此等类似哺乳类之爬行动物，以二叠纪、三叠纪最为发育，以南非之哈鲁系地层发现最多。然在他地，亦迭有发现。此类动物演化之极，必为哺乳动物，为学者所公认之事实。

然在此许多类似哺乳动物之爬行类中，寻找最接近于哺乳动物祖先，实非易事。亦犹吾人知人之关系，与猿猴类有不可分之亲属血统，然直接人类之祖先，则迄今尚无确切无疑之种类发现。古生物学，实为一片段科学。材料寻找，至为不易，而找一完整之标本尤难。然每一新发现，必可增加吾人之知识。纠正从前之错误，亦即距吾人之鹄的，更近一步。近年来各地有若干重要工作，即可启示此等问题之新方向。我此次在美、加、英、法、瑞等地考察，此为最关心而最有兴趣问题之一。

地史上之第三纪，为哺乳动物之繁荣时代，故俗称新生代为哺乳动物时代，亦犹中生代为爬行动物时代。但新生代之总长，不过七千万年。而当第三纪初期，哺乳动物已十分分化，种类甚多。故其以前历史，当然十分悠久。事实上在侏罗纪与白垩纪之地层中，常有哺乳动物遗骨发现，表示上说之不谬。不过因为中生代的哺乳动物化石，均非常渺小，极不易保存。也正因此，所发现者，十九为稀少且不完整。因而中生代哺乳动物化石，不但在科学价值上，视为珍品，即在数量上，也因稀有而至可宝贵。

在较早几年的教科书上，均以为最早之哺乳动物，乃在三叠纪上部即已发生。因在南非及英国、德国等地，均找到三瘤兽一类的牙齿和破碎头骨。此牙齿与侏罗纪以后之多瘤兽，十分相似，故公认为最早之哺乳动物化石。此等三瘤兽，于二十七年，在我国云南禄丰，亦有发现，保存且十分完整。我曾有初步报告发表，亦列入三瘤兽一类，定名曰卞氏兽。但后经详细研究其头与下颚构造之结果，知尚带有许多爬行类动物性质。因此一来，凡是多年已公认为哺乳动物的三瘤兽，均整个列入爬行动物，而最早的哺乳动物，则只能认为自中侏罗纪才有。

然从另一方面言，类似哺乳类之爬行动物，自二叠纪开始发育，种类繁多，至三叠纪末期，已达最高峰。上述之三叠兽，其类似哺乳类之性质特别多，惜太特殊化，不能为哺乳类之直接祖先。但其他门类中，较普通化者，尚发现甚少。所以三叠纪地层，仍不失为寻找哺乳类祖先之惟一地层。尤以中上三叠纪为最。无论如何，关于此类似哺乳动物化石之研究，近年并未因战争而中止，且有长足之进步。

二　类似哺乳类化石之发现

至少有三个地方，在战时对此项工作，有极重要的贡献。

二十七年秋，卞美年往云南昆明西北各县调查地质，抵禄丰县，在禄丰考察那一带分布很广的红色岩层。此地层，以前是认为第三纪的。他的目的，也只是研究新生代的地质问题。以后发现了许多丰富的爬行类化石，以为是白垩纪的恐龙类化石。后来这些材料，运到昆明，加上修理，经我初步鉴定，始知大部分之化石，为上三叠纪之柝龙类，与南非哈鲁系同一时代所有者十分相似。最有兴趣者，另有一保存完好之头骨，连同下颚之大部，及另一头骨，与若丁牙床牙齿等。此头骨之形状，一如南非所曾发现之三瘤兽。惟后者只有颜面骨前部分，而前者则只有颧骨一部不完整而已，此标本具有门牙三，有如猿牙，及七个前臼齿与臼齿。两者之间，并有间隙。前臼齿与臼齿，均有三排前后排列之小瘤。每牙则约以外二中三内三瘤为常，但亦可能有变化。头骨前部，具有间隔上颚骨。其他则与哺乳类相近。惟头后部，除有二关部突起为哺乳类性质外，其他骨头部分则有不少爬行类性质。下颚骨原似为一块骨所组成，次经详细研究，始知后上端尚有其他骨之残留。因此为一最要原因，故不能归入哺乳类。总之，此标本表示若干哺乳动物与爬行类之混合性质，诚为研究哺乳动物来源之一重要收获。因禄丰化石如此兴趣浓厚，我于二十八年又与卞君前往该地工作。经两月左右之采掘，又采得不少标本。关于类似哺乳类者，又增加不少新材料。

此重要材料，经余研究，曾定其名为云南卞氏兽，列入三瘤兽之一类。当时因在抗战期间，图书困难，亦只能如此定献。论文发表以后，各地同道，无不注意。伦敦瓦特生读余文后，因英国又有关于此类化石之发现，见解较新，又著文论及卞氏兽之系统问题，以为英国新发现之材料中，有无疑之下牙床，表示尚有其他残余骨之存在，故以为整个三瘤兽应列入爬行类，视为类似哺乳爬行类之最高等者。当余在美时，与瓦氏时常通信，论及此问题。后来又亲到英国与瓦氏及其同事共同研究，以中国之材料与英国之材料相比较。

余今可进而述英国最近关于类似哺乳类化石之发现。其事婉转曲折，有如说部，甚感兴会。英伦以西，距布内士特不远之苏马赛特一带之古生代末期所造成之石灰岩中，常有裂隙堆积。约当七十年以前，有人在此发现过化石。中除鱼牙外（大半为鲨鱼及许多海生无脊椎动物化石，如海百合之残茎及介类等），亦有其他牙齿等。中有数牙，每牙亦具三瘤之状，首经欧文研究，定名为透颚兽

（Sterognathus），及其他一二种类。此均保存不完全，难做详尽推论，然其与哺乳类相近，则为古生物学所公认。自此经过五六十年之久，再无此发现，以增加吾人之知识。世人对此地，几已忘记。

德国有一青年古生物学家名孔能，在德不甚得志，前往丹麦。在丹麦之第三纪地层中，找得丰富之鱼类化石。彼以之携至英国，售与英国自然历史博物馆。不久战事发生，被送入集中营。彼在集中营中，无可消遣，自造石器及其他玩具，并在附近山中，即苏马赛特附近，找得裂隙堆积，加以采集，竟得有比前保存较好之类似哺乳化石，并自己修理。事为瓦特生获知，商之当局，令彼专做此项采集工作。彼于以后一年以内，大规模采集石块，用水淘洗，检出石沙及化石。其结果得有头骨碎片、零星牙齿及全身各部骨骼之部分，有数千块之多。因堆积沉积时，曾被海水冲刷，故无完整之件。然由各部互相凑整，可以知该动物全体构造之真貌，知绝非真正哺乳类。此外尚有数牙，亦有兴趣，为前所未发现者。而其他之化石，为数当然更多。后来彼以新化石之数牙，售与剑桥巴内吞，而以其他化石，以七百镑留与英国自然历史博物馆，但保留其自己研究此项材料之权。当我去英伦时，彼正在瓦特生处，做是项研究。

据瓦孔二氏共同之意见，以为此次英国所找之材料与在南德所发现之材料（Okgcvnhus）*十分相近，可归于此一种。且就地质年代言，由其他化石之记明，为卜侏罗纪化石，但亦为与三瘤兽相近之种无疑。不过下颚骨具有下颚骨以外其他骨片之残留，其关节处

---

* 原稿不清。——编者注

尚未能与头骨之方骨连接。所以连同南非、中国及欧洲所发现之三瘤类，有脱离哺乳类而仍归入爬行类之必要。

孔氏无一凭借，完全自我奋斗，以采化石自给。不足之数，则在伦敦高建筑中，设网捕由南非洲飞来之鸟，鉴定录制后，售与博物院。其夫人则磨制骨扣。彼等更拓印各教堂钟上之图画转售，以作弥补。余尝遇古生物家裴尔森告我曰："英国有如此好化石产地，七十年之久，无人再得新材料。今来一德国囚徒，居然找到如此多之宝贵东西，实为英人之耻。"我则以为德国人之彻底做事之精神，实有以致之，而苦干精神，亦为他人不及者。

孔氏售与巴内吞之标本，由巴氏本人做初步研究，已有一文发表，名曰 Eozoostrodon，则非三瘤类之类。但牙齿细小，具有分开之根，牙冠突起，亦有哺乳动物之性质，故亦可视为类似哺乳类之一种。

余由英过法至瑞士，在愁内溪动物陈列馆，会馆长裴意氏及其同事，并参观其实验室及陈列馆。因获知在战争期间，瑞士关于类似哺乳类化石，亦有一大发现。

在德瑞交界之莱茵河岸，有下侏罗纪地层甚发育，为一种较松砂岩，内含化石甚多，亦多破坏。化石中以鲨鱼牙及无脊椎动物化石为最多，但从无人知其有类似哺乳动物化石。不过在理论上推断，其有可能而已。裴氏曾自该地点采八吨土石到实验室，用淘洗方法，仔细选检。所用之法，全用机器。比之孔氏所用，均靠人力者，大为进步。其结果找出许多各类化石，曾发现二小牙齿，牙根分开，冠旁有棱，亦具哺乳类性质，与巴氏所记述之标本，不无相似之处。

当我到达之日,又找见第三牙齿,以后或尚可再找见此类牙齿。裴氏将每一牙,做放大一百倍之模型。因牙甚小,牙冠前后不过一厘米许而已。其报告则至今尚未见发表。

以上所述三地点之发现,均为最近六七年事,均彼此不谋而合之发现,且各地均在炮火连天中工作。以知人类求知之欲,并不因战争而稍停。此殆为人类文化最可靠而不可摧毁之推动力。

三 未来研究之途径

哺乳动物祖先之追寻,为古生物学上最有兴趣问题之一,一般人不甚感兴趣,吾可举以下数点以示未来努力之方向。

一,由新发现之证明,知哺乳动物之历史,只能始自中侏罗纪,因此理论上可知下侏罗纪与上三叠纪,实为寻找哺乳类祖先之适当地质时期。凡此时代之陆生动物均有可能。但有一条件,即须在三叠纪前古大陆之边缘,当为最有希望之地区。

二,包括卞氏兽一类化石之所以未能为哺乳动物直系祖先者,实因其许多性质,已太特殊化。其牙齿之构造与功用,与大啮齿类几无二致。凡具普通性质之生物有向各方进化之可能,一太特殊成为固定之型,即不能再为改变。卞氏兽乃三叠纪许多类似哺乳动物,向哺乳动物演进,因倾向特殊而失败者之一。此殆与人类进化中之奥斯赵鲁猿之半道灭亡与人类进化正统稍有关系者相同。真正之哺乳动物祖先,必体躯较小,形状与食虫类相近之动物,始有可能。事实上,在南非,在北美,乃至在我中国,亦有甚小之类似哺乳动物之发现。在云南禄丰，曾得一小颚骨，名曰昆明兽，亦具许多原始性质。不过至今，此等种类，大多均甚破碎，而亦无确切之证据，能视为哺乳类之祖先。近年学者，有将所有类似哺乳动物之种类合为一组，名曰 Ictidosauria*，置于鸟与哺乳动物之间。将来此类化石发现愈多，则吾人对于哺乳动物之来源，必可日趋明了。

中生代哺乳动物化石，在我国发现者，本为下白垩纪之数种袋鼠类及食虫类化石，地点在蒙古之牙道黑达。今蒙古脱离我国而独立，此大好富有原三角恐龙及其蛋与哺乳动物化石地点，已非我有。除非将来政治关系，完全好转，我国人或有前去采掘之望。但在其他地方，中生代中后期地层，率多为陆相之沉积，几随地均有发现中生代哺乳动物之望，是在有志者自为努力而已。

三，如言工作方式，吾人须知找寻一二骨片，从事研究之时代，业已过去。此等方式，完全为十九世纪博物学家之作风。今为求得更丰富及更完整之标本计，势非举行大规模之开采不为功。上述英国之孔能及瑞士之裴意发现，其所以能得良好之结果，实赖于不惜工本，努力多采，又加以完好之实验室设备。否则仍是在十年以前之情况，固不会有新的惊人之发现。

至在我国，因大多数地方，尚未为古生物学家足迹所及，发现之机会，当然更多。然每一地点，亦赖长时间之搜寻，始能有丰富之收集。浅尝辄止，终为大忌。禄丰地点之发现，已有七年，未能再去，尚何言其他。财力、人力与地方环境，均有限制，故不能望

---

* 鼬龙类。——编者注

与人并驾齐驱也。犹忆在美，与友人谈及中国之化石地点，彼等均有跃跃欲试之意。如不努力，恐终要"子有钟鼓，弗鼓弗考，宛其死矣，他人是保"之一日。

民国卅五年十一月廿七日，于南京

恐龙之号召力及其研究之困难

一 什么是恐龙

恐龙是地史上中生代一大类爬行动物。自上三叠纪开始有，侏罗纪与白垩纪初期，为全盛时代。至白垩纪末期，则大减衰退。到该纪末则全归消亡。合计自恐龙初现，至灭亡，共约一亿五千万年。在此悠久时期中，恐龙与其他各爬行类动物，称雄世界。因恐龙大多数体格庞大，在陆地，在池沼中，均多有其迹，可以说是爬行动物之王。所谓恐龙，其字义也就是巨大得令人可怕的意思。不过我们不要忘记，现在称雄于世界的哺乳动物，也有很大的，至少可与若干恐龙相伯仲的，如鲸鱼、象等，只是种类上不如恐龙那样繁多罢了。

我们必须要知道，恐龙乃是代表一大堆已灭亡的巨大爬行动物之总称，绝非代表一种动物。恐龙所包含种类之多，绝不亚于我们现在生物的任何一目，甚或一纲。也就好像哺乳类，包括许多不同的种类一样。以前以为恐龙所包括的几大类，血统全很相近，所以名曰恐龙。但现在看来，其所包括之鸟龙类与蜥龙类，十分不同，显然是两个不同的亚目。不过在通俗刊物上，还袭用旧名，一律名之曰恐龙。恐龙的分类，可以概述于下。

上边所述的蜥龙类，自上三叠纪即已发生，已有三类，可以很清白地分出。一为比较纤小而吃肉的兽脚类，一为大的肉食类，一为原始蜥脚类。到侏罗纪及白垩纪，此三类均继续发育。不过第三类，由原始蜥脚类，成为蜥脚类。蜥脚类有一共同性质，即全是前肢比后肢为短。主要由后二脚行走，而有巨大的尾以为辅助。所以有硕大的盆骨。其他骨骼方面之变化，亦均以此为决定的因素。其口腔牙齿，则后部可以无有，而只前部有牙。这一类有草食的，有肉食的。肉食者均小，或至中等大小，而草食者往往体格庞大，最大者可到二十九米长，为地史上最大的动物。蜥龙类为爬行动物之一重要目，为恐龙中之主要动物。

另一目为鸟龙类。其嘴部前部无牙，冠以角质，有如鸭嘴。虽有少数，亦主要用后腿行走。然亦有一大部，用四脚作行走之用。此鸟龙类又可分为鸟脚类、剑龙类、刺龙类、角龙类等四亚目。也是上三叠纪开始已有，而重要繁盛时期，则为侏罗纪及白垩纪。

恐龙类为已灭亡之爬行动物之一大类，在至少七千万年以前，均已灭亡。所以此所谓恐龙，与我国典籍上和传说中之龙，完全是两件事。传说上之龙，究为何龙，非本文所能详言，但可信其偏于神话方面。至地史上之恐龙，则确有实物作证，表示那时地史上繁荣生物之一部分。在当时虽也有其他爬行类，飞行于天，或游泳于海洋，然在陆地最活跃者，惟恐龙。这一类生物之兴起与衰亡，正像最近极权的轴心国家之兴起与衰亡，颇足令人悲吊。

二　恐龙之号召力

恐龙不但因在古生物中，为最饶兴会的一类，已如上述。即对一般普通人言，也为号召力极大之一类动物化石。此其原因，不难明白。第一，其本身历史，其兴也速，其亡也惨，而极具说部意义。第二，其中多类，均具体格庞大之骨骼，陈之公共场所，最易引人注意。第三，同为恐龙，而种类繁多，形象奇特，有肉食者，有草食者，有两足行者，有四足行者，有头短尾长者，有头长尾亦长者，有有角者，有有甲盖者，奇形怪状，不一而足，亦足引起观众兴趣。因此之故，凡各国陈列馆及博物馆，对于恐龙化石之搜集，莫不特感兴趣。只要能得完整骨架，不难大肆宣传，以广招徕。全世界之大博物馆中，均无不有若干此类标本。而事实上，每次参观，恐龙厅中，亦往往为参观者云集之所。

美国以后起强国，人力与财力充沛，尤对恐龙化石努力采集。不但在其西部将各重要恐龙，尽量发掘，并在世界各有名之恐龙化石产地多做采集。其标本之多，为世界各国之冠。就美国言，以下几个博物馆中，均有丰富的收集。

纽约自然历史博物馆，有两个广厅，差不多所陈列的，完全为恐龙化石。一为三叠纪及侏罗纪的恐龙。三叠纪有德国的板龙一整架，侏罗纪有梁龙及其他蜥龙类，大半都很完整。白垩纪厅中，以奇特之鸟龙类为主，亦有保存完好之肉食类恐龙。最特别者，为新发现之圆顶鸭嘴龙。在我国所探之原始三角龙与其蛋，则陈列于另一所谓亚洲厅中。走廊边有许多恐龙足印，保存完好，亦为一般人所注意。

华盛顿之美国国立博物馆，其古生物部门完全承袭地质调查所之旧。迄今地质调查所之古生物研究，全在博物馆。早年马适所研究之标本，于马逝世后，亦由耶鲁迁来一大部分，所以也特别丰富。恐龙方面，如硕大之剑龙及肉食龙内之角龙等，均在此陈列。

纽哈芬之皮包特陈列馆，为马适首创。其中除剑龙外，尚有两部完整之蜥龙。肉食类恐龙甚多。

恐龙最著之博物馆，除上述者外，当推皮磁堡之卡尔奈基博物馆。著名之梁龙、圆顶龙等，均在此陈列。尚有肉食类恐龙及其他恐龙甚多，大半均由计尔摩所研究。

三叠纪之恐龙足印，则以麻省之阿穆斯特之一小博物馆，收藏最为丰富，而皮包特陈列馆，亦收藏不少。

除以上数处外，其他博物馆中虽有恐龙，但保存均比较不完全，或至少尚未陈列。如普伦士敦大学地质系中，有一比较完整之蜥脚类，因无适当地方，尚未陈列。西部及中西部之陈列馆中，恐龙化石更为零星。不过如登勿及贝别勒，亦均有若干。

于此我可附带说说美国以外几个著名陈列馆之恐龙化石。加拿大西部，白垩纪地层中恐龙化石甚多，故美国各陈列馆中均有代表标本。但在吾他哇，其构造特别之禽龙化石，收藏甚多，由斯坦伯保管研究。也有一部分，业已公开陈列。

在欧洲各大陈列馆中，以恐龙化石著名者，为比京（布鲁塞尔）之禽龙，多至数十架之多，值此次大战，幸仍无恙。柏林之伟大蜥脚龙化石采自非洲东南，但此次大战，该处陈列馆有被毁之说，是否无恙，尚不得而知。德南之秋秉根大学陈列馆所藏三叠纪初期各恐龙化石最富，似尚未因战争，付之毁灭。英国之大英博物馆亦有许多恐龙化石，然已不能与美国者相伯仲。牛津大学藏有比较完整之蜥脚类恐龙，即在附近约十余英里采集者，尚未陈列。

我们于此要注意，产恐龙化石地点为一事，陈列馆之陈列恐龙又为一事。如美国产恐龙化石之地域几全在西部，而东部各城市反而陈列者甚多。柏林之恐龙来自非洲，瑞典之恐龙由我国山东蒙阴产出。此其原因，十分简单。恐龙埋在地中，无识货之人及感兴趣之机关收集，必仍埋地中，乃至损毁。各大陈列馆有专门人才，丰富设备，目光炯炯，集于各产恐龙化石之地，故能收集日丰，吸引一般观众。大凡任何陈列馆不肯以其现状自满，而年年有新采集。如纽约自然历史博物馆，尚有四十年以前寇普所采之化石，未加修理。而该馆四十年来，在各地所采之新标本，则不可胜数。即或小陈列馆限于财力，不能大为搜集，然亦必用种种方法，如交换或购置，使其内容日渐充实。伍捕塞拉之陈列馆即为一例，一大部分化石乃由我国采去者。

三　恐龙研究之困难

恐龙化石为最富有号召力之一类化石，如安德森在蒙古所掘之恐龙蛋曾轰动全球，然研究上确不如其他之容易。主要原因，是大半标本太笨重，采掘太费钱，非下大本钱不可。

美国人好大喜功，完全为一新兴国家之现象。其对一切事物，总要想法子加上个"EST"，就是"最"字。他有世界最高的房子、最长的桥梁、最大的都市、最新的衣装、最……一切都要想法子用一个"最"字。最近荷兰古生物学家王林，把在爪哇所采的各人类化石带往纽约研究。因美国从来没有发现过，一位美国人来信叙及此事，说"这是人类化石最初来到我们美国"。其喜用"最"字，于此可见。

正因他们有这种性情，对奇形怪状的恐龙当然不肯放松，努力寻找最大的、最重的、最小的、最奇怪的各种恐龙。一般的恐龙，单言采集费用，平均约一万美金一架。有时候，为要使运输便利，不惜专开一段公路。有　年，纽约自然历史博物馆之布朗，为要采某地煤系中之恐龙足印，不惜用尽种种新式方法，用起重机，把整个一层顶岩，移运下来，同时在报上大肆宣传。其结果，也只找了有限的东西。然他并不灰心，后来又用小型飞机，在西部各产恐龙岩层中巡视，以求找得可以发掘之地点。

即能将恐龙一架自野外采集回来，修理工作也很可观。既费时，又费钱。修理一架恐龙用的费用和时间，如用以研究其他化石，不知可多多少。因有这些困难，所以许多小研究机关的研究人员，都不敢发掘恐龙。只有有号召观众企图的机关，才从事于此。有一年，美国古生物学家甘颇来到中国，我们曾一起到山西、四川等地采集化石。我们在四川荣县，发现了一架蜥脚类化石，只有一部分保存。然而我们费了三个星期的时间，才把那架恐龙发掘出来。发掘完后，数十箱笨重东西，在偏僻的四川，无有车子交通工具，还要花大价钱用滑竿抬到资中才上汽车，费钱多而不便。后来我也不过作了数十页的一篇文章，把此恐龙记述下来。因此甘颇告诉我，中国古生物学家，值此人财两难之时，还是寻找较小的化石研究，较为合算。

大的恐龙的搜集与研究，非由政府机关另想办法不可。近年以来，自身工作经验令我觉得甘氏的说法，大有道理。因为我们于抗战期间，自云南禄丰，不过采了少数恐龙化石，而至今修理工作还是弄不完，更谈不到再去重新采集。此皆由人力、财力有限制之故。

四　中国恐龙化石研究之展望

就目下我们之知识言，中国产恐龙化石甚为丰富，不在美国之下。除美人在内外蒙古各地，于二十多年前，曾找得许多恐龙化石，以原始三角龙及其蛋最为丰富外，其他各地也常有恐龙化石的发现。俄国人在阿穆尔，曾发现满洲龙。斯文赫定在新疆工作时，袁复礼曾发现天山龙。山东蒙阴有已知名之盘足龙，在莱阳也有不少谭氏龙及其它恐龙遗迹。此外在四川荣县、广元乃至甘肃成县，均有恐龙遗迹发现。云南禄丰，则有最早之恐龙化石甚多。可见我国各恐龙化石的地点，如能细为搜寻，当然还是很多。因是我国中生代地层，大半为陆相沉积，最适于恐龙化石的保存，从地层方面言希望是很大的。

然而未知之化石可能产地，不能做科学的搜寻，且为勿论，即已知之地点，亦多半仅为零星之发现，无力做大规模之发掘。如阿穆尔地点，纯粹为俄人的发现，山东之各恐龙地点，已有一二十年之久，无人问津。新疆之天山龙与四川之峨嵋龙，均不如吾人理想中之完整。而其他地点，不过仅有牙齿、骨片，代表其存在而已，根本谈不到为一化石产地。

此其困难，已于上边述过。即我国目下之科学设备及经济能力，根本无能力从事于恐龙之发掘研究。此诚为遗憾之事。欲挽救此缺陷，须不以研究恐龙之责任，完全委之于已有机关之经常经费，而当由文化机关或政府筹措专款，作为发扬此项事业之用。如能于一定区域，或一定时间，有专款专做此等恐龙之采集，即不难在最短期内，有丰富之成绩。

美国为世界最富之国，然其各大博物馆及各地质系之小型陈列馆，关于重要化石之采集，亦未尝仅靠有限之经常费为之。在我国采集多次之所谓中亚考察团，其经费多由私人捐助而来。加里佛尼亚大学古生物系之古生物采集，亦系由一女资本家捐助而成。然此等风气，在我国当一时不能树立。吾人实不能望吾国之资本家，能于最近发生科学兴趣。故必须由政府为之，方可见功效。

近年以来，我国人士已渐知博物馆之重要。在中央有中央博物院之筹设，各省市亦多有设立博物馆者。然博物馆非仅有房舍，即可成立。必须有生动之内容，引人注意之标本，方能名实相符。而恐龙化石之搜集与展览，乃为其一。吾人因希望我国一切能向前进步，而不当令好标本永埋地下，或听其毁灭，而如美人甘颇所言，使少数古生物家，只从事于小化石之研究。此则有赖社会提倡，开发科学宝藏，使我国各博物馆均有特殊之标本，以昭示国人。

中国恐龙化石之丰富，已全世皆知。我不从早着手，做有计划之采集，行见许多化石将为外人着手采集。到那时，虽有人才经济，亦感落后，故不禁痛切言之。

卅五，十二，卅一，于南京

论自然实物之有计划采集之重要

自然科学，莫不以搜集实物为主要工作之一。盖科学首重观察，野外观察之不足，必要搜集所欲需要之标本，携至室内，一方面做进一步之观察，一方面妥为保存，作为未来研究及观赏之凭证。盖惟如此，始能言之有物，真凭实证，不致蹈空虚之弊。而且实在讲来，有许多事，不是野外所能观察得来的。一是时间问题，在野外短短的时间，势不容许多精确的观察。二是方法问题，譬如一块化石，在野外往往土石并陈，甚或破碎，绝不能了解其全貌。再则有时研究，不能光靠肉眼，还要借重于显微镜及其他设备。这个道理，显而易见，用不着多述。

但是自然实物之搜集，无论哪一国，在工业未十分发达前，均有灿烂时期。以后因工业发展之结果，又形成一衰落时期。今则专靠简陋方法之搜集，已不可能，又以巨大工程摧毁自然有用实物之多，乃又进而为大量有计划之采集时期。今特胪述所见，以为我国自然科学研究及对之有兴趣者之参考。

十八世纪末叶及十九世纪，实为自然科学之灿烂时期。各方面各部门之自然科学者，或兴趣多方面之博物学家，莫不注意实物之采集。他们随时随地留心。除自己采集外，并用尽种种方法，托人间接采集。譬如我国早年之许多动植物地质标本，就是他们设法由在我国做领事的或做教士的收集的。最要紧的，他们知道某地产某种东西，即可告诉当地人士，或从事工作的人士，随时留心搜集。尤其是古生物标本，如某一地发现以后，因为修路或开石坑或开矿，只要工人一注意，便不时可有新标本收集到。因只由专家去一次，或短时期一为收集，究竟所得有限。只有委托多数人齐注意于各地方可能有之实物，自然标本可逐渐加多，而有良好的成绩。此时工业未十分发达，多为手工工作，搜集起来，也还容易。

事实上各大博物馆，各实验室许多标本，均是用这种方法收集来的。随时随地，均有耳目，这自然为最好的方法。这也是因为他们这些人多常识丰富，能认识个大概，而且也了解此等实物的重要，所以乐于将所得交于各研究机关。同时，此等业余采集，当然也并非全无代价。收集的机关，当然也要看实物的价值，而予以应得之报酬的。

此等方法所得标本，难免有许多不满意的地方，如稍为损坏或来源地点不明等，总不如研究者亲自所采者更为可靠，但究比不多采集好。如果研究者对那一地之一切情况，预先明了，自然也可减去若干困难。犹忆早年采集古生物标本，由于采集的人不是内行，或采掘时间不充分，多有毁伤，实在谈不到保护标本。只是能挖出来多少，就挖出来多少。马适曾名此等采集，曰"挖土豆式的发掘"。把地挖开，拣能拿走的拿去，其他就不管了。但是无论如何，因为动员的人多，而且究竟采总比没有采强，所以积以长久时间，还可以收集大量的东西。

这样的采集，到工业发达的时代，受了严重的打击。尤其是古生物方面的标本，凡是修路开矿以及其他工程，用机器来代替人工。以前人工工作时，可以慢慢看，石头中有什么东西，把它挖出来。工人多，眼睛也多，找东西的机会也多，只要有人予以简单的说明，令他们注意某种东西，他们即不难照办。机器是没有眼睛的，而且做得非常快，实在来不及一块一块去注意。因此自从用机器工作以后，差不多很少有实物发现。这并非无有实物，实在是销毁了。

英国伦敦附近有一地名斯王士堪普。此地有第四纪砾石土沙堆积，内中有人类遗迹，有石器。以前有人发现后，每年再去一二次，逐渐收集了不少有价值的东西，如斯王士堪普头骨及石器等。但后来该地石沙用作洋灰的原料，大量用机器开采。照常理讲，开出石沙既多，当然更应该有好的标本发现，但事实上自用新式方法开采以后，再未发现过什么东西。反是不时有古生物学家或考古家去时，可在地面找到一些石器。可见此等标本，毁于新式工作者，不知多少。此不过仅举一例，其他类此者，实不胜枚举。

总之，机器化的结果，对于实物采集，是一个打击。以前各大学陈列馆随时可以收到野外标本的好处，完全没有了。于是自然进入于第三时期。

第三时期，为有计划的采集。本来科学标本，不能专靠他人采集。在以前有许多业余科学家，就是于自己职业之外，择其性之所好，采集许多材料。此等人士，现在当然还有，然大不如以前之多而热烈。凡是做研究工作的自然科学者，及博物馆、陈列馆，莫不注意于有组织的采集。如可发现一有价值之地点，则只好也用开土石或开矿的方法，从事工作。

大家所悉知的，自然为许多规模大小不同的考察团。如美国人以前所组织的中亚考察团，事实上就是有计划地到我们中国采集古生物、地质、动物、植物等标本。瑞典人的中瑞考察团，也是一样。当然在别的文化较为落后而富有自然科学实物的区域，他们也不断做大计划的采集，不必在此详述。

在他们本国，因为交通便利，人才充足，每一次野外工作，无不采集丰富。美国几位研究古生代头足类及腹足类等化石的，其采集标本，动辄以吨计算。不但已知的化石如此大量采集，即在一地，如认为有发现某物的可能时，往往不管在野外看到与否，也先把石质采若干吨到实验室，以做详细检视之用。

因此，现在一般趋势，是鉴于新式工程损毁化石之多与零星采集之不够用，所以干脆自己也把采标本当矿来开。因而近年各种研究，也跟着开了一个新的纪元。其研究的材料既增加，可以对于生存状态、生物多少、生活习惯、种属变异等问题，多所发挥。同时以前所认为无有化石或化石极少的地层，也得到了新的东西，有了新的认识。此由近年来各国所出版的科学刊物，可以很清楚地看出。

由以上所述三个时期的采集方式，可以知道原来有一个发扬时代，以后又有一度挫折，到最近又重新光大。这是一般经过，无论科学发达的哪一国，均可看到。

我国人向不注重实物采集，可以说一般人根本无此习惯。历来的文人，只知道藏书，或收藏商品式的古董。就是玩古董，也不注意其野外保存的情况。又因无适当保管之法，一件古董不知转了多少手；能不损毁，也就算万幸。至于其他的东西，根本就未想到要搜集收藏，所以根本无所谓他们之第一期的疯狂采集时代。相反地，我国许多实物标本每年不知要损失多少。譬如脊椎动物化石，为龙骨商人掘出，用作药材，吃到病人肚子去的，不计其数。

我国新式工程落后，自然实物受机械化工作的损失，不甚显著。但历年以来，各地修铁路、修公路、开新矿，也有不少大或小的工程，当然也发现过若干有价值的标本。不过一般人因为不知其重要，也任其分散或遗失。将来如真科学建国，当然工程还很多，此等损失自亦难免。不过我说科学实物之搜集，究竟是研究者或科学机关自己的事。对于因工程而发现之物，当设法尽量抢救，如抢救不及，也只有付之一叹。最重要的，还是进为第三期有计划的采掘。

在抗战以前，我国曾有两个伟大的有计划的采掘工作，其时间之长与规模之大，实不亚于外国人任何同类工作。一为中央研究院历史语言研究所在河南安阳殷墟之发掘，一为中央地质调查所新生代研究室之周口店采掘工作。两者均在十年左右，每年使用工人多则四五百，采集标本数百箱。此二采掘，均因战事发生而告中止。然两地科学材料，尚甚多，仍有继续之必要。

今战事结束已一年多，各种自然科学工作应早恢复，且当力图扩充，方可望迎头赶上，以发现我国自然界的蕴藏，而贡献其学术成果于世人。

民国卅六，一，十五，于南京

自负与自知

就个人讲,自负是一种美德。所有生物,包括我们人类在内,好像创造者对他们都是注重整个种的滋生繁荣,而不大注重每个个体。试看每种生物的传种方式,都是惟恐种不能生存,用尽方法,大量增加。倘无损害,任其自然发展,都可在最短期内,全世界为这种生物所占有。然这是不可能的。每种生物的个体,不知被不适于自然环境如仇敌灾害等,摧毁了多少。自然界造物,只求种的生存,绝不计个体的安全。只要在极多数的全体中,能有少数达到传种目的,就算满足了。然就每个个体讲,都想用尽种种方法,使自己生存。若是高等生物,像我们人类,那就不但要生存,还要很舒服地生存,不但要很舒服地生存,还要于生存之外,求得其他方面的满足,如崇高的地位、优越权力等等。因此,有些个体,不能不有自负的襟度。自负的出发点,可以说是立志。立一个目标,向这目标迈进。奋斗竞争,吃苦耐劳,无非为要达到所立的志。"舜何人也,余何人也,有为者亦若是。"这是立志,也就是自负。就是每个个体,要有自命不凡的抱负。这一个个体，如可成功，发达的结果对于同种其他个体，当然有冲突的地方。所谓"一将功成万骨枯"，就是这个道理。然而就整个的种来讲，如有少数个体，能发扬光大，也就达到了全种发扬光大的目的。譬如各国得诺贝尔奖奖金的人，以白种人为多，当然人对白种人另眼看待，而对其他有色人种则少不了有瞧不起之感。所以我说自负为一种美德。虽然要牺牲其他个体，而与整个种或团体的发扬光大，并不冲突。

我现在要把这人类的自负感，再行申说一下。大凡只要一个人体格健全，生理正常，莫有不想上进的，无没有欲望的，也就是没有不自负的。而且欲望往往茫无止境，总想百尺竿头，更进一步。先是同饥寒生存打交涉，等到生活问题解决了，又想名位，等到所要想的名位到手了，又要更高的名位。但这是很危险的事情。因为你要上进，他也要上进，你要名位，他也要名位。事业有限，名位有限，其结果当然人与人之间，免不了利害冲突，免不了自私自利，免不了攻击或破坏他人。于是许多人类的坏毛病，也就因而产生。所以自负虽说是一种美德，而演化至极，就把人类世界，弄成有你无我、互相残害、尔诈我虞的世界。

若就人以外的生物讲，自杀自残的现象倒是无所谓。许多生物，到食料不充足时，自己吃自己同种，甚或母吃其子的事很多。然它们究竟是生物，不是人。人之所以为人，自然有他与其它生物不同的特性。在一定畴范内要自己斗争，也要顾到别人的斗争，所以才有互让互助等美德，非本文所要详叙的。

还有一个重要的事实，使人的自负，不能无限制地发展。人与人的秉性不同，环境不同，所受教育不同，做事的才力也不同，自然其应该得的成就，也不能相同。那就是崇高的位置很多，也不是人人可以做得通、办得顺的。若果不顾一切，光是凭自负甚或特别关系，得到较好而超过于自己的能力的地位，其结果，就个人言，必然失败；就团体言，此等情形愈多，团体事业也自然不会成功，而完全倒台。

基于以上理由，我特提出第二个问题，就是自知。自知就是要了解自己。世界上的好事情虽多，然以一个短促的生命，势不能一一都去做。世界上的高位置虽多，要看看自己的能力，是否自己做得了，方不至于自误误人。自知的条件，首要有自信。自己相信自己能做得了什么，做不了什么，如果自己做不了的，也要本自负的态度，非做不可，那么当然不会成功，也当然误了人家的事，于人于己，两无好处，其结果就是自苦。

我为什么要在此说这自负与自知的道理？我是觉得我国现在自负的人太多，自知的人太少。国事的蜩螗，这是原因中的一个，也可以说是一个主要的原因。

差不多人人都承认我国人干事的能力太差。以同样的人力，干同样的事情，我们总是不如外人。在外国机关，表面看去，人用得很少，而事情推动得很灵活。即就号房来讲吧，他们很大的机关也只有一人当值，然一切事都办了。我们许多机关，一个号房就是三四个人，而还是周转不灵。这自然也有别的原因，而我们人的能力很不如人，实无可讳言。纽约自然历史博物馆古生物部门只有一个女的，她管理实验室中的图书室，管理标本登记，管理全实验室文章的修正与校对，而且每星期还到总图书馆为大家选各人应看的新参考书。这些事如在中国，至少要用五个人，而不见得比她一人办得更好。

由位置较高的事务说，我们每一个机关，与人家相等机关的人一比，就知道我们的人的质素实在不如人家。换一句话说，就是我们很自负得到的地位，然而未能充分地自知。我想我们现在全国上下，任何职业的任何人，能胜任愉快、人称其事的，虽然不能说没有，然实只占可怜的少数。从一个机关的打字员起，到首长自己，莫不有此现象。然而我们还只听见许多人对自己地位，不满足，不甘心，仍旧要往上爬。其结果爬得高，跌得重。个人跌伤了，倒无所谓，至多牺牲了个人，但一个国家中，假使多数衙门，或个个结构，都是不称职的人充任，那国家还会有希望吗？

我想至少有些人因为太自负，不免成了盲目，不免有了"吾曹不出如苍生何"，成"舍我其谁"的感觉，大家都想往上爬，也不计其自己的能力。其流弊所及，除造成倾轧争夺等现象外，人事的变动也成了常事。很少看到一个人能在一个固定职务上，有较长历史。因大家崇尚能爬的人，对于此等今天升一官明天又换一官的人，不但不痛恶，反而羡慕。自己如有机会，也可来一下。这样一来，事情愈不易办，只见升官图式的宦海浮沉，而不见真实事业的进展。

譬如有一个人，无论他天分有多么高，能力有多大，但是今天辞了某某主席，明天又可以为某某部长。或是今天在军事上为煊赫人物，明天又要和专门人才争饭碗，研究水利。我敢相信他一件事也办不好。在中国，官一坐大，好像就成了万能人，什么都会。

这些人根本无知，何能责之以自知！又譬如才开的国民大会中的代表，这些都是代表人民，是要为国家议大法、谋福利的人，当然有不少是我们佩服的。但恐他们也有不少人，如扪心自问自己所代表者为何人，自己的修养、知识、政治道德能否与先进国家的人民代表或从事政治的人物一比而无愧色，也有些难为情吧！进而言之，各党各派，争政权，为民主，要把国家弄好，这无论就个人言，就政党言，都是一种自负，何尝可以非议。但这些人也当自己把自己考验一下，自己的德行与能力如何。如无自知的雅量，而冒昧上台，纵可取快一时，其如最后还是身败名裂何？其如因此演成谁上了台谁也不满意谁，造成走马灯式的革命何？

从另一方面言之，我只能一说我自己的经验。古生物学在科学中不过是一门自然科学，而我年来从事的，仅是其中的脊椎动物部分。然已感浩如烟海，自己能力不能全副贯通。当我四十岁时，适在云南发现若干化石。我穷力所及，竟不能辨别其为哺乳动物，还是爬行动物。所以我四十自寿对联中，曾有"记骨廿载，爬哺莫能辨"一句，用以自责。在一般人看了，你埋头二十年，从事于骨化石的研究，尚辨不出什么是爬行，什么是哺乳，你当然是饭桶。然我也只有承认，只有自责，只有觉得自己能力还是很差。但因此我也怀疑到别人的工作。人类的智慧，相差不会多的，尤其政治科学和政治活动，也不会比自然科学容易多少（虽然美国友人曾告诉我，美国人东不成，西不就，什么搅不成，然后搅政治。这只可作为一种讽刺）。然而有些和我年资差不多的人，现在都变成显要了。我很怀疑他们，就是努力干，也不见得不像我爬哺莫辨的，把什么主义，当成什么主义了吧。何况有些根本自己尚未充实，从何谈得到大展经纶，应付建国的大业呢！

中国现在，列于五强之一，十分勉强，已为大家所公认。然究其原因何在，在我看来，十分简单。我们人人所担任的事情，都是勉强的，都是自己所不能胜任而勉强充任的职务，所以才造成如此的现象，而为勉强的五强之一！

现在大多数国内知名之士，其声名地位，早已超出于他的能力之外。这因为中国事事落后，人才稀少，稍一表树，名利双来。就个人讲，可以说是得天独厚。诚如于右任先生有诗云"身非名世承新运"。这所谓新运，可作我国人才太少解释。这些人应该兢兢业业从事他的本位工作，须知所得地位，不是靠自己本事，乃是靠中国国情而来。一方面努力充实自己，务使能力与地位两相符合，当之无愧，然后国家也会渐渐上轨道，也会有希望。倘若仍不知足，不但对不起国家，也对不起自己，损人不利己。这些人我劝他们要自知。至于一般青年人及地位不重要的人，却仍希望他们能自负。但自负不是一句空话，这自负的夙愿之完成不能靠运气，更不能靠钩心斗角，或其他不正当的方式，而要靠自知，靠自己真实的能力。多一分能力，即多一分事功。学问如此，做事也当如此。这正像一架机器，马力是勉强不来的。马力不足，还是不能在人生的奋斗途径上，安全旅行。

自负与自知，并不矛盾。然要双方兼顾，国家社会的事情，才有希望。人尽其才，人安其位，而工作的效率，也就自然推进了。

奴性？！同化力？！

当我在纽约时，会到在哥伦比亚大学中国学系做研究工作的魏特福哥尔。此君为德籍犹太人，在德时即以研究中国学见称。德国自纳粹执政，放逐犹太人，他也与其他德国犹太人一样，跑到美国。他在哥大研究中国文物，也懂得一些考古的东西，于中国所发现之北京人，相当熟悉，书籍收集也不少。所以一见如故，相当融洽。他的中文程度如何，我因未与深处，不得而知。但由他聘数位我国人士，从事为翻译中国史籍材料来断判，他即通中文，也不甚深。他那工作室，即在中文图书馆楼上，有很广阔的研究室，同时有数位中国人同他工作，使他得到便利。以一个逃亡的犹太人，继其所学，努力工作，就他本人讲，总算是天之骄子。

他虽中文不甚深，但他有研究中国学问的勇气。他到美国，有一部有关中国的著作，正在预备，并且书还未写，已有了两大结论。他数年来的工作，就是要在中国典籍中找材料，证实他的结论。他所用的几位中国人的主要工作，也就是在典籍中，寻找合于他的口胃，能证实他的结论的材料，而翻译出来，以便利用。至于是否断章取义的毛病，全不在他注意之列。

他所假定的两个结论是：

第一，中国为世界古国之一，文化悠久，为中外共认的事实。虽近百年来，政治落伍，物质文明不如人，但人民习尚及社会组织，还是比较进步，也为中外人所公认。但就魏特福哥尔的看法，中国民族，自始至今，还停留在原始的民族社会情况下，未曾进步。原始社会最特有的性质，就是奴性，多数人是少数人的奴隶，譬如原始农民社会，只有地主像个人，其他均为农奴。封建时代，也可以说，除了极少数人而外，大多数全过的奴隶生活。他以为西洋社会，早已脱离奴隶时期，而中国至今还是奴隶社会。

第二，一般治中国史的人，无论中外，总以为中国人富于同化能力。异族入主中原，起初还有"胡"性，等到久而久之，尽行"汉"化。这一项事实，比前更为显著，几乎无人不承认。可是魏特福哥尔的意思，以为中国人不但没有同化外人的能力，相反地，为最容易被外人同化的民族。中国现在，在他看，已无有什么"本位文化"，一切却是被异族同化而后的产物。所谓同化外人者，并非事实。

他先主观地有此成见，然后搜集有利于此结论的材料，一一申述，以证实他的假想。本来科学工作，需要幻想，需要大胆地做假设，然后用事实来证明或否认。所以他的做法，无可非议。惟科学家的工作，又要无成见，在引用材料时，要取其确实可信、毫无疑问的，不能先存有什么成见。在这一点上，魏氏的工作是很难说的。

当我知道他有此大计划时，我不知不觉产生一种反感，就是觉得他这个结论，实有侮辱我民族之处，谁愿承认人家说自己的国家还处于奴隶制度下？谁肯承认还是奴性太深？至于同化外族能力优越一点，就算是先入为主，但骤听此语，心里总是有些不舒服。

以上两结论，可以说魏氏存心要做翻案文章。正和一般人喜欢做翻案文章一样。历史上的翻案事件，不知有多少。魏氏也许因为好奇心盛，因而出此。所以我于不舒服之后，也就一笑置之，不去深究，只是见了朋友，随便谈谈而已。

我在美国，迎接了胜利，经过英法等国，回到国内，正遇着一切均由希望变成失望之时。失望之余，免不了回想，回想到魏氏所做结论，回头看看我国内的现状，真令人不寒而栗。魏氏何须在中国历史中，费那么大的事，找材料，证实他的结论；目下中国的一切事实，摆在面前，无一不可作魏氏假设的铁证！我只有佩服魏氏的见解高超，哪里还敢指摘他的不对。不过承认奴性与无同化力，削去我国文化的光芒，未免有些自惭形秽了。

首先言奴性。奴性的表现，就是自己没有个性，忽视自己为人的自尊心，无论思想行为，总是要取悦他人，因而也失了主观的见解和主动的能力。倘若用这个立场，去看大多数中国人，当然全过的奴隶生活。主要是官场的习气，上下僚属，惟一人之命是听，以一人之好恶为好恶，不计是非，不顾廉耻，但求取媚于一人，此非奴性而何？奴才当然也有等级，自己为人做了奴才，同时当然也想过过主人瘾，把别人也当作他的奴才。所以他对于他所主持的部门，也摆起主人的架子来，以他人为他的奴才。而他人呢，当然也要奉承他，取悦他，忘记了自己是个人。但求饭碗牢固，不管人生羞耻，也就成了奴下之奴了。等而下之，愈是地位低的人，奴才的辈数愈低，于是全国上下，成了奴才世界。此等奴才生活，在心理上的形成，往往比奴才行为为害还大。一个小小机关，可以召集部属，随便叫骂，受者安之若素，认为是当然的。于是乎具有奴才教育的功能。一个人平时不知努力工作，一看见自己上司来，立刻装出要工作的样子，这是自己心理上的奴性已经成熟。一个机关，平时弄得凌乱不堪，一旦有更高的长官要来巡察，忽然打扫起来，整理起来，也就是奴性在作祟。今日中国整个官场，下司奉媚上司，上司奉媚更上的上司，卑鄙污浊，骄横贪婪，都莫非由于自己奴性的发作，或不尊重别人，而以奴隶对待人。凡不尊重他人的人，自己奴性必愈深，因之上上下下，都或多或少有了奴性。

进而言之，奴性的反面，就是要有意志支配自己的行为，不盲从他人。现在有多少人是照自己意志行事的？大自政治集团，下至私人事业，都是自己不明白自己的行为如何，而受人支配。甚至自己国内的事，往往受着国外力量的导演。民主政治最重人权，个人生存权、意志权，既都不存在，非奴隶而何？推演至极，国家政治，也受着人家的奴役，实为可恶！

再说到中国的乡村，广大的民众，几乎百分之百过着不知不觉、浑浑噩噩的奴隶生活。商店的学徒，工厂的工人，亦多如此。好像全中国人，都为了糊口而替少数人做奴隶。总结起来，又为某些人、某些国做奴隶。

再说到同化力，自然从表面上看来，入主中华的民族，如元如清，到了后来，全消失了，而熔冶于中华民族的洪炉。但这只是一方面的说法。中国人受人同化之深与烈，未见人多为注意。孔子支配中国思想者数千年，几篇空文章就打倒了。外来的宗教，如佛如耶，不到几年，就风行全国了。这种现象，从好的方面讲，是虚心，接受外来思潮与文化，然反过来说，就是易受人同化。不易为人同化的另一面，是富有保守性。有人或以为中国人最守旧，最保守，其实也不尽然。中国人喜趋尚入时，视已有之传统为敝屣，今日某些中国人之衣食生活，无一不竞尚欧化美式，自己个性消失殆尽。譬如就军队服装言，凡论何国，均有其历来之历史，保留以往规式。虽在一国，如苏格兰之兵的装束，与英格兰者即不相同。苏联军队，各联邦有各联邦之制服。我国军服，自维新迄今，不知改了多少次。初次革命，即未保留一点固有精神。后来今天完全学日，明天完全学美，好像一换服色，就可打胜仗了。现在我国新人物所用的建筑用具、服饰，与五十年以前者相比，两者找不出什么关系。而在外国，于博物馆中，可以看到人家每一种东西进化的程序。这就是因为我们现在的一切，已完全为外国的了。我并非反对新文化，只是说明我国固有的一切，已看不见了。被同化了，不一定完全坏，但至少表示自己不能保持自己历史的传统。现在有人住洋房、穿洋衣、吃洋饭，而大谈其中国国粹，反不如索性一切外国化，不讳言中国已丧失文化的独立者，来得天真。

其实本来没有一个民族，能保持固有文化，纯粹的什么文化，事实上并不存在。全世界，即在新式交通未发达以前，已有其交流。我们同化人，人亦同化我。我们不必以被人同化为耻，也不必以同化人为荣，主要在能保持自己的优点，吸收人家的优点。倘若不保持自己的优点，甚或只保持些劣点，而取了人家的劣点，当就不堪设想。今日中国，即有此现象，可为痛心。同化的问题既不照以前所说，中国人同化外人得那么厉害，也不见得其他民族，全未被人同化过。魏氏之第二假设，在我看来，无论证实或否认，并没有什么关系。不过我国目下风气尚破坏，不知保存古物，良好风尚不知保留，事事崇尚外人，倒有多少可虑。

所以我想来想去，觉得魏氏的说法，未见得不是实在情形，我们不能怨人做翻案文章，而应当自责。自己若无可议之处，自然人家不会侮辱我们。近因国内经济崩溃，人心已不可问，甚有人以外人一举一动均是对的，对外人曾奉若神圣，全国皆已买办化，尚何论其他。此等奴性与被同化，兼而有之之人，触目皆是，夫复何言！

民国卅六年，九月，十四日，于南京

谈 修 补

俗语有云："做小不补，大了就得尺五。"乃言衣服若是破了一个小洞，就得赶快补。如不补，待其更破，也许就成了尺五的缝子，补起来就更难了。此例虽小，可以譬大，任何东西，从日用器物，到国家建设，全是如此。

修补之重要，实远过于新的制作与建设。盖建设难而修补易。再进一步之建设，又必须使已建设者不再被破坏，方有长足之进展。我们看每一个建设事业突飞猛进的国家，莫不注意已有事业之随时修补。他们每一建筑，当完成之时，即注意每年必须的修补费用。在外国者姑不言，即如北平协和医学院之建筑，因由外人主办，每年预算中即有一笔预算，专以用作油漆门窗等之用。如某一年不用，原款收回。所以不管旧不旧或坏不坏，每年照例要把那建筑重新油刷一次。所以看去常是新的，而也不易坏。又如他们建设一条公路，必须有一笔很可观的修补费用。路面稍一出毛病，即时修理，所以路也不至于坏。美国许多有名的大桥，也是如此。听说三藩市的海湾大桥，经常有人从事油漆，自这一头到那一头，周而复始，常川不断。我们看见外国的轮船，也经常有人从事于刷新修补工作。他们除了建设新的外，对于已有的东西，把修补当作一件很重要的工作，因而才能保持完好，不易损坏。

　　学古生物学的人，必须到野外采集化石。采集化石，并不是到野外找些标本，就可以研究，其间需要很繁复的过程。归纳起来讲，不外采与修。采是选择某者应取回，对所要东西，加一番选择功夫，这里且不谈。单说修理工作，即在野外，也要以十二分的力量从事。如一块骨化石太风化，易破碎，必须先施以胶液，使之变硬，然后用糨糊或石膏和麻条扎装起来，待干固后，便可移动。移动后，其另一面，也施以同样工作，始可装箱起运。等到了实验室内，还有许多更精细的修理工作。做完之后，才能研究。例如人人皆知的北京人第一完整头骨，当其由产地运到实验室之后，经半年时间，才修理完成，可供初步研究。如此等工作不做，必然有许多珍贵材料，不能发现。即便发现，也随手毁灭，不能保存，当然谈不到发挥其学术上的价值了。另外一种修补工作，此等作风可表现于人事的处理者，如很少随便设立新机关，总是把新工作新精神，由旧的机构加以改良革新，逐渐推进，使之能发挥时代的效能。此等做法，最显著是英国，总是"周虽旧邦，其命维新"的作风。而其所以新，即是对旧的随时修补。凡是一个机构，既然成立，绝不轻为取消，但亦绝不任其腐化，必随时注意新精神。因此他们有历史悠久的大学学会及许多机构。这些组织，也好像一块样本，随时加以修补，方可求永远使用。

此只稍为申述修补之意义与其重要性。此等精神，亦可用之于人生上边。譬如人自己的生活，在数十年过程中，也需要随时做修补工作。西洋人最明此理，所以一有小病，即赶紧治疗，不使成为不治之大病。尤恐不足，每过一时期，必须寻找个医院，把身体做有系统的检查，看出了毛病没有。如有毛病，及早治疗。医院及公共卫生设备，可以说是为人做修补工作，而人人也明了此旨，不使病已入膏肓，才找医生。总而言之，一切事物，包括人本身，不等坏，就修补，方可有健全的国家、社会与个人。

用修补的眼光来看我国一切情形，几乎一切皆得其反。我们太不了解修补的重要了。事业建设不起来不说，即便建设起来，因不重视修补，也任其又自然毁灭。幼时居住乡下，常看见村中聚社立神庙。庙宇建设起，神像塑好，即开会庆祝成立，演戏醮神，俗名曰开光。但是这个光一开，这庙及其内之神，再无人过问，直到庙破坏，神像倾倒为止。此例虽小，亦可喻大。我国凡百事业，也就同这庙一样。创立后不事守成，而听其破坏。等破坏得不能用时，才再设法，等于重修。最明了的例，莫过于二十多年的公路工作。常见修路，也常见路不能用。考其原因，当然也由于初修时，即未好好修筑，敷衍了事。然修成后不能就护路工作，积极推进，亦为一主要原因。等而言之，我们的铁路，我们的其他建设，甚至我们的使用汽车及一切机器，也都是同一毛病，不等坏到不能用就不肯修理。等到坏时修理，不但费事，而且工程特别浩大而费时。但明知如此，也还不改。所以把一个有四五千年文化的国家，弄得等于废墟，到处尽是残垣断壁与无数的破烂。然此所可看见的，尚是抵抗力强，能残留者。已残破得什么也看不见，完全恢复到自然者，更不知有多少。

我于胜利以后，曾到过南京、上海、北平、天津、西安、洛阳、郑州、徐州等城市，均有同感。尤以上海的勉强够近代都市标准的马路，无论路面及人行道，均听其破坏。许多大楼，在外表上还是个大楼，而内外均待修理之处甚多。北平的大建筑，虽然在人面前的几处，增加以粉饰，然十九均待修理。有一天我因事到景山内北边，看见许多房，有的连房顶均已倾倒，无人过问。西安的钟楼，本是一个艺术性的建筑，而现在将窗壁任意修改，弄成一个极不顺眼的东西，里边还驻有军队，其日趋颓废，可想而知。南京的许多人行道，原来铺有洋灰的，现在则成为无数碎片，一高一低，还不知何时可以修理。郑州开埠，已数十年，而靠车站附近的几条马路，一下雨就成为泥塘，其他可想而知。总之，一切建设，非坏到不能再坏时，无人打算修补。等到坏得不成样子时再修补，已不是修补，而是重新建设了。其不经济，实甚明了。

我因此常有一种感想，以为我国且勿侈言要建国，先将快要毁灭之建设，予以抢修，使之不坏而勉强可用。能办到此，已算一大进步。如一方面对将坏者尚无办法，听其自然毁灭，而一方面大言不惭谈什么建国，即使言者无动于衷，听者的心实在觉得为一种讽刺。

修补的反面，当然为听其自然毁灭。然而我国一切情形，尚不止此。有些事实，使我们觉得，不但对已有的建设，听其破坏，还有惟恐坏得不快，更加以人为破坏，实在更令人痛心。在如此情况下,当然谈不到建设,也不必说修补。

说者每以为我国所以弄到如此现象,乃由于国穷民弱,没有充足的财力,因而不但不能举办新的建设,已有者也只有听其破坏。穷,当然是一个原因,且是一个主要的原因。然而仔细研究,实际情形,实尚有其他重要因素,而不能一味推穷,以推卸责任。第一由于社会不能安定,无有远大永久计划,即或修筑,也多因迫不及待,就急造成,自然谈不到永久保持任用。如我国的许多公路,就是一例。由潼关以西,到兰州的公路,不知修了若干次。到现在还和左宗棠时代所修的差不多,甚或不及以前。左公柳已砍伐净尽,而新的道旁树还未植起来。第二,由于做公共事业的人,无有永保不坏的心理。对公共事业,人人均存官不修衙、客不修店之心,当然接了前人之事,对一切放弛,此乃由于制度有问题。倘能有良好的人事制度,此点不难纠正。第三,由于我们组织能力太差,对一事不知如何方可保持永久,继续下去。譬如上段说乡人修庙,何尝不具热心,何尝不想继续下去,而因无良法使每至一相当时期,可有修理机会,所以弄得非到庙倒不修。第四,由于一般人苟安与得过且过心理太重,明知某事可办,而一天一天地推下去不办。此外,当然还有其他原因。总之,除了穷以外,还有这些主要原因,使我国上下对于修理工作太不看重,急功好名之流,喜创办,不思守成,因创办可以有功,可以得赏,可以名列创办,以垂不朽。殊不知不能续继,其创办者,也就渐趋消灭。我国由历史悠久的古国,而建筑及人事组织,均少有应久存在之表现,其理由正由一面建设、一面破坏之短期循环作祟。所以全国都"古迹化"了。

这一种忽视保存修补的精神，其为害实比一般人想象为大。第一，世上最不经济的事，无过置东西而不注意保存与修理。譬如公路，能下本钱修好，再有良好机构维持，则路面永固，所用的钱实在有限，真是一劳永逸，这才算是真正的经济。像西安城内的马路，不知翻修过多少次，其用的钱，算起来比修最好的柏油路还贵。而至今，还是天晴灰尘飞扬，下雨到处成塘。这自然需要眼光向远处看。如只因一时便利，是办不到的。尤其是每一种建设事业，如有生产功能，只以少许收入，即可维持于不坏。如上述之三藩市海湾桥，每一车辆过时，收费少许，即足够常年修补之用，最为经济。第二，随时修补，有一种教育功能，能使人爱护已建好的东西，而不肯轻易做有害或足以引起损坏的举动。尝见他们游大公园或森林，纸烟头必于弃时弄灭，不使生火灾，该抛弃的东西不任意乱丢。如与我们故意放火烧山、任意抛垃圾的习惯相比，不啻天渊之别。进而言之，以德国之强，占了巴黎，对巴黎文化及一切，并无大的损坏，也无非由此一念。此与我国军队过处，古迹荡然，亦可成一强烈对照。一切听其破坏，当然引起人对于各样东西不爱惜。归结起来，也就不会对国家有爱护崇敬之念。第三，不知修补至极，当然小则误事，大则引起严重后果。好的路同坏的路，其效率相差很大，而后者也容易出事。桥非坏了不修，车非不能用了还开，当然易出意外。飞机出事，人机俱空，要想修也来不及，当然更为严重。

所以，我以为修补，比新的建设还要重要。能注意修补工作的人和国家，才是真能建设的人和国家。知道修补的艰难，才可免除马虎的建设。而修补已有的东西，尤为穷的国家所急需。因为用钱少而见效速，且可解决各种饥荒问题。今若先能将全国已有的建设加以修补，则我国马上即将另为一种景色，而不致使人有破落户之感。

我国历史原为一治一乱历史，乱时比治时多。破坏当然比建设多。所以汉砖唐瓦，均为奇珍。只太平天国等变乱，在各地所造成之破乱，迄今遗迹尚未泯灭。辛亥以后，战争频仍。八年抗战，尤为最近之破坏，其所残留者，实已有限。其在痛苦中所做之若干建设，亦往往随建随坏，至为痛心。今后建国，固需要有整个计划，全力为之，然若忽视修补，其结果必仍然不能达到目的，最低限度，将使建设计划，无限制拖长。余尝见许多事业，许多建设，陷于不生不死情态，或任其颓废，遂不觉感于修补之重要，初无忽视新建设之心。所望能双方兼顾，同时并进，始有迎头赶上之一日，否则将永远沉沦，不可救药。长沙为数千年城市，然由长沙往岳麓山，尚用木船摆渡，是无建设，固为可耻。虽上海借外人之力，形成东亚一大都市，而已有建设任其破坏，是忽视修补，尤为可耻。电灯不明，马路不平，几成为各都市之普遍现象，皆由人为造成，与穷富关系甚小。希望不久以后，不再有此现象。今将以我国人对于修补工作之重视与否，占国运之兴替，初非过甚其词。愚直之见，当能为一般有心人所同感到者。

论 权 威

一 一段实例

我上次出国时，带了在云南禄丰和卞氏兽及原蜥龙化石一起找见的一个小骨头。这小骨头长不过两三厘米，两个下颚还连在上边。正因如此，上下牙只有一部分露出，且极不清白。因为头这样小，十分易碎，当时我断定其在古生物上的意义，十分重要，而因没有良好的实验设备，所以不敢尝试把下颚取下来。带去的目的，是希望在外国找一地方，先精细修理一下，看能不能把下颚取下来，以便能研究头骨的下部和下颚的内部。同时想请教外国此门专家，听一听他们对于此化石的意见。

我首先把此化石带到了纽约。在纽约自然历史博物馆的脊椎化石实验室，请对修化石已有五十年左右经验的发肯巴克，在扩大镜下，精细修理。经过了十几天的连续修理，并和室中其他修理人员及研究化石之专家，如寇伯特、葛雷高等商讨，最后的结论是，他不敢贸然把那下颚取下来，怕的是损坏了其他要紧的部分。

后来把这已修好的化石,由他做模型。又用最新式做放大模型的方法,即用一种特别橡胶和溶液,连续放大至所欲之大小,做成比原来标本大至三倍的模型,可以借此看出若干平常不易看出的性质。

我发表禄丰化石简目一文之时,把此化石定名为"小昆明",以纪念在昆明三年之工作,但未及详为记述。此次携美,于修理完毕之后,将小昆明与其他爬行类中最进步而与哺乳类相近之卞氏兽,一同研究,还用此名,而做详尽记述。但还有许多问题,不能解决。纽约自然历史博物馆中,葛雷高研究脊椎动物化石四十余年,勃朗亦四十多年,新进的寇伯特为近年工作最有成绩之人,但他们不敢说一定。许多说法,还多是骑墙与两可之论,不是可能怎么样,就是或者怎么样,令我想起某君所述某先生常用之语,而编为绝句是:"或者大概也许是,八成仿佛也可以。然而你们说以为,不过我也不敢说。"最后他们说:"您到剑桥去,可以让罗美尔看看,他必有好的意见。"于是我去波士顿剑桥之哈佛大学时,把这宝贝也带在身上。

到了哈佛,把我的宝贝拿出来,给罗美尔和艾丁格等看。看了之后,还是没有结论,也断定不出是什么东西。罗美尔为美脊椎古生物学界权威之一人,他的脊椎古生物教科书已风行全世,大有取而代齐特尔教科书之势。他对下等脊椎动物,如鱼及两栖爬行等,尤为见长。艾丁格研究脑化石,亦著威名,但这两权威,还只以"大概""或者"交卷。此时我有去英国之意,惟因交通问题,尚未十分决定。他们向我说:"你必须要到英国去,把此化石交瓦特生看,他必可说出决定的意见。"

后来我到了英国，在瓦特生之实验室，待了三四个月。那宝贝和其他化石，当然随我到了那里，与瓦特生和他的同事，共相研讨。瓦特生为英国脊椎动物之权威，他对于南非哈鲁系化石，十分接头，并亲研究过许多门类。我禄丰化石，与南非者十分相近，故他最有权威，说出一些意见。但他看了之后，也还说不出一定的道理。不过他研究与众不同，为我解决了一大部分困难。后来那化石还是名叫小昆明，当一新种新属，不过生物系统上之地位，还是未决定。一切的希望，寄托在未来：再找到更佳更好的材料。

二　权威与权威之难

在本文里，我想讨论一下权威。以上所举实例，不过为便于讨论，放在前面，做个样子。权威一词，为西文译名，英文名 authority，虽为外国名词，近年来在中国颇盛行。原文有许多意义，然主要者，不外二意。一为职权之意，就是对于一个事情，某人特有决定权，如一机关之首长，关于物件借出，别人不能答应，他可以答应，就是某人有资格讲什么话，办什么事。此意不在本文讨论之列。一为学术，或一般事体上，因为某人有经验、有学识，别人说的，大家不相信，而他一言，大家都相信。如任何科学，有某人大有造就，即被人称为某学之权威。此为本文所欲讨论者。前者之权威，乃法令组织造成；如别人不能随欲捕人，而司法警察可以，别人不敢管兵，而宪兵可以，毋宁为当然的。至于后者之权威，并无法令以为根据，乃由其人之资格经验甚至道德所造成，乃完全由他个人的成就，逐渐获得一般人士的信任，毫没有势力或勉强压迫的成分在内。因为你无论如何有势有力，听者不信，也是枉然。你说服了他的外表，不能说服了他的内心。必须使人心悦诚服，才是权威。在这一点上，这个名词的中译，并不妥当。因为后者的权威，既不靠权，也不靠威，完全凭个人影响。譬如上边所说那化石，非常难鉴定，一般人说了，总有人不相信，但经瓦特生最后一言，大家才心悦诚服。别人说了，即有道理，但总免不了还有怀疑的心情，而他能够证出番道理，能使人深信不疑。这地位并非偶然得来，乃以数十年辛苦工作，而且均是好工作，才能得到。

如此说来，当一个权威也不易。做到权威的资格，固然靠自己的努力，而权威之真正得到与否，却要靠同行人士及一般人士之道义的承认。就研究古生物学讲，初做的人无论工作得如何好，同行看的人总要打折扣。同样，因中国学术落后，所以外国人看了中国人作的文章也要打折扣。但等到相当时间，他们实际对照所做的工作，实在可靠，于是也就逐渐加强了信心。再到一个时期，不难树立权威。在另一方面，权威树立甚难，而摧残甚易。如一人有许多作品均好，但只有少数不好，往往连好的也被认为有了问题。此其所以有地位的人，对于发言特别谨慎，尤其喜欢使用两可的形容词，为的是留卜余地。上边说的那化石，在美国看到的人，不下十多位，他们都是在古生物学上极有成就的人，然而说话总不肯随便。即瓦特生本人，也是取极谨慎的态度。

由上边所举的实例，也可知做到权威者之不易。单就修理化石来讲，发肯巴克以五十年左右的经验，要断定那化石不可分开时，还要和其他人士讨论。等到结论是不能分开，自然分开的不方便和危险甚多。说到鉴定，各种可能性全得考虑到。等到决定是其物，则为其他物可能性，也就微而又微。正惟如此，所说才特别可靠。这是要达到权威者必需的态度。否则轻易判断，随便发言，则必然谬误百出，岂能获人信任，如何可以成为权威者。因即或有权威之人，也往往可生错误。如再不经心，其危险当然甚大。我想瓦是实际做科学工作之人，必能体谅到此。达到权威境地之难，绝不是随便吹牛或凭空妄断所能做到。

三　权威与真是非

明白了以上所述权威之概论，进而可以谈到我国目下之所谓权威。近来权威二字，常见报端及刊物上。不曰某人为某方之权威，即曰某权威言某事，当如何即如何。外国的权威到了中国，可惜多已变质。所谓权威，不一定就对某一门科学或事有独到的见解，大半是凭借地位或势力来取得权威地位。有些地方，好像与第一类权威有什么关系，就是凭借机关或政令势力，而对某学问某事情居然取得了权威的发言权。但有时也不一定凭借机关，而因为有一种特殊地位取得了的。所谓权威的地位，用老的名词来形容，好像这所谓权威，成了权门、巨室、缙绅等的代名词。这就是因果倒置，只问声望，不问学行了。原来权威的地位，是由一点一点、苦苦研究而始获得，工作是因，权威为果。如那位修理化石的人，经了多少年的努力，才取得了在修理化石上的权威地位。但在中国，则因为有声望，有巨室、缙绅的凭借，而成了权威，故对其学问某事也有了发言权，岂不是因果倒置？

再进一步言，权威之名，本是很狭窄的。一个人生命很短，精力有限，而学术无限，事业无穷，势不能样样都弄得很好，只能有一部分专精，才能成为权威。但是我国之权威，往往范围甚广，即或对一部分学问有他独到之处，而地位一来，仿佛无所不通，无所不知，成了决定一切的人物。

推其所以如此的原因，固由于有权威资格的人物，不知自爱，而滥用权威，甚或本非权威者而冒充权威。然实在的症结，还在于社会上的人知识水准太低，不能明了是非，往往震于一二人之虚名，而视为了不起，也不考虑他们是否真是那回事，对一切轻于相信。换句话说，是判别价值与是非的能力太差，也缺乏怀疑的精神。在外国任何科学，绝无侥幸成名之徒。凡有发表，均经得起严格批评。凡有地位，均与其应得者差不多。在我国以前，故丁文江先生常谓国内许多方面，全可以随便唬人，独地质方面，不能随便有人唬人。凡某人之应得地位，均与其所应得者相符合。然此亦不过比较之词。就今日情形判断，实尚有令人质疑之处。社会上之假权威日见加多，而世人不察，每以假权威为真权威者，于是弄成真假不分，是非不明的局面。大者至于国家大事，姑且无论。即专就学术言，今日国内之一主要病象，在于真正学术权威之未能树立。无论在哪一方面，很难有使其所关科学心悦诚服之人。工作人人能做，好坏如何，难以比较。好的，无人能指出其好的所在，坏的也无人可以指出。缺乏批评精神，无有求真勇气，此于学术之推进，大有妨碍。然竟一时难于革除，深可浩叹。

故今后所望养成真正权威，不外二途。盼望已有权威之人，善用权威，特别虚心，不可轻易发言，亦不可妄以不知为知，尤不可存目空一切态度，养成独裁意味，应有上述像外国修理化石的那人那么虚心，一般学人的那么不肯轻下判断。而另一方面，则盼望力量，能了解权威之真实意义，勿令以假混真，随时独裁。不信就是不信，信了就是真信，万不可迁就事实，或有其他意味掺杂于中。由此久而久之，自可养成真是真非，也可以逐渐淘汰了那些以假混真之辈。

四　权威与学术之进步

倘能树立真正之权威，既不独裁，亦不滥用威权，像我在第一段所引的那故事，可以得到许多教训。第一，权威地位得来匪易，往往穷毕生精力始可得到。第二，即或得到，还是要虚怀若谷，不妄执己见，对别人的见解还是善意考虑。第三，权威地位之获得，靠"民众"之推戴，而不靠自己的地位或其他凭借，则真正权威之养成，自有待于社会的力量。需要某一科学之工作者，均不能问地位，而问是非，不计情感，只重真理，应当批评者批评，应当赞扬者赞扬。

能照以上所述这三点去做，其结果不但树立了真正的权威，且可以促进学术的进步，无形中养成了优良的学风和士气。因为学术工作首先要有恒，又要不执成见，能以真理为依靠，大家共同探讨，尤为需要。

我国学术落后，一切比不上人家，然近来权威之多，不亚外国。权威之误解与滥用，亦比任何国为多。此流毒将不忍言。语云，回首是岸。倘我国人士能了然于权威之真正含义，努力工作，明辨真伪，了解是非，则在最短期的将来，将不难认真树起相当根基。此则属文及此之初衷，当可为世人所共谅。

吊 十 年

最近在外国一年多,和以前在德国四年多,所得的一个最深刻的印象,就是洋人不服老。尤其在美国,这个印象更为深刻。我到美不久,曾写信给国内朋友,说是外国的女人,用我国旧剧上的话来说,只有花旦,没有小旦和老旦。因为连年纪很大的女人,也都打扮得花枝招展,高跟鞋笔挺,口红红得怕人。这心理上的原因,就是因为她们不服老,人人都像《三国演义》里的黄忠。

在纽约自然历史博物馆当客人时,为时较久,和他们感情较熟,到了可以随便谈笑的程度。我总还是不能脱中国人的一个老根性,有时不由得说"我老了!我老了!"这一类的话。他们起初听了有些诧异,后来公开表示反对。一位比我小两岁的人说:"您若已老了,我只比您小两岁,岂不也就老了吗?"后来他们索性不客气地不许我说老。

其实我何尝真老,在美时还不到五十,去年才是我五十之年。外国人说:"生命开始于四十。"就是说从四十岁起,才真正是有为之年。无论从做事业或做学问方面看，全是如此。人到了四十，才真懂得人生，了解人生，享受人生，因而创造人生。像岳武穆所说"三十功名尘与土，八千里路云和月"一类的感慨，根本太幼稚。像孔子所说"三十而立，四十而不惑，五十而知天命"，还和洋人的说法差不多。所谓生命开始于四十，就是到了四十，可以不惑，而懂得怎样做事，怎样做人了。

因此，我们可以说人生四十以后的光阴，才是真正值得珍贵的时代。倘若身体好，情绪佳，到五十不过十岁，到六十不过二十岁，自然还是年轻。据生理学家与医学家言，此说也有真凭实证，并不是随便和老年人开玩笑。据说，人的身体，固然到二十多岁，即发育到最高境地，以后即逐渐衰退，但是人的脑力，则到六十岁以后，才发达到最高程度。那么，四十岁以上的人，至少不必悲叹老之将至，而更当发奋有为，以享受这最快活的一段珍贵人生。

说了半天，好像说到题目外边去了。题目是"吊十年"。四十以后的人生，既如此有意思，如何要凭吊起来？不知我之所以要凭吊，也就因为白白地牺牲了四十以后，十年可宝贵的光阴。因为这样可宝贵的光阴，轻轻失去，珍惜之余，不免时时自叹衰老。外国朋友，禁止了我口中不说，但禁止不了我心中的苦闷。那时抗战未完，国内生活艰苦，一切科学工作无从着手，眼看着时间一刻刻地不我待，永远地消逝，眼看着四十以后的岁月，消磨又消磨。人非木石，孰能不悲，孰能不叹衰老？

而且小我之外，还有大我。像我这样年纪，当然代表着一代四十岁左右的人，逢到国家空前灾难，开始过漂泊生活，一年，二年，三年，以至十年。与我处境相同，苦况相同，感触也相同者，已不知几百万人。而比我处境更苦，流离更惨，甚至失掉性命，连凭吊的机会都没有者，还不知有多少人。我今凭吊我自己，也可以说是代替他们这些人凭吊一番。

十年以前，我在北平，有相当可用的实验室，能做理想所要做的科学工作。住在这世界名城，也不无名山胜迹，可资游赏。那时的国家情势，虽然处在外患煎迫之秋，北平附近即有被导演的组织存在，然国内各种建设，很能做出一点好的开始，至少不十分令人悲观，还有些作为的样子，人心也相当振奋，大体说来，至少是走上坡路，所以情绪是乐观的。

不料卢沟桥事变一起，改变了一切。强敌迫得中国不得不入于抗战一途。个人生活，夫何足道？于是开始了我的漂泊生活。由北平到香港，又由香港到长沙。在长沙，茫然地随人庆祝了台儿庄胜利，憧憬着短期内战事即可结束，可重理旧业的想象。但不久这憧憬完全消失了。到了昆明，到了重庆，又不时往川滇甘新等地做工作。这样生活一直过了七年。离了国土，到了外国，终于迎接了胜利。胜利后跑回来，复原不能如理想实现，一切都随遇而安。最痛心的，是一方面觉得胜利了，战事结束了，而一方面又到处还是火药气味。另外加上经济上的重压，整个的国家与社会，一时找不到出路，看不见光明，至少又走了下坡路。前途艰辛，不卜可知。所感觉的，只是空虚。无论如何，个人十年的光阴，就在这东奔西跑中过去了，消逝了！

四十到五十！人生何等重要而可宝贵的一个阶段！就这样在炮

火中消失。虽然说在这十年中，看了不少山水，也做了一些工作。实在讲起来，也并非完全等于白费。但是这十年若不是乱跑的生活，而能有抗战以前工作的设备和环境，我相信我的贡献于人群者，尽瘁于学术者，必然更为满意。

今回首十年已去，不可复还。然这十年来的个人情绪，并非完全低落。相反地，随时想重整旗鼓，并做进一步之努力。可惜限于环境，总不能达到所期。十年固为可吊，而十年所留之鸿爪，未始非以后努力之借镜。固然过去十年，于消极悲观之余，不免常有老之一念横于胸际。但老既无法阻止，而一日之人，又不能不做。故只有抱做一点算一点之念头，仍向前迈进。内心消极，行动积极，为我一向所感到而力行者。今值结束十年光阴之际，愿将过去十年个人心理上之几个重要变化一为申述，而这几个变化都是由大时代反映出来的。

过去十年，可分为四阶段：兴奋，失望，又兴奋，又失望。抗战初期，国人感于外侮之来，非一致团结不可。大家在一个简单号召之下，一体对外。那时经济旧基尚相当完好，物价未大亏。虽然军事节节失利，并未失去信心。虽然在漂泊中过很艰苦的逃难生活，甚至在空袭威吓下生活，然因为希冀着未来的胜利终可来到，吃苦吃得心安。尤其是以中国的孤苦抗战，居然引起了欧战的发生，又居然引起了珍珠港事变，国际情形，日日与我有利，这一个时期的生活虽是苦的，精神是兴奋的。可以说，自"七七"开始到太平洋发生战事以后不久，全归此时期。回忆那一年春在北碚，听到东京首次被炸的消息，何等喜慰！这一时期的兴奋，可以说到了最高潮。

以后就由兴奋而变为失望了。

失望的心情，也随着战事的日久不了，与战区的日益扩大，而逐日增加代替了以前的兴奋。尤其是国内各方合作，远不如抗战初期的完好，同时物价已逐渐威吓每个人。又加上政治的无能，贪污的增加，一切结构的复杂而腐化。我们只回忆那时关于汽车钓黄鱼的故事，已可代表一切，不必细举。因此一般人无不感到失望。虽然说，有过几次比较令人满意的战事，然而算起总账来，老是寇入日深。有一度，连重庆都有朝不保夕之势。在此情形下，研究工作当然感觉到更为困难，更说不到什么成就。在此时期，个人能有一个往国外的机会，能看看国外科学进展情形，就个人讲来，未尝不是幸运。但就大的上说，总不能令人精神上痛快。当我到美国时，美国人对中国的热情，已一天比一天消沉。报上所载的不是战事失利的消息，就是批评我政府的如何无能。试想一个人在此情况下，还能不失望吗？

后来终于得了一个强心针。国内战事较稳定，不久德国覆败。再经四个月，日本也无条件投降了，全世界为之欢欣。中国为盟国之一，当然也喜慰之至。而且中国以百年积弱之局，一跃而列于四强之一，受宠若惊，人有同感。联合国大会首次在旧金山召开，又予世人对未来世界以新的希望。然而这一个新与旧时期，为时甚暂。到以后不久，一切都为之变质。一切信心，好像都起了动摇。

国际间强大者不能合作，形成了两个壁垒，这是世界大事，我不在这小文中申述。国内胜利之果不能保持，双方未能合作，反而裂痕日甚一日。四强之一，变成了五强之一。五强之一，又一变而成为人家要处分的对象。经济的无办法，一天比一天厉害。老百姓的颠沛流离，变乱地方的损失与破坏，几为有史以来所仅见。我于三十五年春回来，将近两年，也跑了不少都市，见了多少乡村，一切都是反常。其中一部分的印象，已在另文约为述及。而这所说的，实不及真况千百分之一。在此情形下，焉能不再失望，总而言之，心境又坠入无底之深渊。

至少就目下情形看，好像这一次失望，一刻尚看不出有何事实的表现，可以予我心情以重要的改变。这就是无可奈何的悲哀、伤感、空虚、彷徨。一个人生于社会中，生于国家中，社会国家的一切，当然影响到个人。回首过去十年的经历，真可谓断送了人生十年最可宝贵的光阴，岂止凭吊？诚可悲泣！

我在上边说过，我实代表一代人。像我们这一代人，一人断送十年，十人断送百年，百人便断送了千年。如个个都记在账上，恐怕虽地质年代上的数字，也跟不上白白断送了年月的数字。吊十年，岂止吊个人，绝不是单纯的情感。

就国家言，胜利之果不能保。如前途真无办法，真无出路，则此八年苦战，两年蹉跎，十年光阴，更为可吊。回忆第一次世界大战后，我国即失掉了一次千载一时的机会。幸而天无绝人之路，又给了一个好机会，令我们翻身。不料身子已翻，静待起来，却不但不起来，而硬向泥沼中躺。自找自杀之路，事之可悲，无过于此。为国家吊十年，为我们这一代吊十年，更不违为个人吊十年。十年已逝，永不能再有，只看今后如何。

个人今后觉得痛十年之逝，对未来光阴，更当珍惜。语云：悟已往之不谏,知来者之可追。个人只有拼命地追,但个人又受大环境的影响,所以今再回头说一说环境,看有无希望。

来者可追,就是我们的新希望。我在《新眼界》一书中已提到这新希望,今再引而申之。

当我在英国时(已是两年以前的事,那时距欧洲战事结束,大约已半年多了),就听许多外国人士讲,战后欧洲国家之罹于战祸的,以比利时恢复得最快。那时社会秩序早已恢复,一切建设工作已入常轨,大学方面已罗致各国人士,前去讲学。今已两年,当更为进步。最近看到比利时寄来的古生物专著,有两种关于我国开滦煤矿附近之古生物记述。其纸张之佳,图版之美,可以说已超过战前标准。还有丹麦、荷兰,也都是恢复很快的国家,不过比之比国,仍逊一筹。大的国家,就比较慢些。如英如法,均多少有些内部问题。然他们均不致有武装行动,所以仍在进步着。苏联的进步更值得称道,他们是真在努力。相反地,悲剧的演出,如希腊,则正在消耗着国力。至于其他无显著进步,但亦无损耗现象的国家,虽进展很慢,但恢复总较为容易。

一个国家好像一个人一样。人一有病,只要及时医治,遵大夫嘱静养,也就会慢慢复原。如复原后,再加以适当的调养,自不难健康日益增进。今我国情形却好像一个病人,已是一身毛病,骨瘦如柴,而不但不调养,反而不加爱护,任意着凉伤风,甚或用刀子在身上乱戳,大量出血,气息衰微,其不能有好结局,乃为当然。

"来者可追",这就是说有人为的因素,要立刻拼命追。倘若不追,当然时间继续消逝。所以今后的希望,就看我们追不追。多追多有效果，少追少有效果，不追毫无效果。立竿见影，绝无迟疑，不许犹豫，更不容许自杀式地混日子。可以说国家安危只系于人人之一念。过去十年，我们不再回忆。只要从今天起，不再做自己损耗自己力量的事，更积极地再有一番振作，相信国家还是有办法。

话虽如此说，像上面所讲的，目下还没有事实的表现，可以令我们相信可做到如此地步。说是我们不能奢望人人如此做，但我们做一分子的，还有可能有希望的理由。至少一部分人，仍可努力做所要做的事。所以我这里又回到个人，倒是比较切实些。

我觉得虽然说对外的仗已打胜了，然而我们还处在乱世。即就世界大局讲，去理想之和平世界，实尚遥远。在此非常局面下，我们精神上需要一种力量。有此力量，则情绪易饱满，能保持恒进的勇气。这力量说明白了，乃是老生常谈，就是要有不为的精神。有不为然后才能有为。现在有许多人无所不为，其结果是一无能为。

这有不为的精神，可以发生两种作用。一是消极的作用，至少可以保持自己的清洁，保全自己的人格。而此等消极作用，也可以发生积极的影响，或许能转风移俗，也未可知。一为积极的作用，就是用不为方面的精神，集中在自己能为的方面，小至个人事业，大至团体事业，约可望发达。前者是隐士的精神，后者则以隐士的精神用之于积极方面，以建立社会上一部分的基础。

不为的精神，也许稍见消极。但我可以介绍一个西洋人擅长的能力，以为补助。这能力说来，也是老生常谈，但不幸我们民族太缺乏，那就是组织的能力。尤其所谓好人，更缺乏此能力。我想我们缺乏这组织能力，大半人人都承认。即以我们的工作地方而言，好几十家眷属住在一起，不能做到有一个公共蒸馒头、煮米饭之组织，其他可想。大而言之，现在的局面，实由我们不擅长组织所造成。一切良法美意，到我们手里都完了，都有了毛病了。譬如民主，就是最清楚不过的例子。

以上所述，我不拟深论，一因言论虽说有自由，然尚有不忍形之于笔墨者在；二因既为老生常谈，也可不必多做脚注。不过我特别要声明的，像那要人忍耐，要人吃苦，要人振作，要人爱国等更老生的老生常谈，我或者坚强地反对，或者不情愿当应声虫而加以附和。

十年的光阴，从兴奋到失望，由失望又到了兴奋，由第二次兴奋又到了第二失望，好像有周期律似的。在不久的将来，是否可有第三次令人兴奋的时期，余不便做预言。但兴奋的新希望，不是奇迹，不是从天上丢下来的，要看各方面现实的努力。

访苏两月记

杨钟健·著

《访苏两月记》初版封面

献给
苏联科学院古生物研究所奥尔洛夫教授和他的夫人
和
苏联的男女古生物学家

ПОСВЯЩАЕТСЯ ПРОФЕССОРУ Ю. А. ОРЛОВУ
ИНСТИТУТА ПАЛЕОНТОЛОГИИ АН СССР
И ЕГО СУПРУГЕ
И
СОВЕТСКИМ ПАЛЕОНТОЛОГАМ

原书呈献页

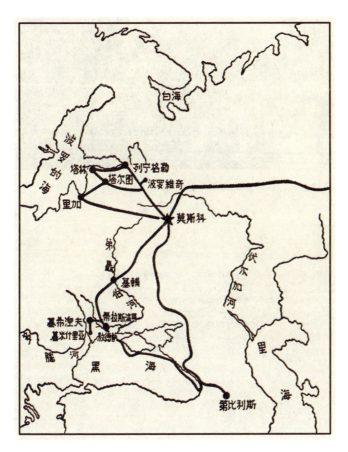

访苏路线图

杨钟健一行在摩尔达维亚考察

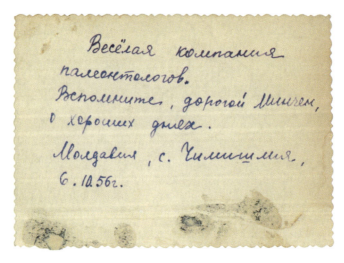

照片背面文字：愉快的古生物学家伙伴，钟健，请记住这些美好的日子。

摩尔达维亚，

基米什里亚，1956.10.6

当地报纸对杨钟健一行访苏的报道：
中国科学家在爱沙尼亚参观"新中国"展览，从左到右为周明镇、杨钟健、赵金科以及莫斯科大学博士研究生杨式溥（摄影 Э.纳尔玛娜）

苏联古生物学家科斯坦金·弗廖罗夫送给杨钟健的自画像

杨钟健一行在苏联（右一为古生物学家别丽耶娃）

杨钟健一行人穿过莫斯科红场

晚宴（杨钟健左为苏联古生物学家奥尔洛夫，右为别丽耶娃）

赠送的邮票

杨钟健和莫斯科大学博士研究生杨式溥,杨钟健一行由杨式溥做翻译

在博物馆参观

在火车站

野外考察

与苏联学者合影

杨钟健一行在苏联科学院古生物博物馆

考察路上，遇小雨

与苏联科学家在野外

杨钟健当选为苏联古生物学会名誉会员的证书,翻译如下:
中国科学院古脊椎动物研究所所长
杨钟健教授
北京

尊敬的杨钟健教授:
    全苏古生物学会委员会非常荣幸地通知您,1958年1月28日召开的苏联古生物学会全体会议一致通过,您当选为苏联古生物学会名誉会员。

苏联古生物学会理事长
И.И.高尔斯基
学术秘书
Э.А.马克西莫夫娜
列宁格勒
10.15.1958

目录

序　　/ 365

上篇　　/ 371

地质科学发展的方向　　/ 373

古生物学论战的胜利结束　　/ 375

地质与古生物博物馆　　/ 378

苏联的科学院古生物陈列馆　　/ 382

其他科学博物馆　　/ 384

野外工作季节　　/ 386

俄罗斯台地　　/ 389

海相第三纪地层　　/ 392

黄土及其他　　　　／394

古生物学教研室　　　／396

研究机构　　　／398

学会　　／401

古生物学刊物　　　／403

动物园与植物园　　　／405

奥勃鲁契夫与柏里侠克之墓　　　／408

下篇　／411

西伯利亚列车中　　　／413

友谊的会见　　／416

全苏农业展览馆　　　／418

莫斯科近郊的游览　　　／421

克林姆林宫及红场　　　／423

冬宫与夏宫　　／425

波罗的海的风光　　/ 428

基辅一瞥　　/ 431

在摩尔达维亚　　/ 434

在黑海的"彼得大帝号"中　　/ 439

格鲁吉亚的访问　　/ 442

第十二个旅馆　　/ 445

报告会　　/ 448

涅斯米扬诺夫院长的招待　　/ 450

送别与告别　　/ 452

序

一九五六年，我和南京古生物研究所斯行健、赵金科，北京古脊椎动物研究室周明镇同志等，作为应苏联邀请去访问苏联的古生物学众代表团组成人员。如不计算到达莫斯科以前和完成任务后离莫斯科以后的时间，一共在苏联各地访问了两个月零二天。回国以后已向中国科学院提出报告并向有关方面做了传达报告，也可以说我们的任务已完成了。

但尽管这样，这次访苏的印象在脑中还是很深刻，时时呈现于心目中。古生物陈列馆的珍奇标本和一些科学家接触的情况，乃至黑海船影、西伯利亚森林的秋色，都还是印象很深。有时想把这些所见所闻写出来，而时间又不允许，只得执笔数次又复作罢。

就是因为近几月来，健康欠佳，不到三个月，中间两次入医院治疗，因而能够给我个机会把这些印象摘要地写出来。这本小册子的四分之三的内容都是在医院写出来的，只有一小部分在家中晚间若断若续地加以补充才能完成。

这样写完之后居然成为一本小册子的样子，可供一些朋友卧游材料，也可通过它了解一些苏联科学界及其他方面的情况，这真是刚回来的时候所未意料到的。

人们常说苏联的今天就是我们的明天，由苏回来更感觉到这句话是一个真理。苏联的自然条件和我国有所不同，大部分是苦寒区域，沙漠也很多，然而经过若干五年计划以后，真弄得全国像公园一样，到处山清水秀，妩媚动人，工业、农业齐头并进，这真是值得我们效法的。

苏联的历史虽然没有我们长，但他们有优良的历史传统，有些地方可以说使我们望而生愧。他们对于历史的发展这个观念特别强，不只是这样想，而是实实在在这样做。凡是全国性的、地方性的或者是全面的或局部的可以保存的古物古迹、名人历史，可以说无不保存下来了。关于此，我只指出对于普希金的纪念就够了。

苏联的实物资料，无论是科学方面的或艺术方面的，不一定比我们多。但在目前，他们保存的这些资料的丰富度真可说千百倍于我们，列宁格勒经过不可估计的破坏与灾难，然而古生物的正型标本，保存得最丰富、最完美。同其他先进国家一样，苏联是一个到处都是博物馆的国家。这些博物馆在科学研究方面，在文物保存方面起的作用，可以说是无法估计的。

苏联的科学的绝大部分不成问题，已可以列于世界先进水平之林，这当然包括古生物的研究在内。可是苏联古生物材料的某些方面，不一定比我们丰富，甚至有些方面相当贫乏。但是他们研究工作的深入和对于标本陈列的尽善尽美，真是使我们难望其项背。而我们的化石却在各处遭到严重的、人为的破坏！

最后，让我谈一下关于保卫和平。我们这一次在苏联旅行，虽然距大战结束已整十年，可是北起列宁格勒，南到基希涅夫，到处都还可以看见或听到大战时的情况和遗留下来的痕迹。这个印象对于苏联来说，是永世不能忘的。我们完全同情地能够理解到，为什么苏联对于保卫世界和平的决心那么坚定。没有和平就没有其他的任何一切，谁要说社会主义阵营对于保卫和平没有诚意，那就完全是胡说。

以上就是我个人由苏联回来的几点主要的感想。在文中均或多或少地提到了，今再在序中重叙一下，或有必要。

此次在苏联收获甚多。如非苏联科学院邀请，以奥尔洛夫为首的殷勤招待，和各地科学家的大力帮助，是不可能有这么丰富的效果。我愿意借此机会表示我个人的谢意，并把这本小册子献给他们，作为访苏的一个纪念。

为了易读，一些不必要的人名、地名均省略了。在文中如或有错误或不恰当的地方完全由我个人负责。在此我应当向同去的同事以及同行担任翻译工作的杨式溥先生致谢。

一九五七年二月十七日于北京医院 杨钟健

一九五六年八月到十一月，我有机会在苏联做两个多月的学术性的访问。回国以后，虽然事情很多，但有一些印象还是很深地印在我的脑海，驱之不去。我愿把这些印象分为若干项目。择要地记述下来供大家参考。

上篇

地质科学发展的方向

我们在列宁格勒与苏联全苏地质研究所出版的《全苏地质图》主编人纳里乌金院士有很长而亲切的谈话，他警惕地指出，希望苏联过去犯过的错误中国不必再犯。他对中国在解放以后，在地质方面所取得的成就，十分赞扬。但同时也指出地质学发展上必须注意到的规律。

首先应当重视地质勘探工作。很快地把有用的矿产找出来，以满足人民的需要，从而为社会主义建设服务。这样做乃是极为正确，无可非议。但为了把这个工作做好，还需其他两方面的工作，那就是地质普查和地质研究工作。

地质普查指的是一般的地质调查，以及编制地质图的工作。只有把这个工作做好，才能有效地直接支援地质勘探工作，否则的话，地质勘探工作就好像无源之水，枯竭可以立待。而且为了长远利益和为勘探工作打下牢靠的基础，地质普查工作，已是不可缺少的一个主要部分。

所谓地质研究，当然指的是一般的地质理论性工作，这又是进行地质普查的基础。因为，若是地质的理论研究不能达到一定标准的话，那就无法谈到准确可靠的普查工作。

照纳里乌金院士的意见来说，这三方面的工作乃是不可分割的整体，应该平行发展。如果任何一方面，过于走到前头，那将在工作中造成不可弥补的损失。他又指出，革命刚成功的苏联为了要找寻矿藏，把很大的精力用于勘探方面，这自然收到一定的成果，但作为长远利益讲，也造成了若干不必要的损失。后来这个缺陷很快就弥补上了。现在苏联的地质科学，就是在三方面不偏不倚地平衡发展，而健康地进行着一切工作。

回忆我国的地质工作，从来也没有照这样平衡发展过。解放以前，少数的地质工作者，大多数脱离实际，为科学而科学，纵能在研究上做出一些成绩而无裨应用。解放以后，我国的地质事业，有了空前的发展，地质干部大量增加，可是普查工作到最近才被注意到，而地质科学的研究工作，成为三方面最落后的一方面。因此深感纳里乌金院士的看法是十分正确的，对我们的忠告也是意味深长的。我们的友人既然不愿我们走弯路，我们自己当然更不愿意走弯路。我们应当尽力设法，把三方面的工作很好地健康地发展起来，这乃是刻不容缓的。

关于这个问题详细的申述，纳里乌金院士曾给我们一个书面的材料，题为"协调地发展中国地质学"，刊登于《科学通报》一九五六年第十二期，十八至二十三页，读者可以参看。

古生物学论战的胜利结束

几年以前苏联古生物学界有一场规模相当大的论战，其中一些主要文章已有中文译本*。事情是这样发生的，达维大希维里首先发难，指责苏联科学院古生物研究所首任所长柏里侠克院士，对于领导古生物学不尽恰当，造成配合不上生产建设，还批评柏里侠克院士闹宗派等等。后来由现任所长奥尔洛夫通讯院士首先加以反驳，认为达维大希维里的指责并不正确。接着其他古生物学界以及非古生物学界知名人士参加了讨论，这些讨论还牵涉到古生物学的研究方向问题，所以显得十分热闹。

我们这一次到苏联去，得知他们这一场论战已告结束，曾在列宁格勒开会讨论，结果达维大希维里承认指责有些不当，还是奥尔洛夫的看法较为全面。我们此次去苏联，奥尔洛夫也对我们谈到关

---

* 《论苏维埃古生物学的现况》（第一集，一九五三；第二集，一九五四）中国科学院出版。《论苏维埃古植物学的现状》一九五五，科学出版社。

中国古生物访问团杨钟健,把所带礼品巨猿等化石赠送苏联科学院古生物研究所由所长奥尔洛夫(左)接受时情形。中为哺乳动物学家别丽耶娃

于前所长柏里俠克院士的工作,他对于苏联古生物学可以说是继卡尔宾斯基院士之后,起了绝大推进作用的一位古生物学家,他不但明确古生物发展的方向,紧密地联系实际,而且对于古生物新生干部的培养也起着重大的作用。用奥尔洛夫的比喻来说,"一个本来是个秃头,而您一定要讨论这位先生头发的长短多少与颜色是没有意义的,因为他根本就没有头发"。达维大希维里对于柏里俠克院士的批评,用这个比喻来说就是捕风捉影,无中生有的。

至于古生物学发展的方向,本来是几乎不言自明的。它不能脱离地质,因为它是地质材料的一部分,而只有通过地史才能了解生物发展的真实意义和价值。所谓地层古生物学特别由于从一时代到一时代，从一个地层到另一地层，而不但明白了地层年代，也对于生物发展本身提供了无可置疑的实地论断。

至于古生物对于生物的密切关系和彼此依赖性，可以说更为显然。谁都知道把生物生硬地分为古生物与今生物乃是人为的，而到目下为止，还没有一个古生物学家研究化石的方法是不用生物方法可以成功的。谁也都知道古生物学对生物演化可提供的事实乃是无可置疑的事实。

关于这一点，双方的作者说来说去，可以说并没有本质上的区别。

我们这一回到苏联去，很荣幸，不但和奥尔洛夫有长时间的一起生活，听到他对于古生物发展所发的高论，看到他领导的古生物研究所所取得的成绩，而且还一起到了格鲁吉亚共和国的首都第比利斯看到达维大希维里教授，也听到了后者近年来所做的关于黑海区介类化石的研究工作。他们并没有因为曾争论过而有丝毫的不愉快，这一点对于我有很深的印象，也值得我们学习。

像苏联这样一场关于古生物发展的讨论，在我们还不可能发生。因为我们的古生物学不但只有短短二三十年的历史，对于为谁服务的问题，在过去根本不切实际，在解放后，也没有在已有基础上做进一步正当的发展，批评与自我批评当然也不能很好地展开。

但是苏联这一场论战，为中国古生物学无疑提供了不少学习的材料。它告诉我们古生物学怎样既为地质又为生物服务，而如何通过为它们服务又不断提高自己。如果说我们有不少东西要向苏联学习的话，首先应该学习他们只有学派而无宗派，像达维大希维里与奥尔洛夫所表现的那样。

地质与古生物博物馆

我们这一回有机会看了不少苏联的地质和古生物博物馆。从大的城市如莫斯科、列宁格勒等,到较小的都市如基希涅夫、第比利斯等,对于苏联的博物馆事业有极深刻的印象。

在未讨论苏联的地质与古生物博物馆之前,我们必须先了解几点基本事实,那就是苏联在卫国战争中非常艰苦,损失也很大,苏联在革命后的发展重点,在于重工业和提高物质生活水平,苏联的科学事业虽然很发达,但在历史发展的过程中,毕竟比西欧乃至美国要靠后一些。由于这些原因,我们就不能用今日美国的标准来谈苏联的地质古生物博物馆。

尽管如此,它在数量上并不比其他国家少,相反地显得很多。它自然不是美国式的引人入胜的陈列方式和富于诱惑性的广告派作风,而和西欧的古色古香的博物馆,既吸引游人,又发挥了保藏作用,倒有些相似。在这个基础上如果改为美国那样的博物馆是轻而易举的。博物馆最重要的自然要是陈列的标本。在这一点上我可以

在苏联科学院古生物研究所门前。由左起第二人为弗辽洛夫，第四人为所长奥尔洛夫（后排）

说，苏联地质古生物博物馆内容之丰富，比其他国家毫无逊色，或者有些部分还要超过。我们万不可以貌取人，为表面现象所迷惑。

所有我看到的地质古生物一类的博物馆的收藏，都是十分丰富的，特别是列宁格勒的全苏地质研究所博物馆、矿物学院地质博物馆和大学的古生物学教研室博物馆等等。最令人钦佩的是，他们保存了大量以前的古生物学家研究过的标本，而且保管得非常之好，所有标签都是用黑墨笔写的，并且十分整齐。苏联全苏地质研究所还保存有大量地区性的岩石、矿物、古生物等标本，对于做区域工作的人有极大的参考价值和帮助。

这些标本，当然图书更为重要，是所有做工作的人不可少的参考材料。

在苏联科学院地质研究所门前

另外一点使人印象很深的,就是他们的标本陈列,对于与实地应用相结合这一点十分重视。我们在拉脱维亚的首都里加,看了内容不十分大的一个地质陈列室,但对这一加盟共和国的金属与非金属材料,甚至连土壤在内的标本均应有尽有。他们的工作是处处把为生产服务放在第一位的。

据我所知道的这些博物馆,都不是经常对群众开放参观的。它主要是起着保藏与供给研究人员或供实际参考必要的人员使用。至于大学中或学院中的陈列室当然更是如此,但是它的意义并不因此而减少。

列宁格勒的全苏地质研究所博物馆,还没有研究脊椎动物化石的专门人员,却有大量的脊椎动物标本,如古生代的鱼、中生代的爬行动物等,均应有尽有。最令人注意的就是大厅中陈列一架鸭嘴龙，即有名的阿穆尔满洲龙。这批标本乃在1914年所采集，地点为黑龙江南岸的白崖，乃在我国境内，因而代表在我国发现最早的爬行动物化石。在我国，哺乳动物化石因药用而见知甚早。至于爬行动物遗骸一般不为人所注意，在山东所发现的盘足龙脊椎骨，比黑龙江的发现要迟一些。

满洲龙由于材料的不完全，勉强凑起来的骨架大半是参考其他已知的鸭嘴龙拼凑的，所以可靠性还是有问题的。

苏联的科学院古生物陈列馆

脊椎动物化石的研究，在苏联科学院古生物研究所占有相当的比重。它有一个内容十分丰富的陈列馆，专门陈列脊椎动物材料。这些材料本来就很多，而由于添上了前几年在蒙古人民共和国所发掘的材料，所以更显得拥挤。我们这一回去苏，因限于时间，并未能把所有标本详细看过，所以只能谈初步观察的印象。

这个陈列室最名贵的标本，是德维那二叠纪的动物群，包括原始的两栖动物和爬行动物。一九五五年赠送中国科学院的头甲龙，就是这一地层中的主要动物之一。在这个陈列室中，还有不少的整齐或部分整齐的骨架或头骨，都是属于这一种。苏联二叠纪动物群，在生物分布与演化意义上均十分重要。他们最近在莫斯科以东等地找到了十分完整的一向认为只在北美的克氏兽（*Casea*），为脊椎古生物方面一大发现。

哺乳动物方面，以新生代晚期的各种代表性动物为最多，不能一一列举。此外研究室中还保存大量的脊椎动物化石标本，如鱼类化石，几乎只陈列了一小部分。

在陈列技术方面，也有值得我们学习的地方。譬如他们利用西伯利亚产的一种植物其木材雕刻成为各种骨化石标本。栉龙的尾部腹棘，都用此做成。另有恐龙头骨的各部分，也用此雕刻而成。当然不一定如用石膏做模型之准确，但就大的标本讲，可以保持特性，也可以十分可靠。

像苏联科学院古生物研究所丰富的收藏，早就应当有一个宏大的现代化陈列馆。但是目下还没有，其理由已见上述，相信在不久的将来，这个目标必可达到。

陈列馆的地点就是院本部附近。虽然地方狭小，内中仍有几个办公地点，供研究人员使用。这样就使人得到更深刻的印象：在房屋不十分充足的情况下，一样可以做有价值的合乎标准的研究工作。

古生物陈列馆馆长为弗辽洛夫，曾于一九五五年参加苏联古生物代表团到过中国。这一次看到他们丰富的收藏，才知道我们的收藏还需要更加大大努力，才能与之相比。

其他科学博物馆

我们此次访苏，除了看了不少地质和古生物一类的陈列馆之外，还看了不少其他方面的博物馆或陈列馆，特别是动物博物馆等。以下只能择要谈一下。

给人印象特深的，是在莫斯科所看的达尔文博物馆。实际上是全世界性的，动物标本收藏材料十分丰富。主持的人，现年达七十六岁高龄，但工作劲头还很大，为我们讲解其所有的收藏，自大的象、狮以至小的昆虫等等。其实这个陈列馆也是暂时而为储藏性质。据说正式博物馆建筑已是在计划中，预定一九五九年正式落成。他很有信心地对我们讲，希望三年以后再来，就可以看见正式的达尔文博物馆了。

在列宁格勒参观了科学院动物研究所的陈列馆，可是我们去的时候，尚有一厅正在修理，未能参观。另外的部分虽陈列稍古旧，但内容丰富。全世界知名的西伯利亚冰层中发现的猛犸象与犀牛化石即在此陈列。更重要的是他们内部的收藏，比可以陈列出来的还显得更丰富些。

列宁格勒有一个所谓解剖与功能陈列馆，规模相当之大。主要是用比较解剖的材料，结合功能，说明每一器官受自然环境之影响的改变和适应的情况，也更深入地提供了人类演化的材料。这后者自然也是陈列的一部分。莫斯科的人类研究方面也有一类似的陈列馆，不过规模较小，主要是说明人的演化等。中国材料也被重点加以使用。

此外我们在塔林、基辅、基希涅夫、第比利斯等城，也均或多或少地看了一些动物的或有关动物的陈列馆。在苏联绝大多数的动物部门，也都做着不少古生物研究工作，特别是第四纪脊椎动物化石的研究。譬如基辅关于象化石的搜集就非常之多，在某一地点发掘了几十具骨骼，正在研究中。此外他们也有不少人，从事其他门类化石的研究。在列宁格勒的动物研究所研究脊椎动物化石的，就有三四位。这样做，无疑有许多好处，至少令生物与古生物打成一片，而加强其联系。

此外由于兴趣所至，我们还看了不少的考古和与考古有密切关系的陈列馆，规模最大的为敖德塞的考古博物馆。也看了一些特殊的展览品。如在列宁格勒的冬宫和在第比利斯等地均看了许多极名贵的陈列品。但是我个人的兴趣倒是在稍老一些的文化遗物，所看到的还不多。

总的说来，陈列馆这事业在社会主义国家，占有相当重要的分量，在苏联已十分发达。虽然有些就目前说来，还未发展到应有的阶段，但可以相信，在不久的将来，必然会大大地发达起来的。因博物馆不但是保存名贵实物的地方，通过这个保管也是提高科学研究工作和普及科学教育所必不可少的重要环节。

解放后的新中国，关于这一事业已有了相当大的发展，但今后更进一步提高质量与扩充空白点，相信还有不少应当要向苏联学习的地方。

野外工作季节

我们是一九五六年八月下旬到莫斯科的。到后不久我们就了解他们的野外工作还未结束，许多人还未回到莫斯科。

但尽管如此，有些地方已经不适宜于野外工作了。他们原来打算让我们去乌拉山看二叠纪的一个化石地点，因天气已冷并多雨而作罢。有名的产二叠纪爬行动物的德维那区，也因更为靠北，自然条件不合适，而未能考虑。

但这只是少数的例外，一般说来野外工作到十月底才能结束，所以许多人还没有回来。由于这个原因，所以在莫斯科还有一些应当看的人并未看到，我们要做的报告也推迟到十月中旬回莫斯科后再做。

正因如此，我们非常珍视苏联科学院古生物研究所给我们一个能参观他们野外工作队的机会。那就是正在摩尔达维亚加盟共和国进行的，一个三趾马动物群的发掘工作。地点是在首都基希涅夫以南约一百二十公里。实际上今年的工作，是他们去年的继续。我们这次一共看了三个产化石地点，其中有两个正在进行发掘。由于发掘地点离公路很近，而且山上也可通汽车，所以他们的发掘工作一般采用大块搬运法，把化石丰富的部分用木箱包围起来，灌以石膏水，等固结后，再设法翻起。这办法比只用石膏与布条等糊当然更为保险。苏联以前在蒙古人民共和国的发掘也多用此法。缺点是只能用在交通方便的地方。因为每一箱动辄数百斤，除用汽车外很不易搬运。

这个三趾马动物群，主要由长颈鹿、羚羊以及麒麟等组成。他们习惯上把这作为中新统上部，实际上如用我国地层标准讲，应当为蓬蒂期即上新统下部。据他们讲，摩尔达维亚境内，由于中新统海相地层分布很广，研究得也很清楚，由此可推知脊椎动物化石的年代也当十分可靠。关于地层鉴定工作，如果无脊椎动物化石与脊椎动物化石并为印证，当然更为可靠。不过在新生代，脊椎动物演化的速度比无脊椎动物要快得多，当然更有资格作为鉴定年代的指标。苏联科学院古生物研究所在此地有系统的发掘，相信将来加以研究，不但对苏联是一极好的成果，对我们也一定有极大的参考价值。

摩尔达维亚含骨化石地点还不止这一地区。在以东六十公里的地方，实际上已为乌克兰境内，也产同一年代的哺乳动物群。我们也有机会前去参观，这可能是他们以后进行发掘的另一个区域。

苏联的摩尔达维亚好像我国的山西省一样，是产新生代脊椎动物化石的一个重要地方。看后令人不禁与我们的工作起了联系观念。他们的工作人员并不多，主要由一位富有经验的人领导，而另有若干人随同工作。聘用本地人的时候也很少,做得非常精俭节约,值得我们学习。

  我们很高兴地把由中国带去的国产名酒送给队上工作人员,在令人难忘的一次午饭席上,双方人员在一起,庆祝他们发掘工作的成功。苏联科学院古生物研究所所长奥尔洛夫陪同我一起参观了这些有兴趣的发掘。

俄 罗 斯 台 地

俄罗斯台地是地质上的一个名词，说明苏联欧洲部分的大平台，北起波罗的海南到黑海边，东自乌拉山西坡而伸入到白俄罗斯等地，可以说是世界上最大的一个台地。台地的特性是岩层倾斜度不大，几乎是平铺，自形成以后，受地壳运动很轻微，也就是地壳比较稳定的区域。

我们这一次访问苏联，承他们安排，每到一个地方，都去附近看一看地质情况和主要化石产地。一城至少一次，有时有许多次。我们在莫斯科、列宁格勒、塔林、达杜和里加等地都是如此。在这些地区，主要看的是俄罗斯台地上的地层。就台地北部讲，愈北愈老，愈向中心的南部愈新。譬如莫斯科附近主要露出的就是石炭纪地层。我们有一天去城南三十公里的地方，除了看到这一时代的地层外，看到较新的侏罗纪和白垩纪地层的一部分。此外，到过一采石厂，看他们开采这古老石灰岩的情况。这一地区，就是莫斯科大学一年级学生实习的地区，所以地层划分特别富于教学意义。

莫斯科近郊到列宁山附近的 C3（石炭纪）断面

在列宁格勒附近，除在海边看到寒武纪、志留纪所造成之地形外，还在以南近部看寒武纪和以前以及奥陶纪等时代之标准地层。带我们去看的就是苏联科学院古生物研究所古生态研究室主任盖格尔教授。他在此一区域工作了多少年，经验丰富，使我们得益不少。

看得最多的当然还要算在爱沙尼亚加盟共和国。在此我们由爱沙尼亚科学院院士奥维柯克教授指导。我们由列宁格勒去爱沙尼亚时，他就在半途爱沙尼亚科学院地质研究所的一个工作站迎接我们。寒喧之后，立即带我们去看附近在奥陶纪石灰岩上所造成之喀斯特地形。并在另一地区看一舍弃之石坑，化石极为丰富，真是取之不尽。

此外我们又以爱沙尼亚首都塔林为中心，看了附近所能看得到的许多俄罗斯台地北缘的许多剖面。虽然若干剖面大同小异，但均有其特殊性，增加我们对古老岩层的认识。尤其是在塔林以西二十公里看了近郊的森林区，风景优美。森林之中有岩石露头。露头之

观察塔林东方的奥尔塔维克断面（奥陶纪）

上化石甚多。可以说把名胜与地质结合在一起，真是令人有流连忘返之感。

我们由此东南行，到了爱沙尼亚的大学城，名叫达杜。此地以大学而知名。我们在此看到有名的泥盆纪老红砂岩的露头。露头虽然不大，据说也发现过不少古老的鱼类化石。因为此地相当靠南，所以红色岩层也暴露出来。我们还利用时间看了附近的新生代地层，又花了半天工夫去西南三十多公里看爱沙尼亚境内最高的"山"。其实只是一个小丘，原来在爱沙尼亚境内一般都是平地，没有什么山地，这也是台地地形的一个特色。

拉脱维亚的首都里加附近，也有泥盆纪地层露出。但因距城稍远，所以未得时间去看。

海相第三纪地层

在我国大陆上海相的第三纪地层非常之少，如果有的话；代表同一期地层的都是些陆相的沉积物。这一回我们去苏联南部许多地方，看到不少海相的第三纪的堆积，扩大了我们的认识。

在乌克兰的首都基辅附近，在类似黄土的堆积下，已有第三纪中新统海相地层存在。但是发育最好，而我们看得最多的还是在摩尔达维亚的首都基希涅夫附近。我们曾去以北一百公里左右，看标准的沙尔马梯安地层，整个地层可以说是由海相介壳、苔藓虫等造成的。其实在基希涅夫附近这个地层大量露出。造成岩层的岩石虽然不坚硬，但可足够用作建筑材料。基希涅夫的许多大建筑就是用这种岩石造的。这些化石曾经有人做过详细的研究，所以年代是没有问题的。上述三趾马骨化石层，不过是整个海相层位一小部分陆相沉积而已。

从这里一直过黑海北边到格鲁吉亚共和国的第比利斯，也看到了中新统地层。以前的第三纪初期地层（始新统？）也有大量的露出。第比利斯以北的山即为一时代的岩石所造成，并有保存很好的货币虫。由于古老的黑海海侵地区在这一带十分发达，所以本地的古生物研究工作重点，即特别着重于研究黑海区各种介壳类化石，并研究其演化的历史。因为沉积造成与大洋隔绝之环境，所以演化的速度特别显得快。以达维大希维里为首的古生物学工作者，都在此地从事于这一类的工作。

除了海相第三纪以外，也有一些陆相化石十分有趣。在基辅时，我看到那里动物研究所所收集的跳鼠科化石，和在中国发现的非常相近。在克里米亚本来发现过河狸的化石，而这类化石近年来在中国各地也多有发现，而且十分相近。所以苏联南部除了海相第三纪地层令我们特别有兴趣外，其他脊椎动物化石，自三趾马动物群至第四纪初期的化石，与我们均有一定程度上的相似之处。所以这次访问，更令人觉得今后合作的必要。

要补充的还有在敖德萨所看到类似骆驼动物群。因为在海相第三纪地层中开辟地基，从此地层中发现有袋状堆积，内有化石，均为骆驼一种骨骼，保存甚佳。虽完整的不多，而以个体计有数百具之多。其种与在中国发现的巨副驼（*Paracamelus gigas*）十分近似。

这些事实都说明我们研究的古脊椎动物化石，不能专以国内为研究对象，故步自封，而要和本国以外的地方取得联系。讲到新生代后期地层与动物群的分布，中国此期的动物与以西达到非洲的关系很大，那么与黑海边上的关系密切，自然不是什么可惊奇的事了。

黄土及其他

这一次去苏联，表面地质方面，也很有收获。最令人印象深的，要算在爱沙尼亚、拉脱维亚以及列宁格勒等区域所看到的冰川沉积。大块的（直径四至五米）和小块的（直径十毫米或更小些）变质岩、花岗岩、水成岩等几乎触目皆是。这些都是从以北芬兰地方，在冰期时代，由冰力搬运而来的。所造成的地形也非常特殊，再加上极易辨认的石上擦痕与条纹，使人对于冰川生成原因，毫无疑问。这一种沉积向南究竟分布到什么地方，我们虽未见，但就所旅行到的面积来看，实在是非常之大。

这些冰川沉积物，再加上年代更晚些的近代沉积，合起来都归之地质上所谓第四纪。在这些地区古老岩石之上，就是第四纪的东西，不但没有第三纪，连中生代的地层也分布较少。因此对于苏联以及欧洲中部等地区来说，把第四纪一名当作研究地质史上最近的一个单位是非常可以理解的。

我们在拉脱维亚的陈列馆中，看到他们对于这些外来的岩块做详细研究，大多数用于建筑及制作用材料，可知他们对于应用的材料无不尽量使用。

除了真正的冰川巨石以外，也看到发育很好的冰川泥，以及冰期以后海洋所遗留下来的第四纪后期沉积。这些材料对于我们来说都非常新鲜，具有参考价值的。

当我们第二次离开莫斯科往西南去的时候，就离开了冰川沉积的区域。但是我们在乌克兰的首都基辅，很幸运地看到类似黄土的第四纪堆积物。我们在河岸看到好几个有趣的剖面，底下是上新统乃至中新统的堆积。就所造成的地形和一般情况来看，的确与我国的黄土有些相似之处，但仔细观察还有些不同。主要是质地较细，含砂较多，颜色较深少带黑色，没有中国黄土中所常见的田螺，而代以可能是水生的介类化石。这样看起来基辅的黄土当为水成，从无疑问。中国的黄土，就不一定如此。此外就分布上讲，当然任何地方黄土规模之大都不能与中国相比，所以中国黄土之进一步研究，依然还是一个大问题。

在摩尔达维亚并未看到规模很大的黄土状堆积。在格鲁吉亚的第比利斯附近的河岸倒有很可与黄土相比的堆积，但也规模很小。相反倒有很厚的硬石所成的台地。就匆匆看过所得的印象讲，我倒觉得这一地区的第四纪沉积情况，和在中国黄土区的北边缘，如河套和内蒙古南部等区有些相近之处，就是侵蚀多而堆积少。

我个人走马看花的印象是，苏联的第四纪地质做的工作很多。中国不但要向他们学习做法，而且还要结合中国地质的具体情况，才能得到比较好的结果。

古生物学教研室

就我们所看到的几个古生物学教研室工作而言，他们主要的特点是打成一片，联系很强。

在莫斯科，古生物研究所的所长，同时还在莫斯科大学担任教研室主任。工作没有重复，配合得很好，对青年干部的培养自然起非常好的作用。和我们青年毕了业还不知到什么地方去，当然相差很多。除了所长以外，也还有些人在大学教书，声气相通，水乳相交，自为当然。

又如爱沙尼亚大学根本不在首都，相距还有一百多公里，但主持的人是奥维柯教授，他既在塔林科学院地质研究所担任调查工作，还在塔林的爱沙尼亚大学地质系任教。这样就把教学调查与研究工作紧密地结合在一起。

在基辅也有相似情况，因在一城，当然比爱沙尼亚更为方便。只有摩尔达维亚和格鲁吉亚，虽然分开，但也有一定的联系。而格鲁吉亚的地质调查机构与大学地质系就在一起合作，也很方便。

摩尔达维亚是苏联最小的一个加盟共和国，但它的大学培养出来的地质系、古生物系的毕业生却很多，就业地区也很广，自远东一直到中亚细亚全有。因此知道其能力非常之强。

所有我们看过的大学地质及古生物教研室的内容都非常充实。尤其是注重直观教学的方法，有大量实习和参考用的标本。此外还都备有极珍奇的挂图作为辅助教学之用。莫斯科大学的实习标本，就陈列在走廊上，可供学生朝夕观摩之用。其他各地大学的标本，也各有其特点，如列宁格勒大学的教研室，有很多已经研究过的正型标本。塔林则有本共和国内的各种标本。第比利斯则以中生代菊石等为最多。除了特长以外，关于教学用的一般标本，还是应有尽有。在这一点上，可以看出他们历史的悠久，同时也钦佩他们对于标本保存之用心，虽有的历经战火（如列宁格勒、基辅等），而仍然保存非常之好。

所有大学的教研室都在做一定分量的研究工作。他们所做出的论文，底稿均装订成册，陈列于显著的地方。好的论文也可以发表于适当的杂志上。各教研室大都有一定数量的参考图书，所以工作都很方便。而每一个大学的古生物教研室即为一个很坚强的研究中心。

中国留学生在苏联以古生物为专业并不多，我们去时候，有北京地质学院讲师杨式溥同志正在莫斯科大学读研究生。我们这一回去，他得到奥尔洛夫的许可，一直同我们一起，帮助做翻译工作，令我们得益不少。此外从一九五五年起，有十二个由国内中学毕业的学生入莫斯科大学，被指定要学古生物学，他们当中有的对古生物所干何事，于实际有何用处，尚都不十分明白。据说他们学习十分积极，相信数年以后必可成为一支很坚强的后备力量。苏联教授一致称赞中国学生用功之勤与工作的努力，认为是学生中的模范。

研究机构

古生物学的研究中心，当然和其他学科一样，是在科学院和它的分院。我们所最熟悉的当然是苏联科学院的古生物研究所，但除藻类以外，没有古植物部分。古脊椎动物部分等，阵容很强，副博士以上人员达十二人，比我们多出两倍以上。在莫斯科以外，主要以列宁格勒和基辅为多。此外则星散各地。格鲁吉亚第比利斯的达维大希维里，则以研究古无脊椎著称。在敖德萨大学内有极丰富的脊椎动物材料，但从事此项研究者并无专人。全国古脊椎动物化石高级研究人员估计有四十上下。

几乎所有研究机构的工作环境都是十分拥挤的，而尤以莫斯科为甚。他们的高级研究人员研究室中除以放满标本以外，还往往有两个到三个人在同一房间工作。其间当然有些不方便之处，但他们都能成功加以克服。即便这样狭小的地方，他们一般还大大加以绿化，放些花卉之类。

在外埠如第比利斯格鲁吉亚科学院的古生物研究单位，实际上只有一个大房间，有七八个人连同达维大希维里在内一起办公，当然也很挤。隔壁的地质部分稍好一些，但也不算宽裕。摩尔达维亚因为是新建房屋，所以比较宽裕些。

但是他们工作的质与量，并不因此而受到任何影响，相反年年有很大的发展。在一九四五至一九四九年几年中他们在蒙古连续进行了好几季度的野外工作，近来关于这一方面的研究成果常有报道。他们在他们国内也做有系统的发掘工作，应有尽有。单就一九五六年来说，他们在摩尔达维亚进行的三趾马层的大规模发掘工作，已大有提高了。

在室内研究工作上，虽然到现在他们还没有一个古生物学学报，但是他们的研究成果分别发表在地质、生物以及自己的专刊等上的实在很多，并大多数能够保证质量。

莫斯科以外的研究机构，虽然很分散，但大体说来实在是标本找专家，不一定拘限于宗派门户等。譬如列宁格勒有一位，就研究苏联科学院古生物研究所在蒙古所采集的啮齿类动物化石。当然在大多数的情况下，外地的研究首先着重本地的材料。譬如爱沙尼亚科学院研究鱼类的一位女青年就研究本地的材料。基辅所发掘的象类化石也在本地加以研究。摩尔达维亚有两位女青年，一攻有孔虫，一攻三趾马，也多以本地材料为主。

他们这些人在外地做研究工作，一般并不一定有这一门类的专家就近指导，但是他们的工作并不因此而感到困难，工作成果也不因此而减色。其原因何在，至少对我是一个待解决的问题，或者因为他们国内人才多，交通方便经常有联系之故。

总起来看，他们的研究机构，表面好像很杂乱，而实际上工作进行得很好。这就是说一切是通过密切的联系来进行的。当然作为远景来看，相信他们不久必有更发扬光大的一天。

学 会

我对苏联一般学会情形并不熟悉,只能就所接触的学会谈一谈。

一个是莫斯科自然科学家协会,会址在市区中心旧莫斯科大学校址内,地方很狭小,开会会场只勉强容四五十人。但藏书甚多,可以说四壁全为图书。我们所做的报告有一次就是在此举行。我们报告了中国脊椎动物化石发展情形、中国无脊椎动物研究情形和中国古生物学会第一次代表大会开会时所通过之理事会报告,内详细说明了中国古生物学会过去情况及以后发展的方向和任务。在做了第三个报告之后,他们就问到中国古生物学会有没有图书,我们与之相比,当然相差很多。

莫斯科自然科学家协会,成立于一八〇五年,是世界上最老的学会之一。据说达尔文、居维叶等驰名生物学家都为这一学会会员。他们的主要活动就是开讨论会和出版杂志《莫斯科自然科学家协会公报》,在推动科学研究方面,起了很大作用。

这个学会请我们在此做了报告后,并提议由奥尔洛夫教授等分别介绍我们四人入会做会员。对我们说来，当然是一个荣誉。

苏联古生物学会的中心在列宁格勒。这个学会成立于一九四六年，是一个比较新兴的学会，有会员八百多人，分布于全苏联各地，另外有五个分会，在莫斯科、基辅等地。每年开一次大会，平时有报告会等学术活动，出版有一种会刊，现任的主席是雅科夫列夫院士。我们这一次去同各别古生物学会的会员接触虽然不多，但觉得他们这样的组织，是适应性比较大的。主要在交流经验，而交流经验主要靠开一些学术讨论会之类，而不一定所有讨论结果都要在这会的刊物上发表。可以说大多数古生物工作者对这个会有很大的期待、很好的印象。它在苏联古生物学研究工作方面主要起辅助作用，乃是不成问题的。

在苏联没有关于地质工作的地质学会，其他学会好像也不多。也没有联合各学会的组织，但在实际上，可能上述的莫斯科自然科学家协会起一定的作用。

古 生 物 学 刊 物

古生物学研究是要通过记述精确、印刷精良的刊物来表达研究成果的。因此出版古生物学刊物就成为一个很重要的工作。因为如果印刷不好，图版不清楚，不但使研究成果不能传达到同做研究的人，而本人研究的成果，也将完全断送了。

苏联虽然没有像德国、英国的大规模的专刊或专门的古生物学杂志，但是他们的文章印出来，还是标准很高。

苏联科学院的古生物学所有专门刊物，好像我们出版的集刊，刊登比较长篇的记述与讨论的论文。他们的文章也多见于动物学刊物方面，或是地质方面的杂志上。文章长短各有。临时的简报一般刊登于《苏联科学院报告》上面。

必须指出，虽然在我国大多数青年人乃至老年人积极学习俄文，可以说对于学习苏联科学起很大作用，但是作为整体来讲，俄文在国际科学界的流通作用，还有一定的困难。这由资本主义国家的古生物学论文很少引用苏联方面文献就可以看出来。他们有时候引用了题目，但在下面注明"系俄文"，表示他们并不曾细看过。

在以前（大约一九四七年以前），凡是苏联的科学论文（特别是古生物学）均有或长或短的外文摘要，有的甚至完全用英、德等文字发表，但以后就没有了。这些困难对中国来说，可以说绝不存在，可是对其他国家来讲还是有一定困难的。

苏联科学院古生物研究所在过去几年中完成一个古生物学界空前的巨著，那就是《古生物学基础》一稿，这个书计足足十五卷，一卷总论，十卷为古无脊椎动物，一卷古植物，三卷古脊椎动物，所有图版都是经过仔细挑选才使用，用极清楚的绘图或照相表现出来。我们这一次前去，奥尔洛夫很热情，把这部巨著的原稿让我们看，可惜因限于时间，不能从头到尾详细读，但是深深感觉到这部著作的伟大。目下，法国正在出版一种古生物巨著，也只有七卷。其他国家，除了个别著作外（如德国许耐最近关于低等四足类的巨著），还没有可以与之抗衡的，所以苏联的十五大本《古生物学基础》出版，可以说是古生物学界空前巨大的作品。

不过这部巨著虽尚未出版，已有了初步反映，那就是能直接阅读的人究竟很少，为了补救这个美中不足，或者真的有出译本的必要。

动物园与植物园

既是游览又是参观，我们这一次在苏联，有机会看了不少动物园与植物园。

动物园方面，莫斯科和列宁格勒的都很丰富，除了一般人欣赏的象、狮等外，也有不少其他特别的动物。我们到列宁格勒时，那引人注意的长颈鹿才运到这个动物园并不很久，特别吸引游人。动物园中也有我国赠送的一些珍奇动物。

我们虽然限于时间，未能进一步了解动物园的详细情况（特别在列宁格勒，因时间限制，只看了一小部分就出来了），但知道内容相当之多，也自然在科学知识的普及上起一定的作用。

看得最多的还是植物园，由于奥尔洛夫夫人是专攻植物学的，所以在我们第二段旅行期间，对于植物园方面看得特别多而仔细。除了在摩尔达维亚基希涅夫的植物园，我因他事未能前去外，其他植物园可以说全都去了。计有基辅的植物园、敖德萨的植物园、巴统的植物园和第比利斯的植物园。

基辅有两个植物园,我们去的是归于大学领导的植物园,小而精。时值深秋,叶色斑斓,透过夕阳,尤为奇观。有很丰富而保管很好的温室,热带植物应有尽有。说明的人也不厌其烦地详为解说,使我们获益不少。

敖德萨的植物园,在城郊的海滨,规模也不甚大,而内容丰富。这个植物园因已在黑海北岸,气候较温暖,所以已开始有亚热带色彩。这个园的温室也很精彩。

巴统的植物园,是我们这一回所看到的最大的,也是最丰富的一个。它是依山势划分,风景奇佳。尤富于半热带植物如茶的栽培等。可惜我们去时正下雨,入园以后雨更大,所以大部分只能坐在车中瞭望欣赏,不能出去细看。但在雨中欣赏风景,也可以说是一种奇观。

最后看的一个植物园在第比利斯,也以南方植物见胜。其他各地珍奇植物也收集不少,但地势风景不如巴统之好。可是此地所有研究部门似乎比其他地方者为强。

在以上各植物园游览时,奥尔洛夫夫人多亲自采集许多标本,不厌其烦地为我等做讲解。可惜我们到此,实在是门外汉,真是不能妄赞一词,觉得实为遗憾。因此,不免触及我这回出国的一个感慨,那就是原来我国的专家,大多数触及的范围非常之狭,往往除了所学专业之一部外,则其他几乎一无所知,甚至连常识以内的东西,也往往不知道。所以我们今后对下一代的培养必须要注意这一点,把他们的面尽量加广,也只有如此,才能更好地提高他们的专门研究工作。

附带要说的就是在苏联境内，我们这次旅行所及，可以说到处有大的森林，我们经过很多，特别是在爱沙尼亚和拉脱维亚，可以说到处都是植物园了。

奥勃鲁契夫与柏里侠克之墓

奥勃鲁契夫院士是苏联有名的地质学家，四五十年前曾在我国许多地方进行地质调查工作，对中国地质有绝大的贡献。譬如说对于中国的黄土问题，他是主张风成的最有力的一个人。在苏联方面他的贡献更大，如西伯利亚地质就是他的精心杰作之一。他不幸于一九五六年逝世，享年九十六岁。奥勃鲁契夫又是中国地质学会的通讯会员，我们此次访苏正值奥勃鲁契夫逝世不久，为了表示敬意与怀念之情，所以决定拜谒一下他的坟墓。

奥勃鲁契夫就安葬在莫斯科大学附近并距新体育场不远的一个大的公墓里边。我们去的时候，由苏联科学院古生物研究所所长奥尔洛夫和别丽耶娃等陪同。除了我们带了一个花圈外，还由他们替我们另备了一个花圈，预备献给苏联科学院古生物研究所前任所长柏里侠克院士。

这是一个很晴朗的下午，过了一个古老的空院子（内也有若干坟墓）即进入一个非常整洁排满坟墓的墓地。这时正是深秋，花草

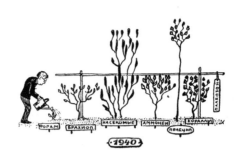

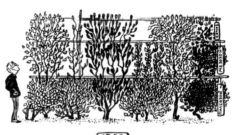

柏里侠克院士在古生物所培养干部之成就示意,上为1940年情况;下为十年后情况,表示新生力量加强和研究面的增多

葱郁,景色宜人。所有坟墓都由花草包围。建筑式样也有繁有简,各不相同,一般均用石质建造,有的装以各种雕刻等等。公墓中也有不少新坟墓是近几年才入葬的,带有与死人有关的纪念装饰布置的也不少。

奥勃鲁契夫的坟墓,走了很久才找到,建筑不算特别宏大,但也觉得壮丽朴素。我等以无限敬慕的心情,把花束放在这位地质巨人的坟前。我所遗憾的,就是为时只差数月,不能与他相见,可以说是十分遗憾。奥勃鲁契夫不但是地质学家,对中国地质有很大的贡献,而且也是在蒙古最早发现脊椎动物化石的人。

之后我们又经过了许多排坟墓,才到了前任古生物所所长柏里侠克的墓前。怀着追念的心情，把另一花圈献予这一代大古生物学家。虽然以前有些人（如达维大希维里）对于柏里侠克的工作有些意见，但成绩昭彰，自然在人之心目中，非等闲所能抹杀。柏里侠克对于苏联科学院古生物研究所的发展，具有很大的推动力，也就对于全苏联古生物的进展起着很大的作用，特别是在培养干部方面，功效很大。

在这个公墓中，除了许多其他方面名人多埋骨于此，有名的科学家在此长眠的也很多。奥尔洛夫就所过地方一连串介绍了八九位，可惜由于个人对于记苏联人名不熟练，对其他科学常识不丰富，都不能一一记下。所值得同人永志不忘的，就是只要功勋在于人民，人民就报以应有的崇敬与爱戴，这也是值得我们学习的。

另外一位和中国古生物学界有密切关系的苏联古生物学家也于近年逝世的，就是克里什托维奇。他是一位伟大的古生物学家，战前与我们也有过联系，而且他也是参加于满洲龙工作的人。他埋于列宁格勒附近，这次前去未能到他的坟前一去，很感到遗憾。

下篇

西伯利亚列车中

我是第五次经过西伯利亚，但这次的印象比以前的任何一次都新鲜而深刻，尤其是两次白天欣赏了贝加尔湖的沿岸景色。尽管旅程比以前缩短了不少，但由北京到莫斯科，还要将近两百个小时的时间，而绝大部分消耗于西伯利亚的火车中。

所遗憾的，就是无论去或是回来，都未曾看到划分亚洲与欧洲的乌拉山，因为车都是夜间经过。

列车的情况当然比以前所坐过的要好得多，但是也是一般的，四人一小间，因为行李多，所以显得相当拥挤。由于这个车是北京—莫斯科的国际列车，所以车上也随时广播中文节目，包括新闻报道等。这就使人忘记了有异地生疏之感。

从满洲里起到乌兰乌达附近这段是十分荒凉的，几乎没有什么树木。是不宜于生长，还是遭受了破坏，未能深究。乌兰乌达是西伯利亚铁路通往蒙古人民共和国的分岔站，当我们去时，北京到乌兰巴托的铁路早已接通，估计不久就可有莫斯科—乌兰巴托—北京直达通车。如果这样，不但可以省去至少两天的时间，而且还可以参观一下乌兰巴托，并看看蒙古的景色，可惜直到我们回来的时候，还没有这样的直达车。

过了乌兰乌达，就进入贝加尔湖"风景区"。在相当长的时间里，铁路简直是在湖边驶行。湖上的水，水面的浪，以及被波浪冲激起的石碛，均历历可数。而且配上岸边长青的树、碧绿的草和点缀于其间的特有的西伯利亚式木头房子，真是说不出的美丽。我们在车上想，由北京经满洲里到此，不过两天多，而经乌兰巴托到此当然更近，并不比去昆明、南宁等地为远，为什么不能作为科学家休养的胜地呢？现在中苏关系如此密切，中国科学家来此休养，或者不是空想吧？

由此往西，仍为多森林地区，风景也很好，尤其是贝加尔湖沿岸及以西山地，起伏不平，更增加自然的美。当然我们不能一天24小时不睡眠，所以至少有一半不能看到，因而在车上所看的当然不全面，除了在几个大站（一般停三四十分钟），能在车站稍为散步外，对于西伯利亚的景色，也不过从车上望望而已。

车上的生活有一定程度的单调。所幸车中还有朝鲜、越南等国去苏学习的青年，我国也有一批去苏的青年同学，可以随时交谈。车上的饭食比较单调，吃了几天之后，就有不少反应，主要是由于习惯不同。入苏联境即凭以卢布为标准吃饭，据云每天的伙食值人民币十元，但内容实在太简单。后来了解才知，我们所吃的饭是三等饭，而去苏联学习的其他青年则是一等饭，看来一定在办理手续上发生了错误。几天之后，由于实际需要，才补贴了一部分，而改为一等。

过了乌拉山以后,虽然还有两三天,但似乎莫斯科已在望了。以前认为西伯利亚是一片荒凉地区,但现在看来乌拉山以东和以南,实在没有何等区别。西伯利亚铁路大部分为双轨,一部分已电气化,不用煤开火车头而用电力。从这一点说来,我们此次访苏到莫斯科下车,以苏联西部为中心,是不很全面的。

友 谊 的 会 见

八月二十四日早我们到了莫斯科。未到以前心中不定,有些紧张,紧张的原因是,第一起身时虽然由院打电报给苏联科学院,到底打了没有、有没有人来接还没有十分把握。在下车前,同车来苏的一些中国学生,他们把一切已布置妥当,很担心我们,建议如无人接,可以帮忙。

第二个紧张的原因是,我们同行四人只有一位比较可以说几句俄语,其他的人均同哑巴一样。在车上的时候,连吃饭叫菜都感觉困难。此次出国虽然感到有绝对带翻译员同行的必要,但因行色匆匆,终于未带翻译人员。到了苏联,与苏联科学家来往而没有翻译,真是令人不能放心的。

但这两个顾虑,一下火车,就全解决了。苏联科学院古生物研究所所长和他的同事、地质研究所一些研究人员和前次来中国访问的古生物学家,除了一位尚在野外没有来以外,全来到车站上。除此之外,还来了一位中国人,名叫杨式溥,他在莫斯科大学学习,是研究生,就在奥尔洛夫指导之下做工作,我们此来,奥尔洛夫就叫他同我们一起工作，兼担任翻译事宜。这当然比我们所想象的更好，因为杨同志不但俄文好，而且也学习地质古生物学，对专门问题一点困难也没有。当我们来的时候，翻译问题未解决，据说找到一位可能后边赶来，现在看来简直不必要了。这些情况我们事前并不知道，所以觉得特别高兴。

在车站上，场面十分热闹，因为人多也分不出谁是谁。后来他们一部分人陪我们到了所订的旅馆中，这才对于几位主要人物如所长、副所长等有了进一步的认识。他们首先约定，就在当天下午同吃饭，他们好客的热情，简直可以说出于预想之外。

在午宴席上，一共有二十人，大部分是古生物研究所的主要人员，大家尽情地交换了一些意见，真是有相见恨晚之感。

从此时起，到我们两月以后离开莫斯科上车回北京为止，中间我们又离开了莫斯科一次。每次到达或起身，奥尔洛夫和他的若干同事，不论是深夜或清晨都到车站上来，这种无比的热情，真使人感动非常。

就是在莫斯科以外其他地方，无论我们初到或者是离去，以及平时的接触，都随时充满了友情。特别值得指出的是，在爱沙尼亚的塔林等地，在乌克兰的基辅和在摩尔达维亚的基希涅夫。就是我们在半夜离开塔林，或半夜抵达基希涅夫，他们都亲自到车站，实在不能单指为是普通的礼貌，而是真诚友谊的表现。

自从北京到莫斯科下车，直到由此上车到北京，这两个多月的时间，我们一共走了四万多公里的路程，中间包括许多地方。在公路上旅行五天多，还有在黑海中航行，每天都有苏联朋友招待作陪。尤其是自基辅以后的旅路中，由苏联古生物研究所所长奥尔洛夫亲自陪伴，这友谊的收获是和科学的收获一样丰富美满。

全苏农业展览馆

我们到莫斯科的第一天，所看的就是全苏农业展览会，这可以说是最大的展览会。地点在市区，其建筑面积等于一个大公园，分许多单独的建筑。建筑中间有广大的草地、花木、喷水池、纪念建筑等，比公园还要好，风景格外宜人。

这个展览会规模宏大，除一总馆，代表全苏联外，每一加盟共和国或地区都有它的特别展览馆。馆的建筑也尽量采用那加盟国或地区的特殊风格。此外还有一大陈列馆，来陈列有关农业的机器等。地质矿产也有一个特殊的馆。

每一地区的展览馆中除了农业生产品、土产品之外，还陈列着该地区的矿产、土壤等样品，农业产品如粮食、水果等，均有代表性的成品展出。展出的方式是多种多样的，还附有应有的图解和地图、风景箱等等。总之，无不引人入胜。关于农业生产的数字，统计图表更是触目皆是。最引人注目的是，每地的生产模范、劳动英雄的照片，都放在显著的位置供人参观。

在苏联全苏农业展览馆

像这样大的展览会,任何人就是草草看一下,也不可能完全看完,因为地方太大,走遍全场,精力有所不及。又因内容太丰富,实际上看不完。就拿我们去的经验来谈,一整天我们只跑了一个总馆和六个分馆,如西伯利亚、乌克兰、爱沙尼亚等。可惜我们因限于时间,以后就没有机会再去。但是通过参观全苏农业展览会全景和几个特别馆和总馆,对于全苏生产建设的伟大成绩与光明远景,已有了一定的认识。

无论从哪一方面看,这个全苏农业展览会在苏联和在其他各加盟共和国都起着极大的作用。通过这个展览会可以了解苏联的全貌,特别是生产建设情况。虽然叫作农业展览会,实际上包括地下资源以及自然现象等在内,可以说是一个地志博物馆,不过集中在一起而用最新式的方法陈列出来。

附带要说的，我们在莫斯科除了看农业展览馆外，还参观了一些画展和其他艺术展览。因此不但有机会了解苏联丰富的这一方面的艺术，而且也了解一些西欧如英国、法国、意大利等国的艺术，因为不但有许多名贵物品是由那些国家来的，苏联的艺术实际上也受了这些国家的不少影响。

莫斯科近郊的游览

我们在莫斯科近郊除看了地质情况，已如上述外，还参观了其他一些名胜，值得特别记述的，有以下几方面。

第一应当特别记述的，就是所谓列宁山。列宁山在莫斯科南部三十多公里。实际上是冰期所成的一些起伏小丘陵地形，为一片森林所包围、风景清幽的区域，此地保存着列宁晚年生活过的建筑和内边的陈列。地方不大，但列宁生前读书的地方、吃饭的地方、生活的地方、睡觉的地方以及他临去世所卧的床，都还保存得和生前一样，特别是一些家具和陈列。

另外一些房子陈列着列宁生活时的实况和图片，成为一个非常精致而有历史价值的陈列馆。在院子内，凡是列宁生前常去的地方、坐过的板凳、停留过的位子都仔细地加以保存。我们去参观时，也有人加以亲切的说明。

列宁故居位于地势稍微隆起（列宁山）、森林繁茂、风景很幽雅的地区。那些房子并不特别高大，但是这就是为无产阶级坚持革命到底终于建成了世界上第一个社会主义国家的列宁弥留的地方，这地方供各国人士前来瞻仰，也将永远是一个胜地，我们以能有机来此，为一生不可多得的机会。

第二个去的地方是莫斯科近郊一地，叫作阿尔汗斯克，乃是过去一贵族的故居，布置得富丽堂皇。附近还有戏院，目下已改作艺术陈列馆。内名画甚多，因为地板名贵，进去时要穿上所备的特制软套鞋。参观时有人加以说明，我个人对于艺术完全为门外汉，但对于他们保存这些名贵物品的措施实在感到钦佩。在陈列馆外有很大的广场，名贵雕塑也不少。

这个故居四周方数十里都是很好的森林。这样的场面，正是我们所缺少的，所以特别令人仰慕。附近还有一座有名的休养所，因限于时间未能去参观。听说苏联各地休养所很多，供劳动者休养之用。

我们去过的第三个值得一记的地方，就是东北五十多公里的一座彼得大帝古庙。庙址就在由北京到莫斯科的铁路线旁，由车上可以望见教堂及其他一些建筑。那是 14 世纪的建筑，教堂是正教的，我们去时正值星期日，到此做礼拜的人很多，我们几乎挤不进去，所以也未细看。但在同一院子中，还有两个小型陈列室，陈列的是有关这个教堂及附近的文物历史和宗教上的一些遗物等，不免令人想到他们对于过去历史的重视。我常指陈列馆或博物馆一类的设施为西洋人文化最引人注目的一点。我国近来虽已注意及此，但比起他们来还相差很远。

克林姆林宫及红场

在去列宁格勒之前,我们拜谒了列宁和斯大林的陵墓和附近的红场。莫斯科的红场虽面积不大,除了过去老的建筑如教堂、行刑所等以外,也有新的革命纪念物如列宁、斯大林墓,及沿克林姆林宫城垣的许多于革命有功的名人墓或纪念碑等。

因为这是一个纪念革命的中心区域,所以外国人和本国人来此都争取参谒一次,方能安心,因之每天都排着很长的队。但一般进去并没有什么限制,政治上团体或外国机关或代表多献花圈等以表敬意。两位革命大师所卧的地方比地面稍低,并列着。晋谒的人绕棺一周,即由另一端出来,然后沿城垣拜谒其他露天的墓。

陵墓的西头均为有宗教意义的建筑,对面为大百货公司。虽然红场面积不大,然气势雄伟,再加上附近的有名建筑,成为莫斯科的中心,也成为全世界所羡慕的一个地区。

红场不但在政治上是中心,在交通商业上、文化上都不失为一个中心。原来的老的莫斯科大学就在老马厩的旁边,前文所讲的莫斯科自然科学工作者协会以及我们参观过的人类研究所和附近的博物馆,均在这一地区附近。著名的大戏院、博物馆,以至苏联科学院发行科学书刊的门市部等等,都距红场不远。一些大的旅馆也在附近。莫斯科是以市区为中心做放射状向四周扩展的,所以无论由哪一区到另一区去,都要经过以红场为中心的枢纽,因此这一带的交通特别显得拥挤。

我们得一机会进克林姆林宫内参观。首先是参观那有名的兵器馆。虽然叫作兵器馆,实际上内边除了陈列以往的各种兵器外,以前沙皇的许多用具如车辆、服装、装饰品等均陈列于内。参观之后令人回想到以前帝王时代的豪华,反映人民被压迫的苦痛,但也表示出当时在文化与艺术上的成就。这些美术品,当然除了俄国特有风格外,也受了欧洲西部如英、法、意等国的影响。

克林姆林宫在莫斯科河畔有很高的城墙包围。除了办公的建筑外,还有几个有历史意义的教堂,都还保存得很好,墙上壁画等也均为旧日样子。人们均可参观这些尖塔式与高耸的教堂建筑,它也是这个都市很特别的好标志。

莫斯科是全世界最有名的城市之一。而就现在讲,它是全世界劳动人民希望的中心。这个都市有很长久的历史,我们曾有机会在一苏联古植物学家家中拜访,那是旧莫斯科区的木式建筑。莫斯科建城的历史和对于俄罗斯的重要性不是我这里所能道其一二的。肯定地说,它还有更伟大的未来,莫斯科大学的新校舍,华丽的地下道,伟大的体育场,都已完工,而以后科学院的新院址和其他新建设已在积极地推进之中。

冬宫与夏宫

我们在列宁格勒一共只住了十天光景，除参观了学术机构，拜访专家和到野外看地质外，还游览了一些名胜。最重要的当然是彼得大帝所建立的冬宫与夏宫。

冬宫在城内，面临涅瓦河，局势宏伟，占地也很大，真可称得富丽堂皇。现在这个冬宫实际上已改成一个综合性的博物馆，正同我们的紫禁城为一个博物馆一样。这个博物馆非常之大，以前我们虽去两次，还不曾看完，更说不上看得很仔细。第一次去的时候只看一般情况。除了有关彼得大帝的历史等纪念物以外，分馆有许多专门陈列室，陈列各国的艺术作品。最令我们感到满意的就是有一个相当丰富的中国陈列室，陈列着中国古代及近代乃至解放以后的许多图画等等。在列宁格勒的人类历史研究所中，另外还有一个中国陈列所，把中国农业合作社的情形也陈列出来了。当然，在这里所陈列的以艺术品为主。

除了中国部分以外，其他均应有尽有，如英、意、埃及等大多数为图画雕刻。但在这一点上我们中国特别应当注意补救。我们现在连国内材料还不能尽力追求，自然对于外国文物一时来不及搜求了。但今后加强中外的联系，通过标本的交换，相信还是可以办到的。

第二次去为了专看他们所搜藏的旧石器时代及其以后的文化遗物，包括一些贵重的金属装饰等。后者非经特别许可，才能入内。这些东西，大多数是从中亚细亚及高加索一带的墓葬中发掘出来的。这些材料对于历史的研究当然有很大帮助，可惜我们因限于时间，未能细看。

特别令我感兴趣的在列宁格勒附近所发现的由于冰川摩擦而成为光滑面的石坑上，布满了新石器时代的雕刻。这些东西可以说为本地特有的，在其他地方则从未见过。

所谓夏宫在列宁格勒郊外约三十公里地方，在波罗的海岸附近有一高出约三十米的台地。这个台地的基岩是由奥陶纪、志留纪岩石造成。台地上只有若干西式建筑，无何可述。从此台地，一直到

塔林海滨

海边有数不清的人造喷泉。这一行列各式各样喷泉的左右两边，大约有一公里，都是美丽的园亭、森林、花草和各式各样的喷泉。据说这地方当年为皇帝夏天休养之所，而今则成为任何人均可以游览的场所了。

引导我们来此参观的同志认为游兴未尽，又引导我到以西距此不远的某地，参观了中国馆。这也是海边的一个名胜，内中陈列着若干中国的艺术品和瓷器等，但更多的还是模仿的中国作品和其他国家作品。令人奇怪的是，列宁格勒这一带在卫国战争时期被包围很久，到处都受了法西斯军队的蹂躏，但这些艺术古迹等还保存得如此完整。在欧洲各国游历本来令人印象最深的是这些东西，而在战后如此完好，当然更令人无限景仰了。

波罗的海的风光

作为有悠久历史的中国的人,到了外国,听到他们讲他们四世纪、十四世纪等等时期的教堂寺院或其他古迹,并不觉得他们历史很短,而相反,感觉他们对于历史特别重视。我们到爱沙尼亚加盟共和国也有如此感想。

爱沙尼亚是个沿波罗的海的加盟共和国,有他自己的语言、风俗和习惯等,但几乎人人通俄文。首都塔林就以古迹名胜著称。招待我们的伍维柯院士,除了引导我们看地质、采化石和与科学方面同志接触外,就是带我们看他们的古迹。塔林的科学院院本部就在一个小山的古塞旁。此地还有有名的古老教堂,山下老市区的市政厅等旧建筑还都保存得很好。甚至连几百年的老药铺还都存在着,照常营业。在城外不远有中古时代的一个老尼姑庵,虽已破毁,但因墙壁为本地奥陶纪石灰岩所筑成而特别耐久,所以还屹立无恙,他们也加意保存作为名胜之一,供人游览。

由塔林沿海岸往西再去二十多公里,有一个很有名的瀑布,也

塔林西启拉-衣亚瀑布由古生代初期地层造成

是由古生代初期石灰岩所造成，周围均为森林。我们曾在内徘徊多时，以欣赏此不可多见的瀑布景色。离此之后，又在沿海看了一些剖面，在此看到了松土带，所谓松土带乃是边境上防止外人混入，所以有六七公里宽的松土。如有人越过可以立即辨认。这是我们在苏联看到的唯一的边防设施。我们去时引导者特令加以注意，不要横越松土地带，也不准照相。

在这一带海岸往北看，可以隐约望见芬兰湾以北的芬兰海岸。往西看，则在一陆岬之外，就是茫茫大海。从地图上看，为瑞典京城斯得哥尔摩之正东。我虽于二十多年前去过，现在人虽幸在，而老境转迫，大有今昔之感。

波罗的海的风光

由塔林往爱沙尼亚的大学城,也是乘卧车去的。中途在某一避暑地稍停,有一小湖,四周为森林及山丘,在冬季可以做滑雪竞赛。

塔林受战争影响之巨,比之已到过的其他各地尤易看到。据说现在看到的许多空地以前都是伟大的建筑。我们由此深深体会到和平的可贵,而也认识到苏联朋友为什么对和平如此珍视。

拉脱维亚的首都是里加,我们在莫斯科时就希望到此地一游。从列宁格勒出发时,为了照顾各方面意愿,决定离塔林时,分为两部分。一部分随盖格尔同志往东到某地,看古生代地层后,回莫斯科。此行因要上下车好几次,食住也稍不便。另一部分由塔林直往里加,我选的是后一行程。据同行的人说,里加和塔林不大相同,前者为典型的欧洲中部城市,而后者是典型的波罗的海的北欧城市。到了里加果然令人有如此的印象。

我们在里加的时间很短,但也看了城郊的一个代表中古代后期农村居住地,凡当时居住情况都可看到。此外看了战后英雄墓地和其他公墓,又到海边游览,饱览一回波罗的海的风光。回城时看了几个休养所胜地,都是很好的风景区。

在城内,我们看了地质调查的机构和陈列室。陈列室地方虽不大,但内容都十分丰富,并且特别注意应用石料土壤等等,可以说是十分联系实际的。但是关于地层古生物等标本也是应有尽有,美不胜收。可惜我们没有机会到这里的大学去参观,因为没有专门的地质系(有地理系)。里加人能说德国话的也不少,本地有他们自己的语言文字,所以就文化上讲,也好像到了中欧了。

基 辅 一 瞥

　　基辅是乌克兰的首都，为我们在苏联第二次旅行停留的第一个大都市。我们由里加回莫斯科停了四五天，稍事休息，并看了其他一些地方和动物园等之后，即开始我们的第二次旅行。陪我们的还是尼古拉也夫。到基辅不久，苏联科学院古生物研究所所长奥尔洛夫教授夫妇，也赶来会晤。我们在旅途中，特别增加了和蔼的气氛。

　　基辅是一个文化中心，我们参观了此地大学里的地质机构、动物研究所，并看了不少名胜古迹，也看了附近的地层，特别是新生代地质、黄土等。

　　他们的动物研究所，有不少人从事于古脊椎动物化石的研究。前几年他们也采集了一批保存很好的象化石，现正由一位女古生物学家从事研究，我们有机会参观了全部材料。还有一位专家研究啮齿类化石，在附近发现了跳鼠一类的化石，和我前多年在甘肃所发现的十分相近。动物研究所中对新生代各期的生活，作了不少再造图画，画得十分生动逼真。他们对于我国古生物学发展情况也十分

基辅德聂伯河中竞舟

关怀，因此还举行了一个小型座谈会。这里的各陈列馆，也是一样的丰富，当然是富于地方性而不是全面的。

基辅的古迹很多，令人印象最深的是被战争破坏了的有名的教堂。德国纳粹军队占据基辅甚久，退却之时，大加破坏，当中一部分完全是战后修建起来的，比原来幸被保存的旧的部分当然更好。但是旧的部分特别令人回忆到战争时期德国纳粹的残暴。除此以外我们还拜访了其他一些有历史意义的建筑和古迹。我们还参观了一个地下隧道式的宗教名城，在人工的隧洞中，人们须秉烛而入，里面摆着过去许多名人的尸体棺木等，有的形成一小庙的龛堂，有的就是简单的棺材，但把尸体露出来，少数善男信女在做祷告。

这里的地质负责人皮杜先生说，基辅城市的地质主要是第三纪和第四纪。基辅城就建筑在新生代地质之上，沿河有很好的剖面，可以说自始新统起到现代应有尽有。特别给人感到满意的是，看到此地发育很好的黄土。这个黄土在某些方面说来与我们的黄土有些相像，特别是在地形方面。但仔细看其实质还和我们的黄土有一定的区别，质地更松，所含化石不是陆生而是水生介壳类等等。

当然我们也尽量利用时间欣赏了基辅的风景。基辅是一个风景优美的地方。在城内有伟大的植物园，听说有两个，我们只去了一个，除了一般树木外还有保存大量热带植物的温室。我们曾用汽艇沿河"竞赛"了五六十里，欣赏了河中以及两岸的景色。我所谓"竞赛"是因为我们一共坐两只汽艇，奥尔洛夫和几位同去的同志坐一艇，我和其他同人坐一艇。放足马力后在河道中彼此互相照相，一会儿靠得很近，一会儿离开；一会儿我们的在前他们的在后，一会儿他们的在前我们的又落后了。一直游到日色入暮，两岸模糊，才回到码头，舍舟上岸。

在摩尔达维亚

我们这一回访苏，把要访摩尔达维亚加盟共和国列入计划之中，可以说是一到莫斯科就决定了的。因为正是在这一年，苏联科学院古生物研究所在此地正进行野外发掘工作。他们对于我们前去，也早已做了很周密的准备。而我们此次访苏能实际体验一次野外发掘化石的生活，可以说是求之不得的好机会。

我们离了基辅前往摩尔达维亚的首都基希涅夫。在摩尔达维亚五六天的访问，证明了我们的计划是正确的。

摩尔达维亚是苏联最小的一个加盟共和国，人民富于热情。我们火车到达的时间是半夜以后，离黎明还有二三小时的时间。可是一到车站，欢迎的人包围了我们，一束束鲜花送到我们手中，陪我们到要住的基希涅夫最大的旅馆。这么一搞，我们一夜来虽未好好睡觉，却弄得格外兴奋起来。

基希涅夫有很好的科学院，建筑是新的，地方也比较宽敞。尽管这里的研究工作，以农业为中心，但对我们的访问还是表示极大

基希涅夫摩尔达维亚科学院门口

的兴趣。他们为我们开了一个很大的欢迎会，在欢迎会上做了两个介绍情况的报告。在最后把苏联科学院古生物研究所新近发现的灵长类化石让我们参观。我们也简单介绍了我国古生物界的一般情况，并解答了他们提出的一些问题，参观了科学院各方面的研究室，包括考古在内。新近从野外采集的一些化石，也陈列出来让我们看。

他们为我们安排很好的野外访问计划，首先是到以东离城八十五公里的地方，参观上中新统的脊椎动物化石产地。化石很丰富，多是犀牛科、鹿科等化石，最具代表性的还是三趾马。其动物群一般性质和我们的上新统地层蓬蒂期相同，但他们把它列为上中新统，所以这还是以后值得详加研究的一个问题。参观化石产地后，于返回途中参观了一个农业灌溉和果树园艺研究所。在此遇到一位把中亚西瓜在此繁殖得十分成功的专家。他们招待我们吃午饭，所吃的都是这里的试验农场出品。席间主客尽欢至夜，大有留恋不舍之意。

基希涅夫北四十五公里的奥尔格耶夫区看中新统岩层所留之洞　　在基希涅夫东北约八十公里一地看中新统有关化石的剖面

离别时还给我们每人本地出产的洋葱，回城时已是万家灯火的时候。

我们参观以北约四十五公里的奥尔格耶夫区，这个地方是海相中新统上部剖面发育最好的地方，介壳化石非常多，可以说完全由化石造成了这很厚的地层。河边剖面由于发掘，成了人工的岩洞或凹坑，在此俯瞰附近景色特别秀丽，这地方是个考古胜地，他们做很大规模的发掘工作，我们此来只是凭吊遗址而已。回城之前还参观了山上一个有名的教堂。

苏联古生物研究所正进行发掘的地方，在城南约八十公里，地名叫基米什里亚，地层层位与之前在东部所看的相同。目下正在进行发掘的两地均仔细看了一下。他们用灌箱法把丰富的化石大量取下来，再运到实验室修理，化石初步修出后，用石膏浆把以木板围成之部灌入，以加强其坚固性。等干了之后加上底，再掘空下部倒

在基米什里亚参观发掘化石地点

转过来加以封装。此法很好，但非常笨重，不易用于交通不便的区域（在此地汽车可一直开到发掘地点）。我们另外看了一下其他几个已进行过发掘工作的地点。

参观后到他们的野外住地，乃租自本地人，相当狭小，有的人用帐篷露宿。修采化石的为技术很高的名手，在蒙古工作多年，他的夫人是拉脱维亚里加人，听我们说我们去过里加，所以显得特别亲热。

我们把从北京带来的中国酒数种献给野外工作的同志，以表示敬意。午饭时就饮用此酒，宾主尽欢，于傍晚返城途中，本来还要看另一地点，因太晚而作罢。

这几天跟我一同跑的除了奥尔洛夫夫妇和同来的人及科学院工作人员之外，还有此地科学院的几位科学家。内中有两位女古生物学家，一位研究三趾马，人们就把她叫作"三趾马"；另一位研究有孔虫，人们就叫她"有孔虫"。我们几次旅行他们都是参加的，

基希涅夫附近列宁集体农庄欢迎访问团并以新产葡萄招待

最后一回未得允许，经交涉后也来了。

我们在基希涅夫还参观当地的公园，大学的地质系和它的陈列室。最有兴趣的是有名诗人普希金曾被放逐于此，此地有他的故居，现改为陈列馆，我们也抽出时间去瞻仰了一番。

除此以外我们还参观了近郊的一个集体农场和一个葡萄酒酿造厂，前者也主要以生产葡萄为主，附有酿造酒的设备。在两个地方我们都被招待以他们新出的美酒。

总体来说，此次访苏，以参观地区的密度来讲，当以在摩尔达维亚共和国为第一。近郊跑了七至十公里以外，而且几乎东西南北都跑遍了。受到的招待特别富于群众性，所以给人的印象也特别深刻。离别之时这些人又拥到车站来送行，真是难以分舍，相信这样的友情今后还要发展下去。

在黑海的"彼得大帝号"中

离开了基希涅夫,下一个城市就是黑海岸上的名城敖德萨。这地方属于乌克兰。由基希涅夫到此不过七八小时的火车。我们在此停留的时间很短,只停了两天多,但争取时间参观了此地大学的地质和古生物系,以及它的陈列馆。

参观后,感觉材料的丰富几乎超出我个人的意料。虽然此地在目前没有一个专门研究脊椎动物的人,却保存有大量的脊椎动物化石。由于其他人虽不是内行,但也不算十分外行,所以也保存得很好。有许多有名的研究过的正型标本,也保存于此。最引人兴趣的是,就在敖德萨城于中新世石灰岩层,发现洞穴内有大量似骆驼的化石,他们把这些化石发掘出来,就存放在这大学的古生物陈列馆中。他们定名为似骆驼,与中国已发现者定为同属。

除此以外我们参观了敖德萨城市,也包括有名的教堂古迹等等。敖德萨近郊就在滨海,有大的植物园,我们也去参观了一下。就在我们住的旅馆附近,有一个古生物博物馆,虽然这天照例不开放,但

在敖德萨古生物博物馆中

经交涉后,还是让我们进去参观,并加以仔细的说明。其石器时代部分虽然简单,但也从中国猿人讲起,可见我国最老的人类化石已广泛为大家所接受。

我们把所要看的东西基本看完之后,就此舍陆而登舟,上了在黑海北岸定期航行的第二只大船,名叫"彼得大帝号"。它是由敖德萨开往巴统的,要航行五六天才到,所以基本没有什么参观的东西,就是休息和欣赏黑海的景色。苏联同志为我们安排得可以说尽善尽美,给我们以充分的休息时间,同时欣赏苏联的黑海风光。

"彼得大帝号"相当华丽,两人一个小房间,布置幽雅适宜。另外有大的休息所、饭厅等,在甲板上可以往来散步。我们一行八人在"彼得大帝号"上盘桓了整整五天五夜,因此也就有更多的时间和奥尔洛夫夫妇接谈,把我们交情更加深了一步,所谈的内容也更深入了一层。所以这一段时间并不是白费,而是有巨大的收获的。

黑海沿岸风景宜人,和波罗的海岸相比大不相同,带有亚热带的风味,是苏联最温暖的地方。所以沿岸休养胜地很多,其他名城也不少,平均每天总要过一城市,旅客一般可以上岸游览。我们当然尽量利用机会上岸参观,有名的雅尔塔、索契等由于风景特别好,给人的印象更深。

如果说到真正的黑海,倒和其他海看不出有什么大的区别,至少不是黑的,因为它是一个相当大的内海,所以规模就是一个大海的规模,平静起来同小湖一样,波涛动起来不亚大洋。初上船的两天,由于风浪相当大,简直有些晕船。但尽管如此,海上的几天还是对身体有益的。

格鲁吉亚加盟共和国滨黑海城市的巴统,是我们航行的终点,经过几天航行终于抵到此地,舍舟上岸。

在巴统没有什么可以做业务上参观的地方,所以也是游览和休息。巴统是一个风景秀丽的休养胜地,临海广阔的海滨和公园布置得很好。市面虽然不大,但也十分干净、幽雅可爱。我们的计划是由此往格鲁吉亚首都第比利斯。

格鲁吉亚的访问

在巴统没有参观什么学术机关，但是我们看了可以说是苏联伟大的植物园。这植物园在城西近郊，完全依山势布置。由于这里气候温暖有热带风味，所以热带植物很多，也有露天的茶圃，据说这是苏联唯一出茶叶的地方。作为外行人来讲，毋宁更欣赏植物园的风景。园在山上，道路蜿蜒，因在海边可以随时望见，好像是静静的黑海。我们这一天去的时间不巧，下了大雨，未能尽量在各地区仔细欣赏各种植物。但也有好处，有机会看雨中的植物园，实在另有一种风味。

我们离巴统去第比利斯搭的是夜车。上火车之后，一大段路程就是我们去植物园所走的路。但铁路好像比公路更为近海，有的地方简直就在海边的岩滩石上行驶。这一夜因近中秋或至少是月圆的时候，黑海似以"激动"的姿态向我们送行。由车窗外望，可以说巨浪滔天，真可以看到一波未平一波又起的奇观。由海心推来的浪带，愈近岸愈伟大而雄壮，最后在崖边一击，声音遮盖了隆隆的车声,冲进了双重玻璃窗,可见其声音之大。这一次在车上望黑海波涛,可以说是一个奇景,比起在贝加尔湖畔的景色,当然更是另一类型了。

由巴统去第比利斯,在高加索北部由西向东行,所过之地十九皆山地。望见山上树木稀少,相当荒凉,与巴统附近山上森林密布的情况相比,又是一种景色。就地质上讲,山坡也随地可看出有新生代后期类似黄土一类的砾石、黄土等堆积,但是分布很少,令人很容易和中亚细亚的景色联系起来。

第比利斯为苏联地质古生物中心之一。也有科学院,我们同人所熟知(由于他所著那一本《古生物学教程》)和奥尔洛夫热烈讨论苏联古生物发展方向的挑战人,达维大希维里就在此城工作。我们到旅馆不久,他就到旅馆来访,然后订了几天的工作计划。总的说来,我们由基希涅夫起身过敖德萨在黑海四五日,又搭火车到此,真可以说是不远千里而来。然在此只不过停了三天,对一切似未能更深入的了解。我们参观了此地科学院古生物研究所。该所系由达维大希维里主持,地方较狭小,人员有十多个,以研究黑海一带新生代介类演化等问题为中心工作。我们开了一个小型会,彼此介绍情况,他们有比较丰富的陈列馆。我们参观了地质部门、国家博物馆、艺术博物馆等等,又以半天的工夫访问了此地的科学院和斯大林大学地质系。同他们在一起密切合作的也有一个陈列馆,图书馆内藏书丰富,但关于我国出版物,还收藏得不多。

达维大希维里与奥尔洛夫之古生物讨论,是近年来一件大事,前已述及。我们这一回与奥尔洛夫同来,与他一起联欢,感情很好,可以说学术争论丝毫不影响个人感情,这一点也是值得我们学习的。

我们费了半天工夫到近郊五十多公里的地方,看了看在此发育的中新统上部地层,有介类化石。附近第三纪初期地层十分发育,在中新统露头的对面,就是一座高山,由始新世时期的岩石构成,附近河边阶梯地形发育良好,也有黄土性的堆积,而且相当发育。

第比利斯城以北,就是由第三纪初期地层造成的高山,壁相当陡,有挂车可通山顶。我们被导去一游。中途停山腰,看到山岩石中的货币虫很多,证明年代是不错的。半山有一宗教圣地,特去一游。因天晚俯视城内,灯火星布,十分好看。回去之后才知斯大林的母亲埋葬于此,惜未特为瞻仰。我们继续上,到山顶则为一大公园,站台上有一大楼为游客游览之用。总之,第比利斯也为一美丽的城市。格鲁吉亚为已故斯大林的故乡,此次来此一游也算机会难得。

第比利斯也有一个很好的植物园,我们特别抽时间访问了一下。

第比利斯是我们此次访苏所计划要到的最后一个城市。此地东去里海很近,但因为限于时间未列入计划,所以我们参观完毕之后,即由此搭车直回莫斯科。

第十二个旅馆

由第比利斯回莫斯科的一段,是重复以前所走过的路,包括过去由船上所访问过的休养胜地索契。但是火车究竟跑得很快。而且在站上也不能下车,所以尽管重复,也看不到什么。不过当中一大段是沿黑海边走的,使我们又有一次机会流连黑海的风光。这一次看黑海,又与上一回月夜看恶涛,大不相同。海面平静得像镜子一样,水不扬波,再加上岸旁的树草、奇特的岩石,无不引人入胜。以北可以看见皑皑的雪山,真是大好河山。将到索契之时,看见海边还有不少人在游泳,想见此地气候的温暖。

但是好景不长,过了索契即渐离海岸较远,再前就折而向北开行。穿了几个山岭,继续前进就进入俄罗斯大平原了。风景比起黑海、高加索,当然稍逊一筹,但沿线的工业、农业都很发达,在某些意义说来自然还为重要。我们就这样过了几个大城市,又第三次回到莫斯科了。

抵达车站之时照例有许多人招待。这一回,我们住在列宁格勒大旅馆，是我们在莫斯科所住的第三个旅馆，是我们访苏以来所住的第十二个大旅馆。我们从抵达莫斯科起，两次出外游览了六个加盟共和国，访问了无数科学家和科学机构，看了许多野外地层剖面，欣赏了说不尽的好风景、好河山，游览了苏联一些最有名的都市。所住的旅馆，一共十二个。这些旅馆，有的古色古香，是有多年历史的；有的是新式旅店，不亚于摩天大楼，是完全现代化的。旅馆所在地，有的在几百万人的大都市，有的是比较小的城市，多少有些乡村风味，有的富丽堂皇，有的相当简朴……总而言之，单就我们这一次所住的旅馆来讲，就可以知道内容是十分丰富的了。

我们这一回所住的旅馆，当然又在莫斯科的另一个方向。莫斯科城市就像蜘蛛网一样，是向心的圆式，市中心就在圆的中部。因之无论你住在哪一方向，到另一方向，必须要穿过市中心。这一回我们所住的地方与古生物所几乎成了对角线。所以每次出去与回来都穿过红场一带中心地区。我们前后在莫斯科停的时间很短，更没有机会自己出去游览，因为每次住的不同，帮助我们了解一下市区的大概。

这一回回到莫斯科以后，我们的访问已近尾声，照原来的计划只有四五天就须离此东去，但因要做的事情很多，所以特别延长了几天。这几天主要要做的事，就是要做几个报告，要应苏方几位科学家的约会，借此便可与他们做深入的交谈，要举行两次离别的宴会，此外还有其他零星事情，所以日程排得很紧，情况也很紧张。

回到莫斯科的当天晚上，我们就被请到盖格尔教授家中。他是领我们在列宁格勒一带参观与考察的。列宁格勒功能解剖研究所的主持人也在座，他让我们看了许多名贵古生物，特别是脊椎动物再造图，因为他本人是专长于古生态学的，所以对这些特别有兴趣。他夫妇二人曾在中亚工作多年，也让我们看他们的野外笔记、写生等。据说盖格尔教授将被邀来我国访问，这对于我国古生物的发展将会起一些作用。

报 告 会

我们在苏，除了在各地举行小型座谈会以外，在莫斯科一共做了六个报告，分两次举行。一次是由莫斯科自然科学工作者协会主办，就在红场附近，听众有四五十人，报告中国古生物学会的情况以及中国古生物发展的方向与任务，中国古脊椎动物学情况与中国古无脊椎动物学发展情况。第二次在科学院，由生物学会召开，也做了三个报告，一为中国古植物学发展情况，一为中国的二叠纪，一为山东莱阳恐龙化石研究的初步结论。每一个做完以后，都有热烈的讨论。我们得到这么一个很深的印象，就是他们在讨论中真能做到知无不言、言无不尽的地步。热烈到发言的人，意见不同互相批评起来。每一个报告有一位中心发言人，是书面的，我们也觉得这个办法很好，因为可以使讨论更深入。

在此做报告一事，初到莫斯科即已决定，为什么等到临行才做报告，主要是因为有许多人还未从野外回来。当然我们事先准备的中文或英文稿，只有一篇是翻译成俄文的。这些报告的翻译工作都是由苏联同志代办的,报告时事实上是他们讲我们听。这六个报告有四个是介绍我国古生物界情况的。相信通过这些可以使苏联朋友更了解我们的情况,对未来工作打下更好的基础。有两次是学术性的报告,由于翻译还有一定的困难,讨论时还显得有些难以彼此了解。

一九五五年苏联访问我国的古生物学家中的研究孢子花粉的那位鲍尔霍维金娜,特别约我们参加在她家举行的一个招待会。她的丈夫鲍尔霍维金是一位地球物理学家,也到过中国。我国地球物理研究所的李善邦同志也在苏访问将回国,这一夜也一同在他家中。到她家,一看就知他们都到过中国,因为随处都是中国的东西。他们的女儿已很大,不久可以毕业于大学。她的双亲也一同居住,这样就成为外国的四世同堂了。诽谤社会主义国家的人,每把家庭问题,当作攻击的一个主题,但真实情况看来绝对不正确。临别之时他们送给我们许多有纪念价值的礼物。

临别的前一天,我们被邀到奥尔洛夫家中,由他的夫人亲自招待。在这个场合我们有机会看到奥尔洛夫过去几年访问各地的许多照片,特别是在巴黎的时候和西方许多古生物学家在一块的情形。他们把许多名贵的东西和书籍送作临别纪念。总而言之,这几天除了做报告以外,就是交际活动,而这些活动更加深了中苏科学家的友情。

涅斯米扬诺夫院长的招待

在我们离开以前,他们还为我们安排了一个约会,和苏联科学院院长涅斯米扬诺夫会见,我们去时顺便把郭沫若院长送他的一对花瓶带去,当面奉送。同去的除了我们一行四人和杨式溥同志外,有奥尔洛夫通讯院士、一九五五年来华的皮尔柯契尼柯夫、弗辽洛夫和几位古生物研究所的其他同志。

我们的谈话是十分亲切的,奥尔洛夫把我们来苏后的活动情况简要地报告了一番,即开始自由谈话。涅斯米扬诺夫院士特别强调今后中苏科学家们具体的合作事宜,而不是只限于泛泛的友谊。似乎他已十分了解今后我们要进行的中苏在野外合作的长远计划。他强调今后的合作不但在室内,还要在野外。

苏联科学院院本部的局面,初看有一些和中国科学院的相像。其实很不一样,它是一个很有历史意义的大楼,距古生物博物馆很近。我们这一回在苏两月多受苏联科学院邀请,一切招待均由他们担任,临别以前的拜访,当面表示谢忱,可以说是完全必需的。

这几天我们除了应酬以外,当然还谈到今后的共同工作。这是非常重要的一方面。因为如不把今后合作的方式定下来,还是觉得不够具体。中苏两国科学家们共同的愿望,就是今后加强彼此机构与机构、人与人之间的联系,交换双方所同意的一切资料,包括标本在内。加强今后在实际工作中的彼此协作行动,只有这样做,才能更进一步把中苏两国科学不断提高,解决科学上要解决的问题。关于这一些,可说经过几天的洽商,完全达到了。

两月多在苏联的停留,看了不少的东西。单就旅程讲,由北京到莫斯科来回约为两万一千公里。在苏联用火车旅行,旅行了约为六千公里,而我们在一个城市停留期间,每天往往跑到城外很远,有时超过两百公里,少的也不下二三十公里,合起来也大约有一千五百公里,这三笔加起来约为三万公里,可以说是一次很长的旅行了。他们的招待无微不至,今当就要离去的时候,当然有说不尽的惜别之情。这表现在三个一生难忘的场面:一个是他们为我们举行的送别会,一个是我们举行的感谢与告别会,最后就是车站上的告别。

送 别 与 告 别

他们在有名的布拉格饭店,为我们举行了一个盛大的送别会。出席的从所长到研究实习员,还有有关单位的一些人如地质研究所的人员等,一共五十多位。开始吃饭以前,还举行了一个很有趣的送礼品仪式。由主人把每个人要送的礼品介绍一番,说明其意义后,交给本人,有些像领发奖品的样子。值得注意的是,他们对每一人的礼品都是动过脑筋和思索过的,有他的特殊意义,而不是随随便便送。什么人家里有小孩,什么人有什么爱好,可以说他们早做了一番调查研究了。

在宴会中起立致辞的人很多,大都希望中苏合作能够发扬下去,希望下次相见在野外。奥尔洛夫的致辞,感情十分激动。我在回答中除了表示谢意外,对于今后工作也发表了个人的见解。就连研究实习员中也有人起立致辞敬酒,十分热烈,实在是一个意味深长的聚会。他们对于这个会很用心地来准备,就连排座的标签也是依据每人的特性画成一幅画表示出来,我的标签就是一个霸王龙做出端饭的姿势。

紧接着一晚就是我们邀请他们。我们此次来苏承他们热诚招待，临行之时当然应有所表示，但请的人与今天大致相同，不过还加了几个人，如来过中国的科夫达通讯院士和做"中国猿人"再造图的格拉西莫夫等。此外为了帮助招待，还约了几位在此学习古生物学的中国学生。

这一晚也使我心中十分激动，觉得中苏真是应如一家人一样，所以致辞中特别说明泛泛的感谢之不必要。今晚为惜别，而不是感谢。因之提议一个酒令，就是凡不注意说出感谢一语时，罚酒一杯，这么一来大家更有兴致。在惜别会中我把所作的两首诗，请一位俄文好的人翻译给大家听，我们心情可以说完全包括于这两首中了。诗是：

卡尔宾斯基纪念邮票

两月相聚如弟兄,如何匆匆各西东。
今后离居各万里,他年相会路几程?
西伯利亚新雪白,戈壁滩头石岩红。
若问何时重相见,应共朔漠乘长风。

——惜别离

莫谓两国语不通,目的共同事非轻。
共建未来新世界,同挥铁锥究古生。
爬行哺乳如我待,演化地层共追踪。
相别暂时何足惜,戈壁滩上重相逢。

——预祝重逢

告别宴会上的古生物气味,杨钟健的座签

这一晚大家尽情欢乐，忘掉了就要离别。发言的人也都谐趣风生不拘形迹，可以说是十分成功的。我们请他们的地方是北京饭店，应用中餐招待，也使他们十分满意。

在莫斯科最后这几天的时间，好像过得特别快，去了古生物研究所好几次，但每次都觉得时间太短，还有没办完的事和没说完的话。我们当然尽量利用我们的时间，就在离开莫斯科的前一天晚上，还看了一回莫斯科的马戏。

时间终于来到了。在一个暮秋的清晨，我们到了莫斯科—北京的发车站。送我们的人也陆续来到了车站，心情很紧张，也很快活，说的话好像很多，实际上也说不出什么来了。当古生物学家沃尔夫金先生把他准备好的用俄文写成并译成中文的告别词拿出高声朗诵的时候，我尽管没有全懂，但是心情更感动了。惭愧的是我学习俄文的劲头不及他学习中文的劲头大。花、礼物陆续交到我们手中，就在一刹那间车开行了，许多人跟着车跑，我们终于离开他们了。

但是，中苏科学家的心，并没有离开。